三 濮阳县谜案 上

[荷] 高罗佩 著　　王伶俐 译

重庆出版集团　重庆出版社

图书在版编目（CIP）数据

大唐狄公案．三，濮阳县谜案．上 /（荷）高罗佩著；王伶俐译．— 重庆：重庆出版社，2024.4
ISBN 978-7-229-16291-7

Ⅰ．①大… Ⅱ．①高… ②王… Ⅲ．①侦探小说—荷兰—现代 Ⅳ．① I563.45

中国国家版本馆CIP数据核字（2023）第 045627 号

大唐狄公案（三）：濮阳县谜案（上）
DATANG DIGONG'AN（SAN）：PUYANG XIAN MI'AN（SHANG）
［荷］高罗佩　著　王伶俐　译

丛书策划：李　子
责任编辑：李　梅　刘星宇
责任校对：刘小燕
版式设计：侯　建
装帧设计：荆棘设计

重庆出版集团
重庆出版社　出版

重庆市南岸区南滨路 162 号 1 幢　邮政编码：400061　http://www.cqph.com
重庆天旭印务有限责任公司印刷
重庆出版集团图书发行有限公司发行
E-MAIL:fxchu@cqph.com　邮购电话：023-61520646
全国新华书店经销

开本：890mm×1240mm　1/32　印张：9.125　字数：360 千
2024 年 4 月第 1 版　2024 年 4 月第 1 次印刷
ISBN 978-7-229-16291-7
定价：55.00 元

如有印装质量问题，请向本集团图书发行有限公司调换：023-61520678

版权所有　侵权必究

译者序

本书《大唐狄公案：濮阳县谜案（上）》是《大唐狄公案》系列中以狄仁杰任濮阳县令期间所侦破的案件为内容的故事合集，包括《铜钟案》《真假乞丐》《真假宝剑》及《红阁案》四案。

《大唐狄公案》是世界著名的荷兰汉学家高罗佩笔下的一部英文文学巨著。高罗佩是位外交官，原名罗伯特·高罗佩，曾任驻日本、新加坡等国大使，但他更是一位世界汉学界的巨擘，他对中国的历史、文化、文学、社会生活、三教九流、琴棋书画都有很深的研究。《大唐狄公案》是高罗佩以唐代名相狄仁杰为主人公，描写高宗皇帝时期，狄仁杰在州县及京都为官时，刚正不阿、大智大勇、断狱如神的故事。他自20世纪50年代初起开始创作这一系列的中国侦探小说，十多年里断断续续共完成了16个中长篇小说与8个短篇小说。本书便包括其中2个长篇小说《铜钟案》与《红阁案》，2个短篇小说《真假乞丐》与《真假宝剑》。

高罗佩创作的《大唐狄公案》虽是以狄仁杰为人物原型，但他在创作过程中自由汲取了很多中国文学作品的情节、故事和内容，高罗佩自己在故事后记中坦言："我写作的狄公故事情节，很多都有出处。"本书《大唐狄公案：濮阳县谜案（上）》中的《铜钟案》中普慈寺一案取材于中国明末清初作家冯梦龙的白话小说集《醒世恒言》中的"汪大尹火烧宝莲寺"；铜钟一案取材于中国一部古老的著名犯罪小说《朝廷奇冤》中的"连环九凶案"；半月街奸杀一案则取材于《包公案》。

高罗佩对从中国古代小说获取的素材进行了大量加工，丰富了故事内容，提高了故事品质，尤其是在中西方文化交流方面，避开了中国传统文化中晦涩难懂的部分，起到了很好的传播作用。《大唐狄公案》在西方引起了很大反响，广受海外读者追捧和称赞。

高罗佩的《大唐狄公案》并不是对中国古代生活的完全准确描述。书中虽然包含许多源于中国的故事素材，但《大唐狄公案》中所有故事都纯属虚构。历史上真实的狄仁杰生活在7世纪，但大多数关于他的中国故事都是在16至19世纪传下来的，带有浓厚的时代特色。高罗佩基于这些故事的创作使这种时代的错位感更为明显。除了对中国原有的故事进行加工升华，高罗佩在《大唐狄公案》的创作中还用自己虚构的地图让小说更加引人入胜。本书中《铜钟案》与《红阁案》开篇都有地图向读者展示案件发生的地方与周边环境，此举给予读者丰富的想象空间，令人兴奋。

高罗佩以其独到的见解和阐释，轻松愉快地为西方人介绍了古代的中国，并让他们了解到中国和西方社会的不同之处与相似之处。在有意识地根据西方观众的喜好改编故事的同时，高罗佩在书中很好地保留了中国古代帝国的生活方式。尽管这些故事具有局限性和偏见，却还是相对准确地描绘了古代封建中国日常生活的一些方面。在他的笔下，狄仁杰作为一名统摄地区司法、行政等诸多大权的父母官，随着职位的迁谪转换，游走于中国各地，不同的文化风俗、地理民情也就随之呈现在读者面前。

本书中的四个故事便是狄仁杰任濮阳县令期间所侦破的案子。与短篇小说不同，《大唐狄公案》的长篇小说中通常出现多个案子相互关联，狄公需要身兼仵作、调查、审问、判官等数职，同一时间解决多个案件，如此一来，断案如神的神探形象便跃然纸上。本书中的《铜钟案》与《红阁案》便是如此。《铜钟案》同时涉及三起案件，《红阁案》更是跨越了历史长河，涉及不同时间、同一地点的三起案件。高罗佩在塑造侦探小说中的狄仁杰时，关于案情线索的描述更是扑朔迷离，这让故事本身更具真实感，也增加了传奇色彩和趣味性。高罗佩笔下的狄仁杰形象是在历史真实人物和侦探小说虚构形象上的艺术加工产物，更具魅力。高罗佩在作品中除了突出了狄仁杰判案过程中表现出来的睿智和公正，为了让西方读者更好地了解中国，对于案中小人物的描写更是入木三分。

本书的短篇小说《真假宝剑》与《真假乞丐》的故事便是围绕着中国封建社会的底层人物青楼妓女与街头卖艺之人展开。

在翻译《大唐狄公案：濮阳县谜案（上）》的过程中，译者深深为高罗佩在这部文学巨著中的中国文化书写所折服。作为一位西方学者与外交官，他对中国文化的书写深入又生动。作为西方读者读原著，狄公的神探形象，中国古代的历史、政治、文化、习俗等内容被描绘得栩栩如生，几乎不存在跨文化理解障碍。作为中国读者读译著，古代中国的官场文化、节日习俗、公案审判等内容跃然纸上，不由感叹中国传统文化的魅力与博大精深。本书中《红阁案》涉及中国传统节日中元节，也是俗称的"鬼节"，文中对中元节的文化习俗及中国人对于祖先和鬼魂的敬畏之情描写得绘声绘色，令人犹如身临其境。《铜钟案》涉及两大家族之间数年间的爱恨情仇，还有一案涉及宗教在中国古代的地位。在现代快餐式文化活动的大背景下，如此细致的中国文化书写是海内外读者深入了解古代中国不可多得的途径之一。

高罗佩的《大唐狄公案》故事背景及行文风格皆偏向明清时期。正如他自己小说后记里提及自己保留了许多明清时期小说的写作习惯。为体现其文体特色与时代特点，译文应偏向于明清时期的半白话文。事实是市场上已经有多个《大唐狄公案》的翻译版本，其中更有胡明和陈来元的中译本，文采风流，高不可及。本书译者水平有限，只能尽力把高罗佩笔下狄公的神探形象和案件的扑朔迷离以生动的语言呈现在读者眼前，不足之处望各位体谅，不吝赐教。

王伶俐
2022年2月

多年前,在寻找有关中国传统生活的英语材料之时,我发现林语堂、赛珍珠和爱丽丝·蒂斯代尔·霍巴特的小说、评论和反思都非常具有启发性。他们用充满魅力的文笔把自己见识的中国社会慢慢向 20 世纪 30 年代的读者介绍,包括一些港口小城的乡绅、佃农和商贾之士。这些人也曾翻译过一些中国的通俗文学作品,文笔细腻。在第二次世界大战之后几年,如此高端素材实在难觅。因此,20 世纪 50 年代的读者对于高罗佩的侦探小说《狄仁杰》的问世备感欣慰。《狄仁杰》中,古代封建中国被描绘得生机勃勃,文化鲜活,而不是在国际上无足轻重的小卒。如今早已不见往日痕迹,这本小说却是了解过去中国的最佳途径之一。

高罗佩的一生富含传奇色彩,他在学术、外交和艺术方面皆有成就。他父亲是荷兰驻印度尼西亚军队的一名军医,高罗佩于 1910 年出生在荷兰格尔德兰省的祖芬。三岁到十二岁期间,他生活在印度尼西亚殖民地。1922 年高罗佩和家人才回到荷兰,他被纳梅根的古典体育馆(中学)录取。在学校里他发现自己语言天赋极高,通过阿姆斯特丹大学的语言学家乌伦贝克的介绍,他很小就开始学习研究梵语和美国印第安人乌足族语。空闲时间,他私下又跟着在瓦赫宁根学习农学专业的一个中国留学生那学了汉语。

1934 年,高罗佩就读于莱顿大学,莱顿大学是欧洲东亚研究的主要中心之一。在这里,他系统地学习了汉语和日语,但没有放弃他早期对其他亚洲语言和文学的兴趣。例如,1932 年他翻译出版了一部荷兰语的由迦梨陀娑（ca. A. D.400）创作的古印度戏剧。他的博士论文是关于中国、日本、印度对马崇拜的内容，1934年他在乌得勒支答辩，1935年他的论文由专门研究亚洲材料的莱顿大学布里尔出版社出版。与此同时，高罗佩还为荷兰期刊撰写了以中国、印度和印度尼西亚为主题的许多文章，这些文章慢慢体现出他对亚洲古老生活方式的热爱以及对现状听天由命的态度。

高罗佩完成大学学业之后，于1935年进入荷兰外交部。他的第一个任务工作地就在东京外交馆，在东京他有机会在业余时间里继续他的私人学术研究，他的大部分研究对象都是参照中国传统文人而选择的。由于他工作的局限性，他的调查范围也很有限，研究并没有什么深度。如同一位传统的中国文人，他自己也收集稀有书籍、艺术作品、卷轴画作和各种乐器。他非凡的学术素养与鉴赏眼光使其收藏品价值连城，受到很多东方收藏大家的尊崇。他还曾翻译过一篇复刻在砚台上的铭文——砚台是书法家用来研墨书写的珍贵物品，他本人也是一位才华横溢的书法大家，这一点对西方人来说是很难得的。他还会演奏中国古琴，并根据中国资料写了两部关于古琴的专著。在这和平的开创性年代，他的大部分著作都在北京和东京出版发行了，赢得了亚洲和欧洲学者的一致好评。

第二次世界大战结束了高罗佩在东京的日子。1942年，他和其他盟军外交官一起撤离东京前往重庆，担任荷兰驻华使团秘书。1944年，他在山城重庆发表了一本罕见的中文作品，讲述的是佛教大师东高的故事，东高是一个在明朝破败之时仍旧忠心于大明朝的和尚。高罗佩在中国一直待到了1945年欧洲战场战争结束，他又回到海牙待到了1947年。在接下来的两年里，他担任荷兰驻华盛顿大使馆的议员，1949年，他又回到了日本，开始了为期四年的任职。

1940年，高罗佩偶然发现了一本匿名的18世纪的中国侦探小说，令他着迷。此后，变幻莫测的战争及其惨烈的后果让他搜寻不到多少资料，他也没有那么多闲暇时间，但他仍然设法利用零碎时间来研究中国通俗文学，尤其是刑案故事。他写了一个传统侦探小说的英文本《狄公案》，并于1949年在东京限量出版发行。这本小说分为三集，是西方世界了解中国古代神探狄公的第一本书。

狄公是朝廷官员和儒家学者的典范，范·古里克对此非常着迷，他对中国刑法探案又做了进一步的调查研究。1956年，他出版了一本关于13世纪刑案的英文书籍，名为《唐寅皮氏》。

范·古里克对侦探文学的痴迷很快就引起了他对中国文学和艺术的兴趣，尤其是明朝期间（1368—1644年）的内容。在中国古代，拥有三妻四妾是中国名门望族生活的常态。高罗佩在许多作品里写道，尽管古代中国的一些名门望族口头上经常高风亮节、德高望重，实际上他们在个人生活中处处蝇营狗苟，体现出了人性道德的弱点。

高罗佩对中国侦探小说的大量翻译和改编使狄仁杰这一人物在西方名声显赫，在20世纪50年代尤为盛行。高罗佩无论是在新德里、海牙还是吉隆坡，他一直继续写着狄公的故事，至少写了17篇。他最后一次外交任务是1965年的东京之行，受命担任荷兰驻日本大使，这是他梦寐以求的职位。两年后，在离职回家之后，高罗佩就停笔辞世了。

在高罗佩相对短暂的一生中，他在繁忙的外交生涯中抽出时间研究了各种各样的深奥主题，并予以出版发行。他没有关注中国的政治、社会或经济等大问题，但在极具争议的热点政治事件中，他也意识到了这些问题的重要性。他不专门研究某一特定时期，甚至不专攻文学，而是关注了中国古代。他的兴趣局限于中国古代而不是20世纪各种革命斗争中的中国。他寻找的"小话题"通常是受业余的艺术和文学爱好者喜爱。为了调查这些先前从未被研究过的边边角角，他充分利用自身所长，语言学家、历史学家和鉴赏家的身份和所具备的多项才能对他帮助很大。虽然他的学术作品读者不多，但他对小说、法理学、侦查学的研究，让西方读者了解到了中国版的福尔摩斯——狄公。

直到本世纪，无论在中国还是西方，中国通俗小说都没有受到学者的重视，正是在两次世界大战之间，针对中国通俗文学的研究才慢慢密集起来。辛亥革命和第一次世界大战之后，中国的新文人推行白话文来帮助中国革新。新文化运动的领袖胡适、鲁迅和蔡元培开始复兴过去的民间文学，希望证明白话文曾经是，将来也更可能是文学表达的坚实载体。他们渴望为大众提供新的读物，于是搜寻以往引人入胜的故事、错综复杂的情节和道德层面的模范榜样，将这些故事再次发行或改写给民众。1975年，中国考古学家在湖北省发现了一批秦朝（公元前207年）的竹简，据报道其中就包括关于犯罪和侦查的相关材料，以及关于地方长官破案的描述，因此中国犯罪小说的起源仍在继续探索之中。

日本文人不像中国古人那样对通俗文学抱有偏见，他们长期以来一直在搜集中国通俗戏剧和故事，有时在出新版之前还会根据日本人的口味改编一番。在中国新文化运动先驱意识到中国传说和故事作为政治指导和宣传媒介的重要性之前，西方学者，尤其是以保罗·佩里奥特为例的法国汉语言学派，就已经研究过中国传说和故事了。

高罗佩是由伯希和主导的欧洲汉学学派的产物，他和那个学派一样热衷于比较研究和异域主题。对于这一类学者来说，通过研究者对奇异的语言、文学和艺术的分析理解，最小、最深奥的主题也会变得广泛而有意义。简而言之，研究者的想象力和才能赋予了这个主题重要性、实质性和相关性。当高罗佩1935年第一次来到日本时，他很快就发现日本的艺术收藏和图书馆中包含丰富的中国通俗文化资料。作为一个想象力丰富、时间有限的学者，高罗佩立即就意识到，通过深入研究那些享有特权的人收集的物品和他们所观察到的习俗，他可以对中国名门望族的文化进行大量研究。

中国的犯罪小说是口语叙事传统的主要流派之一——侦探小说的后期形式。在宋朝（960—1279年）年间，或许可能更早，百姓都喜欢听集市或街上的说书。狄仁杰（630—700）是说书人最喜欢的人物之一，他是一位历史人物，唐朝的政治家，他与包拯（999—1062），都是说书人、戏剧创作者和文人最热衷于传颂的人物。在传颂过程中，狄公的历史事迹在侦查破案和洞察秋毫方面有着传奇色彩，神探官员的形象便深入人心，也渗透到了各种形式的通俗文学之中。

中国传统侦探小说的主人公通常是地方官员，故事通常是从地方县令的角度娓娓道来。他身兼数职：破案的侦探、验尸的仵作、判决的官员，还是心向大众的复仇之人。故事中通常会涉及多项罪行，因为县令很少有闲暇或机会一次只处理一宗案子。罪案通常发生在故事的早期，并且经常相互关联，通常戏剧或故事不是说教性的，只涉及针对个人的罪行，而不是针对社会的不端。罪案通常可以依法判决，谋杀案或强奸案或两者兼而有之。狄公作为朝廷官员、皇上臣子，需判定案情，擒获凶犯，并依法论处，狄公不可依个人所愿自由量权、宽宏施仁或偏袒有私。狄公是勇气、睿智、诚实、公正和严肃的典范，他天赋莫测，有时会洞察秋毫，有时甚至会看到阴间鬼魂。狄公极少表现出幽默自在的情绪，但他的随从有时会显得滑稽可笑。

狄公永远都是文人出身的中年男性的样子，保护弱者，替人申冤，不奢侈浪费，不贪污受贿，不屑谄媚。凶犯，尤其是杀人犯，通常都是冷血无情、不可救药的恶徒，需要几次大刑伺候才肯招供，应该依法处以极刑。凶犯不拘年龄、不限阶层、不论性别。受害者通常属于社会底层成员，围观群众大多数也是这类人。

社会正义贯穿于故事始终。在古代封建中国，司法公平是为了报仇和纠正错误，地方县令应尽职尽责，维持好人间事务与天意一致。所有罪案都是公堂明审，百姓可以旁观；狄公必须公开审讯，不得私下审讯。虽然狄公本人可以立即判断出凶犯有罪与否，但他需要公开自己的审案证据，而且不能严刑逼供。所有审案判决过程都须仔细记录在案，凶犯须签字画押来核实笔录准确无误。凶犯通常很是狡猾奸诈，狄公有时也会短暂地感到迷惑不解，虽然大部分调查都是由狄公的随从进行，但狄公为了效率或公正，有时也会亲自调查。公堂之上，市井之间都会有百姓对狄公的安排或是决定进行批评或赞赏。如果人们怀疑狄公腐败、偏袒或出错，百姓们还会抗议，引发骚乱；如果上级官员对他的行为不认可，他有可能还会被罢黜并受到惩罚；如果百姓抗议引发骚乱出事，煽动性强，整个州府都会受到惩罚。

1949年，高罗佩出版了狄公小说的第一个译本。他曾建议现代侦探小说作家可以尝试为当时的读者写一本中式小说，因为无人尝试，即使他毫无经验，高罗佩也决定自己写一本。当时在东京和上海，西方译文小说出售火爆。最初，高罗佩打算向日本和中国的读者展示中国传统故事要比那些西方故事好得多，他的前两部小说原本都是用英文撰写，只是一个初稿，他便打算用日文和中文出版。但他的西方朋友对这种新型侦探小说也很感兴趣，他便决定用自己相当熟练的英文继续写作。

从学术研究到翻译再到富有想象力的写作，高罗佩果断而成功地迈出了一大步。这在他以前涉足的学术研究领域并不多见，但这些研究为他跨入中国侦探小说的写作生涯做了极好的准备。现在，他没有必要拘泥于确切的历史事实和文献背景，对传统中国生活的写实刻画变得至关重要。高罗佩以狄公为人物原型，可以自由地汲取中国文学中的情节、故事和内容。除此之外，他还可以很容易地从自己的学术研究和阅读中找到灵感，为小说添加一些引人入胜和令人兴奋的描述。他还用自己虚构的地图和根据16世纪的壁画绘制的中国场景插图让小说更为生动。

高罗佩在1950年至1958年间创作的狄公早期系列小说，比他后来所写的版本更接近中国原创作品。这些早期小说共有五部，包括《铜钟案》和《铁钉案》等，现在以新版本付印。高罗佩于1950年在东京写了《铜钟案》，这是他的第一部作品；1956年他在贝鲁特又写了《铁钉案》。他通常是在公务闲暇之时选择情节和人物，在想象中的地图上布置初步的地形，在《铜钟案》中，三个故事都直接取材自中国。在其他系列小说中，高罗佩是自己设计了大部分主题和情节，一旦真正开始写作，他大约用六周的时间就能完成一部小说。

从一开始，高罗佩就意识到中国传统散文小说的局限性。谋杀、通奸、神秘和暴力的故事肯定会吸引西方观众，他们似乎永远不会满足于此。但是中国口语小说的其他特征不太可能受到如此广泛的欢迎。凶犯身份通常在中国故事的开头就被揭露出来，出于对西方习俗的尊重，高罗佩把破案结局放在了最后。中国故事素材中往往有一些对于西方读者陌生的习俗和信仰，中国作家往往满足于通过呼吁超自然的知识或干预来解决令人困惑的谜题。在西方人期望解释说明作案动机之处，中国作者很少把这些问题说得很清楚，中国小说中的人物刻画还往往局限于对社会类型的刻画，实际上没有人去分析或培养个人性格，评估环境或背景对其的影响。

正如中国故事中所描述的那样，狄仁杰本人对西方人来说是一个完全陌生的角色。为了让他更能令读者信服，高罗佩试图让他更具有人情味，偶尔他会微笑一下，在美女面前会变得兴奋，或者对自己和自己的决定感到不确定。虽然高罗佩不能完全忽视某些传统特性，但他更喜欢软化狄公的态度，提升他的人性，使他成为一个忠于家庭之人，一个艺术、文学鉴赏家。通常情况下，狄公也试图在关键时刻理性地、不受鬼神干预地去破获案情。

在有意识地根据西方观众改编故事的同时，高罗佩很好地保留了中国古代帝国的生活方式。当狄公责备当父亲的没有注重自己女儿的德行修养时，读者会喜欢联想自己在当时社会中扮演的家庭角色。读者会理解秀才的角色，以及他在整个社会的特权与责任以及教育与道德的关系中的位置。读者还会从狄公那了解到，南方人在语言和习俗上与北方人有很大不同。另外，一些小物件，如砚台、鞑靼鞋上的钉子、道士的木鱼、门把手等，都被巧妙地引入故事情节，让高罗佩有机会向西方读者介绍这些物品及其功能。外国读者会意识到书面语言、书面记录和文书在中国的重要性。西方人不熟悉的社会团体，如丐帮的盛行，贩卖女童为奴和卖淫盛行的现象也暴露了生活的阴暗面。对外贸易、官盐垄断、"压榨"或小额贿赂这些都增加了故事的现实主义色彩，而女性仅被赋予操持家务、满足性生活需求、手工艺制作和抚育孩子的角色。

当然，狄公的故事不应该被视为中国古代帝国生活完全准确的描述。首先，故事中的时代不对。历史上真实的狄仁杰生活在 7 世纪，但大多数关于他的中国故事都是在 16 至 19 世纪写下来的，并反映了当时的行为准则。高罗佩根据这些社会背景改编了他的作品，尽管这位荷兰学者对明朝和清朝的研究非常努力，但他在中国的生活经历仅限于几次短暂的到访参观以及二战期间那几年的停留。他理想化的中国是被西方帝国和日本破坏之前的古代封建帝国。他常从儒家君子角度来看待古代封建中国，他对这些名门望族的生活方式十分尊重和热爱。

这些故事虽有其局限性和偏见，但还是相对准确地描绘了古代封建中国日常生活的一些方面。高罗佩的观察是发现当时村里镇上的人仍遵循着老旧的生活方式，地方长官仍然掌管着本地事务。高罗佩对日常生活中的物件高度敏感，他并不是一个简单的中国社会观察者。他与政府高层打交道的经历研究，让他有机会了解传统中国，而这些已经不再是专家学者的专属领域。再多的古典文献、地名辞典、朝代历史或外交文件本身都无法让一个人对日常的传统中国生活有深入的理解。对西方人来说，中国通俗故事若直接翻译往往太过异化，涉及的常见问题往往得不到充分解释，这便导致读者对故事无法完全理解。高罗佩以其独到的见解和阐释，轻松愉快地为西方人介绍了古代中国，并让他们了解到中国和西方民族社会的不同之处与相似之处。此外，这些故事本身也很有趣，享受故事本身也是阅读乐趣所在。

唐纳德·F. 拉赫

目录

译者序 /001

前言 /001

一 铜钟案 /001

第一章 迷雾 /002
第二章 探究 /008
第三章 初审 /013
第四章 现场 /017
第五章 拜佛 /023
第六章 伸冤 /028
第七章 争斗 /032
第八章 点拨 /035
第九章 访友 /039
第十章 守夜 /045
第十一章 救命 /050
第十二章 擒凶 /053
第十三章 判案 /059
第十四章 设计 /064
第十五章 意外 /071
第十六章 假象 /076
第十七章 开堂 /082
第十八章 破案 /087
第十九章 探秘 /093
第二十章 疑点 /098
第二十一章 陷困 /104
第二十二章 论罪 /109

第二十三章　线索 /115　　第二十四章　落网 /119

第二十五章　伏法 /125　　后记 /133

二　真假乞丐 /139

三　真假宝剑 /155

四　红阁案 /175

第一章　投宿 /177　　第二章　托付 /184

第三章　赴宴 /187　　第四章　赌场 /194

第五章　谜案 /200　　第六章　施救 /207

第七章　噩梦 /212　　第八章　初审 /216

第九章　密谈 /221　　第十章　访故 /226

第十一章　诈供 /231　　第十二章　往事 /236

第十三章　赎身 /239　　第十四章　案情 /244

第十五章　遇伏 /250　　第十六章　探秘 /255

第十七章　反转 /260　　第十八章　真相 /262

第十九章　冤家 /266　　第二十章　辞别 /271

后记 /274

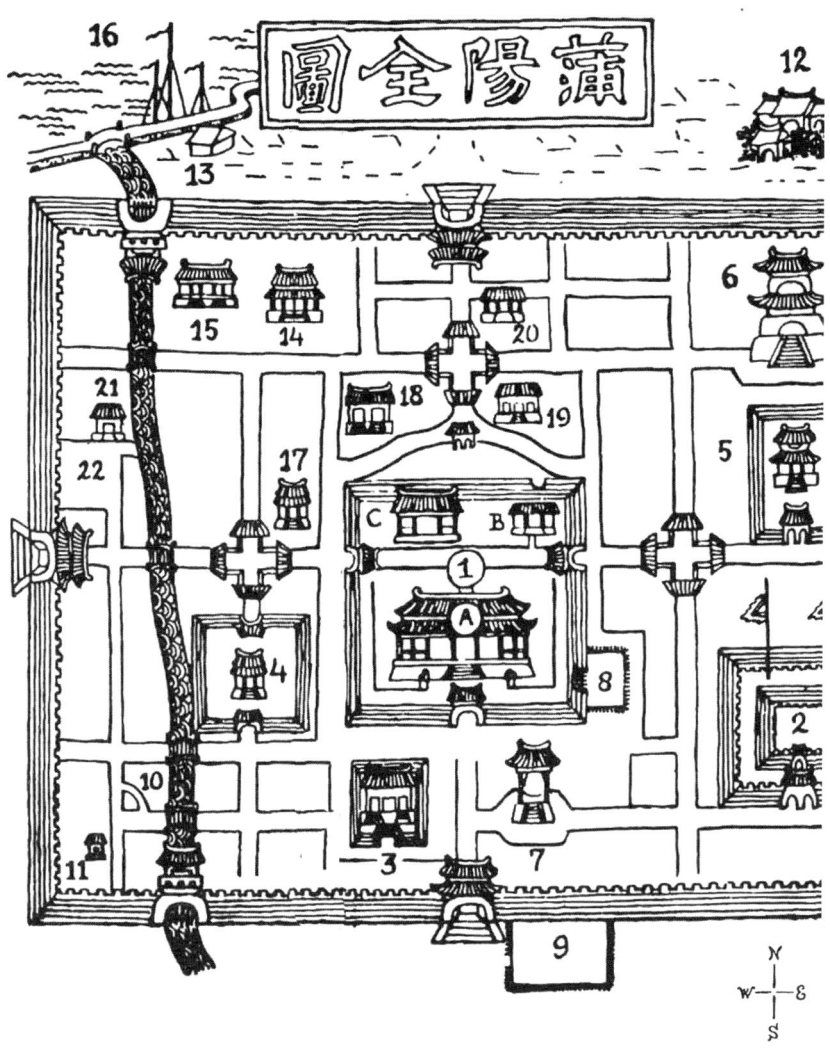

濮阳地图

1. 县衙衙门
 （A）公堂
 （B）私宅
 （C）花厅
2. 驻军处
3. 城隍庙
4. 孔庙
5. 关公庙
6. 鼓楼
7. 钟塔
8. 仓库
9. 法场
10. 半月街
11. 梁夫人住宅
12. 普慈寺
13. 林藩农庄
14. 圣明观
15. 林藩宅邸
16. 运河
17. 包（将军）宅
18. 万（大人）宅
19. 凌（行首）家
20. 温（行首）家
21. 翠鸟阁
22. 鱼市

一

铜钟案

第一章 迷雾

为官者，须视民如子，惩恶扬善，携老扶弱。凡罪者，须严惩不贷，然事前预防须重于事后惩戒。

自承继生意昌盛的茶园祖业以来，我抽身而出后于东城门外一乡下宅邸安享晚年已有六年之久。于此处，我终能得空潜心事已所好——收藏史上种种刑案之物。

如今大明王朝，国泰民安，秩序井然，作奸犯科之举少有，我只得搜集史上种种奇案、谜案及其巧妙破解之策，做明察秋毫之人。我沉迷其中，不可自拔，经年累月，竟也积攒了许多闻名于世之刑案卷宗、谋杀利器、古董盗具、史料文物等，如此种种，真材实料，为数不少。

这收藏中一珍宝之物便是那知名神探狄公数百年前曾用的惊堂木，这惊堂木属黑檀木质，形长且方，面上镌刻之句即经史引用之言。史料有载，狄公上堂审案之时常用此物，以便时刻警诫自己为官应尽之责。

而今惊堂木已不在我处，上文所写，全凭我记忆所书。今夏，约两月前的一次经历，着实令我心悸惊惧，我便决意不再研究诸类刑案，与此相关之物也被我悉数处理。如今我着手收藏青花瓷器，从中感到平静从容，如此爱好方与我平和性情相投。

只是真要心安理得，我尚有悬而未决之事。那段诡异记忆，如今仍萦回梦中，我必要解脱出来。若要摆脱这噩梦，那段诡秘之事令人不吐不快，须得道清说明。那时，也只有那时，我才能永远忘却那令我惊心动魄、几欲癫狂的经历。

现下正值秋日上午，风清气爽，我稳坐于花园雅亭之中，欣赏着我那两房爱妾以其纤纤细手照料菊花的绰约风姿，一切安静祥和，我终于敢忆起那生死攸关之日。

那是八月九日下午晚些时候，我记得那日午间便极热难耐，下午更是闷热不堪。我着实心头郁闷难当，又有一股莫名焦躁之情，便决意乘轿出门逛逛。轿夫们询问去处之时，我便随口吩咐去刘掌柜的古玩店转一番罢。

这古玩店名为"金龙"，高贵大气，正对着孔庙。店主姓刘，实乃贪得无厌的小人一个，但他确为行家里手，曾为我寻得许多史上刑案相关之物。店里货源富足，因此我往日总乐于在此处消磨光阴。

这日我进门之时只见得店内伙计，伙计告诉我刘掌柜身体有恙，正在楼上放置店内贵重之物的小室歇憩。我上楼便见那刘掌柜正因头疼叫苦不迭，狂躁不安，室内窗棂紧闭，以防酷热入内。昏暗朦胧之中，这方熟识小室，似有妖气，看来怪异不善，当时我便欲转身离去，但想起室外那股闷热，我又决意逗留片刻，让那刘掌柜寻些新奇之物来赏玩一番。故而我便坐于那扶椅之中，持手中羽扇频频给自己扇风纳凉。

那刘掌柜嘀咕着并无新奇之物，茫茫然四处张望一番后，他便从角落里摸出一面黑漆镜架，置于我面前的小几之上。

待他掸去尘灰后，我才瞧出那是一面正冠镜，平淡无奇，就是一面镶于方盒之上的抛光银面镜，官员们常用此镜正冠。那漆框满是细微裂痕，由此可见，此镜确为古物，但如此司空见惯之物，于我而言，并无赏鉴之值。

突然，那漆框边缘银面处所镌刻的一行小字跃入我眼中，我俯身前去便看到"濮阳狄公府之物"几字。

这着实令人惊喜若狂，我几乎叫出声来。此镜必是那鼎鼎大名的神探狄公之物，别无他人！我回想起来，据古史记载，那狄仁杰曾任江苏界内一小县官员——濮阳县令。在此地任职期间，他凭借其绝伦手段，至少破获三起奇案，但破案的细枝末节之处并未留存下来，实属不幸。狄姓并不常见，这正冠镜必定是狄公之物。此时此刻，我那倦意一扫而空，暗暗庆幸那刘掌柜的愚昧无知，他竟没发现这无价之宝，此物可是我天朝帝国有史以来最伟大的神探狄公之物啊！

我故意装作毫不在意，倚靠在椅背之上，让那刘掌柜给我上杯茶。待他一下楼，我一跃而起，迫不及待地俯身前去，细细地端量那正冠镜，不经意间，镜匣被我拉开，里面竟有一顶折好的黑纱官帽！

我小心翼翼地展开那朽化的官帽，接缝之处便簌簌落下一股灰尘，这官帽除却几处虫蛀之洞，整体还算完好。我哆嗦着双手举起这官帽，满心虔诚，此物可是狄公上堂之时所戴官帽啊！

天知道我当时心中所思所想，我竟把这珍贵的官帽放在了自己愚蠢的头上，对着镜子左右端详，看这官帽于我合适与否。春来秋去，这正冠镜早已不再明亮，我眼前所见也不过黑影一团。蓦然之间，这黑影竟显出一张十分陌生的脸，憔悴不堪却目光灼灼地盯着我。

一刹那间，我耳边雷声阵阵，震耳欲聋，天地之间，万物黯然失色，我似乎坠入了无底深渊，早已不知自己身在何方、身处何时。

我堕于那厚重云雾之中，四处飘荡，渐渐地看出些人形来，影影绰绰间，我见到一女子，赤身裸体，正被一男子虐待，男子之脸却模糊不清。我欲上前帮忙，身子却无法动弹；我欲大声呼救，嘴巴却无法出声。自此之后，我便被卷入了一系列刑案之中，件件令人毛骨悚然。有时我是旁观者，无能为力；有时我又是受害者，备受折磨。当我在臭气熏天的一潭死水里慢慢下沉之际，两个极似我姬妾的娇娘赶来相助，我欲抓其援手之时，一股激流涌来，我又被卷入一处漩涡之中，在那涡流中心慢慢沉了下去。再次醒来之时，我发现自己被困于一处黑暗狭窄之地，一股重力如泰山压顶般向我压来，令我几欲癫狂，我挣扎着欲逃出这方天地，四处摸索后却发现无路可走，只有一方光滑铁壁。当我一丝两气，行将窒息之时，那股重力又霍然风流云散，我慌忙狠狠地纳新吸气。我欲动弹之时，却惊骇地发现自己四肢大开，又被锁于那地板之上，缚住我手腕脚踝的粗重绳索在灰色的迷雾之中漫漫无边。那绳子越拉越紧，剧痛顺着我的四肢蔓延开来，我感到自己四肢百骸正慢慢地被拆分！莫名的恐惧让我心胆俱裂，痛心彻骨的垂死挣扎之中，我开始尖叫出声。随后我便清醒了过来。

我发现自己正躺在刘掌柜房间的地板上，冷汗淋淋。那刘掌柜跪在我身边叫着我的名字，惊恐不已。那狄公冠镜已破，那官帽业已滑落到镜子碎片之中。

我被刘掌柜扶起来便跌入扶椅之中，他急忙把茶递到我嘴边。他说自己刚要下楼沏茶，便听到电闪雷鸣，瓢泼大雨随即而至，待他匆忙上楼要紧闭窗棂之时便发现我趴在地板上。

我慢慢悠悠啜饮着手中香茗，久久不言，然后我编造了自己会偶然发病的故事敷衍了刘掌柜一番，便让他把我的轿夫叫来，冒着瓢泼大雨我乘轿而归。尽管轿夫给轿子覆了一层油布，到家时我依然全身湿透了。

我感到精疲力尽，头痛欲裂，便径直上床睡觉去了。我夫人大吃一惊，急忙唤来府中大夫，待他看诊时我已神志不清。

我整整病重六周。我夫人坚信我能康复全靠她念佛祷告，日日给药师爷烧香的心诚所致，而我窃以为自己能够康复是我那两房小妾尽心尽力在床前轮流伺候，大夫对症下药之功。

当我可以起身之时，大夫便询问起我在刘掌柜古玩店的所见所闻，我不愿再想起那段诡异经历，便谎称自己突感眩晕而已。那大夫看我的眼神颇为古怪，不过他也未再多问。离开之时，他随意提起这恶性脑热之症常与死于非命之人的遗物相关，这些大凶之物会危及与之亲近之人。

待这精明的大夫一走，我便把管家叫来，命他把我所有关于刑案的藏品打包装箱寄给我夫人的伯父黄先生。尽管我夫人对她这黄伯父从不吝啬赞美之词，但实际上这人爱搬弄是非、卑鄙无耻。随行信中，我彬彬有礼地表示要把我所有刑案藏品赠予他，以表示我对他在民案和刑案方面渊博学识的深深敬意。在这我得说明，从黄伯父利用法律鄙劣纠缠从我这骗取过一片宝地之后，我便对他深恶痛绝，真希望他在研究我的收藏时，某天也会接触那些骇人之物，也会像我在刘掌柜的古玩店一般有番可怕经历。

如今，我试图把我自己头戴狄公帽那短短几刻所经历的故事连续地娓娓道来。读者可以自行理解判断一下，这是以非常手段向我展现出来真实的三宗罪案呢，还是我一时头脑发热的胡思乱想。上文已提到，我不再研究史上刑案侦探也无暇去查证史料事实，因为如今我沉迷于收藏宋代精美瓷器，对那些不祥之物已毫无兴趣可言。

狄公赴任濮阳县令第一日，夜深之时，他仍坐于公堂后私房，伏案专注于这地方文书案牍。两支青铜大蜡烛照映着案上堆积如山的各类文书账簿，摇曳的烛光映在他的青色锦袍和黑色纱帽之上，他偶尔轻抚长须，眼睛却未曾从面前的文书上移开过。

对面的小几旁，与狄公形影不离的师爷洪亮正在筛检案件文书。这是一个清瘦老者，留着稀疏花白山羊胡，身着一件褪色长袍，头戴一顶小小盖帽。他意识到已将近午夜时分，时不时地偷瞥对面案后个高肩宽的狄公，他自己午后倒歇了许久，狄公整日未休息一刻。尽管洪师爷知道自己主子是铁打的身子，不免仍有担忧。

这洪亮以往是狄公府狄老太爷的侍从，狄公少时他还常抱着他，之后他随狄公赴京读书赶考，狄公前往各处赴任之时他也伴其左右。这濮阳县是狄公赴任的第三处所在。这许多年，洪亮亦师亦友，狄公公事、私事皆与其商议讨论，洪亮也常能有所建言。为了给洪亮谋个官职，狄公便任命他为师爷，因此人人称他为"洪师爷"。

洪师爷瞥了眼那堆文书，想起狄公这忙忙碌碌的一天。上午，狄公与妻妾儿女和仆从一众刚到濮阳，便立即去往县衙公堂，其他众人则继续赶往县衙北边的县令府邸。狄夫人在管家协助之下，分派众人卸下箱笼行李，分配新的住处，各自安置妥当。而狄公连府邸样子都来不及看，就从自己的前任冯县令手中接管了官印。接任仪式结束后，他把县衙里从师爷、侍卫长这样的高官到牢头、衙役这样的小人物一一召集了起来集议。中午，他为前任冯县令设了饯别宴，又依例把冯县令送出城外，回到县衙，他又接待了濮阳地界上对他这个新任长官到任的拜贺者。

匆忙应付了晚饭之后，狄公便在自己房内看这些刑案文书了，衙役们忙忙碌碌不断从档案库里往这里搬送成箱的文书。几个钟头之后，他终于解散了衙役，可他自己似乎没打算停下。

最终，狄公还是摊开面前的账簿，后倚在椅子上。浓眉之下，他双眼明亮，看着洪师爷笑道："哎，师爷，来杯热茶吧？"

洪师爷速速起身，把边几上的茶壶提来。待他倒茶之时，狄公道："濮阳是个风水宝地啊！我从文书中看，濮阳土地肥沃，无旱无涝，农户富足。这地方又坐落于我朝南北大运河之旁，从这繁忙的来往交通之中也获利颇丰。官船和私船都会在西城门外的良港停泊，南商北贾，客流如织，由此大商户的生意也兴隆昌盛，这运河漕运又给穷人带来丰富的水产鱼类。另外，这里还有一支地方驻军，方便了那些小店小贩，所以这地方人们按时缴税，富足安逸。我那前任冯公显然也是个兢兢业业、能力超群之人，这些文书记录日期明确，顺序了然。"

洪师爷面露喜色道："老爷，这可真是可喜可贺。咱前任驻地汉源情势复杂，我常为你身体担忧呢！"（详见《湖滨案》）说罢捋了捋自己的山羊胡继续道，"我粗略翻阅了这里的刑案卷宗，发现这濮阳作奸犯科者甚少。以往案件皆已完美结案，但现有一案尚未完结，此乃一奸污杀人案，粗俗不堪，冯老爷几天前已破案，明日老爷您再细看那卷宗时便会发现只有几处尚需补充。"

狄公扬了扬眉毛道:"师爷,有时,这尚需补充之处正是问题所在,把这案子说来听听!"

那洪师爷便耸肩道来:"这案子实在简单明了。有一肉铺屠夫,姓肖,他爱女在闺房之中被人奸污杀害。原来他那女儿与一行为不轨的王姓秀才早有奸情,那肖屠夫直接状告了这王秀才。冯老爷核实证据与证词后,判定那王姓秀才确为凶手,不过这凶手拒不认罪,冯老爷便动了刑,怎奈那秀才认罪之前便昏死过去了。因为正赶上冯老爷与您交接在即,只得把这案子留下未结了。既然凶手已落网,人证物证俱在,严刑逼供后便可结案了。"

那狄公轻抚其须,若有所思,沉默须臾后便道:"师爷,将那案件详细道来。"

洪师爷不由垮下脸来,犹豫道:"老爷,此刻几近午夜时分,不如回府早些休息?明日咱再细细复查这案子吧!"

狄公摇头道:"你刚刚粗略说来我便觉有些许矛盾不妥之处,看了这许多文书,这刑案正好用来提神醒脑。师爷,喝杯茶,稳稳坐下,给我讲述一番这案子详情。"

洪师爷知道执拗不过,无奈回到自己书案前,翻出几页文书便详细道来:"十日前,也就是本月十七,城西南角半月街一肉铺屠夫肖福汉,中午时分泪流满面地到衙门报案。同行的还有三位人证,一位是南区的里正,姓高;一位是肖屠夫肉铺对面的裁缝,姓龙;还有一位是屠宰行的行首。这肖屠夫状告的是一个叫王先荣的秀才,那王秀才家境贫寒,也住在肉铺旁。肖屠夫状告声称那王秀才在自己女儿纯玉闺房里将女儿掐死,并盗走一对金钗。他说自家女儿与那王秀才暗里来往已半年有余,直到一日纯玉未能如往常一样帮忙料理家务才发现这谋杀之事。"

狄公打断道:"这肖屠夫定是个愚蠢之徒或是个贪婪之辈。他怎能允许女儿在家与人私通,自家岂不成了妓院?难怪如此恶行凶事发生在自家地盘!"

师爷却摇头道:"事实并非如此,老爷,那肖屠夫的解释却是另外一番情境!"

第二章 探究

狄公双手敛于袖中，快道："继续！"

洪师爷便继续道："直到那天早上，肖屠夫对自家女儿纯玉有一情郎之事仍旧毫不知情。那纯玉独睡于用来洗衣缝补的阁楼之上，楼下是处仓库，离肉铺有些距离，家中又无仆人，家务杂事都是那屠夫娘子和女儿自己动手。冯县令曾经验过几次，在那阁楼之中，即便声音极大，身处肖屠夫的卧室或是街坊邻居都听不到一丝一毫。至于那王秀才，他本是京城名门之后，奈何父母早逝，家族纷争之下，便身无分文了。他在准备二次科举之际，便在这半月街教授几个店铺家小童，以此勉强糊口度日。他在老龙裁缝店之上租了处阁楼，正好对着肖屠夫的肉铺。"

"那纯玉与王秀才之间的风流事是何时开始的？"狄公问道。

"大约半年前，"师爷答道，"那王秀才爱上了纯玉，这两人便时时在纯玉阁楼密会。王秀才总在午夜时分从窗户溜进纯玉房间，黎明时分又偷偷溜回自己住处。龙裁缝作证说几周后他便察觉出这两人有猫腻，便严厉斥责了那王秀才一番，还说要跟肖屠夫揭穿此事。"

狄公此时点头赞许道："那裁缝做得对！"

洪师爷看了眼面前的一页文书，接着说道："那王秀才显然是个狡诈之徒，他双膝跪地再三向龙裁缝保证，自己和纯玉深爱彼此，发誓考取功名之后便会迎娶纯玉为妻，那时他便可以携体面彩礼，向肖屠夫提迎娶纯玉一事。王秀才又道若这等私事被他人所知，自己便会被科举除名，这事便会有始无终，对众人皆是丑事一桩。龙裁缝深知这王秀才读书勤奋，今年秋考定会高中。何况他想，这贵族子弟仕途有望，娶的还是邻家之女，还窃窃自喜一番。最终他便应允那王秀才保守秘密，自我安慰道，这桩事几周后便会因王秀才迎娶纯玉而结束。然而，为了让自己坚信纯玉并非那种自甘堕落之人，龙裁缝便时时关注肖家肉铺；他证实王秀才的确是唯一与纯玉有染，进过纯玉房间的人。"

狄公抿了抿茶，气冲冲道："即便如此，这三人之中，那龙裁缝实当是最该指责之人！"

"这点，冯县令也是直接斥责了那龙裁缝的纵容之举，也斥责了肖屠夫对家事的看管不力。后来，龙裁缝在十七日得知纯玉被害，他对王秀才由爱转恨，急急冲到肖屠夫处将那二人之事和盘托出。我这里引用他原话：'我，千古罪人，纵容那狗秀才利用纯玉满足一己私欲。纯玉定是坚持要那秀才迎娶自己，王秀才便杀了她，还偷走了她的金钗以便日后给自己另娶一门好亲！'那肖屠夫，悲愤交加，当即便拉着高里正和董行首商议一番，大家一致认定王秀才就是凶手。行首便起草了诉状，随即众人便把王秀才告上了县衙。"

"那王秀才彼时身在何处？"狄公问道，"他可有逃出城去？"

"没有，"师爷答道，"那秀才被立即逮捕归案了。冯县令听完肖屠夫之言便立即着衙役去拘捕王秀才，衙役们在裁缝铺的阁楼找到了人。尽管已过午时，那秀才还睡得正香呢。衙役们把他拘来公堂之上，随即冯县令便命他与肖屠夫当堂对质。"

此刻狄公直起身来，手肘撑在书案之上，靠上前来忙问："我倒是好奇那王秀才是如何为自己开脱的？"

洪师爷挑出几张文书，粗粗扫了几眼便道："那恶徒倒是事事皆有辩解之词。他主要……"

狄公扬手道："我倒是想听听那王秀才自己怎么说的，将那公堂记录直接读来。"

洪师爷面上一惊，似是有话要说却又改了主意，俯身便开始读起那王秀才枯燥乏味的公堂记录："这秀才懵懵懂懂地跪在堂前，羞愧难当。他承认自己最大的罪过便是与那待字闺中的纯玉暗通款曲，有伤风化。但那也只是因为自己每日读书的阁楼正对着纯玉的闺房，正在那半月街另一边的死胡同一角。

"我时常见那纯玉在窗前梳妆，情难自禁，决意要娶她为妻。我当初若能早日收心，待日后功成名就后再进一步便是幸事，那时我便可以找媒婆登门，依俗抬着厚重彩礼向纯玉父亲求娶纯玉。奈何我情难自禁，一日我偶然见到纯玉独自一人在阁楼，便忍不住与她搭话。当我知道她对我也是同样的倾慕之情，我本该正确引导这单纯的姑娘而不是将我二人之间的火越烧越旺。我设法与她在胡同之中又见了几次，不久我便说服她应允我偷偷进她闺房一次。那夜我在她窗下架起梯子，偷偷爬了进去，我罔顾世俗礼法与那尚未出阁的纯玉享受了鱼水之欢。这感情如同火上浇油，愧疚之情反倒让我们密会益发频繁，我怕那梯子会被更夫或晚归之人发觉，便让纯玉从她窗口顺下一白布条，那布条另一头系在她闺房床腿之上。当我在窗下拉一下那布条，纯玉便在阁楼之上拉我上去。倘若旁人见了也只觉得是晚上忘记收回刷洗的衣服罢了。"

此刻狄公怒而拍案，叫道："这无耻败类！堂堂一秀才竟堕落得干起了窃贼的勾当！"

"老爷，我之前提过，王秀才就是个恶棍！"洪师爷继续读道，"一日，这事却被那龙裁缝撞破。龙裁缝乃一实诚之人，便威胁着我要将我与纯玉之事告诉肖屠夫，但我那时已心昏眼瞎，无视这是老天示警，苦苦哀求于他，最终他同意替我保守秘密。

"于是我和纯玉暗自来往大概持续了半年。老天爷大概再也看不下去了，这才让我和单纯又可怜的纯玉遭此横祸。我们约定十六日晚再次幽会，但那天下午，我一同窗好友杨浦来看我，告诉我他京中父亲给他寄来五个银锭作为生辰贺礼，邀我去这城北的五味斋小聚一番。席上我不由多喝了几杯，与杨浦辞别后，走在凉风习习的大街上我才惊觉自己完全醉了，便决定先回家醒醒酒后再去见纯玉，但我迷迷糊糊竟迷了路。今儿一大早，天刚蒙蒙亮，我发觉自己躺在一处旧宅废墟瓦砾之上，四周荆棘丛生。我挣扎起身，只觉自己头重脚轻，没顾得上环顾四周一番，稀里糊涂、踉踉跄跄地便走回了主街，直接回家上床倒头便睡。直到衙役们来拘我，我才知道我那可怜的纯玉遭此横祸已香消玉殒。"

此处那洪师爷停了下来，看着狄公，冷笑道："接下来就是那无耻恶徒的最后供词了。若是青天大老爷因我对纯玉小姐举止失当间接引起了这段祸事而判我极刑，我绝无异议！我已失去所爱，人生昏暗无光，这对我也是解脱，但为了给她找到真正的仇人，也为了我的家族荣誉，小生抵死不认这奸污杀人之罪。"

洪师爷把那案卷放下，用食指敲了敲说道："这王秀才是打算避重就轻，逃脱极刑呢！他知道诱奸少女之罪不过五十大板，杀人之罪可是要上刑场砍头的！"

洪师爷望着自家老爷，那狄公却慢悠悠地又喝了杯茶，未做任何评论。接着他便问道："那冯县令是如何看待王秀才的供词的？"

洪师爷又看了另外一卷文书，一会儿便道："公堂之上，冯县令倒未继续对王秀才追问，他立即着人开始勘验调查。"

"此乃明智之举！"狄公赞许道，"你能找找那现场勘查记录还有那仵作的验尸单吗？"

洪师爷继续翻找着相关文书。

"找到了，老爷。这里记录得很是详尽：冯县令亲自与随从去了半月街。在阁楼里，他们见到尸身仰卧于榻上，赤身裸体，健硕丰满，看上去十九岁左右。那纯玉面部扭曲、披头散发，枕头被褥散落一地。白布一头系在床脚，堆放在地板之上。那存放纯玉为数不多的衣饰柜子也四敞大开着。靠墙处立着一个大洗衣盆，墙角处是一小桌，小桌上有一面破碎的镜子。唯一完好无损的家具便是那床前翻倒的一木脚凳。"

狄公打断洪师爷问道："现场没有任何关于凶手身份的线索吗？"

"没有，老爷。"洪师爷回答道，"一番彻底仔细的搜查后也没发现任何线索。唯一的发现便是写给纯玉的一包情诗小笺，尽管纯玉不识字，她仍小心包好收藏在她梳妆台的抽屉里。那些情诗小笺落名正是王秀才。至于尸检，仵作注明受害者是被勒死的。死者喉咙处有两处被凶犯双手掐扼的青紫瘀伤，后续仵作又列举了死者胸部、上肢有数处青紫肿胀，死者生前应奋力反抗过。最后仵作注明有几处痕迹都表明那纯玉应是被勒死的过程中或之后被奸污过。"

洪师爷快速浏览了一下那案卷后续，接着道："随后几天，冯县令费心尽力去查证所有证据。他派……"

"细节不必讲，"狄公插言，"我相信冯县令彻查了此案，只讲要点。我想知道，杨浦对于五味斋的那场聚会是如何描述的。"

"王秀才的同窗好友杨浦，"洪师爷道，"他所述内容与王秀才供词几乎一致，只有一点，他认为王秀才向他辞别之时并未大醉。杨浦原话为'轻醉'。我还要说明，王秀才未能识别出自己酒醉醒来之地。冯县令尽其所能，试图通过细节能使王秀才辨认出来，但徒劳无功。王秀才身上有多处很深的划伤，衣袍也有新的撕裂之处，王秀才解释说这都是他从那荆棘丛中踉跄而出造成的。

"紧接着冯县令又花了两日彻底搜查了那秀才相关之处，却没发现那对失踪的金钗。肖屠夫凭记忆画了个图样也附在这记录之上。"

狄公伸出手来，师爷便从卷宗中抽出一张薄纸放在狄公案桌之上。

"好精致的手艺，"狄公赞道，"这些飞燕式的接扣真是制作精美。"

"根据肖屠夫之言，"师爷道，"那对金钗乃是肖家家传之物。因为算是不吉之物，他娘子一直把这金钗锁在柜子里。几个月前，纯玉一直央求着要这金钗，肖大娘也无力给女儿置办其他首饰，便将那金钗取了出来。"

狄公颇为伤感地摇头道："这可怜的姑娘！"随即又问道："那冯县令堂审最终裁决如何？"

"昨日之前，"洪师爷道，"那冯县令在堂上把证据全部过了一遍。他开始便声明那对金钗尚未找到，既然那王秀才有足够时间把金钗藏至安全之地，这倒也不算是利证。他承认王秀才辩解有力，但表明这断文识字之人编出这一段故事，貌似有理有据，也在意料之中。

"这案子也不太可能是流浪窃贼所为。众所周知，半月街住户多是贫苦商户，即便窃贼也只会偷掠肉铺或仓库之处，而不会选择屋顶一处小阁楼行窃。所有证人，包括王秀才自己皆证明除了龙裁缝，并无他人知晓他们二人苟且之事。"

洪师爷从卷宗上抬起头来，微微一笑道："老爷，那龙裁缝年近七十，年迈体衰，当即被排除怀疑。"

狄公点点头，接着问道："那冯县令是怎么判决的？可能的话，我想一字不差地听听。"

洪师爷重新看回卷宗，读道："当被告王秀才坚称自己无罪之时，大人一拳砸在桌子上怒道：'你个狗东西，本官知道真相！你离开五味斋后直接去了那纯玉之处。酒壮尿人胆，你终于坦白自己厌倦了她，要弃她而去。那纯玉岂肯，一番争吵后纯玉便要开门叫其父母，你想要拉她回来，拉扯之中你兽欲大发，不顾她反对，占有她后还勒死了她。做了这许多恶事之后，你便洗劫了她的衣柜，偷走了她的金钗，以便造成盗贼入户抢劫杀人的假象。还不认罪！'"洪师爷读完这记录后，抬头看着狄公，继续道，"那王秀才抵死不认，冯大人便令衙役重责他五十大鞭。奈何那秀才身体羸弱，三十鞭后，便昏倒在了公堂之上，被熏醒之后，他神志不清，冯大人也无法继续审问。当晚交接诏令就到了，所以这案子也便搁下了，未能结案，但他在案卷之上草草做了批注，陈述了自己的意见。"

"我看看那批注！"狄公道。

洪师爷展开卷宗至结尾之处，递给狄公。

狄公凑到眼前读道："慎重考虑后，本官认为这王秀才奸污杀人的事实确凿无疑。建议他认罪画押后，处以极刑，以儆效尤。濮阳县令，冯义。"

狄公慢慢又把案卷卷了起来。他拿起那玉镇纸，漫不经心地把玩了一会儿。洪师爷仍站在案前，满眼期待地看着他。

突然，狄公将那玉镇纸放了下来，从椅子中站起身来定定地看着洪师爷。

"冯大人能力非凡，尽职尽责。我猜是因为他即将离任所以才会如此草率，若他能有时间再研究一番，毫无疑问，他的结论会完全不同。"狄公见洪师爷满脸疑惑，便微笑着继续说道，"我承认那王秀才意志软弱，轻狂年少，应当重罚，但他不是凶手。"

那洪师爷张口要说点什么，狄公便挥手道："我不便多说，等我见到此案一干人等，亲自勘验一下事发现场再说。明日午后升堂，我要重审此案，届时你便知道我为何得此结论了。师爷，现在几时了？"

"老爷，早已过了午夜。"洪师爷满脸疑惑道，"请恕我直言，我看不出这案子的任何破绽之处。明日待我清醒一些，再重新看一遍这完整的笔录。"

洪师爷边缓缓摇头边擎着蜡烛照亮那黑漆漆的长廊。这是狄公去往县衙北院自己的居所必经之路，但狄公把手搭在了他的胳膊上："不必麻烦。我不便在如此深夜还打搅家人。他们日间定是劳累了，你也一样，回你自己的院子去吧。我就在这榻上凑合一晚，赶紧去睡吧。"

第三章　初审

第二日拂晓时分，当洪师爷托着早饭进入书房时，狄公已经洗漱完毕。

狄公用了两碗白米稀饭和一些腌咸菜，又喝了杯洪师爷倒的热茶。当晨光落在那窗棂之上时，洪师爷便熄了蜡烛，服侍狄公穿上了那件长长的、暗绿色的锦缎官服。狄公见仆人已把正冠镜放在了边儿上，颇为满意。他拉开镜匣，对镜仔细调整着自己头顶的乌纱帽。

与此同时，衙役们已打开了县衙厚重的铜皮大门，尽管时辰尚早，街上人群早已在观望。肖屠夫之女被奸杀一案在这安定的濮阳城中引起了轩然大波,百姓们都想看看这新任县令大人是如何审理结案的。

待入口处魁梧的守卫鸣锣开堂,众位观望者便涌进县衙大院,从那里便能进得宽敞的公堂。所有人的眼睛都盯着公堂尽头的高台和红色公案,新任的县令一会儿将从那里现身。

师爷正把狄公案上的办公用品仔细排好:右边放的是约两寸见方的县衙大印和印泥盒;中间摆着双槽砚台,一槽红,一槽黑,各自颜色的毛笔一支;左边是师爷做笔录时要用的各类空白纸张和表格。

六名衙役在堂前分为两列对面站好,他们手中或持皮鞭、锁链、夹棍等令人望而生畏的刑具。捕头倒与他们隔开,站得离公案近些。

终于案后屏风处狄公现身了,他稳坐高堂之上,洪师爷仍跟在身侧随从。

狄公看了看人头攒动的大堂,缓缓捋了捋胡子,接着就把那惊堂木一拍,宣布:"开堂!"

百姓们翘首以盼,却失望地看到狄公并未朱批掷下令签,他并不打算当堂提审凶手。

狄公命师爷把账簿递来,优哉游哉地处理了县衙例行公事。紧接着又命捕头上前,与他核对了县衙一干人等的例银账目。

狄公厌恶地看着捕头喝道:"少了一贯铜钱!为何?"

那捕头支支吾吾,却说不出个子丑寅卯来。

狄公简言道:"那就从你例银里扣!"

他往后一倚,轻啜着洪师爷递来的茶,见堂下无人出来投状喊冤,一拍惊堂木便宣布退堂了。

狄公退回书房之时,百姓们失望之情溢于言表。

"去吧!"衙役们喊道,"大家已经见过新任县令大人了,赶紧回去吧,我们还要当差呢!"

待公堂之上再无他人,那捕头朝地上啐了一口,摇着脑袋,对着依然站在那里的年轻衙役们伤心道:"你们这些小的最好另寻活计,在这濮阳县衙你甭想过得体面。我们在冯大人手下三年,没人过问这短缺银钱,大人细心谨慎,我也恪尽职守。如今这狄大人继任,老天爷,他竟计较一贯铜钱!我们衙役还怎么过,谁能告诉我,那些出手阔绰的大人怎都不来濮阳呢？"

衙役们牢骚满腹之时，狄公已换好常服，边上站着位身材瘦削之人，他身着蓝衣，腰系棕带，脸又长又沉，左颊还有一枚铜币大小的痣，痣上还长着三根几寸长的黑毛。

此人名为陶干，是狄公亲随之一。就在几年前，他还混迹于市井之中，靠诈骗过着朝不保夕的生活，他对掷骰赌博、文书诈骗、造印签名、撬门开锁等江湖技艺了如指掌。狄公曾救他于水火之中，自此陶干便改过自新，跟随狄公左右，忠心不贰。他思维敏捷，又善于发现恶行的蛛丝马迹，对狄公破获数案颇有助益。

狄公在书桌后落座时，两个彪形大汉上前施礼请安。这二人皆着棕袍，腰系黑带，头戴黑色尖帽，也是狄公亲随，马荣和乔泰。

马荣身高不止六尺，虎背熊腰，他的脸又肥又大，面净无须，只留一八字胡。尽管他身材硕大，但其身手敏捷，实乃打斗的行家里手。早年间，他曾是一贪官的贴身侍卫，一次这贪官向一寡妇勒索钱财，那马荣暴起差点就杀了他。事后，他自然不得不逃，随后便加入绿林好汉，成了劫道绑匪。一次他在京外袭击了狄公一行，却对狄公为人颇有好感，遂弃暗投明，成为狄公忠心不贰的亲随之一。因他勇气可嘉，武力非凡，狄公总把拘捕亡命之徒和其他冒险之事委任于他。

那乔泰则是马荣同为绿林好汉时的兄弟。尽管他不像马荣般有力量，但他的剑术与箭术乃是一绝，而且他拥有超乎常人的耐心，这一点在侦查案件时尤为珍贵。

狄公道："各位，相信你们已把这濮阳逛了一遍，对这里的风土人情也大致有所了解吧。"

马荣道："老爷，那冯大人为官不错，治理有方。这濮阳百姓富足安定，这里的酒楼饭馆也是食物鲜美，价格合理，当地的美酒也不错。看起来我们可以在这逍遥度日了！"

乔泰也欣然点头，但陶干长脸上却显出迟疑的神色。他什么也没说，只是用手指捋着那脸颊痣上长出的三根毛。狄公瞥了他一眼便问道："陶干，你可有何不同想法？"

陶干便道："老爷，实际上，我凑巧遇见一事，觉得似乎值得详查。我在这濮阳城较大的茶馆酒肆间闲逛时，习惯性地打听这里的名门望族。

不久便发现这濮阳城内有几个因漕运便利发家的富商，还有四五个大地主，但这些人的财富却远不及那城北郊普慈寺的住持灵德大师所有。普慈寺是处新建寺庙，雄伟宏大，那灵德大师手下有大概六十名僧人，但这些僧人却不似一般和尚吃斋念佛，而是酒肉不忌，总体上都靠这片土地供养。"

此刻狄公打断陶干的话，说道："就我个人而言，我不愿与佛教僧侣打交道。我自己受教于孔圣人及其弟子的儒家教令，天竺传来的佛教教义，我觉得倒也没有必要干涉。如今朝廷深觉这佛教可以引人向善，普度众生，便对这些僧侣寺庙加以保护。若这些僧侣寺庙繁荣兴旺，那也是朝廷的意思，我们万万不可妄加议论。"

陶干虽被训诫，仍不甘心就此打住，斟酌犹豫后继续道："老爷，我说那住持有钱，是说他简直富可敌国！人们说那普慈寺奢华如王宫，那正殿祭台之上的器皿都乃纯金打造，还有……"

狄公打断他，叫道："恕我直言，这些都是你道听途说，又不得亲眼所见。说正事！"

陶干便道："回禀老爷，我可能会犯错，但我真心怀疑那普慈寺的巨额钱财来路不正。"

狄公正色道："这倒有点意思。你继续说说看，别啰嗦！"

陶干便继续道："众人皆知，那普慈寺的香火收入主要是靠大殿的送子观音。那送子观音，乃檀香木制，肯定已有百年了，几年前还立在一处废旧的无人看管的院子大厅。以往这寺庙里只有三个和尚，住在寺庙不远处的小屋里。来这寺庙的香客也很少，那点香火钱连这三个和尚的一日三餐都保证不了，所以这三人日日上街化缘，以此贴补生计。

"就在五年前，一游僧在这寺庙落了脚。尽管其衣衫褴褛，但他相貌堂堂，高大壮实，自称'灵德'。一年左右时间就有流言道这庙中的送子观音极为灵验，许多尚无子嗣的夫妇在庙里许愿后都如愿以偿了。自此之后，灵德大师宣布自己为这寺庙的住持，凡是前来求子的妇人都须在这观音像前榻上虔诚冥想一夜。"

那陶干迅速瞥了一眼众人，然后继续说道："为了避嫌，待女施主进殿后，那住持便在大殿门上贴上封条，要妇人夫君亲自在封条之上盖印，并安排其当晚就在寺里禅房过夜，次日清晨，妇人夫君再亲自启开大殿门上的封条。此后，这寺庙几乎有求必应，盛名远播，此地界上方圆百里尚无子嗣的夫妇皆来求拜那送子观音。那些善男信女得偿所愿后，大量的金银珠宝、香火油钱自然接连不断地送进寺庙。住持随即整修了宏伟大殿，增添了宽敞僧舍，不久那寺庙已有僧侣六十余人，后园也改建成了假山鱼池皆全的花园。去年那住持又为来求子的妇人们新建了几处香阁，他把大殿所在的整个院落全部围了起来，我半个时辰前刚观赏了那厚达三层的大门。"

陶干就此停住，等着狄公的高见。狄公却默然不语。陶干接着道："我不知老爷是如何看待此事，若老爷与我所想不谋而合，那这事肯定得阻止了。"

狄公轻抚其须，深思道："世界之大，无奇不有。我也不敢贸然断言那送子观音是否真的显灵，既然如今我这里也无事，你不妨去那普慈寺细细探查一番。若有可疑之处，立即报来。"

他探身前去，从书案上拿起一张文书："这是如今在审的半月街奸污杀人案的全文记录，昨晚我和洪师爷探讨过。我建议几位都看看，今日午时堂审时我要听听这桩趣案，你们会注意到……"

正说到此处，门外进来一老者，乃是狄府管家。他上前深深作揖道："老爷，夫人让我来问问，午前您能否得空去看看住处安排。"

狄公无奈一笑，对那管家道："自来到这濮阳我确实未曾得见自己住处，难怪这些女人如此沮丧！"他起身，边把双手笼于袖中边对其随从说道，"午间堂审你们就会发现此案中有不合理之处，那王秀才并不是凶手。"

随即他便走了出去，沿着长廊而去。

第四章　现场

午审鸣锣之时，狄公早已回到书房，洪师爷与随从三人已静候多时。狄公穿上官服，戴上乌纱帽，便穿门步入公堂高台之上。这濮阳百姓并未受响前堂审影响，那公堂周边依然人头攒动，竟无立足之地。

落座之后，狄公便令捕头带肖屠夫上堂。

肖屠夫上前之时，狄公便见他只是一忠厚老实，并无多少心机的小商户。待他跪下，狄公便向他说道："本官对你的遭遇深表同情。此前冯大人已训斥过你治家无方，我便不再追究。但，此案尚有几处证据需核实，因此你须明白此案结案尚需些时日。本官保证天网恢恢疏而不漏，必将那凶手绳之以法。"

肖屠夫唯唯诺诺地说了几句感谢青天大老爷之言，便被带到一旁。

狄公看了看案上的文书，喊道："仵作何在？"

仵作乍一看似是一位精明的年轻人。狄公便问道："事过不久，相信你还记得。本官对尸检有几处疑问，你先将那死者的体貌特征说来听听。"

"回禀老爷，"仵作答道，"那肖纯玉比实际年龄显得要个高体壮些。我想这应是她从早到晚操持家务且在店里帮忙所致。她身上没有任何缺陷，是一个健康的勤快姑娘。"

狄公问道："你可注意过她的指甲？"

"那是当然，大人。冯大人对此格外注意，他想从指甲缝中寻些蛛丝马迹，可能会与凶手衣物相关。事实上，因为劳作的关系，死者指甲短小，小人未能发现丝毫线索。"

狄公点头道："你文书记录中有关于死者喉部凶手的指印，还提及了凶手指甲形状。再细细描述来。"

仵作沉思片刻道："那指甲痕迹呈半月状，虽未陷入皮肉很深，但有几处皮肤因此破损。"

狄公道："这些细节应当写进记录之中。"

他令仵作退下，再提王秀才上堂。

衙役押解王秀才上堂之时，狄公眼光敏锐地看了他一眼。那王秀才，年纪轻轻，中等个子，身着秀才蓝装。他举止得体，但含胸驼背，一看就是从不做活、日夜苦读的书生样子；他面目清秀，天庭饱满，但气息微弱，左脸颊处还有几处丑陋的尚未结痂的抓痕。

待他跪于堂前，狄公便厉声喝道："你就是那无耻小人王秀才！真是玷污了读书人清白！圣人教诲、礼义廉耻都丢在脑后，平生所学却用去勾引良家无知少女，满足一己私欲！这还不够，竟然胆大至奸污杀人。如无例外，你应按律量刑。本官不想听你任何辩解，看这文书记录都心生厌恶。本官再问你几句，你从实招来。"狄公从椅中俯身前去，扫了一眼文书问道:"你供词之中提到十七日一早你于一处旧宅废墟处醒来,将你所见细细道来!"

那王秀才声音颤抖地答道:"回大人,这点恕小生无从回答。那时太阳尚未升起,晨色朦胧之中,我只见得颓墙塌落的几处砖头,四处荆棘丛生。我挣扎起身之时,头晕目眩,还被那砖头绊了一下,衣衫被那荆棘撕破,脸和身上都被划伤。当时我只想尽快离开那鬼地方,依稀记得自己穿过几条小巷,低头醒脑,还担心纯玉前夜空等一场。"

狄公给捕头递了个脸色,那捕头立刻给那王秀才掌嘴。

"休要胡言,"狄公喝道,"仔细回答本官问话!"

接着命衙役道:"给本官看看他身上划伤之处!"

捕头拎起秀才衣领,将他拖拽起来。另两个衙役直接把他的衣衫扒了下来,王秀才痛得尖叫,三天前背后那皮鞭之刑尚未结痂。狄公见他胸前、上肢还有肩膀处确有几处深深划伤,还有几处青肿,便点头示意捕头放开他。衙役直接把王秀才摁着跪下,也不管他衣衫如何。

狄公继续审问:"你提到只有你和死者二人还有那龙裁缝知晓你们的苟且之事,这说法显然无法立足。你怎可断言再无他人知道你这劣迹呢?"

"回大人,小生从裁缝处阁楼出来时总会四周环顾一番,细辨有无行人。有时更夫从此处经过,小生便等其远去,随即我便迅速窜入临近肖屠夫肉店的那条昏暗小巷。那处相当安全,即便有人要经此过那半月街,我也可藏身昏暗之处,并不会被人察觉。唯一危险之处便是我爬上阁楼之时,不过纯玉见有人靠近会在窗边给我放哨警示。"

"堂堂一读书人夜里竟鬼鬼祟祟干起那偷鸡摸狗之事!"狄公嗤之以鼻道,"多么深刻的教训!你再仔细想想,可曾有过让你起疑之事?"

那王秀才深思半响,最后慢腾腾说道:"大人,我想起来了。两周前我着实吓了一跳。我在穿过街道之前在裁缝铺门口四处张望之时,见守夜的经过,领头之人还敲着梆子。我等他们巡过半月街才出来,亲眼看到他们在方氏药铺灯笼处拐了弯。就在我溜进对面那暗巷时,我猛然又听到那守夜的梆子声,离我很近,吓得我魂不附体,赶紧贴墙躲进阴影里,梆子声便停了。我还以为守夜之人会把我认作窃贼,出声警示。然而什么事都没有发生,周边死寂一片。最终我觉得这是我的想象或是回音作怪。我便从藏身之处出来,拉了拉纯玉悬在窗外的布条告诉她我到了。"

狄公此时转头对洪师爷低语道:"这倒是一新情况,记下来!"接着他便怒视王秀才喝道,"公堂之上,休得胡言!守夜更夫如何能在短时间内来回如此之远?"

他转向记录员命道:"读读王秀才的当堂供词摘要,让他证供画押。"

记录员便大声读来:"王秀才承认所供一切属实。"

"让他捺指印!"狄公对衙役道。

那些衙役又一次把王秀才拎了起来,把他拇指按进砚台,让他在狄公递到案几边上的供词上画押。

那王秀才颤颤巍巍画押之际,狄公注意到那是一双瘦瘦的书生之手,还留着读书人特有的长指甲。

"把犯人押回大牢!"狄公喝道。接着他便起身,怒气冲冲地甩了甩长袖,下了高堂。他转身回书房之时,就听到背后人群开始窃窃私语。

"退堂,退堂!"捕头喊道,"这儿可不是看完戏还可以待着的戏园子!还想要衙役们给你们端茶倒水上茶点么?"

围观人群最终被驱散后,那捕头看着自己的手下闷闷不乐叫道:"这什么时候是个头!我们天天烧香拜佛求着来个又蠢又懒的大人,谁知……老大爷饶了我吧,这个蠢却勤快,脾气还暴躁,简直是祸害啊!"

"大人怎么不用刑啊?"一小衙役问道,"鞭子一响,那柔弱书生就会认罪,更别说夹手夹脚了,这案子不就早结了!"

另一个接着说道:"这只是拖着有什么用?王秀才一贫如洗,又没什么油水搜刮。"

"那就是个榆木脑袋!"捕头满心厌恶道,"王秀才罪证确凿,一清二楚,可大人却要核实证据。罢了,我们先去厨房,赶在那些贪吃的武卫之前先填饱自己肚子吧。"

与此同时,狄公已换好常服,坐在自己书房桌后那宽大的椅子里,啜着乔泰倒来的热茶,一脸满足。

此时,洪师爷进得门来。

狄公问:"师爷,怎么一脸沮丧的样子?"

那洪师爷只是摇头:"我刚刚混进堂外百姓中听他们议论了一番。大人,恕我直言,百姓们不大看好这案子的初审。他们觉得这审问没有什么意义,大人你并未抓住扼要之处,也就是让那王秀才认罪。"

"师爷，若不是我知道你这番话只是关心我为官清誉的一片苦心，我会严厉批评你。皇上派我来是主持正义，而不是取悦百姓！"

狄公转向乔泰说道："让高里正来这一趟！"

乔泰走后，洪师爷问道："大人这么关心那守夜之人是觉得其中有什么关联吗？"

狄公摇了摇头。

"并不是这个原因。即便没有王秀才今天所提之事，作为对现场相关之人的例行调查，前任冯大人已经仔细询问过那守夜之人，他们领头之人也证明他与这两人、与此案都无关。"

那高里正随乔泰前来，上前给狄公深深鞠了一躬。

狄公看着他生气地说道："你便是这片的里正，在你管辖之地竟出了如此可耻之事。你难道不知自己所辖之地任何不法行为都是你应负其责吗？多多上心！日夜加紧巡逻，不要在政务时间吃喝嫖赌！"

那里正赶紧跪下，叩了三个响头。狄公接着道："现在带我们去半月街看看凶杀现场。我只想大致了解一下。除了你和乔泰，我只需四个衙役。我微服出访，洪师爷扮成我们这一行人的领队。"

狄公戴上一顶小黑帽和他们从西侧门溜出衙门，乔泰与高里正带路，四个衙役紧随其后。

他们先是沿着主街一路向南，到了城隍庙后墙处便朝西继续走，不久他们便见到了右边孔庙的绿色琉璃瓦。穿过西城区河上由南至北的小桥后，路便没了。此处乃是穷人聚集之地，里正左拐进入一条两边全是小商铺和危旧老房的街道，接着又走进一条又窄又曲的小巷，这里便是那半月街了。高里正指给他们看了看肖屠夫的肉铺。

他们刚在那肉铺前站住时，周边一群人便围了上来。那高里正便喊道："这是衙门里大人派来的官差，正在办案！闲杂人等，速速避让！不得妨碍公务！"

狄公注意到肉铺地处这窄巷偏僻拐角之处，侧壁也没窗户，仓库在店后十尺左右。在这肉铺与仓库间的墙头几尺上下，便可见纯玉所住阁楼的窗户，小巷的另一边则是拐角处行会高高的墙头。转身查看整条街道便发现龙裁缝的店铺正对着这小巷入口，从龙裁缝店上阁楼既能看到这巷子全貌，也能看到纯玉闺房。

021

洪师爷正问里正些例行问题时，狄公对乔泰说道："试试能不能翻进窗户。"乔泰笑着把自己长袍衣襟别进腰带，纵身一跳便抓住了墙头，墙上有处砖块脱落之地，正好让乔泰右脚有个着落，他整个身子紧贴墙壁，慢慢往上提，直到手能够摸着窗沿，飞身一跃，一条腿攀过窗户，整个身子便翻了进去。

狄公在窗下不由点头。乔泰在窗口晃了几下，双手攀住窗台，纵然跳下五尺多高，一招"蝴蝶扑花"，落地几近无声。

那高里正想带大家看看凶案现场，狄公却摇头对洪师爷说道："该见的都见着了。回吧。"

大家便信步回到衙门。

高里正辞别后，狄公便对洪师爷道："适才所见已证实了我的猜想。把马荣叫来！"不一会儿，马荣便进来作揖。

狄公道："马荣，我得委派你做件难事，还可能有危险。"

马荣满脸兴奋，急忙道："一切听大人安排！"

"我令你乔装成一地痞流氓，频繁出入那些地痞流氓所在之地，寻找一位道家或是佛家的野游僧或是假扮如此之人。你要找的这人人高马大，但不是你所认识的绿林好汉般的侠义之人，此人是个邪恶浪荡、喜打架斗殴、毫无人性的畜生。他双手有力，指甲短小，我不知道他会乔装成什么样子，也许会穿得衣衫褴褛，但我敢肯定，他像其他游僧一样，身上带着木鱼，就是和尚用来吸引过往行人时敲打的那块头骨形木钟。最终的证据是他最近新得了一对做工特别的纯金发钗，这是草图，你得记住。"

"这很详细，"马荣道，"这人是谁？犯了何罪？"

狄公笑道："我也没见过他，没法告诉你他是谁，但他所犯之案，正是那肖屠夫爱女纯玉被害的奸污杀人之案。"

"我喜欢这活儿！"马荣叫道，他激动万分，速速离去。

洪师爷一直满心惊讶地听着狄公吩咐马荣的话。此刻他尖叫道："老爷，这可把我弄糊涂了！"

但狄公只是笑着说道："你所见所闻和我一模一样。自己想想！"

第五章　拜佛

同日清晨，陶干也离开了狄公书房，他换了一身低调尊贵的外袍，头戴玄帽，假装是那身无官职的富家老爷。

如此打扮一番后，他便出来北城门，把整个北郊闲逛了一圈，又寻了一家饭馆吃了顿简易的午饭。

坐在二楼窗户边，他透过窗棂便能望见那普慈寺的圆屋顶。结账时他对小二道："那寺庙真是气势恢宏！那些僧人定是得了菩萨佛祖的真传啊！"

那小二哼了一声道："那些秃驴可能对佛祖毕恭毕敬，但这地界上不知有多少老实巴交的人家想要他们的命呢！"

"你这家伙，休得胡言！"陶干佯怒道，"我乃佛门信徒，岂容你如此诋毁我佛家弟子！"

那小二怒瞪了陶干一眼，连赏钱都不要便走开了，陶干把钱收回袖袋，心满意足地离开了饭馆。

没走多远，陶干便到了那三层大门的普慈寺门前。他拾级而上进得寺内，余光却瞥见有三个和尚正坐在门房里，上下打量着自己。陶干慢悠悠地穿过大门，突然停了下来，摸了袖袋半晌，左顾右盼，一副无所适从的样子。

此时其中一个年长的和尚踱上前来，施礼问道："施主，小僧可有效劳之处？"

"大师可真是慈悲为怀，"陶干道，"我乃佛门信徒，今日特地来此，向观音大士敬香礼佛。无奈适才刚发觉自己把碎银子忘在家中，无法贡献那香火钱，只怕今日只能无功而返，另择他日再来了。"

他边说边从袖袋中掏出一块银元，在自己手里掂量着。

那和尚看见那银元，满眼放光，忙道："小僧可先替施主垫上这香火钱！"

说着这话，他匆忙从门房内取回两串铜钱递给陶干，那陶干自是感激不尽。

穿过第一层院落之时，陶干见地面皆是石板铺就，两边香客房间尽显优雅。院前正停放着两顶软轿，僧人、仆从，来来往往，好不热闹。

陶干继续往前走,穿过另外两处院落之后,终于见到了正对面的寺庙主殿。

这大殿三面皆为大理石高台,俯视着那开阔院落,院落地面也全由雕花大理石铺就。陶干拾级而上,越过石台,跨过门槛,进入大殿,大殿内光线不明,但见那檀木观音像六尺多高,坐在莲花宝座之上,两支巨烛照着那供桌上的香案与法器,金光闪闪,灿烂夺目。

陶干上前深深三鞠躬,因为边上有和尚站着,他便用右手佯装往那案前箱子里扔了些香火钱,装着两串铜钱的左手袖袋砰的一下撞在箱子上,此举令人对他深信不疑。

他双掌合十默站了一会儿,再次三鞠躬后退出大殿。出了大殿,他往右边转悠时,发现有处门关着挡住了去路,正暗自思忖要不要推开那门之时,一小僧出来问道:"施主是要求见住持大师吗?"

陶干忙找了个借口退了回来,穿过大殿又转到了左边。一条宽阔覆顶的长廊下有条狭窄台阶,台阶尽头又是一扇小门,那门上写着:"寺院重地,闲人免进。"

陶干对此视而不见,推开那门便闪了进去。这是一处景色迷人的花园,花木郁郁、假山重重,一条小径蜿蜒其中;远处,葱葱树端间还隐约可见那青色琉璃瓦和香阁朱椽熠熠闪光。

陶干暗想这便是那些求子妇人的过夜之处,他迅速蹿进两棵低矮树间,把外衣翻过来穿上,这外衣是特制的,内里是干粗活的人常穿的粗布,那上面还缀着几块补丁。他把帽子也摘了下来,折起来塞进袖内,还把头用一块脏布裹了起来,卷起长袍,露出裤脚,最后从袖袋中拿出一小卷蓝布。

这可是陶干奇思妙想的发明之一。这卷蓝布展开,就是一个粗制滥造的百姓们常用的褡包,方方正正的形状,但内里却缝制了各种褶皱和口袋;这卷蓝布折起来,随着里面竹篾的各种变化组合,陶干就能将其变化成装换洗衣裳的方包或装满书的长书包等花样。这东西对陶干扮演各种角色大有助益。

陶干把竹篾整理一番,那布包便摇身一变成了个木匠工具包。他三两下便扮好了,沿着小路走了出来,肩背稍驼,胳膊下夹着工具包似是十分沉重。

那小路尽头是处典雅香阁,一棵虬龙般粗壮的古松耸立其身后,镶着铜把手的红漆双门大开，两个小沙弥正在洒扫。

陶干跨过门槛，一言不发地径直走向靠墙处的那张大榻，他哼了一声直接蹲下，拿出一根木工线绳，丈量起来。

其中一个小沙弥道："怎么，这家具又要改？"

"管好你自己的事吧！"陶干粗声粗气地说道，"是舍不得给我这穷木匠几个铜子儿么？"

那两个小沙弥笑笑随即便走开了。待这香阁只剩陶干一人，他立即起身四处查看。

这房间没有窗户，只有后墙高处一圆形气窗，那洞口太小，显然连孩童也难以潜入。适才他佯装丈量的大榻乃红木材质，雕刻精美，珍珠母贝装饰。榻上的被褥枕头皆是重缎织绣，榻边是一个雕花精美的花梨木桌，桌上是一套精制细瓷茶具和一轻便茶炉。另一边，一卷丝质巨幅观音画像，色彩饱满，覆盖住了整面墙。对面倚墙而立是张典雅的花梨木梳妆台，台上有两支蜡烛和一个香炉。最后，剩下唯一的家具便是一个矮脚凳了，尽管适才那两个小沙弥已经洒扫过，但这房间仍有一股浓郁的熏香之气。

陶干自言自语道："如今找那隐秘入口要紧。"

他先是查看了最可疑之处，也就是观音画像后的那面墙，四处敲打一番，试着找到暗道或是暗门所在之处，紧接着他又一寸一寸地查看了其他墙壁，却一无所获。他把那大榻搬开，也将它细细查看，他又爬上梳妆台，把那小小的气窗也摸索一遍，想看看其中是否暗含机关，然而如此这般后他依然一无所获。

陶干显然很是恼怒，在机关暗术方面他可自认为是行家里手，颇以为傲。

他想："老宅里，地板上会有处活板门通向地下暗道，但这些香阁乃去年新建，可以想象这些和尚能在墙里设暗门，可他们没办法在不惊动任何人的情况下在这地下挖条暗道。这也是唯一可疑之处了。"

于是他便掀开榻前地板上那厚重的地毯，手脚并用，一块块地查看石板，还用自己的小刀撬动石板间缝隙。然而如此折腾后，依然没有新的发现。

他不敢在这香阁逗留太久，只得就此罢手。出门之时，他又匆匆查看了那厚重的双层大门的门枢，看看那里是否暗含机关，但一切正常。

陶干不由叹息一声,关上阁门,又查看了那最结实的门锁一番,也未能发现不妥之处。陶干沿着花园小径走回,路上遇见了三个和尚,他们也只当他是个脾气暴躁的老木匠。

在离入口不远的灌木丛中他又把衣服换了回来,偷偷溜了出来。

出来后,他在各个院落里闲逛,找到了僧舍,也找到了来求子妇人们夫君所住的客房。

陶干再次回到大门处,一走进门房便见到自己刚来时遇见的那三个和尚。

"大师适才施以援手,我不胜感激。"陶干朝着最为年长的和尚施礼拜谢,却没有一丝要从袖袋里掏钱的意思。他站在那里显然不妥,年长和尚便邀他坐下喝杯茶,陶干自然同意。一会这四人便围桌而坐,喝着寺院里特供的苦丁茶。

"你们这些人啊,"陶干语重心长道,"未免用钱过于吝啬了。我没用你们借我的那两串铜钱。我待舍几个铜子去买些香火时却发现这铜钱绳串没有结。我怎么解得开?"

"施主,莫要说笑,"一位岁数稍小的和尚说道,"我看看那钱绳。"

陶干便从袖中掏出串铜钱递给那和尚,和尚把那串铜钱迅速穿过两掌。

"这儿,"和尚得意洋洋道,"这不是绳结是什么!"

陶干把那串铜钱拿回来,看都没看一眼,对那年长和尚说道:"这肯定是障眼法,你敢跟我打赌吗?五十个铜子,这上面根本就没绳结!"

"赌就赌!"年轻和尚急急叫道。

陶干拿起那串铜钱,在空中转啊转,然后又把它递回给那和尚,说道:"你给我找找看那绳结!"

三个和尚忙把钱串套在手上,细细在那铜钱间找寻一番,却未能见那绳结。

陶干把那钱串心满意足地收回袖袋,往那桌上扔出一枚铜钱道:"再给你们一次机会赢回自己的钱。转这枚铜钱,还是五十个铜子,我赌反面朝上!"

"赌!"年长的和尚说着便转起那枚铜钱,结果果然是反面朝上。

"那这借债就不作数了。"陶干说道,"不过,为了补偿你们,我愿意用我那银元换你们五十铜子。"

这般说着的时候他又把那银元拿出来在手里把玩着。

这会儿几个和尚完全糊涂了。年长的和尚以为陶干脑子不好,但他也不能眼睁睁地看着那银元飞走,五十个铜子不及那银元百分之一啊,他便又掏出五十个铜子放在桌上。

陶干见了便道:"你这买卖合算,这银元可是个好东西,而且轻便易带!"他朝银元一吹,那银元便飘落下桌去,原来那只是锡箔折的绝妙赝品。

陶干从袖子里取出另一串铜钱来。他给和尚们看了看那特别的绳结:他用指尖一按,只见那绳结变成了活结,正好卡在铜钱中间的方洞里,如果有人让这铜钱在指间转动,那绳结因已被固定住,所以会随着铜钱转动,从而消失不见。陶干又把适才翻转的那枚铜钱反过来,原来这枚铜钱两面是一样的。

那三个和尚哄然大笑,这才知道陶干是个专门的江湖骗子。

陶干平静地说道:"你们今天所学到的可不止这一百五十个铜子。现在言归正传,我听人说起这寺里的财源来路,想着四处看看。听说这寺里贵客不少,我碰巧是个健谈之人,又善察言观色,觉得你们可以雇我去寻访些人,咱这么说,寻些潜在'顾客',还可以劝服那些犹豫不决之人把夫人送来此地过夜。"

年长和尚摇头时,陶干忙道:"你们不必付我很多工钱。比如说,就取我介绍之人供奉香火钱的十分之一,如何?"

年长和尚冷冷说道:"施主道听途说可不能信。我知道有些心存嫉妒之人四处散播我寺流言,但那全是无稽之谈。我能想到如你一般之人常以恶意看待世事众人,但这事是你大错特错,这都是大慈大悲的观音菩萨显灵。阿弥陀佛。"

陶干乐道:"我本无意冒犯,做我这行的难免有所疑虑。你们应当举措得当才得以护住那女施主们的名声吧。"

"那是自然,"那年长和尚说道,"首先,我们住持灵德大师,挑选人时十分谨慎。他会在花厅见见那些求子之人,若是对佛祖心意不诚或是财力不足,也就是背景不行,住持是不会让他们在这里住下的。女施主和其夫君在大殿祈祷之后,男施主要设宴招待一下我们住持和长老们。

这花费可不少，但我们寺庙后厨可是极好的，尽管我这还是客气了说来。

"最后，我们住持会把这对夫妇引至后花园的一处香阁之中。你未曾得见那香阁，那香阁品位绝对超凡脱俗。香阁共有六处，每处香阁内墙上皆有一幅你在大殿所见的那尊檀木观音大士的实物画像。如此这般，女施主便可在房内的观音大士像前打坐祈祷整夜，阿弥陀佛。当女施主进入香阁后，其夫君会亲自把门锁上，自行保管钥匙。而且，我们住持会要求在门上再贴上封条，且让男施主加盖印章。这些封条除了女施主夫君，任何人不得撕开，次日一早由女施主夫君自己去开锁开门。如此这番，你觉得还有什么可疑之处？"

陶干一脸遗憾地摇头道："真是可惜，不过这是对的。若求子之人心愿未能达成怎么办？"

那老和尚得意洋洋道："那便是女施主心思不净或是对佛祖心意不诚了，也有女施主来第二回的，还有一些再也不来的。"

陶干拽着自己脸颊那几根毛问道："我猜那久无子嗣的夫妇一朝得子，定不会忘记这普慈寺吧？"

老和尚便咧着嘴笑道："那确实不能忘，有时会有特殊的轿子装满礼品送来。若真有人忘了这小小礼节，我们住持也会派人去提醒女施主我们的寺庙之恩。"

陶干又和和尚们扯了许多，不过再也没能探得更多消息。

第六章 伸冤

陶干去狄公书房时，见他正与文书和书库长史谈论一争议土地之事。

狄公见陶干回来，便遣散他人，命他叫师爷前来。

陶干将他在寺庙的所见所闻细细道来，除了他用假银元换真铜钱的把戏没说，其他细节无一遗漏。狄公待他说完便道："这事就如此作罢了。既然你未能找到那香阁的秘密入口，我们便只能相信那些僧侣之言：'精诚所至，金石为开'，那大慈大悲的送子观音确实灵验。"

洪师爷和陶干听狄公所言皆惊奇不已。

陶干道："整个濮阳城都在传那寺庙和尚心术不正，行些下作之事！

恳请大人再让我去调查一次，或者派洪师爷去细查一番。"

然而狄公却摇头道："钱财权势引人嫉妒，此乃常事。普慈寺之事就此作罢！"

洪师爷原本还想再劝说一番，但他太熟悉狄公那神情，便也作罢。

狄公又道："更何况，马荣正寻着半月街奸杀案的元凶，还需陶干助他一臂之力。"

陶干一脸失望，正欲再争辩几句，午后开堂的锣声响起，狄公便起身着衣开衙去了。

堂前又聚集了一大群观望的百姓，大家都盼着狄公继续审理那王秀才。

狄公宣布开堂后，便盯着堂前百姓说道："既然濮阳百姓对堂审一事如此在意，借此机会本官也警示大家一番。本官听说如今濮阳城内有些宵小之徒诋毁诽谤普慈寺名声，身为地方父母官，本官需提醒各位，刑法中造谣生事、无端指责，皆有量刑条款，以身犯法者本官将会依法处置。"

接下来狄公便命土地纠纷事件的相关人员上堂，耗了些时间做了判决，并未提起半月街奸杀案。

临近休堂之时，人群中突然有了骚动。狄公从文书上抬眼一看，便见一老妇正努力穿过人群走上堂前，他示意捕头带了两名衙役上前，直接把那老妇人带上堂来。

书记员俯身对狄公耳语道："大人，此人乃一疯婆子，数月以来，她一直跟冯大人云里雾里地说些莫须有的冤情。下官建议大人无须理会此人。"

狄公对此不置可否，但他看着走上前来的老妇人目光锐利，面容出众，这老妇人早已人过中年，腿脚不便，拄着根拐杖。她身上所着衣衫虽显破旧，却很干净且修补齐整。

老妇人正欲跪下，狄公便示意衙役道："本官堂前，老弱病残不必跪着回话。你站着就好，报上姓名，有何冤屈，细细道来。"

老妇人深鞠一躬，声音含糊不清道："草民梁家欧阳氏。亡夫梁逸峰生前乃广东一商贾。"

说到此处，她声音便低了下来，大颗大颗的眼泪顺着她双颊淌下，虚弱不堪的身子随着她的啜泣颤抖着。

这老妇人说的是广东方言，狄公听不大懂。又见她此时悲痛万分，显然无法陈述案情。便道："夫人，你如此久站不是办法，到我书房来说吧。"狄公回头吩咐洪师爷道，"把这老妇人带到内衙，茶水伺候着。"

老妇人被带走之后，狄公又继续处理了些例行公事便退堂了。

洪师爷正在书房候着。

"大人，那老妇人似乎有些精神错乱。喝完茶后，她清醒了些时候。说自己和家人蒙受不白之冤，便又开始哭起来，语无伦次。我冒昧地去请了家里的老嬷嬷来安慰她。"

"明智之举。"狄公道，"我们得等她完全放松下来，再听听她怎么说。大多情况下，人们所说之事只是精神错乱所致，但无论如何，在查清事情来龙去脉之前，我们不能将上堂喊冤之人拒之门外。"

狄公起身，双手背在身后，在书房里踱来踱去。洪师爷正待问他所烦扰之事，狄公突然站定说道："现下只有我俩，你是我的良师益友，关于普慈寺我想跟你说最后一点。来，近点，隔墙有耳呢。"狄公低声道，"你须明白继续调查普慈寺毫无意义。首先，要获得铁证几乎不太可能。陶干的能力我是相信的，他都查不出那香阁的秘密入口，可见并不简单。若那些和尚真的用了不为人知的手段，做下恶事，受害之人也不会主动报案，如此这般不但会让自己和夫君引人注目，那孩子的出身也会遭人质疑。而且，还有一层缘由，更为紧要，我告诉你，你千万不可声张。"

狄公凑近洪师爷耳边低语道："最近京中有消息传来，令人很是不安。现下佛教盛行，已传入宫中。刚开始只是有些宫娥皈依佛门，现下连皇上对那些僧侣也都有所耳闻，皇上已经允准他们信奉那些佛教谬言。"

"京中白马寺住持大师已奉诏在朝任职，他自己和手下众人对我朝内外事务皆有所干预。佛教信徒耳目众多，无处不在，朝中忠贞之士对此很是忧心。"狄公皱着眉头继续低语道，"情势如此，若我此时拿普慈寺开刀，你当知结局如何，我们应对的不是普通凶犯，而是一国之重器，那佛教众徒势必全力为那住持撑腰。他们会在朝内活动，贿赂官员，给我们施加压力。即便取得铁证，我尚未结案便有可能被调至边境偏远之地，甚至还有可能我被冤枉捏造证据，从而铁镣加身押至京城。"

洪师爷愤愤道："大人，如此看来，我们真的无能为力？"

狄公点点头，郁愤不已。几番思索后，他叹道："若此案可以在一天之内立案勘破，同一天内将那凶犯判罪执刑便可无忧。只是，你也知道如此武断之举，于法不容。即便我取得完整口供，死刑也须得报刑部批复，这折子须经州府各级上报，时日长久。如此便给了那些佛教之徒可乘之机，他们有足够时间压下奏折，撤销此案并将我罢黜。如今若有一丝机会能拔除这毒瘤，我愿拿自己的官途，甚至自己的性命为代价，不过，这种机会可能永远不会有。

"与此同时，师爷，今日我对你说的这番话你不得对任何人提及，这事也永远不许再提。我相信咱衙门之内也有那住持的信徒，关于普慈寺一个字都不要再提，现下去看看那老妇人是否清醒吧。"

洪师爷片刻便将老妇人带来，狄公让她在书桌前一椅子上安坐下来。他和善地说道："夫人，今日见你如此痛苦，本官实在难过。你说自己丈夫姓梁，但你尚未细说他的死因或是你所受冤屈。"

老妇人颤颤巍巍地在袖袋里摸索一番后，拿出一个用褪色锦缎包裹着的书卷。她恭敬地双手递给狄公，声音颤抖地道来："希望大人能仔细读一下文书。如今我上了岁数，头脑不太清楚，清醒的时候不多，无法将我和家人所蒙受的这天大冤屈详细道来！大人看了文书自会了解一切。"说罢便倒回椅子上又开始哭了起来。狄公让师爷递给那老妇人一杯浓茶，自己打开了包裹。包裹里有厚厚一大卷文书，日子久了，纸页已发黄，展开第一张，是一纸长长的诉状，文笔优雅，书法精湛，显然出自大家之手。

粗略浏览一番，狄公便了解到这是广东梁林两家殷实商贾之间的恩怨情仇。事情开始是林家勾引了梁家夫人，后来林家又无情地迫害梁家一族，谋夺梁家财产。狄公读到最后才看到日期，他惊讶地抬头问道："夫人，这文书可是二十年前所写！"

老妇人轻声道："罪不可恕，岁月也涂抹不掉。"

狄公又翻阅了其他文书，发现都是这同一件事的后续而已，最近的一份文书也是两年之前。然而，无论新旧，每份文书最后都有县令的朱批裁定，皆是"证据不足，予以撤销"。

狄公道："我看这案子是在广州城发生的。你为何背井离乡来到此处呢？"

那老妇人道："我到这濮阳来是因为那凶犯林藩便在此地落户。"

狄公不记得自己是否听说过此人，他把文书卷好，对老妇人柔声道："本官会细查这些文书。若有结论，我会请夫人再来对质定夺。"

老妇人慢慢起身，深深一拜道："这许多年来，我一直盼着有位青天大老爷能还我梁家清白。老天保佑，终于让我等到了这一天！"

洪师爷将那老妇人送出去，回来时，狄公便对他说："乍一看，我觉得这是一宗令人恼火的案子。一个头脑聪慧、能读会写的奸诈之徒为了一己私欲，不惜毁灭他人，逃过刑罚。很明显，那老妇人正是因此痛苦悲伤从而导致精神错乱。我所能做的也只是对这案子仔细研究一番，不一定能在那被告辩词中找出漏洞之处，但我看到经手此案的大人中有一位大名鼎鼎，如今正在刑部任职。"

狄公把陶干叫来。他见陶干垂头丧气，便笑道："陶干，休要泄气，比起在寺庙瞎晃，如今我有更重要的事情交代给你，去探查一下那梁夫人所住之地。然后去追查一个名为林藩的富人，他就住在这濮阳城，你要跟他套近乎。这两个人都来自广东，在此地安家也不过数年。"

遣散了陶干和洪师爷，狄公便命书记员送来些例行公事文件。

第七章　争斗

且说马荣，那日午间离开狄公书房后，便回到自己住处，乔装打扮一番。

他摘下帽子，把头发弄散后又用块破布绑了起来，套上一条松松垮垮的裤子，把裤脚用草绳绑在脚踝处，然后他把一件处处都是补丁的破烂外套搭在自己肩头，又把自己的毡鞋换成双草鞋。

如此打扮一番后，他便从县衙侧门溜了出去，混进人群之中。街上行人见了他都躲着走，小商小贩见了他都看紧了自家货物。马荣对自己的这番装扮颇为满意，狠狠地皱着眉头，暗自乐了许久。

然而，没过多久他便发现，狄公所派之事比他想象的要棘手多了。他在流浪汉常光顾的街边摊上吃了难以下咽的一餐，又在一个臭气熏天的酒肆里喝了几杯浊酒，听说了无数惨事，见过无数讨钱的乞丐，但这些人还不是真正的乌合之众，只是游荡在城后街的小偷和扒手，他还不曾得见任何一个此地的地痞流氓。这些人自成帮派，对这暗处之事了若指掌。

将近黄昏时分，马荣才得了点线索。在街边小摊上，他正给自己灌下一杯浊酒之时，偷听到在此处就餐的两个乞丐对话。一个乞丐问那偷衣服的好去处，另一个则答："去红庙那儿问问！"

马荣知道市井无赖常会在废弃寺庙附近落脚，但多数寺庙都是红漆柱子和大门，他人生地不熟的，也不晓得这两个乞丐说的是哪一处。马荣快要走到城北门集市处时，抓了一个衣衫褴褛的小乞丐，命他带自己去红庙。那小乞丐二话不说便引着他穿街过巷，七拐八拐地到了处昏暗之地。小乞丐此刻便挣脱出去，飞一般地溜走了。

马荣见前面便是一处道观的红色大门，夜色中阴森可怖。道观左右两边皆是高墙，墙根之处是一排歪歪斜斜的木棚。原本这道观繁盛之时，这木棚是些商贩为熙熙攘攘的信徒们所设，如今却被这些地痞恶棍占为己有。

整个院落垃圾遍地，臭气熏天，气味中还掺杂着一股地沟油的恶臭，令人作呕。一个衣衫褴褛的老头正在那刚生起的炭火上炸着油糕，墙上的裂缝中插着支火把，摇曳的火光之中，马荣看见有群人正围在一处掷骰子。

马荣慢慢走上前去，一个赤着上身、大腹便便的胖子正坐在靠墙根的一个倒翻的酒坛上，长长的头发和乱糟糟的胡子油腻又脏乱，都结成了硬块。他正垂着眼皮，盯着骰子，左手挠着肚皮，右臂壮如桅杆，搁在一圆头棍棒上。另外三个精瘦的赌徒正蹲着围在一起看着地上的骰子，其他人则蹲得更远些。

马荣站在那里看着骰子有一会儿了，发现似乎没人注意到他，正踌躇着如何开口搭讪，坐在酒坛上的大汉突然出声，头都没抬，便道："老弟，你这衣衫不错，借哥哥穿穿？"

瞬间所有人都看向了马荣。其中一个赌徒把那骰子收好，站了起来。他虽个头不及马荣，但双臂刚武有力，腰间还有柄匕首，咧着嘴角站在马荣右方，一面用手指试着那匕首的刀锋。那胖子也提了提裤子站了起来，往地上兴冲冲地啐了一口唾沫，握着根棍子，也站在马荣前面。他奸笑道："欢迎老弟到这圣明道观。我猜你是心怀敬意，特意到此地献礼，没错吧？我向你保证，你这外袍哥哥就愉快地收下了！"

他一边说着一边准备动手。

马荣扫了一眼便看清了形势。眼前胖子右手中的棍子和自己右边那人手中的匕首最为危险。

胖子刚说完,马荣便出手了。他左手飞出抓住那胖子的右肩,右手在他拇指处穴位用力一按,便直接将那胖子握住棍子的胳膊卸了下来。那胖子迅速用左手揽住马荣左腰,想把马荣拉近些,一膝顶在他下腹处。哪知马荣右臂一屈,突然全力往后一挥,直接撞飞近身而来的手持匕首之人,且正中那人面部,他一声哀嚎,直接倒地。紧接着,马荣右臂一回,屈肘撞上胖子毫无防范的胸膈膜处。所有动作一气呵成,胖子只能松开马荣,自己倒在地上喘着粗气。

马荣正待转身看手持匕首之人,突然背后传来一股重压,两只钳子似的胳膊扼住了他的喉咙。

马荣弯下脖子,下巴顶着那人胳膊,在背后一阵摸索。他左手撕下了一块布料,右手却抓住了那人的腿,用尽全力把那人的腿往前一拉,同时往右一踉跄,两人直接摔倒在地,但马荣在上,他整个身子的重量几乎把那人压垮,危机解除。持匕首之人此时爬了起来,马荣起身一跳,刚好躲过了一刀。

马荣闪身避开之时,直接抓住了持匕首之人的手腕,扭过他另一胳膊,搭上自己肩膀,一个马步,用力一甩,直接把那人扔了出去。那人撞上墙后,直接摔落下来,把空酒坛砸了个稀巴烂,便一动不动了。

马荣把那匕首捡起来,扔出墙外。转身对藏在暗处的人道:"各位兄弟,我下手可能有点重了,但我对拿刀的人可没什么耐心!"

有些人不置可否地回了几声。

胖子躺在地上不断呕吐,间或能听到几句呻吟与咒骂之声。

马荣拽着他的胡子把他拉了起来,直接把他扔到墙根。他后背"砰"的一声撞上墙,直接瘫在了那里,双眼恨恨地瞪着马荣,仍在努力地呼吸。

过了好一会儿,胖子稍稍恢复了一些,声音沙哑地说道:"事已至此,一切如你所愿。不知这位兄台可否告知尊姓大名,是哪路好汉?"

马荣随意道:"我叫雍宝,专做小本买卖,沿街叫卖自家货物。今一大早,那日头刚刚升起,就有一富商看中了我的货,留下三十两银子买下我全部家当,所以我便来此上些香火钱,感谢上苍。"

这一番话说得那群人哄然大笑，因大家都明白这人是个抢劫拦路的。这时之前想扼着他喉咙之人问他是否用过晚饭，马荣摇头，胖子便喊来那炸油糕的小贩。不久众人便集聚在那炭火前，就着大蒜吃上了油糕。

原来这胖子名为盛霸，他颇为自豪地介绍说自己是这濮阳地界的地头蛇头领，同时也是丐帮的长老之一，他和众兄弟是两年前才在此处落脚。这道观先前盛极一时，似乎是出了什么岔子，才破败至此。那些道士离开之后，官家便把这道观门封了。盛霸提到这道观真是一处好地方，远离尘嚣，离城中心也不远。

马荣和盛霸坦陈自己如今处境艰难，已把那三十两银子藏于一保险之地，但因为富商可能已经告官，他急于离开此地，不想带那么多银两在身上四处游荡，就想着把这些银两换点金银首饰，易于隐藏，折换中稍微亏点也无妨。

盛霸慎重地点头道："老弟，这倒是个以防万一的明智之举。只是那银子也是贵重之物。我们常年只与铜钱打交道，若要把银子换些等值的小东西，那只能是金的了。不瞒兄弟，这帮人一生中也难见那金子一次！"

马荣也承认那金物难得，但又说有可能哪个乞丐能捡到贵妇人轿子里落下的小首饰呢。他又道："这种福气难得，消息走漏得也快。既然兄台贵为丐帮长老，肯定也会很快得到消息。"

那盛霸挠了挠自己肚皮，觉得这种事不太可能会发生。

马荣见他兴致缺缺，便从袖袋里摸出一块银子，把那银子在手里掂来掂去，让火把的光照在上面，熠熠闪光。

他说道："当初我把那三十两银子藏起来时，顺便拿了一块当幸运符。若哥哥愿意帮我牵线搭桥达成交易，我便将这块银子送给哥哥当成酬谢。"

盛霸眼睛一亮，一下子就把银子抓来，咧嘴笑道："老弟，我必当尽全力。明晚来听信吧！"

马荣自是答谢一番，与那群新朋友闲聊一番后便告别离开了。

第八章　点拨

且说马荣回到衙门后，自是梳洗一番。他去前院之时见狄公书房灯还亮着。

狄公和洪师爷正在议事。

狄公见马荣回来，便停下来问道："你可得到了什么消息？"

马荣便简明扼要地说明了一番他与盛霸之间的瓜葛，以及盛霸最后的承诺。

狄公面上一喜。

"若你第一天便能找到那凶犯，就是撞大运的了。开头不错！暗地里这消息走得很快，我觉得你已经和你要寻的人接上线了。相信盛霸不久后就会给你关于发钗的线索，顺藤摸瓜，凶犯便能找着了。

"在你来之前，我们正讨论明天我去拜访一下周边区县的大人们是否合适，这风俗礼节我迟早得遵从，现在正是时候，我得离开濮阳两三天。这几天你还要继续追查半月街凶犯，若有必要，我让陶干助你一臂之力。"

马荣觉得还是自己一人调查比较稳妥，两人同时调查同一件事容易引起怀疑。狄公也对此表示赞同，马荣便退下了。

洪师爷沉思道："大人离开濮阳两三天，衙门关了，这倒是个好时机，那王秀才之案暂缓审理也在情理之中了。最近谣言四起，说因他是个读书人，死者只是个屠夫女儿，所以大人对他有所包庇呢。"

狄公耸了耸肩膀道："随便传吧，明日一早我便去往武邑县，后日直接从武邑县去往青华县，大后日打道回府。我不在时，马荣和陶干或许需要帮助，你便不必跟我去了，你就留在衙门掌管大印吧，必要时你下令即可。你再去为武邑县潘大人、青华县罗大人各自备份厚礼。备好行李，让轿夫一早在主院等我。"

洪师爷保证这些事都会办理妥当。狄公便坐在椅子里，俯身去读早些时候书记员给他放在书案上的一些文书，洪师爷似是有些踟蹰，仍站在书案前。

一会儿那狄公抬头问道："你想什么呢？"

"大人，我一直在想那半月街奸杀案，我把文书反复读了数遍，但我怎么也想不明白大人是如何得出结论的。虽然夜已深，您明日一早便要离开，大人能否为我解惑，至少大人不在的这两晚我能安然入眠啊！"

狄公一笑，把那文书用镇纸压住，往后靠在椅背上说道："师爷，让下人沏壶茶，你搬个凳子坐下。我跟你详细说说我觉得十六日那晚到底发生了什么事。"

洪师爷忙叫下人请上了茶,搬好板凳坐下后,静待狄公发话。

狄公饮了一杯浓茶后便娓娓道来:"我听你说起这案情之时,一开始我就排除了王秀才是那奸杀的凶手。的确,女子时常会引发男人心中的恶念,我们孔圣人在《春秋》中有时用'精怪'形容女子也不无道理可言。

"但只有两类人才会把这种恶念付诸行动。一类人,社会底层渣滓,堕落得毫无人性的惯犯;另一类人,富有的好色之徒,多年的放纵,自己已沦落为变态本能的奴隶。我可以想象,即便是王秀才那般勤奋苦读、冷静自持的人,出于极度恐惧,也会勒死一个人。但在我看来,对于一个和自己已经亲近了半年的人,王秀才强奸纯玉就绝无可能了,所以真正的凶犯必是我刚才所提的那两类人中的一类。

"随即我又排除了第二类富家浪荡公子所为。这种人常常出没于暗场子,只要有钱,什么肮脏堕落之事都可以在那里放纵自己干。这种富家浪荡公子甚至听都没听说过半月街这种小商贩聚集的穷街陋巷,他们不可能有机会知道王秀才的秘密,他们更不可能会用布条爬上爬下。所以这凶犯定是第一类那些底层惯犯。"

说到此处,狄公顿了一下,接着恨恨地说道:"这些恶棍渣滓就像饿狗一般在城里四处游荡。他们在暗巷中若遇见一手无缚鸡之力的老者会把他敲晕,抢得那老者身上几个铜板;他们若见到一孤身女子便会把她打晕奸污,还会抢走她的耳饰,留她躺在阴沟之中;他们在穷苦人家周边晃荡,若发现哪家窗户开着或者门未闩好,他们便爬进这家去偷走这家里唯一的水壶,连补过的长袍也不放过。

"这种人在半月街经过时发现了纯玉与王秀才的隐秘之事是不是合情合理?这种恶棍立即就想取代王秀才和纯玉私会,奈何纯玉抵死不从,也许她想呼救或者去门那边叫醒自己的父母,恶棍便勒死了她。做了这等恶事之后,恶棍还平静地翻箱倒柜,偷走了纯玉唯一的贵重之物。"

狄公停下来又喝了一杯茶。

洪师爷点了点头,说道:"大人分析得有理,那王秀才确实不是那奸杀纯玉的凶手,但我们在堂上没有任何确凿的证据为他辩解啊!"

狄公答道:"你若要确凿证据,我就告诉你。首先,你也听了那仵作的证词。若是王秀才勒死了纯玉,他那长指甲势必会在纯玉喉咙处留下深长的伤口；尽管纯玉脖子上到处都有皮肤破损，那仵作却只找到了浅浅的指甲痕，这一点便指向了凶犯那短小又不平整的指甲。

"第二，纯玉被侵犯之时曾全力反抗过。然而，她磨损的指甲绝不可能在王秀才胸口和胳膊上留下深深的严重的划痕。顺便说一下，那些划痕，并不是王秀才所想的那样是被荆棘划伤所致，但这不重要，稍后我再解释。至于那王秀才能勒死纯玉的可能性极低，见过王秀才的体格，再听过仵作对纯玉的描述，我相信王秀才若想要勒死纯玉，他肯定会被扔出窗外，但这也无关紧要。

"第三，十七日那天早上发现凶案后，现场那条王秀才用来爬上爬下的布条是堆在房间地板上的。若那王秀才是凶犯，若他曾在那房间待过，他不用那布条是如何离开现场的？王秀才一文弱书生，体格不强，进出纯玉房间尚需纯玉帮忙，但经常入室行窃之徒，四肢发达，匆忙离去之时根本不必借助那布条。他会像乔泰一般，双手抓住窗台，两脚悬空，飞身跳下即可。这就是我如何判断出那真正的凶犯身份的原因。"

洪师爷心满意足地点着头，一脸笑意。

"大人的这一番推理完全基于事实，我终于明白了。待那凶犯落网，这证据充足，由不得他不供认，若有必要可以酷刑逼供。他肯定还在城内，没有任何理由心生警惕，远走高飞。全城都知道冯大人认定王秀才有罪，大人你也不曾翻案。"

狄公抚着长须，慢慢点了点头，又道："那恶棍如今正想方设法将那金钗脱手，这正是抓他的好机会。马荣已经和那了解黑市之人接了头，他会知晓那对金钗何时被发卖。要知道凶犯是不敢去找金匠或是当铺脱手的，关于失踪物件，按照朝廷惯例，这些人是知道图样的。他肯定要找其他同伙出手，盛霸那里定会知晓，所以，一切顺利的话，马荣会抓到那人的。"

狄公又啜了口茶水，然后拿起红笔继续看自己面前的文书。

洪师爷站起身来，若有所思地扯着自己的胡子，良久之后又问道："大人还有两点尚未解释清楚。大人是如何得知凶犯必是一游僧打扮？这与守夜之人又有何关系？"

狄公许久没有回答。他正专注于自己眼前的文书，在那空白处草草写了几句，把笔搁下后把文书卷了起来，然后抬起头来看着洪师爷，浓眉一挑说道："今日上午王秀才提及那奇怪的守夜之事后，我心中凶犯的形象就更加完整了。社会底层的渣滓恶徒常乔装成道家或佛家的化缘僧人，这是他们日夜游荡在这城里的最佳掩护。王秀才那晚听到的第二声不是守夜更夫的梆子声，而是……"

洪师爷惊叫道："是游僧的木鱼声！"

第九章　访友

翌日一早，狄公刚换过常服准备出发之时，当值文书来报普慈寺两个僧人到访，还替住持灵德大师带来一封信函。

狄公只得又换回朝服，安坐书案之后，一老一少两个和尚便被引进了书房。他们跪地磕头之时，狄公就注意到他们身上所着黄袍皆是高级锦缎制成，紫色绸缎做了里子。他们项下还挂着琥珀念珠。

那老和尚高声道："我普慈寺住持灵德大师命小僧前来向大人问安。他知道大人初来乍到，前些日子定是辛苦了，所以自己不敢前来叨扰，时机合适之时，他定会亲自前来聆听大人教导。为了避免误解我寺对大人有丝毫不敬之意，灵德大师特意为您备了份薄礼，礼轻情意重，小小敬意，还望大人笑纳。"

说完他便向那小和尚示意，小和尚起身把一个价值不菲的锦缎小包裹放在了狄公书案之上。

洪师爷以为狄公会回绝这礼物，令他惊讶的是狄公只是口中客套一番，那和尚坚持要狄公不要回绝之时，狄公起身慎重鞠躬道："请各位向灵德大师转达本官对他这一番体谅的感激之情，大师厚意我感激不尽，有机会我会还给他的。请他放心，虽然本官不是佛教信徒，但我一向尊仰佛法，非常渴望能有机会听一下他这样的高僧传道讲义。"

"小僧必将此话带到。还有一事，灵德大师命我们跟大人报告，虽是小事一桩，但仍需到衙门报案。昨日下午，大人便明确表示我普慈寺和这地区所有老实本分的百姓一样受您庇护。近来，有些地痞流氓到寺里诈骗无知僧人的钱财，那可是寺庙财产，还问东问西，无礼至极。望大人能发明文告示制止这些地痞流氓的无耻行径。"

狄公点头，那俩和尚便告辞了。狄公很是恼怒，心里明白，定是那陶干故技重施，更糟的是他还暴露了痕迹，被人跟到官衙。他叹息一声便让洪师爷打开那包裹。

除去那精美包裹，洪师爷只见里面有三锭金元宝和三锭银元宝，闪闪发光。

狄公将那些元宝重新包起来，放在自己袖袋之中。这还是洪师爷第一次见狄公受贿，他大受打击。想起狄公前番警告，他不敢对这僧人拜访之事妄加评论，只能默默地帮狄公换回常服。

狄公慢腾腾地走回大厅前方主院，见自己的官家仪仗已准备完毕。轿子就停放在台阶之下，前后各有六名衙役；前方衙役高杆举牌，牌上写着"濮阳县令"。六个壮实的轿夫在轿边待命，还有十二名壮丁轮流扛着行李。

狄公见一切妥当，便上轿出发了。轿夫们用长满老茧的肩膀抬着轿子，慢慢地穿过庭院，穿过县衙的两重大门。

大轿到了衙门前门之时，乔泰全副武装，牵着马跟在了轿子右侧，那捕头也骑着马，跟在了轿子左侧。

这浩荡队伍出了县衙大门，走往濮阳大街。两个先锋衙役喊着"县令大人到，闲人避让"在前方鸣锣开道。

狄公注意到街边百姓并没有像往常那般热烈欢呼，他从轿子小窗望出去，很多人望着这队伍面色沉沉，似有愠色。他不由深深叹了口气，靠回坐垫，从袖袋中掏出那夫人的文书仔细研读起来。

离开濮阳城后，这队伍一路沿着主路穿过很多稻田行进了数小时。突然狄公把手中文书搁下，他两眼空空地望着轿外，外面毫无景色可言。他在想自己费尽心力筹划这一切的后果，却无从结论，最终，那摇摇晃晃的轿子让他昏昏沉沉地睡着了，醒来时发觉天色已晚，队伍已经进了武邑县城。

武邑县县令潘大人在县衙大厅接待了狄公，准备了接风宴，当地有头有脸的乡绅贵族也都出席了宴会。那潘大人比狄公年长几岁，因为两次考核不过关，一直未能得到提拔。

狄公注意到这潘大人为人清廉俭朴，学识渊博又特立独行，那两次考核不过关，也不是因为他缺乏才干，不过是他不愿随波逐流罢了。

这接风宴简简单单，潘大人的一番高论却引人入胜，狄公学到了许多州县治理之法。宴会结束时夜已深，狄公回到了早已准备妥当的客房直接安歇了。

第二日一早狄公便辞别潘大人，继续往青华县去了。

赶往青华县这条路，穿过连绵起伏的乡村，山上竹林摇曳，松林密布，景色甚美。狄公把轿帘掀开，尽情欣赏着这旖旎风光。但这美景也无法让他忘却心事，梁夫人之案的细枝末节他琢磨得有些疲累，一会儿他就把那文书案卷又塞回袖袋中。

这桩案子刚下心头，他便又开始担心马荣能否在合适的时间擒获半月街奸杀案的真凶。现下他便又有些后悔，当初应该派还在濮阳的乔泰单独去寻那凶犯才对。

狄公心中犹疑不定，队伍接近青华县时，他甚是烦躁不安。更让他痛苦的是，他们错过了过河的渡船，不得不又等了半个多时辰，待狄公一行人马进城之时，天早就黑了。

青华县衙的衙役们举着灯笼出城迎接狄公一行人，狄公则直接在县衙大厅前被搀扶下轿。

青华县县令罗大人非常隆重地接待了狄公一行，引着狄公步入那宽敞奢华的大厅，狄公心想这罗大人与潘大人还真是不一样。罗大人又矮又胖，年轻活络，没有络腮胡，却留着京城时下盛行的尖胡短须。

正当两人相互寒暄交流之时，狄公听那隔壁院子里传来缥缈的丝竹之声。罗大人赶忙致歉解释道，他原本邀请了几个朋友来见一下狄公，奈何约定时间已过，众人猜测狄公定是在武邑县留下了，所以就直接开宴了。罗大人提议自己和狄公两人就在这偏厅用餐，安静地聊聊双方共同关心的政务。

罗大人这话虽然彬彬有礼，但不难看出他并非要真心如此。狄公此刻心情也无意谈论政事，便道："实话实说，我今日有些疲累，承蒙各位盛情设宴，不好推辞。本无意轻佻，本官愿与各位朋友相识。"

罗大人看似喜出望外，立刻引着狄公去了二重院里的宴席。席上有三位士绅正围坐在一处，美酒佳肴，举杯痛饮。

罗大人向众人引见了狄公，大家都起身鞠躬问安。最为年长的一位名为罗品旺，是位著名诗人，是罗大人的远房亲戚；另一位是名丹青好手，他的作品在京城也颇有名声；第三人则是位才子，正周游各州，开阔眼界。这三人明显是罗大人的好友。

狄公的到来让这三人清醒了许多，例行礼节寒暄过后，大家便默默无语。狄公环顾一番后便令各位连行了三轮酒。

暖酒入肚，狄公心情也好了许多，便吟诵了一首古诗赢得了满堂喝彩。罗品旺随即吟唱了自己所写的一首词，一轮酒后，狄公又背诵了几首情诗，罗大人非常高兴便击掌示意。此刻花枝招展的四位歌姬，从大厅后屏风处翩翩摇摆而出。早在罗大人和狄公进来之时，她们就在屏风后候着呢！这四人，两个上前倒酒，一个吹奏银笛，还有一个翩翩起舞，舞起了长袖。

罗大人喜笑颜开，对友人们说道："你们终于知道谣言是多么荒谬了吧！想象一下咱们狄公在京城可是以严苛闻名，现在你们自己看看他是多么和善一人啊！"

接着他一一介绍了这四位歌姬。她们看来不仅貌美如花，似乎还受过良好训练，狄公见她们能够附和自己的诗词，即兴为名曲填词颇感意外。

时间飞逝，夜已深，众人尽兴而归。原来倒酒的两个歌姬正是罗品旺与画家的相好，宴会结束后那二人遂与他们同归。才子要把那歌者与舞者带走赶赴另一处宴会，结果这宴席上就只剩下罗大人与狄公二人。

罗大人称狄公为知心好友，自己心情很好，坚持和狄公抛去那些繁文缛节，称兄道弟。这两人离桌后，漫步在阳台上，享受着清风，欣赏着秋月。他们在雕花大理石栏杆处小凳上坐下，此处可以将下面花园美景尽收眼底。

这两人对适才席间那几个歌姬热烈讨论一番后，狄公道："老弟，尽管今日我们第一次得见彼此，却感觉我们已经相识一辈子了，所以为兄有个不情之请，还希望你能有所建议，并对此保密。"

罗大人严肃道："我乐意至极，虽然我的建议对兄长这般聪慧之人来说可能并无多少可采纳之处。"

狄公低声悄悄道："不瞒你说，为兄甚好酒色，而且喜好花样繁多。"

罗大人叹道："如此甚好，甚好！我完全同意这一点。即便是美味珍馐，每天都一样也让人味如嚼蜡！"

狄公又道："遗憾的是我如今这身份也不能常常光顾濮阳的花柳阁，偶尔还可以选个美人在侧，闲暇时还可以快活些。你也知道这城里流言蜚语传得多快，我也不想有损官家威严。"

罗大人哀叹一声道："这是事实，我们身居高位，衙门苦杂事又多，确实极有不便。"狄公俯身前去低声道："若我在这青华县偶然遇见一二绝世美人，不知是否冒昧，贤弟可愿为我安排妥当送到我府上去？"

罗大人立刻变得兴趣盎然。他起身深深一鞠躬，对狄公慎重道："还请兄长放心，这是我青华城的无上荣耀！还请兄长屈尊在我这简陋之处多住些日子，如此我们便可慢慢四处寻觅佳人了。"

狄公道："不巧的是濮阳有些要事须我亲自处理，我明日须打道回府。但长夜漫漫，贤弟若肯帮忙，天亮时间尚早，还有许多事可做呢。"

那罗大人兴奋得拍着巴掌，叫道："这热情可真是体现了兄长的浪漫性情啊！短时间内要赢得人心需要英勇之气，这里的大多数姑娘恋旧，不太容易带走。但是兄长仪表堂堂，容小弟实话实说，你这胡子去年京城就不流行了，所以兄长要稍作改变才是，小弟我保证把最美的姑娘带到兄长面前来。"他转向大厅，对下人喊道："叫管家来！"

不一会儿一个鬼头鬼脑的中年男子走上前来，在罗大人和狄公前深鞠一躬。

罗大人便道："我要你现在立刻带着轿子出门，请四五个姑娘陪我们一起赏月。"

那管家显然已经习惯了这种吩咐，再深鞠一躬。

罗大人对狄公问道："不知兄长可否告知你所钟爱的是哪种类型的女子？是形体优美，还是热情似火，还是才艺出众？又或者是言谈风趣幽默？时候尚早，大多数姑娘还在家里呢，我们选择的余地很多。兄长说说看，管家会根据你的喜好挑选。"

狄公道："贤弟，你我之间没有秘密可言。为兄实话实说，在京城之时，我对那些颇有才艺的知礼守节的女子已心生厌倦。如今，我品味变得难以启齿，相当粗俗。坦白说，我就喜欢那些我们唯恐避之不及的勾栏院里的烟花女子。"

罗大人惊叹道："哈哈，我们圣人不是曾说过正反两极终将归一吗？兄长已经参悟透了这点，可以发现那些庸俗之人看不到的美好。兄长有令，小弟莫有不从！"

他随即就让管家凑近些在他耳边低语几句。那管家惊讶地扬了下眉毛，随即深鞠一躬后退下了。

罗大人把狄公又引回大厅，让下人又上了新菜，再敬狄公一杯酒。

"兄长，小弟觉得你的想法很刺激，我非常想体验一番。"

等了不久，门帘处水晶珠叮当作响，四个姑娘走了进来。她们衣着花哨，浓妆艳抹。有两个年纪不大，虽然妆容粗糙，面容尚好，另外两个年纪稍大，脸上明显有在这行当挣扎受苦的痕迹。

狄公看似很是满意。他看这些姑娘在这雅致环境里甚是不自在，便起身询问起她们的姓名。原来那两个年轻的一名为春杏，一名为青玉，另两个年纪大的唤作孔雀与牡丹。狄公把她们带到桌边，她们只是站在那里，垂着眼睛，不知所措。

狄公劝她们进些吃食，罗大人教她们如何倒酒。不一会儿姑娘们便放松许多，环顾四周，欣赏着她们不熟悉的环境。

然而，她们不会唱歌跳舞且大字不识一个，罗大人便用筷子蘸了汤汁在桌子上写写画画姑娘们的名字逗她们开心。

姑娘们每人喝了杯酒吃了几块点心后，狄公在罗大人耳边嘀咕了几句，罗大人点头叫了管家进来吩咐了几句，那管家一会儿便来回话说，妓院让孔雀和牡丹两人回去。狄公给了她们一人一块碎银，便让她们退下了。

狄公让春杏与青玉随坐在自己左右，教她们如何敬酒，让她们随意聊聊。罗大人见狄公自己干了一杯又一杯，觉得乐不可支。

在狄公的巧妙询问中，春杏知无不言。原来她和青玉是一对姐妹，本是湖南州府的农家女，十年前的一场洪水逼得农夫们几近饿死，她们父母就把这姐妹俩卖到了京城。刚开始这龟公把她们当做下人，待她们长大后便把这姐妹俩又卖到了青华一亲戚处。狄公发现尽管她们身为妓女，但诚实本性尚未泯灭，他想若能好好教导，她们可以变成最合适的人选。

临近午夜时分，罗大人困到极点，他在椅子里都坐不直，言语之间也混乱迷茫。狄公见状，便提出就此安歇。

罗大人被两个下人搀扶起身，和狄公道了晚安。他命令管家道："狄大人之令犹如我令！"这心情大好的县令大人被带走之后，狄公便命那管家上前来，对他低语道："我要把春杏和青玉买下。你帮我和她们现在的老板把一切安排妥当，绝不能让人知道你是替我行事。"

那管家会意，笑着点了点头。狄公从袖袋里摸出两锭金子和一锭银子递给管家。

"这金锭足够买下她俩了。剩下的钱你安排把人送到我濮阳府上。"

狄公又把那银锭拿来说道："这银锭就当是我酬谢你的一番辛苦吧。"

几番推辞后，管家还是礼节性地收下了那银锭。他请狄公放心，一切将按照狄公吩咐安排妥当，还说会让自己夫人一路陪着这两个姑娘到濮阳去。最后那管家道："现下，我安排那两个姑娘在大人您客房住下吧。"

然而狄公却道自己今日甚是疲累，明日一早还要赶路，今晚须得好生歇息。

春杏和青玉告辞后，狄公也回住处歇息了。

第十章　守夜

话说陶干得了狄公命令后，已经开始探查梁夫人案的来龙去脉了。

那梁夫人所住之处离半月街不远，所以陶干打算先去拜访高里正。他算好时间正好能赶上吃顿午饭。

陶干极其热情地问候了里正。那里正也觉得与新任县令大人的随从打好关系乃明智之举，尤其是他刚被狄公训诫过，便邀请陶干共进午餐，陶干自是连忙应下。

陶干心满意足地用过午餐后，里正便翻出两年前那梁夫人到濮阳时的户籍记录，那时她还有一个孙子陪同，名为梁珂发。

户籍记录上写明当时梁夫人六十八岁，孙子三十岁。里正提到那梁珂发看起来要年轻很多，以为他只是个二十岁左右的年轻人，但他肯定年过三十，因那梁夫人曾说他已经通过第二次科举考试了。梁珂发人很好，大部分时间都在城里闲逛，似乎对城西北特别感兴趣，常见他在水闸附近的运河边散步。

就在几周后，梁夫人向里正报告说自己的孙子失踪已有两天，她担心他已遭遇不测。于是里正按惯例进行调查，结果一点线索也没找到。

此后梁夫人便上堂鸣冤，向冯大人状告一个已落户濮阳的广东富商林藩绑架了自己孙子。同时，她还呈交了一些陈年状纸，由此可见林梁两家结怨已久，但梁夫人无法提供林藩与她孙子失踪之案的任何关联证据，冯大人只得驳回此案。

梁夫人继续住在那小屋里，身边只有一老仆伺候，她年事已高，总想着陈年往事，所以头脑也不甚清醒。至于那梁珂发的失踪，里正也毫无头绪，据他推测，梁珂发有可能掉进运河溺亡了。

陶干了解这些后，对里正的款待真诚谢过，便前往梁夫人处了。

陶干在水闸南边不远处，一条冷清狭窄的后街那找到了梁夫人的住处。那只是一排平房的其中一家。他猜那房子最多三个房间。

他敲了敲那扇朴素的黑色大门，许久后才听到蹒跚的脚步声。门上小门孔打开了，露出一张老年女仆满是皱纹的脸，她细声抱怨道："你要干什么？"

陶干礼貌问道："梁夫人在吗？"那老妇人看着他，一脸怀疑。她声音嘶哑道："夫人病了，不见客！"随即便把小门孔砰的一声给关上了。

陶干吃了个闭门羹，不由得耸了耸肩。他转过身来，四处打量一番。这条小巷非常安静，几乎没有行人路过，连个乞丐、流浪汉也没有，陶干怀疑狄公直接相信那梁夫人是不是错了。她和她孙子很有可能是自编自演，用个悲惨故事来掩盖一些见不得人的勾当，或许他们和林藩是伙的，这样一个冷清的住处恰好是密谋最好的掩护。

他注意到梁夫人对面的房子要大很多，砖砌而成，两层格局。被风吹日晒过的招牌上写着这曾是一家丝绸店，但如今那房子窗户紧闭，似乎无人居住。

"白跑一趟！"陶干咕哝道，"我最好再去了解一下林藩和他的一家人吧。"他便开始往城西北角走去。他在县衙中见过林藩家住址，但他没想到这地方如此难找。林藩家的宅子坐落在这城里最古老的地方，许多年前当地的乡绅住过那里，后来便都搬到了更为繁华的东区。在这曾经繁华之地的周边，狭窄蜿蜒的小巷犹如蛛网密布，实在难找。

陶干费了番周折后终于找到了林家宅子。宅子宽大深邃，门脸壮观，红漆双扇大门嵌满了铜钉，两边高墙完好无损，门口两侧还有两座大石狮子守护，看起来阴沉冷酷，令人生畏。

陶干想沿着这外墙走走，找一找给厨房送菜的入口，顺便评估一下这林府面积，结果发现这根本不可能：往右走是邻院连接的高墙，往左走是片宅邸废墟。

于是，他便沿原路返回，拐角处有一蔬果摊，他买了点腌菜，付钱时顺便问起了摊主生意如何。

那摊主在围裙上边擦手边说道："这里不是赚大钱的地方，但我也没什么好抱怨的。我和家里人身体强健，所以从早到晚都在忙活。这样每日一碗粥，店里一点菜，每周还能吃块肉，还能有什么奢望？"

陶干道："我看你这摊位离拐角处那户大宅子很近，我还以为你为那家供应果蔬呢。"

摊主耸耸肩道："我守着的这两个宅子运气不好，一个宅子空了多年，另一个宅子住了一群外地人。他们是从广东来的，方言我几乎听不懂，那林老爷自己在西北郊外有块地，就在河边，每周农家便运来一整车菜蔬，他们从没在我这花过一个铜板！"

"哦，我在广东住过一段时间，知道广东人善于交际。我猜那林家的下人偶尔会来你这聊聊吧？"

"我一个也不认识！"那摊主厌烦地说道，"他们特立独行，似乎觉得自己比我们这些北方人要高人一等……可这些都与你何干？"

陶干答道："不瞒你说，我擅长装裱书画。那深宅大院，离装裱街又那么远，不知家里是否有卷轴书画需要修复？"

"老兄，甭想了。"摊主道，"这商家小贩，手工艺人就没人进得去那大门。"

陶干却不甘心，跑到角落里，把他那神奇的卷轴袋子又拿了出来，三两下就变成了装裱匠用来装糨糊和刷子的行头。接着他便走上那深宅大院的门口台阶，使劲敲了敲门。不一会儿，门上的小门孔打开，门孔后露出一张愠怒不耐烦的脸。

陶干早年四处闯荡，会许多地方方言。于是他便用相当不错的广东话向那门房问安，说道："小人是个装裱匠，在广东五羊城学的手艺，不知贵府有没有小人可以效劳之处？"

门房听到家乡话，面上一喜，打开双重大门，说道："我得去问问。既然你说的是我们家乡话，还曾在我们广东五羊城住过，你便进来在我这坐等一会儿吧。"

陶干见这前院修整得体，周边一排矮房。他在门房这里等着的时候，整个宅子安静得可怕，没有听到任何下人的呼喝之声，也不见有人走动。

门房回来之时，脸色阴沉。他身后紧跟着一个又矮又胖，宽肩厚背之人，身着玄色锦缎，是广东人的最爱。那人面部宽大丑陋，胡须稀稀疏疏也不齐整，看那气势此人应是这宅邸的管家。

他朝着陶干吼道："你这无赖到这里来是要干什么？我们若需要装裱匠，我们会自己找一个来，赶紧滚出去！"

陶干只得咕哝着抱歉，讪讪退了出来。厚重的大门在他身后砰的一声就关上了。

陶干慢慢走开，想青天白日的再去探查一下也没什么用。这秋日天气正好，索性就去西北郊外看看林家的农庄吧。

他自北门出了城，走了半个时辰就到了运河边。在濮阳的广东人也不多，跟几个农夫一番打听后陶干很容易就找到了林家的农庄。

这是一大片肥沃的土地，沿着运河展延了半里地，那地中间有一排粉刷齐整的农舍，农舍后还有两个大仓库。一条小路通向河边，那里有个小码头，停着只小船，有三个人正忙着把那草席包裹的货物装船，除了他们，此地似乎无人居住。

陶干见这平静的郊区并无什么可疑之处，便从北城门转回城内，寻了一处小店，简单点了一碗饭和一碗肉汤，还让小二送了一小碟洋葱。长途跋涉让他胃口大开，米饭一粒不剩，肉汤一滴不漏地全进了肚子。接着他便头枕着胳膊，趴在桌子上，不一会儿呼噜声响起，睡着了。

陶干醒来时，天色已晚。他跟店小二再三致谢后便出了门，给的赏钱少得可怜，店小二气得差点把他叫回来。

陶干直接去了林宅，幸好今夜秋月正明，他没费什么周折便找对了路。果蔬摊早已打烊，这一片便真的杳无人迹了。

陶干朝这宅子左边的废墟处走去，小心穿过那些茂密的灌木丛和砖头坡，最终他发现了二重院子处的一扇旧门，可门被一堆垃圾堵住了，他爬上去就看到院里的围墙还有一部分是完好的，想着自己可以爬上墙顶，如此便能俯瞰一下那林宅外院了。

几番试探后终于他在一堆破砖烂瓦中寻得了立足之处，爬上了墙头。他趴在墙头上，发现这个危险的位置正好可以清楚地看到整个宅邸院落。这整个宅子有三层院落，每个院落里成排的房子气势恢宏，院落间雅致大门相连，但这宅邸静得死气沉沉，除了门房那屋，整个宅邸后院只有两处窗口闪着烛光。陶干对此甚是不解，通常这种大宅院晚上这个时辰应是热闹非凡。

陶干在墙头趴了一个多时辰，但宅子里什么事也没有。他曾以为自己看到前院影影绰绰有人在偷偷移动，因为听不到任何声音，又觉得是自己眼花了。

最终陶干决定不在这里枯等了，他跳下墙头之时，脚底的一块砖头松动滑落了，他一下子跌进了灌木丛里，一堆砖头哗啦啦倒了一地。自己的膝盖磕破了，外袍也扯烂了，他不由咒骂一声，爬起来准备找路出去。就在这时，一片乌云遮住了月亮，四周黑漆漆一片。陶干若稍有不慎，一旦行差踏错就会摔断胳膊腿，于是他便就地蹲下等着那月亮重新出现。

等了不久，陶干突然感觉此处不止自己一人。早年刀尖舔血的生活让他有种本能，能感知危险临近，他敢肯定这废墟某处有人正盯着他。陶干一动不动，竖起耳朵仔细听了起来，可他什么也没能听到，只有偶尔从灌木丛里传出可能是小动物引起的窸窸窣窣的声音。月亮再次出现，陶干并没有立刻动起来，他小心地四处观望一番，然而并没有发现什么异常之处。

他慢慢站起来，弯着腰，费了好大劲才找到出这废墟的路，他小心翼翼地挪动着，尽量让自己躲在暗处。

回到巷子里的陶干终于松了一口气。经过那果蔬摊时，陶干不由得加快了脚步，死寂冷清的街巷可把他吓坏了。突然他发现自己拐错了弯，现下自己身在一处陌生的狭巷之中。

正当他环顾四周寻找出路之时，就见两个蒙面大汉从背后暗处出来，他们直奔陶干而来。陶干飞一般逃了开来，他拐来拐去，想着逃避那两人追捕，或是能跑到主街大道，两人便不敢再追。

糟糕的是，陶干非但没能跑到主街大道上，却跑进了一处死胡同。回头时，那两人已经追了进来，拦住了去路。他被困在这儿了。

"两位好汉！且慢！"陶干喊道，"凡事好商量！"

那两个人根本不听他讲话，直接欺身前来，其中一人直接冲着他的头飞来一拳。

陶干向来是口舌功夫胜过拳脚功夫，他那点拳脚功夫也是跟马荣和乔泰比拼时训练出来的。危难时刻，他绝对不是一懦夫，多少恶棍流氓现在想来正是被他那温和外表所蒙骗。

陶干往下一蹲便避开了那一拳，往前一闪想着绊倒另一个。可惜他脚下一滑，没能站稳，背后那人直接扭住了他的胳膊。两人眼中凶光毕露，陶干便知这两人并非为财而来，而是为了要自己的性命。

陶干使出全身力气大声呼救。背后那人把他转过来，两手犹如虎钳般把他的胳膊紧紧锁在身后，另一个则掏出一把刀来。陶干刹那间意识到，这可能是他为狄公办的最后一件事了。

他用尽全力往后踢，想挣脱双臂，但一切皆是徒劳。

正在这时，又一个身材魁梧、头发蓬乱的壮汉闯了进来。

第十一章　救命

且说陶干终于将胳膊挣脱出来。身后那人见来者气势汹汹连忙溜向巷子口。那新来的一刀便砍向那恶棍头颅，可惜他一蹲便避开了。另一人也逃了出去，那新来之人紧随其后，追踪而去。

陶干惊魂方定，深深松了口气，擦了擦前额冒出的冷汗，整了整自己的长袍。不一会儿那壮汉便跑了回来，气急败坏道："你又玩你那老把戏，把自己弄到这步田地！"

"马荣，我一直感激有你相伴，"那陶干道，"但从来没有一刻像刚才那般感激万分。你穿成这样在这里作甚？"

那马荣粗声道："我刚在那道观见了朋友盛霸，回去时却在这迷了路。经过这胡同时就听有人喊救命，所以我便冲进来江湖救急。若我知道那人是你，便等会再来，先让你被人狠揍一顿，谁让你总是骗人！"

陶干愤愤喊道："若你稍等一会儿，你就再也见不到我啦！"此时他停下来，从地上捡起那第二个凶徒掉落的尖刀，递给马荣。

马荣把那尖刀在手上掂量一番，仔细端详着那在月光之下寒光闪闪的长刀。他颇为感激地说道："哥哥，这刀切你的肚皮就如同切菜砍瓜似的，我无比后悔没能抓住那些恶徒。他们对这周边显然很熟，逃至一处黑暗的边巷，我还没看明白他们就完全消失不见了。你为什么会选这么一破地方与人起了冲突呢?"

陶干没好气道:"这哪里是我选的地方,我奉大人之命,正在详查广东佬林藩的宅邸,哪知我往回走时,那两个恶徒就突然冲我来了。"

马荣再次看了看自己手里的刀,说道:"老哥,今后对这种凶险之人的调查还是交给我和乔泰吧。很显然,你在监视林宅之时被人发现了,那林老爷对你很不喜欢,就是他派了那两人要把你除掉。这刀正是广东恶霸们常用的,式样很是特别。"

陶干惊呼道:"既然你这么说,我便想起来那两人中有一个我感觉很熟悉,虽然他们都蒙着面,但那身材姿态让我想起那林府粗暴无礼的管家来。"

马荣又道:"那便是了,那些人肯定在干些见不得人的勾当,要不别人想知道他们在干什么时不会如此气急败坏。现下走吧,回去吧。"

他们在这迷宫般的巷道胡同里又走了一遭,终于走上了主街,溜达回了衙门。

他们见洪师爷孤身一人坐在书记员空空的书房里,正对着棋盘兀自沉思。

洪师爷让两人坐下喝杯茶,陶干便把他去林府探查和马荣救自己于水火之事说与他听。

陶干道:"大人停止调查普慈寺之事我仍心存遗憾。我宁愿对付那些光头蠢和尚,也不愿应对那群广东恶徒,在寺庙里我还小赚了一笔呢!"

洪师爷道:"若大人想要就梁夫人的控告立案,那就必须速战速决。"

陶干问道:"为何如此着急?"

洪师爷道:"若不是今晚你受惊了,肯定也会意识到这点。你也见过那林府宅邸,虽然宽大恢宏,却几乎空无一人,这也就意味着他们要搬家离城,妻妾家仆定是已然先行一步。从那几处有烛光闪烁的窗户来看,林府除了那门房,也就只剩林藩自己与几个心腹手下。你今日在林家农庄附近见到的船明日便起航南下,我也毫不惊讶。"

陶干一拳砸到桌子上,叫道:"师爷所言不假!这一切便清楚明了了。狄大人须得早做决断,有案子悬而未决,如此我们便可将那林藩留下。我太想自己去通知那个混蛋了,不过,我得承认,我一点都不知道他这些鬼鬼祟祟的行为与梁夫人有何关系。"

洪师爷解释道:"大人出门时就把梁夫人之案的案卷文书带上了。我也没见过,但从他的只言片语中我得知并没有什么直接证据指向林藩,不过大人总能想出个聪明法子来的。"

陶干又问:"那我明日还去林府吗?"

洪师爷回道:"我觉得你暂时还是不要招惹林藩和林府了,等大人回来听听你所说之事再议吧。"

陶干点头称是,又问马荣今日在道观之事。

马荣道:"今晚我便得了消息。不愧是盛霸,他问我是否对一个金钗感兴趣。起先我装作不在意,说那金钗总是一对,而我更喜欢金镯子之类的物件,方便我藏于袖内。盛霸坚持说金钗也可以很容易打造成臂环,最终我假意被其说服,明晚盛霸就安排我和对方见面。"

"现下既然已有一支金钗的下落,另外一支肯定也能找着。即便明日我见不到那凶犯本人,至少会见到一个认识他,也知道他在哪里的人。"

洪师爷看上去很是高兴。

"马荣没有搞砸这事!后来呢?"

马荣回道:"我并没有立刻离开,在那儿玩了一把骰子,让他们赢了大概五十个铜板。我注意到盛霸和他手底下几个人出老千,陶干玩的那一套我太熟悉了。为了显示友好,我假装什么都没看到。

"然后我们闲聊起来,他们跟我讲了这道观的各种恐怖传说。我曾问过盛霸为何他和手下住在观前这破木棚中,而不是撬开侧门偷偷溜进道观里去,在道士们空出来的房间,寻个遮风挡雨的舒适地方。"

陶干也随口道:"我对此也很好奇。"

马荣继续道:"嗯,盛霸告诉我若不是那道观闹鬼,他们肯定会这么干。每当夜深人静时,他们经常听到那封禁的大门后有痛苦的呻吟声与锁链的叮当声。他们中曾有人看到有扇窗户开着,一个红眼绿毛的怪物正怒视着他。现在你们相信我所说的吧,盛霸那一伙人确实很难对付,但他们也不想与鬼怪打交道!"

陶干道:"这传言真是令人害怕!那些道士当初为何离开了道观呢?那些懒人一旦舒舒服服地安顿下来是很难再离开的。你觉得他们是被鬼还是狐狸精赶出来的?"

马荣道:"我也不知道,我只知道那些道士离开时间不长,天知道他们去了哪里。"

正当此处洪师爷便讲了一个故事，令人毛骨悚然。说是一男子迎娶了一位年轻貌美的姑娘，后来发现那姑娘是狐狸精怪幻化的，咬破了那丈夫的喉咙。

马荣待他说完便道："说了这许多鬼神精怪，我不想喝茶，想喝点别的东西提提神。"

陶干便道："哦，这倒提醒我了。我今日在那林府附近菜摊上为了和那摊主套话，买了点腌豆咸菜之类的，正好做那下酒菜！"

马荣道："这真是天赐良机，赶紧把你从普慈寺骗来的钱花了！你知道那钱只会带来厄运，还留着作甚！"

这回陶干没有任何异议。他让一睡眼惺忪的下人出门去买了三壶当地的美酒，在茶炉上温了之后，三人喝着酒又聊了许久，直至午夜过后方才歇息去了。

次日一早这三人又在衙门里碰面了。洪师爷去牢里巡查，陶干为查林藩和他在濮阳的所作所为去了档案库。马荣则去了衙役们的住处，当他看到这群人要么在闲逛，要么在赌博，便把他们全部集合到大院里来。两个时辰的严酷训练让这群人叫苦不迭。

他和洪师爷、陶干共进午餐后，便回到自己住处好好睡了个午觉，想着今晚定不容易。

第十二章　擒凶

夜色降临，马荣再次乔装一番。洪师爷命审计从县衙库房取了三十两纹银给那马荣，马荣把那银子用布一包，塞入袖袋，便赶去了圣明观。

他在老地方找到了盛霸，那人依旧赤身倚着墙，四处挠着痒痒，似乎沉迷于赌博之中。

他一见到马荣便热情地招呼他在自己身边坐下。马荣蹲下后便说道："老兄，那晚你赢我的钱也该买件衣服穿穿了。冬天来时没件衣物蔽体可怎么好？"

盛霸看了他一眼，责备道："老弟，你这话唐突了。我不是告诉过你我是丐帮的长老吗？我是不会花一分钱去买什么衣服的。不过，咱先谈正事。"

他把头贴近马荣耳朵，继续用粗哑的声音低声道："一切都已安排妥当，今晚你便可以离城了。要把金钗换三十两纹银的人是个游方道士，他会在鼓楼后的王陆茶馆等你。你很容易就能认出那人，他会一人一桌坐在角落里，桌上有两个空茶杯正对着茶壶嘴。你上前评论那茶杯便是表明身份，剩下的就靠你自己了。"

马荣再三谢过盛霸，许诺若有机会再到濮阳，他必会再来拜访，说完便匆匆而去。

马荣疾步走到了关公庙，鼓楼在夜色中只能见得大致轮廓。一个街边顽童引着他走到了鼓楼的正后方一处不大的繁华之地。他在这熙熙攘攘的街上四处扫了一眼，毫不费力地便找到了那王陆茶馆的招牌。

他掀起脏兮兮的门帘，十几个人挤在那摇摇晃晃的茶桌边上。这里大多数人都衣衫褴褛，茶馆里充斥着难闻的气味，令人作呕。离门口最远的角落里有个道士独自一人坐在那里。

马荣走近道士之时，心里十分疑惑。那人确实穿着破破烂烂的道家外袍，头顶一道家发髻，油腻锃亮，腰间挂一木鱼，但与狄公所言不同的是，这人既不高大魁梧，也不肌肉发达，反而又矮又胖。即便那张脏乱下垂的脸让他看起来足以令人生厌，但他绝不是狄公口中的凶狠恶徒，这绝不是他要找的人。

马荣悄悄走过去，随意攀谈道："这位兄台，既然你这有两个茶杯，不知我能否与你合坐一桌，喝杯茶润润喉咙呢？"

胖道士咕哝道："哈，施主，你来啦！来，坐下喝杯茶。经书可带来了？"

马荣会意，坐下之前特意把左臂伸开，让那道士知道那袖袋有包裹。道士迅速捏了捏那银元，点了点头给马荣倒了杯茶。

喝了几口茶后，胖道士便道："我也给你看看那空虚道经中最晦涩难懂的一段解释。"

说着他便从胸口掏出一本脏兮兮的书册来。马荣拿过那本厚厚的快要翻烂了的书册，那是一本道家经典，名为《玉皇大帝真经》。

马荣翻了一遍这书，并未发现任何异常之处。

道士狡黠一笑："你读读第十章。"

马荣找到那页，把书凑到眼前似是想要看清楚一些。那长长的金钗就顺着书脊插在这书页中间。马荣将这金钗一端详，正是狄公给自己看的那草图上一模一样的飞燕样式，手艺确实精湛。

他忙把那书合上，纳于袖中。对道士说道："这书确实是妙不可言，发人深省。我把前几日你好心借给我的书也还给你吧。"

马荣边说边把那装钱的包裹递给胖道士，道士急忙把它塞进道袍里。

马荣道："我得走了，明晚我们再来此处论经吧。"道士嘟囔了几句客气之言，马荣便离开了那茶馆。

四处观望一番后，马荣见街头算卦之人处聚集了一堆好奇的百姓，他便钻进了那人群之中，这个位置正好可以让他时时盯着茶馆。不一会儿，胖道士就从那茶馆出来，顺着这窄街道轻快而去。马荣远远跟在他身后，一路避开了那些小商小贩的油灯光亮之处。

胖道士的两条短腿大步疾走着，一路朝北城门而去，突然拐入一狭窄边巷。马荣在拐角处看了看，四下无人。胖道士停在一处小房子前，正待敲门，马荣一个箭步，悄无声息地跟上前来。

他拍了拍那胖道士的肩膀，把他一把拉了回来，掐住他的喉咙，低声喝道："你若胆敢出声，我便要了你的狗命！"

他把胖道士拖进巷子深处，寻了个角落，把他摁到墙上。

胖道士全身颤抖求饶道："别杀我！我把银子都还给你！"

马荣把那包裹拿回来放到自己袖袋里，粗暴地摇着道士命令道："告诉我那发钗是怎么来的！"

道士踌躇道："我在水沟里捡的。肯定是哪个夫人……"

马荣又狠狠地掐着道士喉咙，把他的头往墙上撞，头碰到石头便发出沉闷的一声。马荣生气小声道："说实话，留你一条狗命！"

胖道士喘不过气来，哀求道："我说，我说！"

马荣稍稍松了松手，仍站在他跟前，威胁感十足。

胖道士哀声道："我是一个六人团伙中的一个，我们常乔扮成云游野僧。大家都住在东城墙脚下一处废弃的守卫处，我们有个首领名为黄三。上周，我们午睡之时，我偶然看见黄三从他那道袍夹缝中摸出一对金钗细细查看，于是我把眼睛闭上假装睡着了。我很早就想离开这团伙，他们太暴力了。对我来说弄点钱跑路的机会实属难得,所以两天前,那黄三回来时喝得醉醺醺的,我等他熟睡时去摸那道袍夹缝,找到第一支时,他动了一下,我不敢再找另一支便逃了出来。"

马荣心底对这消息非常满意,但他面上不显分毫,依然怒吼道:"带我去见那人!"

那胖和尚开始全身发抖,呜咽道:"别把我交给黄三!他会打死我的!"

"你怕的人只有我一个!"马荣粗声道,"但凡你有一丝反叛之意,我便将你拖进一僻静角落,割了你肮脏的喉咙。走!"

那胖道士便引着马荣走回主街,又走了不远便进了迷宫似的胡同之中,最终他们到了城墙边一处昏暗的荒凉之地。马荣依稀能看得出城墙根下有一处破烂小屋。

"就是这儿了,"胖道士大哭着转身要跑。马荣一把抓住他的衣领,一路把他拖到那小屋前。马荣踢了踢门吼道:"黄三,我给你带了支金钗来!"屋里传来磕磕绊绊的声音,随即烛火便亮了,不一会儿一个个高且瘦的家伙出来了。他和马荣一样高,但没有马荣壮实。他举起油灯,打量着俩人,两只小眼睛凶光毕露。接着便骂骂咧咧地冲着马荣吼道:"原来是这个宵小鼠辈偷了我的发钗。这跟你有什么关系?"

"我想买这发钗一对可这混蛋就卖给我一支,我就知道他藏着掖着另外一支。我便好生劝服他告诉我另一支的下落。"

黄三放声大笑,露出一口参差不齐的大黄牙。

"老弟,这生意可以谈!"他说道,"不过先让我把这硕鼠的肋骨踢断,教教他应当如何孝敬长辈!"

他放下那油灯,正待动手。胖道士突然灵巧地一脚踢开了油灯。马荣松开他的衣领,被吓坏了的恶徒便如离弦的箭一般飞逃而去。

黄三咒骂一声想要上前追赶。马荣胳膊一拦,急忙道:"随他去吧,以后再跟他算账,生意要紧。"

黄三吼道:"哼,你若带了现银这生意可谈。我这一生运气不好,总有种预感这金钗不祥,会给我惹上麻烦,还是尽早脱手为好。你已经见过其中一支,另一支也一模一样。你出什么价钱?"

马荣警惕地四处看了看。月亮出来了,他注意到这地方并无他人。

他问道:"其他人都哪里去了?我可不想别人知道这桩买卖。"

黄三保证道:"不必担心,他们都去集市上逛荡去了。"

马荣冷冷说道:"既是如此,那发钗你尽可留下,你这该死的杀人凶手!"

黄三猛地往后一跳,他气呼呼地喊道:"你这混蛋,到底是谁?"

马荣答道:"我乃狄大人身边护卫,现在要拿你以纯玉奸杀案凶犯身份去那衙门。你是自己走还是我先把你打成残废?"

黄三尖声叫道:"我从没听说过那姑娘,但我了解你们这群污吏,为那贪官做爪牙走狗!你们一旦把我抓进衙门,各种栽赃嫁祸,酷刑加身,由不得我不招供。跟你斗斗尚有一线生机!"

他说完最后一句便直冲着马荣中庭狠狠来了一拳。

马荣一个闪身避开,直接朝着黄三脑袋击去,可黄三敏捷地躲开了马荣一击,接着就朝马荣胸口猛地袭来。

两人见招拆招,打了好几个回合,不分上下,没人占到便宜。

马荣意识到自己这是遇到对手了。黄三身材瘦削,但骨骼异常坚固,所以两人体重应该差不多。黄三的拳术功夫如此出神入化,马荣觉得他应该是八级,或是更高级别。马荣自己是九级,但他的优势之处被这黄三所熟知的场地限制了,常被逼得不得不站在极不平整或是湿滑之处。

一番激烈打斗后,马荣一个猛击,把黄三的左眼一肘击破。黄三也猛地踢中了马荣的大腿,这极大阻碍了马荣灵活的步法。

突然黄三猛地踢向马荣下腹部。马荣一个飞身闪退,右手直接抓住了黄三的脚,他本打算用左手压住黄三的膝盖,使他腿伸直从而不让黄三近身,再从下方直接踢掉他另一条腿,结果自己脚下一滑错过了机会。黄三立即屈膝,从侧面狠狠给了马荣脖子一拳。

这一击是拳法中最为致命的九招之一。若不是马荣当时正好把头转向一侧,下巴卸下了那拳力量的一半,他直接就当场毙命了。如此一番,他便松开了黄三的脚,跟跟跄跄后退几步。这一拳让他血液流通不畅,眼前一片模糊。那一刻,他完全招架不住对手拳脚。

然而古代一拳法大师曾说:"争斗之中当两人力量、重量和技巧都不相上下之时,勇气决定一切。正所谓,两虎相斗,勇者胜。"尽管黄三掌握了这武术中所有技巧,但他心术不正,低劣残忍。马荣现在毫无还手之力，黄三使出那致命九招中的任何一招都可以置对手于死地，他的本性却使他抬脚狠狠踢向马荣的下腹裆部。

拳法中大忌便是同一技巧重复两遍。马荣血液循环不畅，所以他无法施展出任何复杂拳法。此时此刻，他只能做自己唯一可以做到的：他双臂紧紧抱住那黄三的小腿，使出全身力气把那腿扭了过来。黄三哀嚎一声，他的膝盖脱臼了。此时马荣往前一扑，直接和黄三摔倒在地。现在马荣觉得自己完全脱力了，他连着翻滚几番离黄三胡乱挥舞的胳膊远远的，仰面躺着，马荣全神贯注地练习着那吐纳之法，让自己的血液循环迅速恢复过来。

马荣觉得自己头脑再次清醒，神经也恢复正常后便爬了起来，走向黄三。黄三正拼命地想站起来。马荣直接朝着黄三下巴踢了个正着，那黄三仰头便摔倒在地。接着马荣从腰里把那用来捆绑犯人的长细锁链解下，把黄三双手捆在身后。马荣用力把黄三双手抬高至肩膀处，把那链子一头套在了黄三的脖子上。如此一番后，若黄三双手想要挣脱锁链，那细细的锁链就会直接割断他的喉咙。

马荣蹲在他旁边道："你这混蛋，差点儿就得手了。现下，别给我和大人添麻烦，直接认罪招供了吧！"

黄三气喘吁吁地叫道："若不是我运气不好，你如今早就是个死人了！你这狗腿子，我认不认罪就看你家那狗官了！"

"随你的便！"马荣冷冷地说道。

马荣走进最近的胡同，猛敲一户人家的大门直到一个睡眼惺忪的人来开了门。马荣表明了自己身份，命他去找这片的里正，顺便带四个人和一对竹竿回来。

接着他回去守着自己抓获的那人，黄三不断地尖声咒骂，恶毒至极。

里正带人来时，用那竹竿做了副担架来抬黄三。马荣从那小屋里随便找了件旧外套披上，就和他们一起回了衙门。

黄三被转交给牢头，直接送进了牢房。马荣又命一正骨大夫来给那黄三的膝盖正位。

洪师爷和陶干一直在大堂等着马荣，听说那凶犯终于被缉捕到案，他们都很高兴。洪师爷咧嘴笑道："这可真的值得喝几轮酒庆祝一番！"这三人便直奔主街而去，径直进了一家从不打烊的饭馆。

第十三章　判案

且说狄公次日午后晚些时候回到了濮阳。

他在书房里匆匆吃了顿饭，其间听洪师爷简单地汇报了各项事务的最新进展。饭后便命马荣和陶干前来回话。

"呀，我的勇士，"狄公对马荣道，"我听说你已把凶犯缉拿归案。把整个经过都说说！"

马荣就讲了讲那两天晚上的险情，总结道："那黄三和大人跟我描述的细节之处无一不符。而且，这两支金钗也和文书中草图几乎一模一样。"

狄公心满意足地点了点头。

"若不出错，明日这案子就能了结。洪师爷，明日上午开堂，你注意，所有半月街奸杀案的相关人等都要到场。陶干，现在你来说说关于那梁夫人和那林藩的发现。"

陶干便把他所调查的内容详细道来，包括那次的性命之忧和马荣的救命之恩。

狄公对陶干在他回来之前停止继续调查林府表示赞同。

狄公道："明日，我们几个在这共同商议一下那梁夫人和林家的案子。到时候我会告诉你们我研究那些卷宗的结论，再解释一下下一步的行动。"

说罢让随从们退下后，又让书记员把他不在期间的所有官方书信拿来过目。

半月街奸杀案真凶被捕一事犹如野火燎原般迅速在濮阳城传了起来。第二日一大清早，时辰未到，那衙门大堂就被围观百姓挤了个水泄不通。

狄公坐在书案后，朱笔一批，发下令签，命那牢头把犯人提上堂来。两名衙役把黄三拖拽上堂，推他跪在堂前。他弯下膝盖时痛苦地呻吟出声，捕头喊道："闭嘴，听大人问话！"狄公问道："堂下所跪何人？因何被捕？"

黄三便说："我叫……"

捕头一棍子敲在那黄三头上，吼道："混账东西，大人面前，好好回话！"

黄三阴沉沉地答道："小人姓黄，名三。我乃一诚心修道之人，早已远离红尘俗世。昨夜突然被衙门的人抓了来，不知为何便被拖进了牢房。"

狄公喝道："你这无耻恶徒！你是怎么杀了那纯玉的？"

黄三阴着嗓音道："我不认识那个叫纯玉或污玉的姑娘，但我告诉你们，不要把那个小娼妇之死赖在我身上！她是吊死的，我也不在现场。有人可以作证。"

狄公没好气地说道："省些口舌吧！你那故事污了本官耳朵！本官告诉你，十六日那天晚上，就是你卑鄙地杀了纯玉，杀了肖福汉屠夫的独生女！"

黄三回道："大人，我又不随身带着黄历，具体哪一天我干了什么事，没干什么事，我都记不清了。你说的名字我也没有印象。"

狄公往后坐了坐，若有所思地捋着自己的胡子。黄三回应了自己对强奸杀人案的构想，那金钗也确实在他手上，但黄三所否认的也是事实。突然，狄公心生一计，他在椅中俯身前去说道："抬起头来，好好听本官说，我帮你回忆一下。这濮阳城西南角，过了河，有条小商贩聚集的街区，名为半月街。在那街道拐弯和一处窄巷的交集处，有家肉铺，屠夫家的女儿就住在肉店后方仓库上的阁楼里。你有没有顺着窗外挂着的一布条爬进那姑娘闺房？你有没有强奸勒死她后还顺走了她的金钗？"

狄公见那黄三仅能睁开的眼睛里闪过一道恍然大悟的光，狄公知道这就是他要找的那个人。

狄公喊道："还不认罪！是要我严刑拷问吗？"

黄三嘟囔了几句，声音清晰，大声说道："你这狗官，欲加之罪何患无辞。若要我招认我没有犯的罪，你就等着吧！"

狄公命道："给我重打五十鞭！"

衙役便剥了黄三外袍，让他赤着上身。沉重的皮鞭在空中嗖嗖作响，抽打在那黄三后背。不一会儿他后背就血肉模糊，鲜血淌了一地。但他没有尖叫，只是低沉地呻吟着。五十鞭后他眼前一黑便不省人事，脸直接撞到了石板地面上。

捕头在他鼻子下烧了醋使他清醒过来，接着递给他一杯浓茶，黄三轻蔑地拒绝了。

狄公说道："这不过是个开始，若你拒不招供，还有大刑伺候呢。

你身体虽壮,但我们有一整天的时间呢。"

黄三哑着声音道:"若我招供,会被砍头,若我不招供,会死于酷刑之下。我倒是喜欢后者,愿意受点皮肉之苦,看你这狗官吃点苦头!"

听到这话,捕头直接一鞭子抽在那黄三嘴上,他正待继续鞭打黄三时,狄公举手制止了他。黄三往地上吐出几颗牙齿,开始恶毒地咒骂起来。

狄公道:"让我仔细看看这张狂的疯狗!"

衙役们把黄三猛拽起来,狄公看着他那只恶毒的眼睛——他另一只眼睛因为在打斗中被马荣一拳打中,现在一团肿胀。

狄公心想这是那种堕落的毫无人性的惯犯,还真有可能像他自己说的那样宁愿受皮肉之苦也不认罪。他脑海里迅速回忆起马荣跟他讲过的他昨晚的遭遇,还有他和黄三之间的对话。

狄公命令道:"让那凶犯跪下!"他拿起桌上的金钗,往那堂下一扔。那金钗掉落在黄三跟前,铿锵作响。黄三看着那闪闪的金钗,脸色阴沉。

狄公命捕头把那肖屠夫带上堂来。

待那肖屠夫跪在黄三身侧,狄公道:"我知道这金钗乃不祥之物,不过,我还没听你讲过是什么原因。"

肖屠夫便道:"回大人,早年间,我肖家还算富足,我祖母是在当铺里买了这一对发钗。从那以后我们家族便因她此举厄运不断。谁知道以前这东西发生过什么事,这发钗带来的厄运从此开始了。我祖母买了那发钗没过几天,便有两个强盗闯进她房间,杀了她还抢走了金钗。后来他们想要卖掉这金钗时被抓个正着,在刑场被斩首示众。我父亲若当时毁了那不祥之物便好了,但他是个孝子,想留着这金钗做个念想,孝心重于决断。第二年我母亲就病了,总是说莫名头疼,病了许久后也去世了,我父亲钱财散尽不久后也去世了。我想着把这金钗卖了,但我家娘子,愚蠢妇人,坚持要留着这金钗以备不时之需。她不好好藏着这东西,倒把它们给我那独生女儿戴上。看看我可怜女儿的这命啊!"

黄三全神贯注地听着那肖屠夫用他熟悉的口气讲着这个故事。

他突然大叫:"这该死的老天爷,这该死的阎王爷!只有我才会偷那些金钗!"

围观的百姓发出一阵喃喃细语声。

"肃静!"狄公喊道。

他令那屠夫退下，和那黄三聊起天来。

"没人躲得过自己的命。不管你认不认罪，黄三，老天是不会放过你的，无论是在这儿还是去了阴间，你永远都逃脱不掉！"

"我还在乎什么，我们赶紧把这事弄完，"黄三答道，然后他便对捕头叫道，"你个混蛋，给我喝杯你那破茶！"

捕头气极，但狄公示意他给黄三倒杯茶。

黄三一口吞下那茶，往地上啐了一口说道："不管你信不信，若有人一生背运，那人便是我。像我这种壮汉死前至少也该是帮派老大，结果呢？我是本朝最好的拳手之一，我师父精通这其中所有技巧。不幸的是，他有一个漂亮的女儿，我喜欢她，她却不喜欢我。我无法忍受一个女的胡说八道，就强奸了她，从此以后亡命天涯。

"后来我在路上遇见一个商人，他一看就是财神爷的样子，我就给了他一下，让他听话。当然，这可怜虫迟早都得死。结果我在他腰袋里找到什么？一堆毫无用处的单据！总是这样！"

黄三擦了一把嘴角渗出的血，继续说道："一周前后，我在城西南角小街上闲逛，想寻个晚归的人，吓唬他施舍我些钱财。突然就看见一个家伙偷偷溜过街道消失在那窄巷之中。我猜他是个贼便跟了过去想分赃。结果我进到那小巷里，什么人都没有，四周一片漆黑安静。

"几天后，若你说是十六日那就是十六日，我又去了那街区。我想再去看看那条小街，可否捡漏，可那巷子里仍然空无一人，但我却发现有一布条悬挂在一高处的窗户边上。我以为那是谁家晚上忘记收回的换洗之物，便走上前想把它带走，至少我不是空手而归。

"我站在墙边，轻轻扯了扯那布条，想把它拉下来。突然那窗户打开了，我听到一个温柔的女声，看到那布条正慢慢地收回。我立刻就明白了，原来那女的正在等她的情郎，我想这可真是我想偷什么就偷什么的天赐良机，因为她可不敢叫出声来。就这样，我顺着那布条就爬上了窗台。我已经站在那房间里时，那女的还在忙着拽那布条呢。"

黄三此刻奸笑着继续道："她看起来年轻又漂亮，这么说吧，她那时是全裸的，机会就在眼前，我若走了那就不是男人了。于是我便捂住她的嘴，低声说：'闭上嘴巴，闭上眼睛，想象我就是你要等的那个人！'但那姑娘跟个母老虎似的打我，我费了些时间才让她听话。都结束了她还是不能安静下来，跑去门边开始大叫，我便在那里勒死了她。我把布条扯回来，以防她的情郎再来，然后翻箱倒柜想找些银钱。就我这运气，我早该料到结果，没找着一个铜板，只找到了这该死的金钗。

"现在赶紧让我在你书记员写的文书上按个手印。我不想再听他读一遍这事！那姑娘的名字随便什么都好，让我回牢房里去，我背疼。"

狄公冷冷说道："依法，凶犯在按指印前必须听一遍自己的供词。"便让书记员大声读出他刚记下的那黄三的供词。黄三面色阴沉地承认罪行，那供词状纸才放在他面前让他按了手印。狄公庄严宣布："黄三，本官正式判你犯了强奸和杀人两罪。本案是宗残忍至极的谋杀案，无情可恕，无罪可免。本官职责所在，要知会于你，上级很有可能会判你极刑。"他示意衙役把黄三带回牢房。再次命人把肖屠夫带上堂前。

"数日前，我答应过你要将杀害你女儿的凶手缉拿归案。如今你也听到了他的供词。老天爷选择那金钗作为诅咒也真是可怕。你女儿是被一个不知她姓名，也不在乎她的恶棍强奸杀害的。你可以把那金钗留在衙门，我让人找金匠称重后折了现银给你。

"因这恶棍没有任何财产，所以也没有什么可以补偿给你的。但是，很快你就能听到我对此事的安排。"那肖屠夫开始对狄公再三致谢，但县令大人制止了他令他退下，接着便让捕头把那王秀才提到堂前。

狄公仔细观察了那王秀才，虽然免于奸杀两罪，他的痛苦却未因此减轻分毫。相反，听到那黄三的供词，他震惊不已，泪流满面。

狄公严肃道："王秀才，因你诱奸肖屠夫之女，本官本应判你重罪。但你已受了那三十鞭刑，而我相信你对死者也是出于爱慕之情，本官认为这记忆的苦痛要比这大堂刑罚更为沉重。

"但这起谋杀案死者家属须得补偿。本官命你娶那纯玉为原配正妻。县衙会给你准备份合适的彩礼，婚礼仪式也要举行，纯玉的灵位就代替新娘吧。你秋闱高中之后，再按月分期偿还衙门的债务。同时，你每月还要向肖屠夫孝敬钱财，以你官银为准，我算了下总共以五百两银子为上限。

"等你偿还完这两笔钱，便可以再娶了。直到你死，任何人都不可以取代纯玉的正妻之位。肖屠夫是个实诚人，你须孝敬这老两口，尽女婿之责，他们最终会原谅你、支持你。若你的父母活着，也会像他们一样。

现在退下，好好去学习吧。"

王秀才连连叩头，大哭起来。肖屠夫也跪在一侧，感谢狄大人为保护他一家名声所做的明智安排。

他们起身后，洪师爷在狄公耳边私语几句。狄公微微一笑说道："王秀才，你退下之前有一小事须得澄清。十六日晚到十七日间你在外过夜的陈述都没问题。除了因你无心而犯的一个错误之处。

"我第一次看这文书记录时就觉得那荆棘不可能在你身上留下那么深的伤口。朦胧晨光之中，你见到一堆砖头和一些荆棘时就自然认为自己是在一处废墟之上。实际上，你是去了一处正在修建的新房之地。石匠留下了一堆的砖头准备砌外墙，并准备用惯常办法，先立了竹桩为泥灰搭架。你定是摔在那些竹桩尖上，才会有那样的伤口。若你有意，可以去五味斋附近转转，我相信你一定能找着你当时过夜的地方。现在你可以退下了。"

狄公起身和他的随从们一起离开了公堂。他穿过屏风打开自己书房门时，听到外面围观百姓中响起了一阵阵低低的赞叹之声。

第十四章　设计

且说狄公退堂之后，整个上午都在写半月街奸杀案来龙去脉的奏折，建议以极刑处决凶犯。死刑处决须得等皇上御笔亲批，黄三尚有几周可活。

午间狄公又处理了些例行公事。此后，他回了自己住处用了午饭。

再回书房时，他把洪师爷、陶干、马荣和乔泰都召了进来。他们各自行礼后，狄公道："今日我把那梁家与林家的爱恨情仇说与你们四人听听。来壶热茶，都坐自在些，这事说来话长。"

众人在狄公书案前坐下，他们小口轻啜热茶时，狄公把梁夫人给他的卷宗展开，把文书整理一番，用镇纸压好，靠在椅背上。

"你们即将听到的是一个谋杀与暴力故事，你们会常常怀疑为什么老天会这么残酷不公！我自己，也很少读过比这更令人激动的案情记录。"

狄公陷入沉默，慢慢捋着自己的胡子。众人都看着他，充满期待。

狄公坐直身子，快速说道："为方便起见，我把这复杂的案子分成两个阶段说。先说这两家在广东的世仇来源和发展，再来说说梁夫人和林藩到了濮阳后的事情。严格来说，我不能审理第一阶段的案子。那些案件是由广州县衙审理，广东州府予以驳回的，我不能推翻他们的判决。虽然第一阶段的案子和我们没有直接关系，但不容忽视的是这第一阶段是第二阶段濮阳案情的发展背景。

"因此，我先总结第一阶段案情，免去所有与案情不太相关的侦探手段、各种名字和其他的细枝末节。

"大约五十年前，广州有一梁姓富商，同一街道还住着他的朋友，一林姓富商。这两人都诚实勤奋又擅长做生意，二人的家族生意都兴隆昌盛，他们的货船生意都做到了波斯湾。梁家有一儿一女，儿子名为梁洪，女儿嫁与林家唯一的儿子林藩。不久，林老爷去世了，临终前，他郑重嘱咐自己的儿子林藩要与梁家世代永结秦晋之好。

"接下来几年，很明显，梁洪与他父亲一模一样，林藩却成了一个卑鄙、残忍、贪婪的小人。梁老爷晚年不再亲自打理生意后，梁洪承继家风，依旧把自家生意做得有声有色，而林藩却不务正业，专门从事各种歪门邪道的勾当，以求快速牟取暴利。如此这般，梁家的生意是日渐壮大，而林藩却渐渐败掉了自己父亲留下的大部分财产。梁洪总是尽自己所能去帮助林藩，为他出谋献策。有商家指责林藩不守信用，梁洪也为他争辩几句，还不止一次借巨款给林藩周转，然而，这种慷慨大方却只招来林藩的嘲讽与怨恨。

"梁洪与其夫人生有两儿一女，林藩却一直没有子嗣。嫉妒之心让林藩对梁洪仇怨颇深。林藩觉着自身的不幸都是因为梁家，梁洪帮他越多，林藩越是嫉恨。

"林藩有一次偶然见到梁洪夫人，立刻对她心生邪念，就此便埋下了案情隐患。此时，他自己有一桩风险很大的生意又是惨败，林家已是负债累累。林藩知道那梁夫人端庄守礼，定不会背叛梁洪与自己苟且，他便心生一毒计，既可霸占梁洪夫人，又可侵吞梁家财产。

"林藩那些见不得人的勾当让他跟当地的三教九流、恶棍流氓都有接触。他听说梁洪要去邻县以大量黄金收账，一部分是为自家商号，更多是因为广州另外三家商户的委托代理。林藩便雇了一帮强盗在梁洪回城路上将他拦下，杀人夺金。"

狄公一脸沉重地看着众人，继续快速说道："就在梁洪被杀那日，林藩跑到梁府说是有紧要私事要求见那梁洪夫人。一见梁夫人，林藩便告诉她梁洪遇袭，还丢了金子一事。他说梁洪受了伤，但生命无忧。下人们把他暂时安置在北郊一处破庙，派人约林藩前来秘密议事。

"林藩道梁洪之意是先将这丢了金子之事按下不提，家里先想办法变卖些产业，凑齐原来数目补给那三家商户为好，如此这般便不会损害自身和商号声誉。他还让梁洪夫人随他即刻前去密议，看看短期内如何凑集这款项，梁洪夫人便不疑有他，自家夫君一向如此谨慎，便立刻从后门随那林藩离开了梁府。

"一到破庙，林藩便把真相开诚布公地告诉了那梁洪夫人。他告诉梁洪夫人梁洪已被强盗所杀，他自己对她情根深种，以后会好好照顾她。梁洪夫人羞愤难当，想要逃走状告林藩，可那林藩岂能由她胡来，一把扯回那梁洪夫人，当晚便强奸了她。次日一早，梁洪夫人刺破手指，在自己绢帕上留下血书后，便用腰带悬梁自尽了。

"林藩倒是心细，对梁洪夫人搜身之后便发现了她的遗言，这正好给了他掩盖自己罪证的好主意。那血书上原话是'林藩小人骗我至此荒凉之地，遭人奸淫，令家族蒙羞，此身孤寡已污，唯有一死'。林藩把那绢帕右边前半句撕了下来当场焚毁。那血书便只剩后半句'令家族蒙羞……'，他又把绢帕塞回梁洪夫人身上。接着林藩便返回梁府，见梁老夫人和梁老太爷为梁洪被杀夺金之事悲痛不已。后来，一路人发现了梁洪的尸身并报了案。林藩假意悲痛万分，又问起梁洪夫人的情况。林藩得知梁家人认为梁洪夫人已失踪后，假意多番犹豫，便道自己知晓梁洪夫人红杏出墙常与情郎密会于破庙之事，建议梁家去那处寻觅一番。梁老太爷匆匆赶去就见儿媳已吊死在那横梁之上。他看了血书，便以为儿媳是得知夫君被杀悔恨至极才悬梁自尽，家中遭此横祸，梁老太爷悲痛欲绝，当晚便饮鸩自尽了。"

狄公此处顿了顿，示意那洪师爷倒杯茶，轻啜几口他便道："自此之后，现居濮阳的那梁老夫人便成了案情关键人物。"他继续讲道，"梁老夫人一直是个聪明睿智、精力旺盛之人，早年她也常常帮夫家打理各种事务，深知自家儿媳性情端庄，便疑是他杀。她先是变卖所有家业补齐那三家商户款项，同时又派心腹管家去破庙细细调查。梁洪夫人留下血书之时，是把绢帕铺在枕头上书写，血液已经渗透到那枕套之上，这些模糊的血迹暴露了那绢帕上原有的前半句。管家向那梁老夫人回报了此事，梁老夫人便知是那林藩不但奸污了自家儿媳还杀了梁洪，就是他在梁洪尸身被发现前便把梁洪之死告诉了她。

"梁老夫人接着就上广州衙门控告那林藩杀人强奸双重罪状。然而，当时那林藩刚因此恶行手持大量黄金，他便贿赂了一个当地官员和几个证人为他作伪证辩护，还找了一个自称是那梁洪夫人情郎的浪荡公子。这案子就被官府驳回了。"

马荣刚要张嘴问一问，狄公便举手制止后继续道："同一时间，林藩的夫人，也就是梁洪的妹妹失踪了，众人遍寻不着。林藩佯装悲痛欲绝，很可能是他自己偷偷杀人藏尸了。他对梁家人都深恶痛绝，包括那未能为他生下一男半女的枕边人。

"这便是梁老夫人在那些卷宗里陈述的第一阶段的事实，二十年前的事，现在我再来说说这林梁两家世仇的后续。梁府自此便只剩下梁老夫人和她的两个孙子、一个孙女。尽管梁府变卖家产补偿了那三家商号，他们家产也只剩原来十分之一，但商号声誉仍在，各地生意依然欣欣向荣。梁老夫人精明能干，不久梁家便有起色，再次崛起兴盛起来。

"且说那林藩，一心要发横财，组织了一个庞大的走私团伙。官府对此已有怀疑。林藩知道走私之罪重大，地方县衙无权处置，一旦出事，他很有可能会被移交州府衙门，他便束手无策了。他又心生另一毒计，算计着转移官府注意，就此栽赃给梁家。

"他先是贿赂了港口官员，悄悄地把几包违法之物放在了梁家两艘货船上。接着他便雇了个人去告发梁家。证据确凿，梁家被官府抄没了所有商铺，梁老夫人再次指控林藩，但这回案子仍被县衙驳回，后来又被州府衙门驳回。梁老夫人便知，林藩绝不会就此罢手，他是要将整个梁家赶尽杀绝。她躲到城外一农庄，这是她自家堂兄弟的一处产业。这农庄建于一处废旧的碉堡之上，其中一处石头堡垒依旧坚固，农家把这当做了粮仓。梁老夫人想若那林藩雇了强盗来，这堡垒也可做应急的藏身之处，所以她就做了一番准备。

"果不其然，几个月后，林藩果真派了一群不法之徒前来，毁了农庄，杀了村民。梁老夫人和她三个孙子、老管家，还有六个心腹仆人都躲进了石头堡垒之中，里面有吃有喝。那群恶匪想要撞开大门，但结实的大铁门挡住了他们，他们便捡了柴火点燃后从那栅栏窗口扔进去。"

说到此处，那狄公顿了一顿。马荣搁在膝上的拳头握得死死的，洪师爷气得直拽自己那稀疏的胡子。

狄公继续道："堡垒里的人被烟熏得几乎都要窒息了，他们只能选择反击。梁老夫人的小孙子、小孙女、老管家还有那六个仆人都被那匪徒砍得七零八落。混乱之中，梁老夫人和她的长孙梁珂却逃了出来。

"土匪首领回报林藩说所有人都被杀了，林藩终于觉得梁家满门被灭了。这九条人命案在当地引起了极大愤慨，一些了解林梁两家世仇的人都觉得这又是那林藩一手造成的。

"那时，林藩已是这广州城最富的商人之一，没人敢与其作对。而且，这林藩声称自己对此事极为痛心，重金悬赏追捕此案凶手。土匪头目和那林藩秘密协议一番，便找了四个人出来顶罪。四人被捕认罪后，声势浩大地被砍头示众。

"梁老夫人和自己的长孙梁珂发在广州城一远房亲戚处避难，很长一段时间他们更名改姓，躲躲藏藏地生活。她成功搜集了林藩作恶的证据，五年前的一天，她从藏身之处出来控告那林藩害了九条人命之案。此案震惊全城，地方县令也不愿力保林藩，民愤民怨开始反对官府衙门了，林藩花费重金才得以脱身。此时广东刚上任一位州府大人，铁面无私，闻名遐迩，那林藩深觉是该避避风头了，于是他便把广州事务交给自己的心腹管家，自己带着几个下人和一众姬妾乘坐三艘大船，秘密离开了广州。

"梁老夫人花了整整三年才得知林藩去处。当她得知林藩于这濮阳城落脚之后，立即跟了过来，设法报仇。同行的还有她的长孙，梁珂发。书上不是说杀父之仇，不共戴天吗？两年前，这祖孙俩就到了濮阳。"

说到此处，狄公停了下来，喝了杯茶。接着又继续道："现在我们说这第二部分。梁老夫人两年前的状告中就有这点。这文书中提到，"狄公敲着那轴卷宗，"梁老夫人状告林藩绑架了自己长孙，梁珂发。她说他们一到濮阳，梁珂发便四处打听林藩的行迹，他告诉梁老夫人他已找到充分证据，足以立案。

"可惜当时他并未向祖母透露更多他所发现的细节。梁老夫人坚持认为，梁珂发是在林府附近探查时被那林藩抓走的。为坐实这一指控，她便翻出林梁两家以往的恩怨。她没有任何证据证明林藩与梁珂发的失踪有何关联。如此，就不能怪我前任冯大人当时驳回这案子了。

"现在我给你们说说我的打算。在去往武邑和青华两地的路上，时间久长，我在轿子里对这件事好好琢磨思量了一番。我肯定林藩在这濮阳行不法之事，陶干一行也证实了这一点。

"一开始我便在想，林藩为何选择来濮阳这么一小地方作为自己的藏身之地，像他这样的有钱有势之人通常喜欢大点的城市，例如京城那种繁华之地，不引人注意，还可继续安逸享乐。想起他的走私生意，再结合他那极度贪婪的本性，我想他定是因这濮阳漕运四通八达，便利他贩卖私盐！"

陶干脸上闪过一丝恍然大悟的样子，若有所思地点点头，狄公继续道："自我大汉朝起，盐业一直是官家垄断。这濮阳位于运河边上，离海岸盐场也不远，所以我想林藩定是为贩卖私盐、大肆敛财才会在这濮阳定居。他那卑鄙贪婪的本性让他宁愿在这孤独求财也不愿去京城奢靡度日。

"陶干所报证实了我的怀疑。林藩之所以选了那么荒芜之处的一座老宅，是因为那地方离水闸很近，方便偷运私盐。他在城外的那处农庄也是为此所用，从林宅走到那农庄须绕过北城门，颇费些时日。但若你看看这濮阳城的舆图，便可发现这两处通过水路则距离极短，水闸处的栅栏确实不方便大宗货物的进出，若是小包货物就会很方便转船运走。这漕运可以让林藩用船把私盐运到任何地方去。

"现在可惜的是那林藩显然停了走私生意，打算返回原籍。我不知道我们是否能拿获他走私的证据，他有可能会抹掉他不法勾当的所有痕迹。"

洪师爷这时插话道："大人，看来那梁珂发定是发现了林藩的走私证据，打算就此告发他。我们不能找找那梁珂发吗？他可能被林藩关押在某处了。"

狄公摇了摇头，沉重地说道："恐怕那梁珂发早已身亡。林藩生性残忍，陶干应知如此。那日林藩误以为他是梁老夫人派去的暗探，万分侥幸，他才免遭毒手。我担心，正是那林藩杀了梁珂发。"

"那想以此拘捕林藩希望不大，"洪师爷道，"已经两年了，要搜集到那谋杀案的证据几乎不太可能。"

狄公回道："确实如此,所以,我决定设计行事。只要林藩认定梁老夫人是他唯一的对手,他便知道该如何应对,他从没出错过,但我会让他明白他现在的对手是我了。我打算先吓唬他一下,布下疑阵,好让他心烦意乱,迫使他铤而走险,露出马脚,如此我们便有机会了。现在仔细听我布置。

"首先,洪师爷今天下午会去给林府递张拜帖说我明日过府私下拜访。我会暗示他官府对他所作所为已起疑心,明说要他不得离开濮阳。再者,陶干须寻得那林府旁废弃之地的主人,告诉他因为那块废弃之地藏污纳垢成为地痞流氓的藏身之所,官府令他清理掉,其中一半费用由官府承担。陶干,你与民工谈好,你和两名衙役监工,明日一早便开工。最后,洪师爷到那林府递了拜帖之后,直接去城门戍卫处,把我亲笔所书的指令交给统领。让这四个城门的守卫以各种借口盘查每一个进出这濮阳城的广州人,再派几个士兵在那水闸处日夜巡查。"

狄公摩拳擦掌,心满意足地总结道:"这足够林藩喝一壶了!你们可还有何建议?"

乔泰笑着说道:"那农庄我们也得动一动!明日我去城外林藩农庄对面的官地怎么样?我可以在那搭个帐篷,住上一两天,在河边钓鱼。那儿可以明目张胆地紧密监视农庄与水闸处,保证农庄里的人都会注意到,他们肯定会向林藩汇报,让他更加忧心不已。"

"妙极!"狄公叫道。他转向陶干,陶干正若有所思地坐在那里扯着他脸上的那几根毛,狄公问道:"陶干,你可有什么建议?"

陶干道:"林藩那人很是危险,他若发现事情变得严重,很可能会杀了梁老夫人,没了原告,这案子也就不了了之。我建议要派人保护梁老夫人。我去她那住处时,发现对面的丝绸店废弃许久,大人可派马荣带一两个衙役在那里确保那老夫人安全。"

狄公思索了一会儿,便道:"嗯,林藩在濮阳从来没有试图杀害梁老夫人。不过,我们不能心存侥幸。马荣,今日你便去吧。现在,这是最后一项,我会给这城南城北所有漕运上的军队守卫传信,要他们搜查林氏商号下的每一艘货船。"

洪师爷笑着说道:"如此这般,那林藩没几天便会如那谚语所言,像那热锅上的蚂蚁团团转了。"

狄公点头称是。

"当林藩知晓这一切,便会觉得自己被困住了,远离故籍,他在这里无权无势,势单力薄。而且,他不知道我们尚无确凿证据。他会自问是不是梁老夫人给了我一些他不知道的证据,又或者是我发现了他走私的证据,还是我从广州同僚那得了一些对他不利的消息等等。我希望他会因此乱了手脚,鲁莽行事,这样我们便有机会抓到他。这机会虽渺茫,但我们别无选择!"

第十五章　意外

话说次日上午堂审结束后,狄公便换了一身青色常服,戴了一顶玄色小帽,只带了两个衙役便乘轿前往林府。

这一行人抵达林府大门之时,狄公掀开轿子门帘便见十余个民工在清理林府左侧废墟。陶干正坐在一堆砖头上监工,从林府大门的门镜孔上完全能看到他,他看起来格外高兴。

一个衙役上前叩门,林府的双重大门大开,狄公轿子便直接进了主院。狄公下轿后便见到一人在大厅前台阶处等他。那人又高又瘦,仪表堂堂。还有一个又矮又胖,肩宽背厚之人,狄公认为他是管家。显而易见,这林府再无其他仆人。

高个之人上前深鞠一躬,声音低沉,毫无波动地说道:"小人商贾姓林名藩,拜见大人。请大人屈尊随我来。"

他们拾级而上,步入大厅,大厅宽阔敞亮,装饰简朴却很雅致。他们在黑檀雕花椅上就座后,管家端上了热茶和广州蜜饯。

这二人寒暄了一番,林藩北方方言很是流利,但广州口音很是明显。他们聊天之时,狄公不动声色地打量起这林府之主来。

林藩看起来已年过半百,面部瘦长,胡须稀疏,下颌还留着灰色的山羊胡。让狄公惊讶的是林藩的一双眼睛,那双眼睛让人很不舒服,一直盯着自己看,似乎跟着自己的头在动。狄公想若不是那双眼睛,别人是不会相信这样一个彬彬有礼的富贵之人身上竟背负着十几条人命的。

林藩身着一件深色素袍，外套一件广州人偏爱的玄色锦缎夹袄，头戴一顶玄色纱帽。

狄公开始道："本官此行乃是私下拜访，有件事我想向你私下问询一下。"

林藩再次深鞠一躬，仍然以他那低沉单调的声音答道："小人商贾人士，愚昧无知，但大人有所差遣，小人无所不从。"

狄公便继续说道："几天前，一位广州籍的梁老夫人来县衙状告你针对她一系列的不法之事，那故事又长又乱，我没太听明白。我手下后来跟我说那老夫人精神有些问题，她还留下一堆文书，我懒得去读，不过是那可怜的老人头脑不清醒时的臆想罢了。

"可惜，本官依律必须正式开堂审理一次才能驳回案件。因此我才会私下拜访，来和你商议个妥善的处置方式，既能安抚那老夫人，我们又能省时省力。

"你须明白，本官此举并不合规矩，但很明显，那老夫人精神错乱，你正直可信，这案子如此处置方为妥当。"

林藩即刻起身，对着狄公又深鞠一躬表示感激。落座之后，他缓缓摇着头说道："这事说来话长，有些凄凉。我已去世的父亲与那梁老夫人去世的夫君曾是好友，多年来我也是竭尽全力来维持巩固我们两家关系，尽管有时确实心乏力疲。

"大人须知我林家家业日旺，梁家却日渐衰落。一方面是梁家天灾人祸不断，另一方面是我父亲好友的儿子梁洪不善经营。我数次对梁家施以援手，奈何老天不作美。那梁洪又被强盗所杀，梁老夫人便接手了家族生意，可惜她决断失误，损失严重，债主逼债，她又参与走私，结果官府发现后查处了梁家所有家产。

"老夫人随后搬至乡下，结果一群土匪烧毁了田庄，还杀了她两个孙辈和几个仆人。尽管在走私案后我不得不与梁家断绝关系，但毕竟是曾经亲密无间的两家人，我对此气愤难当。随即我便重金悬赏那土匪恶徒，最终捕获凶犯将他们绳之以法。但梁老夫人经历了这许多变故后精神就变得失常了，总以为是我导致了这一切不幸。"

狄公插嘴道："真是荒谬，你曾是她的好友啊！"

林藩慢慢点了点头，哀叹一声道："是啊！大人能理解我有多么痛苦吧，老夫人一直造谣诽谤我，千方百计让我成为众矢之的。我不妨私下告诉大人，正是梁老夫人的穷追猛打才使我决意离开广州几年，大人应该理解我的苦衷。一方面，梁老夫人的种种诬告，我无法诉诸律法求助，毕竟她是梁家一家之主，而我又与那梁家有姻亲联系；另一方面，若我对她的状告置之不理，我在广州的声誉会因此败落。我以为自己在这濮阳能清净些，但她竟又跟来状告我绑架了她的长孙，冯大人随后驳回了这案子。我猜那梁老夫人又把案子状告到了大人面前吧？"

狄公并没有立刻回答那林藩，他轻啜了几口茶，尝了口管家送来的蜜饯，然后说道："本官不能直接驳回这烦人的案子，真是太可惜了。尽管我也不想给你添麻烦，但必要时我还是要宣你上堂对质，当然，走走形式而已。我相信那案子肯定还是得驳回。"

林藩点头称是，他那双眼睛好奇地死死盯着狄公。

"不知大人何日开堂审理此案？"

狄公摸了自己胡须一会儿，答道："这恐怕难说。冯大人留下一些政务我尚未清理。而且为了装装门面，书记员也得整理一下梁老夫人的文书卷宗，写一份简报给我，我定不下来具体日期。不过，你可放心，我会尽快处理此事。"

"小人不胜感激，"林藩道，"因为广州确有几件要务须我亲自处理，我原打算明日启程，留管家在这处理濮阳一切事务。正是因我即将离开，寒舍才会如此冷清，招待不周，还请大人见谅，家仆一周前早已解散了。"

狄公道："再次声明，我会在近期尽快处理此事。我得承认你要离开濮阳实属遗憾，南方富庶之地的出色商贾能来濮阳，实乃本地幸事，你在广州之地的奢华精致生活这里几乎没有。我真想知道你如此出色，因何选择濮阳这么一个小地方清净度日？"

林藩回道："很简单。我已去世的父亲生性潇洒活泼，他曾随船游历这运河上下检查林家商号下的各处商铺，路经濮阳之时，他见这里好山好水，便决定在此处建个别院，年老之后可在此休闲度日。可恨他壮年之时便驾鹤西去，此愿便无望了。如今林家在濮阳有处林府也算是我的一番孝心了。"

狄公叹道："难为你一片孝心！"

林藩继续道："或许以后这林府我可改造为祠堂以悼念家父。这宅子虽老旧,但格局不错,小人我财力有限,只是稍加改造一番。不知大人可否愿意容小人带你参观一下寒舍?"

狄公点头,林藩便引着他穿过第二重院落进了一处更大的花厅。

狄公见那地上铺着特制的地毯,各处雕梁画栋,贝母为饰。一应家具皆是檀香木制,所有窗户皆是薄壳覆之,而非纸绸,厅内光线因此柔和明亮。

其他房间也是如此奢华雅致。

他们行至后院之时,林藩微微一笑,说道:"既然女眷不在,我带大人看看内宅。"

狄公婉拒一番,林藩却执意要他四处参观,把所有房间都走了一遍。狄公明白林藩是要打消他的疑虑,证明林府毫无秘密可言。

他们回到前厅后,狄公饮了一杯茶和林藩又聊了起来。

原来林藩名下商号专做一些京城高官的钱庄生意,林家商号在各大州府皆有分支。

最终狄公告别辞行,林藩又是一番客气后送狄公上轿。

狄公上轿之时,他转身再次向林藩保证,自己会竭尽所能尽快处理梁老夫人那案子。

回到衙门后,狄公直接去了书房。立于案前,他随手翻看着自己不在期间书记员放在案上的文书,但他很难把思绪从林藩处抽回。狄公感到自己的对手十分危险,林藩背后靠山很多。不知为何,他很怀疑林藩是否会如愿落入自己设下的圈套之中。

正当狄公忖量此事时,管家进来了。狄公抬起头来。

他问道:"你怎么到衙门里来了?家中一切可好?"

管家看起来很不自在,显然不知该如何开口。

狄公不耐道:"有事快说!"

那管家便道:"大人,刚刚有两顶轿子进了咱们的院子,一顶轿中是个年长妇人,自称是奉大人之命,送来两个女子。她并未进一步做任何解释。现在夫人正在歇息,小人不敢打扰。我问了二姨娘和三姨娘,她们说自己从未在大人这里听到任何消息。所以小人斗胆来此,请示下大人。"

狄公看似对此很是高兴,说道:"把那两位女子安置在四院吧,给她们每人安排个丫鬟伺候着,替我谢谢那送人的老妇人,再把她打发走。剩下的事情,下午晚些时候,我亲自来办。"

管家如释重负,深鞠一躬便离开了。

狄公下午同书记员和书库总管处理了一起因遗产分割闹出的难案。待他回到内宅时,已是傍晚时分。

狄公径直去了夫人房中,狄夫人正在与管家核对账目。

她见狄公进来匆忙起身,狄公把管家打发走之后便坐在方桌旁,让狄夫人又坐了下来。

狄公询问了家中儿女的学业是否有所长进,狄夫人客气回答了。她一直垂着眼睛,狄公知道她心情不佳。

一会后狄公道:"你肯定知道了今日下午有两个女子到了狄府。"

狄夫人声音冷漠道:"此乃妾身应尽之责,我亲自到四院安排打点好了一切,派了紫苑和秋菊两个去伺候。好让老爷知道,秋菊厨艺超群。"

狄公满意地点了点头。过了一会儿狄夫人继续道:"我到四院看过之后,一直在想,老爷若有意纳妾,早知会与我,或许会有更佳人选。"

狄公眉毛一挑,说道:"你看不上她们,为夫很是难过。"

狄夫人冷冷道:"妾身从来不敢反对老爷的偏好,唯愿家宅安定祥和。那两个女子与这院中他人不同,恐怕这教养品位不利于老爷府上如今这和谐场面。"

狄公起身,简略说道:"那你应尽之责就清楚明了了。我承认她俩有许多不足,你看着她俩尽快补上。你亲自教导她们,教教她们刺绣女红和基本的读书写字等。再次重申,我完全明白你的意思,所以决定这两个人就暂时交给你了,我会随时关注事情的进展。"

狄公起身离开之时,狄夫人也起身,又说道:"手掌中馈之人还要提醒老爷,家中银钱不足,只可勉强支撑现下这一大家子。"

狄公从袖中掏出一块银元置于桌上,说道:"这银元拿去给她俩置办些衣衫,还有其他相关开支。"

狄夫人深鞠一躬,狄公便离开了。他深深叹了口气,意识到这麻烦才刚刚开始。他穿过蜿蜒曲折的长廊来到四院,见那春杏与青玉正在欣赏自己的新住处。

她们跪在狄公面前自是感谢一番。

狄公命她们起身。

春杏恭恭敬敬地双手给狄公呈上一封信。狄公打开便见那是这两个女子以前的卖身契,还有罗大人管家的一番客套之词。

狄公把罗大人管家之信收于袖中,把那卖身契交还春杏与青玉,嘱咐二人收好,以防她们以往主子对此有任何异议。接着便对她们说道:"本官夫人会亲自照看你们,告诉你们这家中规矩。她会为你们置办新的衣衫,在此之前,你们要在这院里静待十天左右。"

又说了几句关爱之语,狄公便回到自己书房,吩咐下人给他准备好软榻,他会在此过夜。

辗转反侧许久也没能入睡。狄公满腹怀疑,焦灼不已,自问是否担负过多。林藩家财万贯,背景雄厚,是个险恶无情的对手。狄公对自己和夫人之间的疏远隔阂也深感无力。此前,公事繁忙之时或是案情棘手之时,和睦的内宅一直都是他放松心境的桃花源地。

如此心烦意乱,直到二更天狄公才睡着。

第十六章　假象

且说林梁两家的案子两天内毫无进展。

狄公的随从们每日前来回报,林藩毫无动静,似乎一直待在自己书房。

陶干命清理废墟的民工把那二进院落的高墙留着,他们往上开出一条路来,与那墙头持平。陶干便坐在那墙头晒着太阳,舒舒服服地关注着林府,他从那位置可以俯瞰整个林府,管家一出来他就怒目而视。

乔泰回报道那林府的农庄只有三人,每日要么在菜地忙活要么就在那依然停靠在岸边的船上忙活。乔泰在河里钓得了两条大鲤鱼,送给了狄公后厨。

马荣则在梁老夫人住处对面的丝绸店发现一处相当大的阁楼,他每日教一个颇有天赋的小衙役拳法与摔跤,自娱自乐。他回报说梁老夫人一次也没有外出,只见过那女仆出门采买过,他在周边也没有发现任何可疑人物。

第三日,南城门处守卫逮捕了一广州来客,怀疑他与南郊一失窃案有关,还带着一封给林藩的厚厚信件。

狄公仔细读了信却未曾发现任何可疑之处,那信只是林家商号在另外一城的交易账目。狄公对这交易账目的数额感到惊讶,单单这一笔生意就进账几千两银子。

狄公将信抄录之后就把信差放了,陶干回报当天下午信差便到了林府。

第四天傍晚乔泰在河岸截住了林府管家,他定是游到下河来,潜水过了水闸,守卫士兵根本就没有发现他。

乔泰把自己扮做那拦路劫匪。敲晕了管家后,从他身上搜出写给京城高官的一封信。狄公发现这信是要求高官把自己立刻调往其他州县,更重要的是这信里有一张可以兑换五百根金条的兑票。

次日一早林府便有下人给狄公送来封信,林藩声称林府管家被强盗袭击抢劫。狄公随即下发海捕文书,悬赏纹银五十两,征集此次暗袭线索,他自己则把那信收起来以备后用。

这是个好消息,但似乎也是最后一个。一周过去了,事情再无进展。

洪师爷注意到狄公很是忧虑,他没有了平日里的镇定自若,常常暴躁如雷。

狄公开始对军务兴趣盎然,时常花费数个时辰研究这州府内其他大人在这方面的通告。他仔细记录下本州府西南处一些新教的狂热信徒与一群土匪强盗勾结发动的一次武装暴乱,这暴乱不太可能会传到濮阳,洪师爷不明白狄公为何对此颇感兴趣。

狄公甚至与这濮阳区的戍卫统领成了朋友,那统领除了会带队领兵,毫无乐趣可言,狄公曾就整个州府的布兵问题与其长谈一番。

狄公没有对洪师爷做任何解释,洪师爷为自己未能知晓狄公所思所想而伤心委屈,更因为知晓狄公后院之事而郁郁不欢。

狄公偶尔会去二姨娘或三姨娘处过夜,但大部分时间都是在书房榻上过夜。偶尔早上他会去四院处和春杏、青玉喝杯茶,简短地和她们聊会儿天后,便回到县衙。

在狄公拜访林藩两周之后,林府管家来县衙递了拜帖,询问当日下午时分狄公可有空见林藩,洪师爷回话道狄公感到十分荣幸。当天下午林藩便乘轿秘密来到县衙,狄公非常热诚地在县衙大厅接待了他,狄公让他坐在自己身侧,执意让他用些水果点心。

林藩面无表情，一如既往，不动声色地说些客套之语，紧接着便问起袭击林府管家的悬赏线索，开口道："小人管家是前往林府农庄送信的。他出了北城门在水闸外沿河步行之时，那歹徒把他敲晕，抢劫了他所有财物，又把他扔进了河里。万幸我那管家未被淹死，爬上了岸。"

狄公怒道："哈，无耻恶徒！他打人在前，还欲杀人在后！悬赏金额得加至百两！"

林藩郑重地再三道谢，可他的双眼看不出任何波澜，盯着狄公问道："不知大人何时抽空审理我的案子？"

狄公摇着头，伤心道："衙门里的首席书记员日日都在整理那文书。这案子其中有些部分尚需与那梁老夫人核实，你也知道她完全清醒的时间不多，但我相信一切很快便会井井有条起来，本官会一直关注事情进展状况。"林藩听后又是深鞠一躬。

"此乃小事两桩。小人今日冒昧前来是有一事相求，只有大人方能为我解围。"

狄公道："尽管坦白道来，本官必当尽力。"林藩惨然一笑，他摸着下巴说道："大人与朝中大员往来密切，自然知晓朝内朝外诸多要事。大人可能未曾想过我们商贾之流对此几乎一窍不通，但若能知晓其中的利害关系，我们便能节省数千两白银。

"小人从广州掌柜那了解到，林氏的一家对手商号听取了当地一位大人的私谏，这位大人还屈尊做了这家商号的荣誉参谋。小人深觉鄙号也应以此为例。可惜，小人孤陋寡闻，与朝中官员素无来往，不知大人能否为小人举荐一位，小人将不胜感激。"

狄公鞠了一躬，真诚说道："你不耻下问，本官倍感荣幸。万分遗憾的是本官乃地方小吏，实在想不出哪位熟识友人可以胜任这大名鼎鼎林氏商号的参谋一职。"

林藩呷了几口茶，平静道来："小人得知对手商号会给荣誉参谋奉上十分之一的商号收入，以示微薄感激之情。这点心意对于朝中大员来说微不足道，即便如此，我林氏商号愿意每月奉上五千两纹银，应该可以贴补一下内宅用度。"

狄公捋了捋胡子，评说道："本官实在无能为力，实属遗憾，望你理解。若我不那么看重于你，我倒是可以举荐几个同僚，但我私下以为，林家商号的参谋必须是人中翘楚方可胜任。"

林藩此刻起身道:"小人冒昧求大人帮忙,实在抱歉。小人只想强调适才提到的数额只是粗粗计算,实际上可以加倍。唉,或许大人再仔细思量一番便能想起合适人选。"

狄公也起身道:"实在万分遗憾,本官朋友圈子有限,没有如此资质出色之人。"

林藩再次深鞠一躬便告辞了。狄公亲自送他上了轿。

洪师爷注意到狄公见完林藩后兴致高涨。狄公向他转述了自己与那林藩之间的一番对话,说道:"鱼儿开始咬饵了!"

奈何次日,狄公情绪又低落下来。即便陶干讲述自己如何惹恼那林府管家,一番眉飞色舞也未能让狄公展露笑颜。

又是一周。

午间堂审过后,狄公无精打采地独自坐在书房浏览着一些公文。

书房外走廊有两个下人站在那里窃窃低语,具体的话听不真切。突然,狄公听到"起义"二字。

他从椅子上一跃而起,蹑手蹑脚地走到窗户边。听其中一人说道:"如此就不必怕那起义四处扩散?我只是听说,我们州府大人,为了以防万一,想把人马都集中在青华县附近,以安民心。"

狄公把耳朵都贴在了窗上,急着听那下文,就听到另一人说道:"难怪如此!我一友人下士告诉我,作为应急之举,这周边县区所有驻军都要今夜开拔去青华集合。若消息属实,公文应送来县衙了,而且……"

狄公没有继续听下去,他匆匆打开自己保存机密文件的铁皮箱,拿出一个大包袱和几张纸。

洪师爷进书房时便惊见狄公气场的变化。狄公冷淡的神态一扫而空,他轻快地说道:"洪师爷,我得立刻悄悄离府,去隐秘调查一件要事。你仔细听好,我没空重复解释。你依令行事,明日便会明白所有一切。"

狄公递给洪师爷四封信。

"这四封是我的拜帖,要分别送给四位这地方上人品正直、德高望重之人。我思量许久,包括住址都考虑一番后才选出这四人。这四人分别是解甲归田的左翼包将军,告老还乡的前府尹万大人,金匠行首凌金匠,木工行首温木匠。今晚你替我走一趟,告诉他们明日凌晨五更天,我需他们为我见证一重要案件。告诉他们不得走漏任何消息，让他们备好轿辇和一位随从，在自己府邸候着。接着你要秘密派衙役去替换回马荣、乔泰和陶干三人。让他们明日凌晨四更天在这县衙大院待命。马荣与乔泰须配好弓箭刀剑，全副武装，骑马待命。

"你们四人悄悄地把这衙门所有人都集合起来，我的轿子也要在主院备好。衙门所有人各归其位，各司其职，衙役带好棍棒、镣铐与皮鞭。这一切都要悄悄进行，不许点燃灯火。你监督着人把我的官服、乌纱帽都置于轿中，衙役来守卫衙门。现下，我必须走了。你我明日四更天时再见！"

洪师爷尚未来得及开口说话，狄公便拿起那个包袱离开了书房。

狄公急忙回到自己的住处，直接去了四院，春杏与青玉正绣着一件长袍。

他与二人推心置腹地谈了两刻钟左右。接着他便打开了包袱，里面装有一套卜卦大师的行头和一顶玄色高帽，还有一幌子，大字写着："彭大师，举世闻名。神机妙算，天赐先知。"

春杏与青玉帮狄公乔装一番后，狄公把那幌子卷起来塞进袖袋，认真地看着二人，缓缓说道："我把一切就托付与你们二人了！"

二人皆是深鞠一躬称是。

狄公从一窄小后门离开了宅院。他特意为春杏与青玉选了这四院，便是因这四院与其他院落相隔有些距离，而且通往衙门后院之处有这后门，自己可悄无声息地离开，也不会引人耳目。

狄公一上主街，便支起幌子，混进人群之中。

他整个下午都在这城里后街兜兜转转，在各处茶摊小店里喝了数杯茶水。若有人上前卜卦，狄公便扯谎自己有要事在身，婉言谢绝。

夜幕初上，狄公在北门不远处一家简陋的饭庄吃了顿便饭，思量着还有一整晚的时间。付账之时，狄公想起马荣曾绘声绘色描述了盛霸和那道观的鬼故事，令人好奇不已，心想不如自己也去圣明观走走看看，便问了小二指路，结果圣明观离此处不远。

一路几番问询之后，狄公终于找到了通往那圣明观的小巷，前方有处灯光亮着，他只能摸索着在黑暗中小心前行。

一到了那开阔之处，他果然见到了马荣所描述的那番场景。

盛霸还是在那老地方倚墙而坐，他手下几人正在旁边围着玩骰子呢，他们狐疑地看着狄公，突然看到了狄公的幌子。

盛霸轻蔑地往地上啐了一口，气冲冲地喊道："赶紧走，快点！回顾过往已经让我悲痛不已，更别提我愿意了解将来之事。你是地上麒麟也好，天上飞龙也罢，不管怎样，赶紧走！依我拙见，你自己就一副可怜样！"

狄公却彬彬有礼道："不知此处可有一位名为盛霸的官人？"

盛霸猛地一下跳了起来，他两个手下也朝狄公凑了过来，威胁意味十足。盛霸粗声问道："我从未听说此人。你这混蛋找他有何贵干？"

狄公谦顺地道："唉，各位不必慌张。我一同行见我朝此处来，便委托我带两串铜钱给一名叫盛霸的官人，说是丐帮一友人委托他送来。听说盛霸官人就在这圣明观前的大院里，既然他不在这，我想我还是走吧。"说完那狄公便要转身离去。

"嘿，你这花花肠子！"盛霸生气地叫道，"好叫你知道，我就是盛霸本人，你胆敢把丐帮孝敬我的钱占为己有！"

狄公慌忙掏出两吊钱，盛霸一把从他手里抓了过来，即刻便数了起来。他发现数目分毫不差之时便对狄公说道："兄弟，原谅我适才的粗鲁无礼。幸好你不辱使命，但我得告诉你最近我们这来了许多不速之客。其中有一个恶棍，我还挺喜欢，我以为自己是救他于水火，但最近听说那恶棍根本就是假扮的，他自己是衙门的人。你说连朋友都不能相信，老天这是要干吗？我跟他玩骰子也很开心呐！既然你大老远来走这一遭，先坐下歇会吧。你会卜卦，这骰子和你也玩不成。"

狄公随即便蹲下和大伙聊了起来。他早已对这三教九流下了一番功夫研究，随口来了几句行话，讲了几个故事，便赢得了大伙的信任。

接着狄公便开始讲一个阴森可怖的鬼故事。

盛霸抬手制止他，认真道："兄弟，可要慎言。这些牛鬼蛇神可就在我们旁边。我是不会允许别人在我跟前对他们说三道四的。"

狄公对此表示惊讶，盛霸便把这圣明观有鬼一事与他道来，与狄公先前所了解的没有出入。狄公说道："就我个人而言，我是不会对他们有所诋毁的，怎么说他们也和我这行当相关。卜卦算命得常常跟他们讨教，我也因此进账不少。我自己也常在他们出没的偏僻角落里放上油糕油饼作为感谢,他们喜欢这些。"

盛霸听后在腿上猛拍了一下叫道:"原来我昨晚上那油糕是这么没了的!哎呀哎呀,又学了点东西!"

狄公见盛霸一手下窃笑一声,他假装没看到又继续道:"你不介意我去那道观仔细看看吧?"

"既然你知道与那些东西怎么打交道,"那盛霸道,"你便去吧!你得告诉他们,我和我的这帮兄弟都是好人,晚上不要来作妖打扰。"

狄公借了支火把,登上了那圣明观大门前高高的台阶。

圣明观厚重的木质大门如今被铁锁锁住。狄公举起火把看见那挂锁上贴着一纸条,那纸条上写着:濮阳县衙。那大印是前任冯大人的,时间是两年前。

狄公沿着周边转了一圈发现一处侧门,虽然也是锁着的,上方的嵌板处的铁栅栏却是开着的。狄公在墙上摁灭了火把,踮着脚尖,望向那漆黑一片的道观里面。

他一动不动地站着,竖起耳朵仔细听着。

道观深处传来似是微弱拖曳的脚步声,也可能是蝙蝠飞来飞去的声音。一会儿之后,一切又归于沉寂,狄公不确定自己是否出现了幻听。

他继续耐心地等着。

接着他又听到了微弱的敲打声,突然之间又停了。

尽管狄公又在那站着听了好久,一切又归于沉寂。

狄公摇了摇头,心想这圣明观确实该仔细调查一番。那拖曳的脚步声尚有合理解释,可那敲打声便是不可思议了。

他回到院前时,盛霸问道:"嗯,你去了好长时间。可有看到什么?"

"也没什么,"狄公答道,"两个青面恶鬼拿着新鲜人头玩骰子呢。"

"我的天啊!"盛霸惊叫道,"还不止一个!可惜我只能在这待着!"

接着狄公告辞后便溜达着回到了主街。他在街边找着一家虽小却也还干净的"八仙"客栈住下,要了一间客房,告诉那店小二给他上壶热茶,明日一大早城门一开他便要上路。

他喝了两杯茶,和衣躺下,在那摇摇欲坠的床上睡了几个时辰。

第十七章 开堂

四更梆子响时,狄公便起身了,用冷茶漱了漱口,紧了紧身上的衣袍便出了八仙客栈。

他轻快地穿过杳无人迹的街道,到了衙门前门,门口睡眼惺忪的守卫给他开了门,看着狄公一身奇怪的装扮惊讶不已。

狄公一语不发,径直走到主院,昏暗中他模模糊糊见到主院里人员齐整,大家都静静地在他轿子周边待命。

洪师爷只点了一只灯笼,引着狄公上了轿辇。狄公在轿内脱了那身算命卜卦的外袍,换上官服,戴上乌纱帽,然后掀开轿帘招呼马荣与乔泰上前。

这两人全副武装,气势威严。他们身着铠甲,头戴尖盔,每人两把佩剑,还背着一把大弯弓,箭袋里满满当当。

狄公低声对这二人道:"我们先去将军府,再去府尹大人处,最后再去金匠行首与木匠行首处。你二人骑马带路。"

马荣弯腰回道:"我们已将那马蹄裹好,不会有半点声响。"

狄公赞许地点了点头,便示意队伍出衙。这一众人马悄无声息地绕着县衙外墙一路西行而去,后来又往北行进,便到了将军府。

洪师爷上前敲门,那双重大门立刻便打开了。

洪师爷见那将军轿子早已在院内备好,轿子周边站着三十名左右随从。

狄公轿子抬了进去,他下轿后在花厅台阶下与将军碰了面。

将军特意穿上了自己的朝服,尽管他已七十有余,仍然气势十足。他身着金线绣制的紫色外袍,金色盔甲,腰间配有一把巨大的镶着宝石的利剑,金色头盔尖端呈扇形展开五色彩旗,象征着他曾在中亚战争中取得大捷的五个军部。

这二人相互问安后,狄公便道:"如此时间便来叨扰将军,本官深感抱歉。本官急需将军为揭露此案过程作证,望将军仔细注意事情经过,以便日后在公堂上作证。"

那将军看似十分高兴参与此事。他尚有军中之人干净利落的习惯,简短回答道:"大人乃此地父母官,本将无有不从,上路吧!"

狄公如此这般与那告老还乡的州府大人和两位行首都同样交代一番。

这队伍行至北门附近时很快便有了五顶轿子，上百号随从。狄公把那马荣叫到轿前。简要说道："我们一旦过了北门，你和乔泰便传话，这队伍中任何人都不得离开，擅离者死。你和乔泰二人骑马在队伍两侧巡逻。把箭备好，第一个试图离开队伍之人当场射死，现在到前面去让城门守卫开门！"

很快就有两名士兵把那厚重的布满铁钉的城北门打开，让队伍出了城。

队伍转而向东，朝普慈寺行去。

他们到达普慈寺之时，洪师爷上前敲门，一个睡眼惺忪的和尚在大门上的门镜处露了出来。

洪师爷喊道："我等乃县衙官役，奉命缉捕一窜至贵寺的盗贼。开门！"

他们听到后门闩被推了回去，门被拉开一条缝。马荣和乔泰早已经拴好了马，现下迅速把那双重大门推开，他们把两个吓坏了的守卫和尚锁在门房里，威胁他们说若他们胆敢出声便砍下他们的脑袋，整个队伍便迅速进了主院。狄公随即下轿来，四位证人也跟了出来。

狄公低声要他们随自己一起进入主院，其他人则在原地待命。陶干在前领路，马荣与乔泰二人在后压阵，几个人一路静悄悄地来到了主殿。

观音神像前的铜灯笼彻夜亮着，空旷的庭院中此刻光线模糊不明。

狄公举起手来，所有人都站着一动不动。过了一会儿，一个瘦小的人从阴影处走了出来，他完完全全裹在僧袍之中，对着狄公深鞠一躬后，便和狄公低语了几句。

狄公转向陶干道："带我等去那住持住处！"

陶干跑上平台台阶，进了大殿右侧的走廊，指了指走廊尽头紧闭的大门。

狄公朝马荣点了点头，马荣便朝着那门一个肩膀撞开了来，随后站在一边让其他人进去。

众人见这房间甚是奢华，两支巨烛还在燃烧，房间里充斥着一股熏香的味道。住持还在乌木雕花榻上打着呼噜，身上盖着一条绣花繁琐的丝被。

狄公令道："上锁链，把他双臂绑在身后！"

马荣和乔泰把住持从榻上拽出来扔到地上，再把他胳膊用一条细锁链绑在身后，此刻那住持还尚未完全清醒过来。

马荣把住持猛地拽起来吼道："还不赶紧来见过大人！"

住持的面色一片灰败，似乎是觉得自己突然下了阴曹地府，那两人便是阎王爷派来收他的。

狄公对随行的证人们道："烦请各位仔细看看这人，尤其注意一下他的光头！"

接着他便转向洪师爷，令道："尽快去前院，令衙役们锁了这里所有和尚，现在他们可以点灯了。陶干给衙役们带路，指明那群僧人所住之处。"

眨眼间，整个院里全都亮起了灯笼，灯笼上写着"濮阳县衙"几个大字。命令传到后，整个普慈寺踹门声、锁链声，衙役们用武棍和皮鞭抽打那些试图反抗之人的尖叫声充斥一片，最终六十来个和尚被押至主院中。

狄公一直在楼梯顶部观察着这一切，现下便喊道："让他们六十来人一排跪在这台前！"

众衙役得令，狄公又道："我们来时队伍中的其他人等沿这院子三面有序站好。"

接着他便叫来陶干，引着众人去往那香阁所在的隐蔽花园处，然后他转向一直等在主殿前，全身被僧袍裹住之人道："青玉，把春杏所在的香阁告诉我们！"

陶干打开花园的门，众人沿着蜿蜒小径前行。陶干和青玉提着灯笼在前，摇曳的灯光下，雅致的花园犹如人间仙境般美轮美奂。

青玉在紧靠一片小竹林的香阁前停了下来。

狄公让众证人上前查看了锁闭房门上依然完好无损的封条印记。

他朝青玉点了点头。青玉便把那封条撕下，拿钥匙开了锁。

狄公敲了敲门，喊道："是我，本官在此。"

接着他便退后一步。

红漆房门打开后，众人便见那春杏身着薄绸睡衣，举着蜡烛站在那里。

见到人群前的将军和万大人，春杏忙转身裹了一身连帽斗篷。众人进了那香阁后便见那墙上挂着一幅华丽的观音大士像，宽榻上锦缎被褥很是舒适，其他物件也都奢华无比。

狄公恭恭敬敬地给春杏鞠了一躬，其他人也自然而然地跟着鞠了一躬，那将军头盔上的彩旗随之飘扬。

接着狄公便道："暗门所在何处！"

春杏走到门前，把门上众多铜把手中的一个转了一圈，门中间一块狭窄的嵌板便打开了。

陶干一拍额头，难以置信地叫道："我竟被这种把戏给骗了！我四处都查看了，唯独漏了这最明显的一处！"

狄公转身问那春杏："其他五处香阁都住满了吗？"

春杏点点头，狄公又道："你和青玉到一重院子去让这些夫人的夫君都来把门打开，把自家夫人接出来。然后让这些男人单独前往大殿，我希望初审此案时他们都能在场。"

春杏与青玉领命而去。狄公仔细地打量着这个房间，他指着榻边小桌对那四位证人道：

"各位，请大家注意那桌上盛放口脂的小象牙盒，记住位置。将军把这盒子封存好，必要时候，此物当呈堂证供。"

众人等春杏回话之时，陶干仔细研究了门上的机关。他发现只要随便转动一个铜把手，这嵌板便可以悄无声息地两面打开。

须臾之后春杏回报，其他五处香阁的夫人已被带往前院，她们的夫君正在大殿前候着。

狄公便和众人挨个参观了另外几处香阁，陶干不费吹灰之力便找到了其他几处香阁的暗门。

狄公向众证人道："各位，为表仁慈，我求大家隐瞒这一事实。稍后堂审便说这香阁其中有两座未发现暗门，也不必说明详情，众人以为如何？"

那告老还乡的万大人道："此举考虑到这一方百姓福祉，颇为周到。我同意，但事实须单独记录在案，仅供判案参考。"

狄公与其他人等皆表示赞同，狄公便道：

"现下我们就到那大殿前高台处去吧。本官就在那里开堂初审此案。"

众人站在高台之上时，正是拂晓，旭日初升，晨光缕缕洒在这院子里跪着的六十来个光头之上。狄公命捕头从寺庙后厨搬出一张大桌子和几把椅子。初审公堂临时布置妥当后，马荣便把那住持拖到了长桌前。

住持在清冷的晨间瑟瑟发抖，他一看是狄公，便低声怒道："你这狗官，你收了我的钱!"

狄公冷冷道:"你错了,我只是借用了你的钱! 你那钱的每一个铜板都用在了今日你自己身上。"

狄公请将军与府尹大人坐在桌后自己右侧,两位行首坐在左侧。春杏与青玉坐在洪师爷摆在长桌旁的绣凳上,洪师爷自己则站在这两人身后,首席书记员与其手下则在一张更小的侧桌后坐定,马荣与乔泰则在这高台左右两角站定。

众人各就各位后,狄公四处环顾了一番这怪异的场面,人群里鸦雀无声。

然后,狄公严厉的声音响起:"本官,就这普慈寺住持及一干僧人所犯之案开堂初审。本案涉及四宗罪,分别为与妇人通奸、强奸、亵渎佛门清净之地以及敲诈勒索。"

狄公瞥了眼捕头命道:"带原告!"

春杏上前来在长桌前跪下。

狄公道:"此案特殊,本官宣布,原告免跪!"

春杏站起身来,把头顶兜帽也摘了下来。

狄公见春杏那瘦小的身子裹在长长的斗篷之中,垂着眼站在自己跟前,严厉的面孔不由柔和下来。他温声道:"原告报上名来,有何冤屈,尽管道来!"

春杏颤抖着声音答道:"小人姓杨,名为春杏,祖籍湖南。"

首席书记员将此记录在案。

狄公靠在椅子上命道:"继续!"

第十八章 破案

且说春杏开始时还战战兢兢,紧接着越说越自信,她清脆的嗓音回响在这静静的大殿之上。

她说道:"昨日午后,奴家与妹妹青玉结伴来到这普慈寺,得见住持之后,奴家乞求自身能在观音大士面前祷告求子。住持道唯有在寺里观音大士前冥想祈祷一夜,这求子心愿方可达成。他要我先付住房押金,奴家便给了他一根金条。

"昨天傍晚，住持引着奴家与妹妹去了后花园的一处香阁。他道求子之人需在香阁过夜，妹妹则住在寺里的客房。为了奴家闺誉着想，以防有人造谣诽谤，妹妹需亲自给我的房门上锁。妹妹便如此照做，还在门锁上贴上封条，盖上印章，按住持要求，钥匙由妹妹自己保管。于是奴家便独自一人待在封闭的香阁之中，先是在观音大士像前祈祷。许久之后便觉劳累，便上榻躺下，梳妆台上的蜡烛未灭。

"约是二更天过后，奴家突然醒来，睁开眼睛便见住持就站在我的榻前，他道自己便可满足奴家的求子心愿。紧接着他便吹灭蜡烛要强迫于我，恰巧奴家枕边小几上的胭脂盒还开着，趁他不备，奴家便在那秃驴的光头上抹了一把胭脂，秃驴强要了奴家之后还道：'如今你的求子心愿早晚会实现，千万别忘了给敝寺供些香火钱还愿。若忘了，你的夫君可能就会听到些风言风语！'一眨眼他人便消失在那香阁中。"

人群中传来阵阵窃窃私语与交谈之声，春杏继续道："奴家躺在黑暗之中痛哭不已，突然又有一个秃驴出现在香阁之中，他道'别哭，情郎来也'。不顾奴家反抗哀求，这个秃驴再次对奴家轻薄。尽管奴家悲痛欲绝，仍在那第二个秃驴头上抹了胭脂。奴家决意收集证据以备日后有合适机会报仇雪耻，便假意倾心那蠢笨的秃驴。借茶炉中火炭点燃蜡烛之后，奴家先是一番戏弄后又一番讨好，终于哄他道出了门上暗道机关所在。蠢笨秃驴离开之后，又有第三个来，奴家假意病倒，推他离去之时，也给他抹了胭脂印记。

"一个时辰前，奴家妹妹敲门告诉奴家本地父母官在此处查案。奴家便要她立即回报大人奴家要状告这普慈寺。"

狄公声音严厉道："请证人证实这第一人犯头上印记！"

包将军几人便站起身来。

清晨阳光明媚，那住持光头之上的胭脂印记一目了然。

狄公命捕头在那跪着的几行和尚中把头上有相似印记之人全都带上前来。

须臾便有两个和尚被衙役带上前来，按在住持旁边跪下，那三人光头上的印记，众人皆是一目了然。

狄公宣道："此人犯三人，罪证确凿。苦主退下！本官将在县衙午后开堂审理此案，届时重述所有证据，大刑伺候，一一拷问，以便确认这普慈寺其他僧人中是否还有不法之徒。"

此时跪在前排一老和尚抬起头来，声音颤抖喊道："大人，请听贫僧一言！"

狄公示意捕头把那老和尚带上前来。

那老和尚结结巴巴道："大人，贫僧法号圆启，原是这普慈寺真正的住持。自称住持之人不过是个外来之徒，未曾真正出家受戒。多年前他来到此处胁迫贫僧让出这普慈寺。后来，我不满他对前来求子的女施主的恶劣行径，他便将贫僧关在这后院一小室之中，一个时辰前，衙役们破门而入，贫僧才得以脱身。"

狄公举起手对捕头道："仔细报来！"

捕头便道："这老和尚确实是被关起来的，小室外上了锁。门上有一小洞，衙役们听到他微弱的求救声，我让人把门撞开的。他没有丝毫反抗，只是要我们带他前来面见大人。"

狄公慢慢地点点头，对那老和尚道："你继续道来！"

老和尚继续道："贫僧门下有两个弟子，起先这普慈寺就我们师徒三人。其中一人因威胁那狗贼，要向方丈大师告发他的无耻行径而被毒死，另一人也在这大殿之上，假装背叛于我，但他暗中监视狗贼与其追随之人，把他所发现之事隐秘告知于我，可惜他未曾搜集到任何证据。除了追随自己之人，那恶徒所行之事从不与外人道来。因此贫僧便命弟子静待时机，莫要盲目报官，如此只会招来杀身之祸，无法揭露这亵渎我佛清净之地的恶行，但贫僧弟子可以协助大人找出那些与那狗贼同流合污之人。

"其他僧人皆是我佛虔诚信徒或是被这寺里奢华舒适的生活所吸引的懒惰之人。贫僧恳求大人宽宏大量，饶他们一命。"

狄公示意衙役卸了那老住持的锁链，他引着捕头找到了自己的弟子，另外一个年长和尚。年长和尚带着衙役走在一排排和尚之间，指出了十七名犯奸作恶之人，那些人即刻被带到狄公面前。

这些被带上前来跪下的和尚便开始大叫咒骂，有些嚷着是那灵德逼迫自己轻薄那些妇人，有些苦苦哀求着请求宽恕，还有些大声叫着要供认不讳。

狄公喝道："肃静！"

衙役们对着那群和尚头上、肩上一顿棍棒鞭打，喊叫喧闹之声瞬间变成了痛苦压抑的呻吟之声。

秩序井然之后狄公便道："其他无罪僧人可免于牢狱之灾，解开锁链。众僧须听令于圆启大师，即刻恢复日常修行，各司其职。"

院里众僧散后，旁观人群便咒骂着这些作恶和尚，有些人是特地从北郊赶来看这寺里骚动为何，这会儿一股脑儿涌向大殿高台。

狄公喊道："有序退后，听本官说！聚集此处的卑鄙恶徒如那老鼠啃噬着我盛世根基，所犯之罪乃是朝廷重罪。我们绝伦无双的孔圣人自己也说过，家乃国之根本。这群恶徒奸淫的是些诚心来此求子之人，是些毫无防御的女子，是些为自己家族与子孙后代忍辱负重之人。

"万幸，这些恶徒并无胆量在所有香阁之门上都设有暗道，有两处香阁并无暗门。本官并非不敬神明之人，此时深感上苍有好生之德，望众人明确知晓，在此求子过夜之人，所生子嗣并非皆为私生子。这些人犯，本官会在午后开堂审问，是非曲直，认罪与否，他们自有机会辩解。"

狄公转向捕头道："衙门监狱太小容不下这些恶棍，暂时把他们押在衙门东墙外的马厩之中吧。即刻押送犯人回城！"

那灵德被带走之时还在喊："可怜的蠢货！不久你便会身着镣铐跪在我面前，由我来审你！"

狄公冷冷一笑。

衙役们把这二十人排成两列，用沉重的锁链将人绑在一起，一路棍棒驱赶着他们进城去了。

狄公命洪师爷把春杏与青玉引到前院，用自己的轿子把二人送回衙门。

狄公召来乔泰道："这消息一旦传开，本官恐怕那愤怒的众人会袭击这帮和尚。你尽快骑马赶到驻军处请将领拨付一支骑兵携长矛弓箭即刻赶往县衙马厩处，与马厩外栅栏形成双重戒备。驻军总部离衙门不远，士兵应该能在犯人到达之前赶到。"

乔泰领命匆匆而去："大人此举甚是英明！"

狄公又对那将军等四人道："各位，本官怕是仍要耽搁大家些宝贵时间了。普慈寺中金银财宝众多，在大家见证各处财物清点完毕并封存之前我们恐怕无法撤离。上级恐怕会下令没收这寺内所有财产，县衙在本案案宗中须呈上这寺内所有财物的完整清单。

"本官猜这寺庙定有相关账目清单，但我们仍需耗费几个时辰一一核查。因此，本官提议大家先去用些早饭吧！"

狄公遣了一个衙役前去厨房传令，众人便一道离开大殿前高台前往那二层院落的大饭厅。围观人群涌入一重院落，对那些和尚咒骂不已，群情愤然。

狄公因处理案无法尽地主之谊好生招待包将军几人，他委婉谢过几人，为节省时间，他须在吃饭期间给自己随从几人下一步指示。

在解甲归田的包将军，告老还乡的万大人还有两位行首彼此客气推让着上座之位时，狄公已选了一张小桌与周边人隔开，与洪师爷、马荣和陶干一起坐下了。

两个小沙弥把粥与咸菜端至各位面前。狄公一群人静静吃着，小沙弥远去之后他们才开始说话。

狄公揶揄一笑道："过去几周，对大家来说我怕是很难相处，对洪师爷来说更是如此吧！现下，你们听我解释吧。"

狄公喝完粥，把勺子放在桌上便道："师爷，你见我收那可恶住持的三根金条和三锭银元宝定是伤心了是吧！事实是尽管当时我尚无完善计划，也知晓早晚我必须使些钱财手段。你也知道本官除了俸禄并无其他钱财来路，我也不敢从衙门账上拿钱，以防那贼人的眼线知晓我正在计划些什么。

"结果这金条银锭正好解决这一计所需钱财。其中两根金条为那两女子赎身，另外一根金条正是春杏用来在此过夜的押金，给了住持。其中一锭银元宝，是我给青华县罗大人手下管家的酬劳，是他去给春杏与青玉二人赎身，安排护送那二人来的濮阳。第二锭银元宝，我给了夫人为那二人置办些衣物。剩余银钱便是为她二人置办了斗篷，租赁了两顶奢华软轿，昨日午后她们正是乘坐那轿子到的这普慈寺。如此这般师爷便不必忧心啦。"

狄公见众人脸上皆闪过释然神情。他笑笑继续耐心道："我之所以在青华选择春杏与青玉两人，是因为我发现这二人虽深陷泥潭，却良心未泯。良心百姓才是国本所在，我相信此计有这二人相助，定能成事。

"这二人自己，包括我内宅所有人，也误以为我会纳她们为小妾。

我不敢将计划与任何人道明，包括夫人。此前提过，我怕那住持会在家仆间安排眼线，我不敢泄露计划中一丝一毫。我须等春杏与青玉二人适应自己贵妇的身份才能实施此计。在我夫人的不懈努力下，春杏进步神速，昨日我便决定施行此计。"狄公用筷子夹起一块咸菜，继续道，"昨日，我与师爷你分开后便径直去了她们的院子，告诉她们我对普慈寺的怀疑。我问春杏是否愿意扮演这个角色，并告诉她我有备用方案，也可以不必扮演这个角色，她完全可以拒绝，但春杏立刻答应了。她义愤填膺道自己若不能从那些秃驴手下救那些苦主于水火，将永远无法原谅自己。

"然后我便告诉她们穿上我夫人送给她们最好的衣服，外套尼姑带帽长袍，悄悄从后门出去，去租赁两抬豪华软轿。她们乘轿到了那寺庙之后，春杏便告诉住持自己是京城一高官小妾，高官姓名自然不便为外人道。那高官夫人自是万般嫉恨，她自己也觉得自己与那高官之间爱意渐弛，唯恐自身被赶出大宅，便来这普慈寺求子。那高官并无子嗣，若自己有子傍身，这地位便稳妥无比了，这普慈寺便是她最后的希望。"

此时狄公顿了一顿。众人几乎没有动筷地静静地听他继续说道："故事本身貌似可信，但本官知道那住持本是极度精明之人，既然春杏无法说明那高官姓名和更多细节，恐怕难以取信于他。所以我便指示春杏勾出那住持卑鄙的贪欲与淫念，给那住持一根金条，展现自己的魅力。

"最后我告诉春杏守夜之时应做之事。我并未完全排除一切皆是观音大士显灵的可能，尤其是陶干未能在这里找出任何破绽令我印象深刻。"

陶干看起来很是窘迫，他迅速把脸埋进粥碗里。狄公宽容地笑了笑继续道："所以我便告诉春杏，若真有神灵凭空显现，她便匍匐在地，谦恭无比，道出实情，是本官命她假意出现在此处，本官自当担负全责。但是，若有他人进得她的房间，她必竭尽所能找出那暗道所在，然后见机而行。我给了她一盒胭脂，让她在轻薄自己之人头上留下标记。

"四更天后，青玉会偷偷溜出自己所居客房，在春杏门上敲击两下。若春杏回应四下，那便是我的猜疑无根无据，若回应三下则是确有恶行发生。后来之事你们便都知道了。"

马荣与陶干两人鼓起掌来，激动不已，但洪师爷看起来仍忧心不已。

几番犹豫后，洪师爷道："前几日，大人就普慈寺一事与我说的一番话仍令我忧心忡忡。也就是即便证据充分，那些和尚业已认罪，若佛教教会有意介入相帮,尚未结案他们便会重获自由。届时这该如何是好?"

狄公皱了皱眉头,若有所思地捋了捋胡子。

就在此时,外院传来阵阵马蹄声,乔泰冲进了饭厅之中。

他迅速扫了一眼人群,见到狄公一行便跑了过来,他满头大汗,气喘吁吁,激动喊道:"回禀大人,驻军总部只剩下四位步兵!其余兵力昨日受府尹之命前往青华增援。我回来之时途经马厩,见几百人怒气冲冲地撞开了栅栏,衙役们都躲进了衙门。"

狄公惊叫道:"这可真是太不巧了!我们赶紧回城!"

他急急把情况与那将军解释一番,把这寺里相关事务委托于他,金匠行首在侧辅佐。告老还乡的万大人和木匠行首与狄公一起回城。

狄公与洪师爷共乘那将军行军一轿,老万大人与木匠行首各自上了自家轿子,马荣与乔泰也牵来自己的马匹,一行人以最快速度赶回了城中。

城中主街人满为患,群情激愤,百姓见到那行军轿辇上的狄公之时,人群中爆发阵阵欢呼之声。四面八方回荡着"县令大人万岁!狄大人万岁!"的呐喊之声。

他们越往衙门走,这路上行人越少,当转过衙门东北角时,空荡荡的街道静得让人害怕。马厩栏杆有几处早已被人砸烂,里面关押的那二十名人犯早已断气,估计是被疯狂的百姓用石头砸烂践踏而亡,死状惨不忍睹。

第十九章 探秘

话说狄公见此惨象并未下轿,一眼望去便知回天乏术——一堆残缺的尸体,血肉模糊,也不必寻那生命气息了。狄公命轿夫继续前行回到县衙大门。

守卫打开那双重大门,狄公一行人的轿子就径直进了主院。

八个惊魂未定的衙役跑出来,跪倒在狄公轿前,不断在石板地面上磕头认错。其中一人开始背诵精心编好的致歉之词,狄公打断了他。

"你们不必道歉,"狄公道,"你们八人又如何能抵挡住那百姓。那本是我叫来的骑兵职责所在,不过他们未能到场。"

狄公与那万老大人和凌行首走下轿来，直接去了狄公书房，书房案上放着一叠狄公不在期间刚到的公文。

狄公拿起一个大信封，上面还盖着江苏州府的官印。

他对老万大人道："此信便应该是州府要求调集驻军兵力的官文。请大人核实！"

万老大人把信拆开，瞥了一眼内容便点头称是，把信件退还给了狄公。

狄公道："此信定是昨日晚间我紧急离府隐秘调查案件之后送达的，昨夜我是在城北的八仙客栈过的夜。凌晨之时我回到衙门，但即刻就赶往普慈寺。我甚至未能换身衣服，更别提进这书房了。为礼节起见，望万大人与凌行首还是询问一下我这宅邸家仆、八仙客栈掌柜，还有送信来的士兵几人。关于此事，我希望你二人证词能写入报告之中，以免本官遭人口舌，说这些人犯之死是因本官疏忽所致。"

老万大人点头回道："最近，我收到京城老友来信。据我所知，佛教教会在朝堂之上影响很大。我肯定那些人会像研究佛经般认真研究你这案宗报告，若他们找到一丝漏洞便会借此在朝堂之上诋毁于你。"

凌行首也道："揭露出那些恶棍和尚的真实面目是我们濮阳百姓之福，我向大人保证这百姓皆是心存感激。我更遗憾的是百姓群情激愤之时竟如此无法无天，小人替濮阳百姓向大人致歉，甚感惭愧！"

狄公对两位厚意表达了感激之情，二人便辞别狄公，按狄公所求去一一核查事实了。

狄公即刻提笔起草一篇义正词严的告诫檄文，公告濮阳百姓。他强烈谴责众人屠杀案犯一事，强调将犯人绳之以法乃朝廷法度，亦是朝廷之责。公告中他还补充道，若再有人暴动生事，将被就地正法。

因所有书记员与文书皆在普慈寺尚未归来，狄公便命陶干备好五张大字报。自己又以刚劲的书法亲自书写了五张，盖上衙门醒目的大红印章后，让洪师爷把这告示檄文张贴在县衙公告牌和镇上其他中心地区。另外命师爷找人把那二十名犯人的尸骨收集入筐，以便稍后火化。

师爷领命去安排相关事宜了，狄公对马荣与乔泰道："暴力往往滋生犯罪。若我们不立即采取措施，乱象可能会升级。不法之徒可能会抢劫店铺，驻军不在城内，这些恶徒一旦逃脱便很难制住。我得再次乘将军的军轿出门在这街上转一圈，以防有人作乱。你二人骑马随侧，备好弓箭，若有人生事，当场射杀。"

接着他们先是去了城隍庙，狄公一行只有寥寥数人，狄公乘轿，马荣与乔泰骑马随行在侧，两个衙役一前一后。狄公全身官服打扮，众人皆能见到他坐在轿辇之中。百姓们恭恭敬敬地给他们让路，安安静静，也没有欢呼，似乎是为自己犯下的暴行羞耻不已。

狄公在庙里烧了香，对自己在这濮阳城所行之事在神前虔诚致歉。城隍，守城之神是不喜欢自己的地盘被血所污的，所以问斩之地都是设在城外。

狄公一行人又继续西行到了孔庙，给孔子及其各位弟子都敬了香。接着他们又北行，经过了衙门北墙，在关公庙也敬了香。

街上百姓非常安静，他们已经看了公告，百姓中没有任何骚动迹象。众人之怒随着杀死那些和尚之后渐渐平息了。

狄公见这城内再无混乱之忧，便放下心来，又转回衙门。

不久将军与衙门众人也从普慈寺回到城内。

将军把清单账目交给了狄公，他回报道寺里所有钱财与贵重物品，包括那些金制器皿，都安置在寺内库房已全部封存好。他擅自从自己军械库中取出些长矛与刀剑分给自己的随从和衙役，最终留下了自己随从二十人与衙役十人看管寺院。老将军精神矍铄，看似很是享受这解甲归田生活中难得的表现机会。

万大人与凌行首也进来回报，他们已证实狄公确实不可能有机会受理那遣调驻军的公文。

接下来所有人都进了那宽敞的大堂，下人已摆好茶点。

衙役们摆好另外几张桌椅后，众人皆坐下开始起草案情报告。在狄公指引之下，当日所发生的一切皆记录在案。

凡是必要之处，书记员皆把证人之词记录在侧。春杏与青玉也从狄公后宅被召来一次，完整复述案情后捺了指印。狄公还格外附上一条，言明数百名暴动百姓中实在难觅杀害那群和尚的真凶；事出有因，群情激愤，后来再无其他骚乱，狄公恭请上级不要对濮阳百姓采取任何惩罚措施。

夜幕降临，最终这案情草稿及各种附加说明也已完成，狄公邀请那老将军、老万大人及两位行首共进晚餐。

精力充沛的老将军似是有意如此，但另外三位经过这紧张的一天，颇为疲累，便婉言谢绝了邀请，因此老将军也随他们一起告辞了。

狄公亲自把他们四人送上轿辇，对他们的施与援手再次表示感谢，随后便换了身常服回了自己后宅。

府上主厅已备好盛宴，狄夫人、二姨娘与三姨娘皆围坐在桌旁，春杏与青玉也被请上了宴席。

见狄公进来，众人皆起身迎候。狄公稳坐主位，一边吃着热气腾腾的美味佳肴，一边享受着数周来他无比怀念的后宅和谐。

撤宴之后，管家上了茶，狄公对春杏与青玉二人道："今日下午，在给上级起草案情报告时，我加了一条建议，没收普慈寺财物之际给你二人留下四根金条作为你们协助解决此案的小小奖励。

"在此建议通过之前，我还要派信使去你们祖籍老家，让当地县令调查一下你们家里情况。或许老天垂怜，你们父母尚在人间，若你们父母已经过世，家族也会有人在。一旦有军队粮草输送湖南，我便派人护送你们回去。"

狄公对这两人笑得和善，继续道："我会写封信推荐你们到地方去，托他们照顾你二人。你二人便可以用那金条置办些地产或是商铺，你们家人也自会为你们适时择良人婚配。"

春杏与青玉二人双双跪拜在地，数番磕头致谢。

晚餐后，狄公便起身离开后宅了。

回衙门路上，狄公穿过那条连接自己宅院前门花园里的走廊。突然听到身后传来的轻微脚步声，转身便见是春杏垂着眼睛独自站在那里。

她朝狄公深鞠一躬但并未开口说话。

狄公和善说道："哎呀，春杏，还有何事是本官能做的，尽管道来！"

春杏柔声说道："大人，思乡乃人之常情。但，在大人保护之下我与妹妹命运无忧，我们二人都不愿离开此处。既然夫人说她很高兴若是……"

狄公举手打断她的话，笑着说道："世道就是如此！你很快就会知道做自己村里一老实人的正妻要比做城里他人妾室要幸福多了。此案结束之前，你和你妹妹就是我狄府客人。"

说完这话，狄公也对春杏鞠了一躬。他说服自己道春杏脸上闪烁的不是泪滴，而是那月光所致。

步入主院后，狄公见档案库所有房间灯火通明。书记员与文书仍在忙着把下午起草的报告整理出来。

书房内狄公的四个随从仍在。县衙捕头奉师爷之命巡查林藩宅邸暗哨，他们正在听那捕头回报。然而，他们不在这城里期间，那林藩处毫无动静可言。

狄公把那捕头遣走后，就在书案后坐下，粗略浏览着其他公文。把其中三封信挑出来后，对洪师爷道：

"这是漕运几处军岗的回报。他们拦下并搜查了林氏商号下的几艘货船，除了真实货物之外一无所获。看来，要取得林藩走私证据为时已晚。"

随后狄公便处理了其他几份文书，在那些文书的空白之处草草朱批了些指示之词。然后他便喝着茶靠在椅背之上，对马荣道："昨夜，我去了趟圣明观，见了我朋友盛霸。还上前仔细看了看废弃的道观。那道观里确实很古怪，我听到些奇怪的声音。"

马荣疑惑地看着洪师爷，乔泰看起来也很不自在。陶干慢悠悠地扯着他左脸颊处那颗痣上的三根毛。无人回应。

众人的冷淡并没有扰乱狄公心神，他继续道："那道观倒是引起了我的好奇。今日上午我们体验了一番佛家寺庙，今晚再探访一下道家庙观，如何？"

马荣惨然一笑。他大手搓着膝盖道："大人，若是和这江湖上任何一人对战我都不怕。但若是和另一世界的……"

狄公打断他道："我并非那种不信神鬼之人，我不能断然否认凡人日常生活中偶尔也有神鬼出没。另一方面，我也坚信问心无愧之人不惧阴邪。看得见与看不见的两个世界之中，正义都至高无上。而且，我也不想隐瞒大家，今日之事和在此之前的所有等待，都令我心神不宁。愿今日道观一行能让我的心神静一静。"

洪师爷若有所思地捋了捋胡子，说道："大人，若我们前往圣明观，如何避开盛霸那一伙人？我觉得我们得秘密进行调查。"

狄公回道："这点我已想好。陶干，你现在去找里正。告诉他去圣明观通知那盛霸一伙人即刻离去。那伙人惧怕官府，他们不等里正说完便会消失得无影无踪！但还是派捕头带十名衙役过去以防意外。陶干一回来，我们便乔装成普通百姓，去街坊处借顶普通小轿。我就带你们四人，别忘了带四盏灯笼,多带些蜡烛。"

陶干去那守卫住处,令捕头召集十位衙役。

捕头紧了紧腰带,满脸笑容地对他道:"有我这么一位经验丰富的捕头,大家不好奇我们县令大人何时才能开窍进步吗?瞧,他刚上任就全力以赴审结了半月街杀人案,那里一个铜板都没捞着。不久之后,他又对普慈寺感兴趣,那地方看起来就是财神爷的住处啊!我预计上级命令下来后那儿又有一堆活要干呢。"

一个衙役憎恶地说道:"我还以为你今天下午去巡查那林藩宅邸的暗哨也并非一无所获呢!"

捕头厉声呵斥道:"那只是两个人之间的礼节性交流,林府管家对我的礼貌态度表示感激!"

另一名衙役道:"那管家的声音听起来像银铃般非常清脆吧!"

捕头叹了口气,从腰带间掏出一块碎银子,扔给那个衙役,那个人便巧妙地接住了它。

"我也不是吝啬,"捕头道,"你们自己把那银子分了。你们这群混蛋既然一直盯着就听听整个故事。管家给了我几块碎银子,问我明日能否为他朋友送一封信。我说若我明天在那里,我就可以帮忙,既然明天我不在那里,我便不能帮忙送信了。因此,我没有违背大人命令,我也没有因拒绝这礼节性的礼物冒犯到那管家,我不会背离自己设下的忠诚准则。"

众衙役对此深感合理。所有人离开守卫住处加入了陶干的队伍。

第二十章 疑点

话说陶干二更天时回来了。狄公喝了杯茶,换了一身简单的蓝色长袍,戴了一顶玄色便帽,便和四个随从从衙门小侧门溜了出去。

他们一行人在街上租了轿子,让人把自己送至圣明观附近的十字路口。付了轿夫银子后,便又继续步行至那圣明观。

圣明观前院子漆黑一片,静寂无声。里正和衙役们显然成功地把盛霸一伙人赶走了。

狄公低声对陶干道："你把正门左边一处侧门撬开，不要弄出过多声响！"

陶干便蹲下，将自己围巾套在灯笼上，用打火石点亮灯笼之时，便只能见一丝微弱亮光，足够他登上宽大的台阶。

待他找到那侧门之锁后，借灯笼的细微光亮细细观察了一番。他因普慈寺一行未能寻得那门上破绽伤了自尊，决意此举必得又快又准。他从袖中掏出一串细细铁钩开始开锁。须臾之间他便打开大锁取下门闩。轻轻一推，那门便两下敞开了。门里并无第二层门闩上锁。他急急冲下台阶告诉狄公可以进入那道观之内了。

众人便拾级而上。

狄公在门前静等了一会，竖起耳朵听了听道观里的声音。但一切死寂无声。众人便溜了进去，狄公在前引路。

狄公悄声令洪师爷点亮灯笼。待师爷把灯笼举高之时，众人便见自己身处这道观的大殿之上。右手边便是那三重大门的最里面一层，厚重的门闩在里面锁住了门。很明显众人刚进来的那处侧门是唯一不必破坏厚重主门而进入这道观的可行之路。

左手边是一处祭台，高约十尺，三个巨大的镀金道家神像坐落其上。众人只能见其举起的手掌，黑暗之中却看不清他们高高在上的肩膀和头部。

狄公弯下腰细细查看着地板，木板上覆盖着厚厚一层灰尘，只有几处老鼠爬过的细微痕迹。

他示意众人绕过祭台，进入一处黑暗走廊。洪师爷把灯笼举起之时，马荣咒骂了一句。光线所照之处是一个女人被砍断的头部，面部扭曲，鲜血直流，一只爪子般的手扯住了她的头发。

陶干与乔泰都吓得愣在那里，一动不动，一言不发，但狄公声音平静地说道："不必激动！通常道观之中，走廊墙面会有十八层地狱情景，雕刻看起来很恐怖，但我们该怕的是活人！"

尽管有了狄公的宽心之语，众人还是被这走廊墙面上古人木雕的骇人情境所震撼。所有雕刻之作皆是真人尺寸，各种颜色淋漓尽致地体现了阴间地狱里的各类刑罚。这边青面恶鬼和赤面恶鬼把人锯身犁舌，穿剑刺刀，五脏六腑皆被掏出；那边一群可怜之人被油炸烹煮，被恶鸟啄掉双眼，种种酷虐，令人不寒而栗。

穿过这条恐怖走廊之后，狄公慢慢推开了一扇门，他们往外看到的是第一重院落。月亮出来了，照在这荒废的花园之中。花园中间是一处钟楼，旁边是一个奇特形状的荷花池。钟楼包括一底座约二十尺见方的石头平台，六尺多高，四根朱漆大柱顶端是处雅致尖顶，全是琉璃瓦装饰，富丽堂皇。那口大铜钟原是挂在屋顶横梁之上的，为了避免损毁，便依许多清空寺庙惯例也将它卸了下来。这口大钟高约十尺，钟外表面刻着复杂的纹饰。

狄公静静地观察着这一切，接着便引着众人沿着这院里的长廊一路走去。

沿着走廊一路的几排房间空空如也，地上全是尘灰。道观繁盛之时，这些房间是用来招待香客与诵经之用。

后门过后就是第二重院落，处处是空空的道士住所，院落后方有一处很大的开放式厨房。

似乎这些就是圣明观的全部。

狄公在厨房边上发现了一处窄门。

狄公道："我猜此处便是整个圣明观后门。我们打开看看这道观后是哪条街道。"

他示意陶干，陶干很快便打开了锁住铁横梁的那锈迹斑驳的挂锁。

令众人惊奇的是这竟是第三重院落，而且是前两重院落的两倍大小。地上铺着石板，两边是高高的双层小楼。看似完全荒废，寂静无声，但种种迹象表明此处近期尚有人住过，石板间并无杂草丛生，小楼也修缮得当。

洪师爷叫道："这可真是奇怪！这第三重院落看似甚是奢华，那道士在此做什么？"

正当众人对此事争辩之时，一朵乌云遮住了月亮，一切归于黑暗。

洪师爷与陶干二人快速点着了自己手中的灯笼。突然从院子深远之处传来的一声关门之声打破了这静谧时分。

狄公快速拿着洪师爷的灯笼穿过院落跑向声音之处，他发现了一道沉重木门。铰链浸过油，开合几乎无声无息。狄公举起灯笼便见门那边是一条狭窄走廊。只听到一阵急促的脚步声响起，又听到一声砰的关门声。

狄公跑进走廊却发现又一道高大铁门挡住了自己的去路。他快速观察了一番，陶干也从他肩上探头看去。狄公挺直身子道："此门是新设的，但这边没有锁，也没有把手或旋钮开门。陶干，你仔细看看！"

陶干满心急切，一寸一寸地检查了这木门光洁的门板，又查看了门框。但未能找出这开门的任何机关。

马荣激动道："大人，若我们现在不把这门弄开，我们永远不会知道谁在监视我们！现在不抓他，他就跑了！"

狄公慢慢摇了摇头。他用手指轻轻敲了敲那大铁门道："除非有攻城锤那般重器，我们是打不开这扇大铁门的。我们去查看一下那些小楼吧。"

众人便离开此处前往院里查看那些黑漆漆的小楼了。狄公随便选了一处便推门进去。门没锁，他们发现整个房间很是宽敞，空荡荡的，只有地上铺着草席。狄公四处扫了一眼，便朝后墙处的梯子走去，爬上梯子打开了房顶的一处天窗板，结果爬进去后发现这是一处颇为宽敞的阁楼。

其余四人也爬了上来，众人对此皆是好奇不已。这阁楼实际上是一处长长的大厅，厚重的木柱撑起了高高的天花板。

狄公惊异道："你们可曾见过道观或是寺庙有相似的格局吗？"

洪师爷慢慢地扯着自己参差不齐的胡子，说道："或许这道观以前有很多藏书，这阁楼是用来存放书的。"

陶干插话道："若是藏书，墙上应该有书架的痕迹。阁楼这个样子倒像是存储货物的仓库。"

马荣摇头问道："道观用仓库做什么？看看地板上这些厚草席。乔泰应该和我想的一样，这是器械库，用来练习长矛击剑的。"

乔泰一直在检查四周墙壁。闻此便点头道："看看这里成对的铁钩，这肯定是用来搁置长矛的。大人，我想此处曾是某些秘密教派的总部。教内众人可以在此处练习武术，而不被他人察觉。那些死道士肯定也曾参与其中，为此掩护。"

狄公沉思道："你所说的颇有些道理。很明显道士离开之后，那些人还继续留在这里，前几天才收拾离开了。你们看这阁楼近期才被彻底清扫了一遍，这垫子上一点灰尘都没有。"他揪着自己的胡子，生气道，"他们肯定留下了一两个人手，包括刚才监视我们的那个恶棍！可惜来此之前，我未好好查看一下这里的地图，天知道那铁门外通往何处！"

马荣道："我们可以登上屋顶，看看这道观后是哪里。"说罢他便与乔泰一起打开那大窗户上厚重的窗栈,往窗外望去。探出头去,他们可以见到屋檐下有一排长铁钉,尖头朝下。此处院落后的高墙把道观后的景物遮得严严实实,只能看到有处建筑房顶也有相似的尖刺。

乔泰退回来难过道:"不行,我们需要梯子才能上得去。"

狄公耸了耸肩,恼火道:"那样的话,我们便无能为力了。至少我们知道这道观后面有不可告人的秘密。老天爷,千万不要是造反流寇卷土重来,让我们在濮阳再经历一遍那时在汉源的动乱!(详见《湖滨案》)罢了,明天白日,我们再来,带好工具,这里需要彻底调查!"

他爬下梯子,众人也随之下了阁楼。

离开这院子前,狄公对陶干耳语道:"你在那铁门处贴张纸条!明日我们再来时便会知道我们走后是否还有人来过。"

陶干点头称是。他从袖袋里掏出两张薄纸条。用口水润湿之后便贴在了那铁门与门框的缝隙处,一张高高在上,一张低至地面。

众人一路走回了第一重院落。

到了那恐怖走廊的门口时,狄公停下了脚步,他转身又查看起那荒废的花园。月光照在铜钟圆顶之上,使之表面的装饰花纹更为耀眼夺目。突然狄公敏锐地感到了危险,他觉得这看似半和的情景之中暗藏危机,他慢慢地捋着胡子想要弄明白这不祥的感觉从何而来。

注意到洪师爷不解的表情,狄公心事重重道:"我听说这种寺庙有时会用沉重的大钟来掩盖罪恶的故事。既然我们已经到了这里,不妨看看那铜钟,确认一下那铜钟钟底。"

众人便都回到了那高台上,马荣道:"这种铜钟都是几寸厚的青铜铸就而成,要把它掀起来,我们得借助杠杆之力。"

狄公道:"你和乔泰去前殿,那儿有道士们用来驱邪的重型长矛铁戟,我们用它们撬开这铜钟。"

马荣与乔泰跑回前殿之时,狄公和另外二人摸索着穿过茂密的荆棘丛,找到了一处通往钟楼平台的台阶。当他们站在铜钟与平台边的狭窄之处时,陶干指着屋顶,观察说道:"那些道士离开之时,带走了吊钟用的滑轮。不过我们可以试着用大人所说的长矛撬开这铜钟。"

狄公心不在焉地点了点头,他觉得越来越不自在。

马荣与乔泰也爬上了平台,他们每人都带回来一根长铁矛。两人脱掉上衣，把铁矛的矛尖插进那铜钟边缘处，用肩膀压下那长矛杆，一下就把那铜钟掀开了一寸高。

马荣气喘吁吁地朝陶干道："把石头垫上！"

陶干在铜钟边缘垫了两块石头后，马荣与乔泰就可以把长矛往铜钟里再推进一点。在陶干和狄公的协助之下，他们又把那铜钟掀高了一些，当铜钟被撬开越三尺高时，狄公对洪师爷道："把那石头墩座滚过来垫上！"

洪师爷很快便把那平台角一石头墩座掀翻，把它滚向铜钟。还差几寸，石头墩子塞不进去。狄公松开那矛杆，也把自己上衣脱了，接着也用肩膀压下那矛杆。

他们都使出了全力，马荣与乔泰粗脖子上都有青筋凸出，洪师爷终于把那石墩座塞到了那铜钟边缘处。

众人把那长矛扔下后，一个个抹着自己满脸汗水。此时乌云又遮住了月亮。洪师爷从袖袋中掏出一根蜡烛点上，朝那铜钟底瞥去，只听他倒抽一口冷气。

狄公迅速弯腰查看：铜钟下全是灰尘污垢，中间躺着一具尸骸。

狄公急急拿过乔泰的灯笼，趴在地上，爬了进去。马荣、乔泰和洪师爷都跟着爬进去了。当陶干也要爬进去之时，狄公冲他吼道："这里面地方狭小，你在外面待着放风！"

四人蹲在那骷髅骨架边。长年累月，虫蚁早已啃光了尸体血肉，空留一具白骨，但见那人手脚皆被锁住，沉重的锁链上也已是锈迹斑斑。

狄公仔细查看了尸骨，特别注意了其头盖骨，结果发现并无击打痕迹。只发现那死者左上臂处的骨头曾经断过，接骨处很是糟糕。

狄公看着众人悲痛道："很明显，这可怜之人是活着的时候被拘在了这里，他是被活活饿死的。"

洪师爷一直在翻动那尸骨颈椎处的厚厚尘土。突然他指着那闪着光的圆片惊叫道："看！那好像是个小金坠！"

狄公仔细地把闪光的东西捡了起来。那是一个圆形挂坠，他用袖子擦了擦，举着它靠近灯笼。

金坠正面平平无奇，里面刻着一"林"字。

马荣叫道："原来是那混蛋林藩把这人弄死在这里！一定是他把那

死者推进这铜钟之下时落下的这金坠！"

洪师爷慢慢道："那这死者就是那梁珂发了！"

听到这令人惊骇之事，陶干也爬进了铜钟。五个人全都挤在那铜钟下，望着脚边的那具尸骨。

狄公声音淡淡地说道："这应该是那林藩犯下的恶行。这里离林宅直线距离不远，这两处无疑只有一墙之隔，那厚重铁门后便是林宅。"

陶干快速说道："那第三重院落一定是林藩用来藏私盐的地方！那些走私之人一定是和那些道士很早就离开了。"

狄公点头称是。

"我们有了有力证据，明日便可开堂审那林藩了。"

突然，那石墩座滚脱了出去。随着一声闷响，狄公一行五人全被扣在了钟底。

第二十一章　陷困

话说狄公一行人悉数被扣在铜钟之下，众人皆怒骂不止。马荣与乔泰骂得最厉害，疯狂地用手指摸索着这铜钟顶光滑的内壁。陶干自是悔恨万分，痛骂自己无脑蠢笨。

狄公吼道："安静！时间有限，大家仔细听！我们在这里面是无法掀开这该死的铜钟的。只有一条路可行。我们必须一起把这铜钟往前推进几尺。这铜钟一旦挪出那平台边缘，我们便有机会从那缺口处逃生。"

马荣声音嘶哑问道："那平台角落柱子不会碍事吗？"

狄公简单答道："我不知道，但即便是个小小缺口，至少不会让我们憋死在这里面。把灯笼灭了，这点稀薄空气都给熏坏了。别说话，脱了衣服开始动手！"

狄公自己把帽子扔到地上，脱了个精光。他右脚在地上摸索一番后找到石头间一处凸起，使劲一蹬便拱起后背开始推那铜钟。

其余几人也如此照做。

不久那钟内的空气变得稀薄起来，众人呼吸都有些困难，但至少那铜钟移动了一点。虽然只有一点点，但至少证明这计策可行，众人更为努力了。

谁也不知道他们在这铜钟里推了多久,个个一身臭汗。他们大口喘着气,污浊的空气让他们肺里火烧火燎,几近虚脱。

洪师爷最先脱力倒下。就在众人竭尽全力把那铜钟推移到平台边缘外几寸之时,洪师爷倒在了地板上。

众人脚下铜钟边缘处露出一月牙形的缺口,一丝清凉的空气吹进了这铜钟之中。

狄公赶紧把洪师爷拖到那缺口处,好让他能呼吸点新鲜空气。接着大家一鼓作气又把铜钟往前推了一下。

铜钟往石台边又挪了一下。现下那缺口已经足够大,小孩子完全可以爬进爬出了。他们用仅剩的力气推了又推,结果毫无进展。明显那铜钟被平台上的某根柱子给卡住了。

突然陶干蹲了下来,两腿往那缺口处一伸,就往平台下跳。他后背被那粗糙的石头边缘划了一道深深的口子,血流不止,但他不想放弃。最终他挣脱了出去,掉进了平台下的灌木丛中。

过了一会儿,陶干从那铜钟外递进来一根长矛。现在马荣与乔泰就可以用长矛把那铜钟撬起来转一下,不一会那缺口就足够大了。陶干先是在外接应了洪师爷。狄公与其他二人也跳了出来。

他们瘫倒在灌木丛中,完全精疲力竭。但不一会儿狄公便起身到洪师爷所躺之处。摸到洪师爷的心跳后,他对马荣和乔泰道:"我们把师爷抬到荷塘处,给他脸上和胸口喷洒些水。在他完全清醒之前不要让他起身!"

他转身便见陶干跪在自己身后,在地上磕头认错。

狄公道:"起来吧。今日对你也是个教训!你亲眼所见今日不遵我令的结果如何,我的命令通常都是有充分理由的。现下你来帮我看一下贼人是怎么把那石墩弄走的。"

狄公只围了一条缠腰布,就爬上了石台,陶干顺从地跟在他身后。

一到那里众人就知道那石墩是怎么脱落的了。那贼人拿起一支原来他们用作撬开铜钟的长矛,把那长矛杆插在石墩后。长矛尖端搁在最近的柱子上。利用这杠杆,他便可以轻易撼动那石墩了。

狄公与陶干证实了这一点,便捡起灯笼朝那第三重院落去了。

他们查看了大铁门,果然见陶干先前贴上的纸条全都破了。

狄公道:"这便证明了那林藩就是凶犯。他从里面打开这门,偷偷跟着我们到了第一重院子。我们撬开铜钟之时他就在偷看,见我们五人都进了铜钟后,他便知道这是永远摆脱我们的机会。"

狄公扫了一眼周边。

"我们回去吧,看看洪师爷现下如何了。"

洪师爷此时已经恢复意识了。见到狄公他便想起身,但狄公严令他待在原处。他探了探洪师爷的脉象,和善地说道:"师爷,你现下什么也不需要做。就在这休息等着衙役们到来。"他又转向陶干道,"快去找这片的里正,让他带些人来。再让他派人骑马去衙门召集二十名衙役,命他们携两顶软轿即刻到此。这些命令传达完后,你立即去最近的药房处理下伤口,你全身都在流血。"

陶干急忙领命而去。马荣已从铜钟下取出了狄公衣帽,抖落灰尘,正举着让狄公穿上。

狄公却摇了摇头。

令马荣惊讶的是狄公只穿上了他的内衣底裤,卷起袖子,露出了自己的前臂,把衣服上摆塞进裤腰,又把自己的长胡子分开编成两股,甩在肩后,在脖子后打了个结。

马荣不由上下打量了狄公一番,尽管狄公身上有些赘肉,但若是近身肉搏,他确实不好对付。

狄公用了条手绢把自己头发束了起来,一切收拾妥当之后,他对马荣说:"我希望自己不是那种怀恨在心之人,但林藩刚想对我们所有人下毒手。若不是我们把铜钟推出石台边缘,这濮阳又要多出一起耸人听闻的失踪之案。今日我要亲手擒了那林藩,方解心头之恨。希望他能有所反抗!"他转身又对乔泰道,"你就在这里陪着师爷。衙役来了之后,让他们设法把铜钟挂好。铜钟下的尸骨用棺材收殓好。然后再仔细筛查一下钟底的尘土,看看有没有其他线索。"

说罢狄公和马荣一起从侧门离开了那圣明观。

他们绕过几处窄街,马荣找到了林府大门,四个昏昏欲睡的衙役正在这里站岗放哨。

狄公未动,马荣走上前在那最年长的衙役身边低语几句交代。

衙役点点头开始敲门。门镜打开时,衙役便冲着守门之人吼道:"还不赶紧开门！刚才有一窃贼进了你家院子。你这懒狗，若不是我们衙役在这一直警醒着，你们宅邸可就遭殃了！赶紧的，那窃贼说不定把你钱都偷走啦！"

守门人一听，赶紧打开双重大门，马荣一个箭步上前就锁住了他的喉咙，捂住那人的嘴，衙役们七手八脚地把守门人绑了，嘴里还给塞了块油布。

狄公与马荣齐齐冲了进去。

整个院落看似杳无人迹，也没人阻止他俩。到了第三重院落之时，那林府管家突然从暗处冒了出来。狄公冲他吼道："我等奉衙门之命前来拘你！"

只见管家的手摸向腰带，一把长刀在月光下寒光凛凛，令人遍体生寒。

马荣欲把管家扑倒，但他不够快。狄公一拳便砸在管家心口，管家直接倒地，喘不上气来。狄公接着飞起一脚直接踢在那管家下巴上。管家头猛地往后一仰便倒在石板上，一动也不动了。

马荣悄声道："干得好！"

马荣捡起管家长刀时，狄公已冲进了后院。然而，只有一间房内灯还是亮着的，狄公踹开房门之时，马荣追了上来。

房间不大，但很雅致，雕花红木架上挂着一丝质灯笼。右边是红木床架，左边是一雕刻精美的梳妆台，台上还燃着两根蜡烛。

林藩，身着一身轻薄白色丝质睡袍，背对着门，坐在桌前。

狄公粗鲁地一把就把他转了过来。

林藩见是狄公，惊恐万分，一语不发，可他丝毫没有反抗。他面色苍白，前额处还有一处深深的伤口。狄公闯进来时他正在往自己伤口处上药，露出的左肩处可见几处丑陋的伤痕。

狄公见林藩受伤也不反抗，粗声粗气道："林藩，你被捕了。起来！现下立刻跟我们到县衙大堂去！"

林藩依旧一声不吭，慢慢站起身来。马荣站在这屋正中间，正从腰间解开锁链用于捆绑林藩。

突然林藩右手伸向梳妆台左边挂着的一条丝绳。狄公眼疾手快，猛地给了林藩一拳，直接打在他下巴上，林藩后背就撞上了墙。但林藩仍未松开绳子，他昏厥之时，自身重量直接拉动了绳子。

狄公就听自己身后一声咒骂，一转身就见马荣一个鹞子翻身滚倒在地，他脚下竟有一处暗门。

狄公赶紧拽住马荣衣领，把他拉了起来，才使他没有落入那地下黑漆漆的大洞里。

地板上暗门约四尺见方，铰链连接向下敞开，黑暗之中可见一陡峭台阶暗道。

狄公评论道："马荣，你何其有幸，若刚才你站在正中间，掉下去的话，那台阶就能折断你的腿。"

狄公细细查看了梳妆台，只见其右面还有一根丝绳，他一拉那门就缓缓升起合上了。咔哒一声，地板即刻恢复平常。

狄公指着匍匐在地的林藩道："我不喜欢打受伤之人，但我若不把他打晕，谁知道他又要什么花招。"

马荣真心赞叹道："大人，刚才那招真是干净利落。我倒是好奇，林藩头上和肩上的伤从何而来，显然他今日早些时候与他人有过一场恶战！"

狄公道："时机合适之时我们会找到答案的。你把林藩与管家牢牢捆住，让衙役们从前门进来搜查一下整个宅邸。若有其他仆人也一并拘捕到衙门。我去探查一下这条暗道。"

马荣弯下腰去绑住林藩，狄公则拉下那丝绳把地板上暗门再次打开，从梳妆台上拿了根蜡烛便走了下去。

狄公走下十几级陡峭台阶后发现了一处狭窄通道。

他高举蜡烛就看见左手边有一处石台。浑浊暗黑的河水不断冲刷着低矮的石拱门下两级宽阔的台阶，右手边那通道尽头就是一个大铁门，挂着一把复杂的大锁。

狄公又顺着台阶爬了回去，待他头和肩膀与那地面齐平时，便对马荣叫道："这下面有道大铁门，定是我们几个时辰前想要打开的那道铁门！走私的盐包也是从圣明观第三重院落的仓库运到这里的地下暗河，再运往外河的，东西肯定就在水闸附近。你在林藩袖袋里翻翻，找找钥匙，我好打开那铁门！"

马荣走向挂在床架上的一件刺绣长袍，翻出两把设计复杂的钥匙都递给了狄公。

狄公又顺着台阶走了回去，用钥匙试着开锁。果然，厚重铁门打开后就是笼罩在柔和月光之下的圣明观第三重院落。

狄公跟马荣告别一声后便从暗道中走了出来，走进了清冷的夜色之中，远处传来了衙役们阵阵呼喝之声。

第二十二章　论罪

话说狄公慢慢走到了第一重院落。

现在那里已是四处明亮，许多书写着"濮阳县衙"四个大字的大灯笼把这院子照得亮如白昼。

衙役们正在洪师爷和乔泰的监督之下，给钟楼的横梁加装滑轮。

洪师爷一见到狄公，便急匆匆过来询问事情最新进展。

狄公见洪师爷遭此一劫，身体无恙，颇感欣慰。便向他描述了林藩被擒一事，还有林府与这圣明观连接的暗道。

洪师爷协助狄公穿好衣服之际，狄公对乔泰说："你带上五名衙役去林藩的农庄！那里还有另外四名早先替下你的衙役。把农庄里的所有人都缉拿归案，包括守在码头小船上的那些人。乔泰，今夜不易，我要你把林藩所有手下悉数缉拿归案！"

乔泰喜欢热闹，兴高采烈地点头称是，便立即从衙役中挑选了五个壮汉准备上路。

狄公走向钟楼，钟楼里滑轮已经装好，沉重的大钟被结实的绳子缓缓拉了起来，直到离地三尺处，悬挂在原来的位置。

狄公看了一会儿铜钟下面的狼藉。在他们几个发疯般逃离铜钟的半个时辰里，那具尸骨已散落得到处都是。

狄公对捕头道："乔泰已经传我命令了，我再重申一遍，你们把这尸骨收殓之后，这下面的尘土务必过筛仔细检查，或许能找到其他重要线索。随后你们去协助搜查林府，留下四人看管放哨。明日早上来向我回报。"

狄公与洪师爷随后便离开了圣明观。他们的轿子就在院子里候着，两人直接回了衙门。

次日一早，秋日阳光正好。

狄公命档案库房主簿找那圣明观与林府相关的卷宗材料，很晚之后他才和洪师爷在书房后花园里吃了一顿早餐。

狄公再次回到书房坐下,茶刚端上来,马荣和乔泰就进来了。

狄公令人给他俩也各上了一杯茶,接着便问马荣:"嗯,缉捕林藩手下可有什么意外?"

马荣笑道:"一切顺利。林府管家仍昏迷不醒地躺在大人你踢翻他的地方,我就把他和林藩都转交给了衙役。接着我们便搜查了整个林府,只找到了一个人,是个彪形大汉,开始确实有些粗鲁,一番游说后他很快就束手就擒了。因此林府我们就找到四人:林藩,林府管家,他的一个手下,还有那个守门人。"

乔泰接着道:"我带回一人。原来是有三人住在那农庄,他们都是老老实实的广州农户。船上我们共发现五人,船长和四个船夫。那些船夫都是蠢笨的水手,但船长看似是个久经沙场的老恶棍。我把那几人安置在里正家里,船长带回了衙门监狱。"

狄公点点头,命人道:"把捕头叫来!再去趟梁老夫人那里,告诉她我想尽快见到她。"

捕头恭恭敬敬地给狄公问了安,接着就站在书桌前。他似乎很是疲倦,但脸上明显流露出得意的神情。他郑重说道:"奉大人之命,我们已经把梁珂发的尸骨收殓筐中,现下收在县衙之中。我们仔细筛查了那铜钟下的尘土,没有任何发现。接着,在我的监督之下,我们又搜查了整个林府,封锁了所有房间。最后我还亲自探查了那暗门之下的水道。

"我发现拱门下停着一艘平底小船。我拿了根火把一路撑着小船顺流而下,最终发现暗河终点就是水门外。在那里我发现了另一处拱门,就藏在蔓藤之中。那拱门很低,船只无法通过,但是人若下水,便可轻易涉水通过。"

狄公抚着长须,恶狠狠地看了捕头一眼。

"你这人昨天深夜还那么热情高涨!很遗憾你对水路的探查没能让你发现任何宝藏。不过我猜,林府里的一些小东西已经到了你的袖袋之中吧?收手吧,免得将来某天惹祸上身。退下吧!"

接着,那捕头急匆匆就退了出来。

狄公对自己几个随从道:"这个贪得无厌的小人,至少揭露了前几天林府管家是怎样绕开水门守卫离城的。他显然就是通过地下暗河,从那处拱门下涉水通过的。"

正在此时，档案库房有主簿来报。他深鞠一躬后把一叠文书递给狄公道："奉大人之命，今日清晨我查看了濮阳的土地买卖记录，便找到了这些与林藩财产相关的文书。"他继续严肃地说道，"这第一份文书记录是五年前，林藩购置了林府、道观和农庄。这些地产原主人姓马，如今住在东城门外。这道观原是一处隐秘的异教教派总舵，已被当地官府端掉。那马地主的母亲是道教虔诚信徒。她在那道观里安排了六个祭司，要他们为自己亡夫诵经超度。深夜她还让道士们设坛作法召唤亡灵，她便可以用卦象占卜与之交流。她在这道观与住宅之间建了通道，方便自己随时来往。

"六年前那老妇人去世了。马地主关了宅邸，但仍允许那些祭司留在道观，前提是他们要维护道观完好。那些道士可以用帮人念经超度、卖护身符等方式维持自身生计。"

此刻主簿顿了顿，清了清喉咙，继续道："五年前，林藩曾在这濮阳城西北角打听过宅地之事。不久后，他便花大价钱购置了这府邸、道观和农庄三处，这是买卖契约。大人可以看到这上面附录了详细的平面图。"

狄公扫了一眼那契约，又展开了地图。他把那几个随从叫到桌前，说道："看得出来，林藩是打算高价买下这些地方，这些地方太适合他的走私计划了。"

狄公用手指在那地图上画来画去。

"你们看这地图，林藩购置这宅邸之时，那圣明观与宅邸之间相通的是一段露天台阶。铁门与那暗门都是后期林藩自己添置的。我没看到任何关于地下水道的标记，或许我们得参考更老一点的地图。"

那主簿又继续道："这第二张文书记录是两年前，这是一份林藩写给县衙的公文。他报告说自己发现那些道士不守誓言，生活放荡，饮酒赌博，所以他要求那些道士离开道观，并请官府封了道观。"

狄公评论道："那时一定是林藩知道梁老夫人发现了自己的行踪。我想他让那些道士离开道观之时一定给了不少好处。此时难以追溯那些云游道士了，也不知他们在林藩的走私活动中扮演什么角色，他们知不知道那铜钟凶案的内幕。"他令那主簿道："我把这些文书留下以供参考，你现在去给我找找这濮阳城百年前左右的老地图。"

111

主簿离开之后，下人送来一封信，说这是驻军总部统领送来的。

狄公拆开封蜡，打开信件迅速浏览了一下全文，便把信递给洪师爷道："此信乃公文通知，濮阳驻军于今日清晨已返回驻地，已恢复正常军务。"

他靠在椅背上命人再上壶热茶。

"让陶干也来书房，我要和你们商量一下怎么审这林藩一案。"

陶干进来之后，大家都先喝了口热茶。正当狄公放下茶杯开始讲话时，捕头来报，梁老夫人到了。

狄公迅速看了一眼众人。

他咕哝道："这次会面可不容易！"

梁老夫人比上回狄公初见她时的气色好了很多。她的头发仔细打理过，眼里流露出不安的神情。

洪师爷扶梁老夫人在书桌前一舒适椅子里坐下，狄公沉重地说道："夫人，我最终找到了充分证据拘捕林藩。同时，我也发现了他在濮阳犯的另外一起凶案。"

老夫人尖叫道："你们找到了我孙儿的尸首？"

狄公回道："尚不确定，夫人，那苦主只剩下尸骨，没有发现任何能证明其身份的线索。"

梁老夫人哭喊道："一定是他！那林藩一知道我们跟来了濮阳就计划要杀了他。我告诉你们，我们当初从农庄烧着的碉堡逃出来时，掉下来的横梁砸中了珂发的左臂，我们安全之后我就把他那断骨给接上了，但那骨头一直没能长好。"

狄公慢慢抚着胡须，若有所思地看着她，随后道："很遗憾，夫人。那尸骨左上臂确实有一处未能愈合好的骨折裂痕。"

梁老夫人恸哭道："我就知道是林藩杀了我孙子！"她开始全身颤抖，眼泪顺着她那凹陷的脸颊滚滚落下。洪师爷赶紧给她递了杯热茶。

狄公一直等她平静了下来，说道："夫人，你大可放心，本官必会给你个交代。我不想让你伤心，但我还是要多问你几个问题。你给我的卷宗文书上说你和梁珂发从碉堡逃出之后，你们在一远房亲戚家避难。你能跟我详细讲讲你们是如何逃脱那群匪徒的追杀，又是如何找到远房亲戚的吗？"

梁老夫人茫然地看着狄公，突然她又抽泣起来。

"太……太可怕了！"她好不容易说出口来，"我不……我不愿再想……"她声音慢慢低了下来。

狄公示意洪师爷扶起梁老夫人，把她带出了书房。

狄公无可奈何道："还是没用。"

陶干扯着自己左脸颊上的三根毛，好奇地问道："大人，为什么梁老夫人从碉堡逃出来的细节那么重要？"

狄公答道："此案有几点我一直想不明白，我们稍后再谈吧。现下先看看怎么对付林藩。此人极其狡诈，我们必须严阵以待。"

洪师爷道："大人，在我看来，梁珂发的案子就是最好的切入点，也是最重的罪行，若能证明他有罪，以此结案，就不必烦心他袭击我们或走私的罪名了。"

其余三人皆点头表赞许之意，但狄公却未做评论，他似乎陷入了思考之中。最后他说道："林藩有足够的时间抹除走私私盐的痕迹。若以此立案，我觉得我们难以搜集充分证据。况且，即便我能让他认罪，他也会从我们手里溜走的。侵犯朝廷官业的案子已超出我的职责范围，只能上报州府，那便给了林藩时间与机会去调动他的亲朋好友，以他为名，四处贿赂官员。

"此外，他试图用铜钟困死我们，当然，这属于蓄意谋杀。其中还有一位朝廷官员，我得查一下律法。若我没记错，袭击朝廷官员隶属于造反之罪，或许这是个好切入点。"

狄公说罢，若有所思地扯了扯胡子。

陶干问道："那他谋杀梁珂发不是更好切入么？"

狄公慢慢摇了摇头。

"以我们现在所掌握的证据看是不行的，我们不知这起谋杀案的具体时间和手段过程。文书记录上说林藩是因为道士生活放荡才封了道观，他可能会给出一个合理可信的解释，比如说梁珂发在监视自己时结识了那帮道士，也许是那群道士在赌博争吵之后杀了他，并把尸首藏在了铜钟里。"

马荣看起来颇为不快，他不耐烦道："既然我们都知道林藩有罪，天知道他犯下了多少罪，何必操心这罪名法程，直接上刑，看他招不招！"

狄公道："你忘了林藩已经上了年纪，若我们严刑逼供，他死在我们手里，麻烦可就大了，我们唯一的希望便是找到直接证据。午后开堂我们先审林府管家，还有船长。他们都是些凶恶壮实之人，若有必要，我们可以大刑拷问。

"现下，马荣你和洪师爷、陶干都一起去趟林府，仔细彻底搜查一下是否有走私相关账本或其他线索。而且……"

突然书房门被打开，牢头冲了进来。他看起来沮丧不已，跪在狄公案前，连着磕了好几个头。

狄公生气地喊道："说！何事惊慌！"

那牢头恸哭道："卑职自知死罪！今日清晨，林府管家与我手下一蠢笨的守卫聊了几句。那榆木脑袋告诉他林藩已被生擒，将以谋杀罪论处。就在刚才我巡视监狱之时，发现管家死了！"

狄公一拳砸在桌子上，吼道："你个狗东西！收押囚犯之前不是应该搜身吗？你没有把他腰带收了？"

那牢头哭喊道："大人，全都是按例行程序做的，那管家是咬舌自尽，血尽而亡的！"

狄公深深叹了一口气。随后声音平静许多道：

"罢了，你也无能为力。那恶棍确实勇气非凡，若人一心求死，别人也阻止不了。回去吧，把那个船长手脚都绑在墙上，牙齿中间塞个木塞。这个证人可不能再出事了！"

牢头退下之后，主簿回来了。他展开一长卷轴，因年代久远，纸已发黄，这正是150年前的濮阳地图。

狄公指着这濮阳城西北角，满意地说道："这暗河在这里清楚标注着呢！当时这是一条地上河道，流入现在圣明观处的一个人工湖。后来这条水道慢慢被掩盖住了，林府就建在这水道之上。林藩也定是偶然发现这地下暗河，才发现那府邸比自己预想的更适合走私！"

狄公把那地图又卷了起来。他看着众人，严肃说道："现在就行动起来！望你们能在林府找到些线索，我们急需这些线索！"

洪师爷、马荣还有陶干三人速速离去，但乔泰没动。众人讨论时，他虽未张口却一直在听，他若有所思地扯着自己的短须开口道："大人，容我直言，我感觉你似乎是不愿提到梁珂发被杀一案。"

狄公飞快地看了他一眼，平静地说道："你感觉没错，乔泰。现在讨论那谋杀案，为时过早。我脑中有个大胆的想法，但又不敢相信。过些时日我再解释给你们听，但不是现在。"

说罢，他从书案上拿起份文书开始看了起来。乔泰便起身告辞了。

只剩他自己一人时，狄公把手头的文书立刻扔到书案上，从抽屉里取出关于梁林两家恩怨情仇的厚重的卷宗，开始读了起来，他眉头紧皱，愁闷不堪。

第二十三章　线索

话说洪师爷与另外二人一到林府，便直接去了林府第二重院落的书房。那书房别致优雅，窗户很大，正对着一处景致优美的花园。

书房右窗前有一张巨大的黑檀木雕花书案，陶干直接就走了过去，漫不经心地看了看光滑桌面上价值不菲的文房四宝。马荣试着拉开书案中间抽屉，虽然那抽屉面上并不见锁，但那抽屉仍旧拉不开。

陶干便道："等会儿，老兄！我去过广州，我知道那里的家具工匠是如何设置机关的！"

他用自己敏感的指尖摸索着抽屉前面的雕花装饰，很快便找到了一处暗扣。他把抽屉打开，看见里面塞满了厚厚的文书。

陶干把文书全都堆在桌面上，他兴高采烈道："师爷，这都是你的活儿啦！"

当洪师爷坐在书案前的软椅中浏览文书之时，陶干则要马荣帮忙把那沉重的大榻移开，露出后墙，一寸寸敲打检查。他们又把书架上的书都搬下来，一本本查看。很长一段时间里，书房里除了纸张沙沙作响，马荣喃喃咒骂之外，再没有其他声音。

终于洪师爷倒在椅背上，他厌烦地说道："这都是些正常的商函！我们稍后把这些都带回衙门再看看，或许这字里行间有些走私的暗号。你们进展如何？"

陶干摇摇头，他气愤地说道："一无所获！我们再去那混蛋的卧房看看！"

接着他们又闲逛到后宅院落，进了那间有暗道的房间。

很快陶干便在林藩床架后的那面墙上发现了一处暗格，可里面只露出一个铁皮柜的柜门，那上面的锁无比复杂。陶干研究了半天也未能打开，只得罢手。他耸了耸肩道："只能让林藩告诉我们怎么开这铁柜了。我们再去看看走廊与圣明观的第三重院落吧？那是他们存放走私盐包的地方，说不定会有盐粒落下。"

故地重游，白日里再看这阁楼里要比昨晚更清楚一些。草席上干干净净，连那走廊里的石板也被人用扫帚清扫了一番，沟槽里连灰尘都没有，更别提盐粒了。

这三人垂头丧气地回了林府。他们又搜查了其他几个房间，依然一无所获。所有房间空空荡荡，林府女眷家仆南下之时，这里的家具早已搬空。

日近中午，这三人又累又饿。

陶干道："上周我在此处监看之时，有个衙役告诉我这鱼市附近有家小蟹馆。店里有种吃食叫酿蟹，是当地特色，将蟹肉、猪肉和大葱混在一处作馅再塞进蟹壳上锅蒸熟，听说甚是美味！"

马荣叫道："你说得我口水直流！那我们就赶紧去吧！"

原来这餐馆是一处两层小楼，名为"翠鸟阁"，倒是优雅别致。房檐处高悬一红绸，上面写着"售有各地好酒"几个大字。

他们三人掀开门帘一进门便见到一处小厨房，处处飘逸着诱人的肉香与葱香。一个胖厨子，赤着上身，手持长竹勺，站在一口巨锅旁边。那锅上面有一竹架，正在蒸着满笼已经填好馅料的螃蟹。他身边有个少年，正忙着在一个大菜墩上剁肉。

胖厨子笑得灿烂，冲着三人喊道："客官楼上请！饭菜马上就来！"

洪师爷点了三盘酿蟹和三大壶酒，然后便顺着那摇摇晃晃的楼梯上了楼。

走到一半，马荣就听到楼上传来一阵很大的动静，他转身对跟在身后的洪师爷道："这楼上似是有宴会！"

但他们上楼后才发现四处并无他人，只有一壮汉坐在窗前，背对着他们三人，那人正趴在桌子上大快朵颐，吸着螃蟹里的肉汁时闹出很大动静。他宽肩厚背，身着一身玄色锦缎上衣。

马荣示意另外两人停下,他自己上前拍了拍那壮汉肩膀,粗声道:"老兄,好久不见!"

壮汉急忙抬起头来。那人脸大且圆,厚重油腻的胡子盖住了他半边脸。他恶狠狠地看了马荣一眼。接着又埋头吃起来,伤心地晃着他的大脑袋,随便在桌上那些空蟹壳里翻找一番,叹了口气道:"兄弟,你这种人让我在手底下人前失去信任。先前我当你是朋友,如今听说你是衙门的人,我怀疑是你把我们从那圣明观前的安乐窝赶走的。将心比心,朋友,你好好反省反省!"

马荣道:"哎呀,别伤心!这世上人人都有自己的路,我就是给狄大人在这城里四处跑腿的。"

壮汉悲叹道:"原来传言是真的!唉,兄弟,咱俩没法聊了。让我这老实人独自待会吧,这破店老板贪得无厌竟给这么点东西。"

马荣高兴道:"哎呀,既然东西不多,你愿意的话,就和我们一起再来打酿蟹吧!"

那盛霸慢腾腾地在自己胡子上擦了擦手指。过了一会便道:"嗯,不能让人说我总翻旧账,既往不咎吧。认识你朋友也是我的荣幸。"

他起身后,马荣郑重其事地把他引见给洪师爷与陶干。马荣选了一张方桌,坚持让盛霸坐在靠墙主位。洪师爷与陶干坐在他身下两侧,马荣则坐在盛霸对面。他朝楼下叫着再来盘酿蟹,再上壶酒。

店小二又下去之后,第一轮酒时马荣便道:"老兄,我很高兴看你终于给自己找了件好衣服!这衣服花了不少钱吧,别人可不会把这种衣服丢掉!你发财啦!"

盛霸面色有些不自然。他嘟囔着冬天要来了,就赶紧埋头喝酒。

马荣突然起身,把他手里酒杯掀了,把桌子推到墙根吼道:"说!混蛋!这衣服哪里来的?"

盛霸急忙左右看看,他身子被桌子边挤到墙根,一左一右是洪师爷和陶干,自己无处可逃,便深深叹了口气,开始慢慢脱掉上衣。

他怒吼道:"我早该知道,没人能和你们这群衙门的走狗好好吃顿饭!给!给你们这破衣服!我这老头就该在冬天冻死,谁管呢!"

见盛霸如此顺从,马荣便又坐了下来,重新倒了杯酒递给他,说道:"老兄,我是万万不想给你添麻烦,但我必须得知道那衣服的来历。"

盛霸看起来不太相信马荣所言，他若有所思地挠了挠自己毛茸茸的前胸。洪师爷此时也和气地劝道："你通晓世故也经历颇多。毫无疑问，跟衙门合作对你百利无害，对不对？你是丐帮长老，也算这濮阳城的一方之主，对吧，咱们是一路人！"

盛霸把马荣倒的酒喝光了，陶干立刻又给他添上一杯。那盛霸难过道："这恩威并施，谁人抵挡得住。我这老头子也只能实话实说了。"

他把杯中酒一饮而尽，接着道："昨夜里正来了圣明观，毫无缘由地便要我们即刻搬走，我们这等小民只得顺从。大约一个时辰之后，我又回去了。我在那院角还埋藏着几串铜钱以备应急之用，不能落在那里。

"正当我收起铜钱之时，我见圣明观侧门闪出一人来。我心中思忖，那必是一小贼，好人哪里会半夜三更四处晃悠？"

盛霸望着众人，满脸期待。结果无人应和，他无奈只得继续道："那人下台阶之时，我直接绊了他一下。我的天，那卑鄙小人爬起来竟朝我捅刀子！为了自卫我直接把他打晕了。难不成我把他剥个精光，偷他东西吗？不，我是个讲规矩的人。所以我就只拿了这上衣，打算今日午后去里正那里告他一状。随后我便离开了圣明观，想着那恶贼自有官家处理。这可是事实，绝无虚言。"

洪师爷点点头道："你真是个好人。现下我们且不说衣衫里的钱财，君子之间不提这等小事。你在那上衣袖袋里有没有找到什么私人之物？"

盛霸即刻把那衣衫递给洪师爷，大方说道："你自己找，找到的都归你！"

洪师爷细细找了两只袖袋，空空如也。但他顺着那接缝处往里摸时，却摸到了一小物件。他把手伸进去掏出了一方形玉质印章，拿给其余两人一看，印章上赫然刻着四个字"林藩私印"。

洪师爷把印章收起来，把衣服又还给了盛霸。

"这衣服你留着吧。正如你所说，那人是一凶狠人犯。你得跟我们回衙门作证，你大可放心，无须害怕。现在趁螃蟹还未凉，先吃饭吧！"

众人吃得津津有味，桌上迅速摞起了一堆蟹壳。

吃完饭后，洪师爷付了银子，盛霸又让老板降了一成的钱。这些饭馆掌柜的都会特别优待这丐帮长老——若是那蓬头垢面的丐帮弟子们齐聚饭馆门口，哪里还会有客人上门。

回到衙门，三人直接带着盛霸去了狄公书房。

盛霸一见书案后坐着那人，惊得手都举了起来。

他惊叫道："愿老天护佑濮阳！如今算命卜卦的也能当县令啦？！"

洪师爷迅速解释了一番。盛霸赶紧在桌前跪下。

洪师爷把林藩私印递给狄公，回报了事情经过，狄公兴高采烈。他与陶干耳语道："这就是林藩受伤的原因，林藩把我们困在铜钟里后就是被这胖子揍了一顿。"狄公又对盛霸道："你是有功之人！好好听着，今日午后堂审，你须出场。有一人会被带上堂来，你须与他当场对质。若那人正是你昨夜与之打斗之人，你便称是。现在你退下吧，在守卫那里休息一下。"

盛霸退下之后，狄公便对众人道："既然如今又有了新的证据，我们便可给林藩设个套！林藩狡诈险恶，我们须置他于极度不利之地。他自觉特别，我们便视他为一般凶犯，若能让他暴跳如雷，我便可以让他中计！"

洪师爷看起来万分迷茫，问道："大人，如今先打开那卧房里的铁箱不是更好吗？我想还是先审问那船长比较妥当。"

狄公摇了摇头，回道："我心里有数，午后开堂，我只需要圣明观阁楼里的几张草席子。师爷，让捕快现在就去取来。"

另外三人也是一头雾水，但狄公并未多做解释。一阵尴尬的沉默之后，陶干问道："大人，那谋杀梁珂发之罪呢？我们可以就那金坠与他对质，现场物证，无从抵赖！"

狄公脸色沉了下来。他皱着眉头似是沉思了好一会儿，慢慢说道："说实话，我不知道该如何处理这金坠。先听听林藩的其他罪名再看看事情进展如何吧。"

狄公展开一卷文书便看了起来。洪师爷朝马荣和陶干示意了一下，三人便悄悄离开了书房。

第二十四章　落网

话说那日午后，衙门公堂外又挤满了旁观的百姓。那夜圣明观一番骚乱，还有广州富商被捕之事被传得沸沸扬扬，满城风雨，濮阳百姓对此案的真相是翘首以待。

狄公走上高台，宣布开堂。给牢头的令签一发，不一会儿林藩便被两名衙役押上堂来，他前额处的伤口已经贴上了药膏。

林藩并未跪下，只是恶狠狠地看着狄公，嘴里嘟囔些什么。捕头直接一棍子打在他头上，另外两名衙役把他摁着跪在了地上。

狄公令道："堂下之人以何为生？报上姓名！"

林藩道："我想知道……"

捕头又一鞭子打在林藩脸上，冲着林藩吼道："尊称大人，回答问题，你这狗东西！"

此时林藩头上的膏药已经松散，前额的伤口裂开，不断淌着血。他怒气冲冲道："小人姓林名藩，祖籍广州。不知犯了何罪被捕至此！"

捕头又举起鞭子，狄公摇头示意，冷冷说道："一会儿便让你明白。先与你看一样东西，你可识得此物？"

狄公边说边把在金钟下找到的那金坠推到桌前，那金坠叮当一下落在林藩面前。

林藩毫不在意地瞥了一眼，突然他把金坠捡起来，急忙忙地在掌心左右翻看，接着把那金坠按在胸前，大叫道："这是……"，但他很快回过神来，坚定地回道，"这是我的，谁给你的？"

狄公回道："公堂之上，只有本官可以提问。"他示意一下捕头，捕头迅速从林藩手里夺过金坠又送回案桌之上。林藩被气得脸色发青，起身尖叫道："还给我！"

狄公喝道："林藩，跪下！本官拒绝回答你的第一个问题。"

林藩缓缓跪下之时，狄公继续道："你方才问自己所犯何罪，本官告诉你，你贩卖私盐，坏了官盐垄断，因此获罪！"

林藩似乎恢复了镇定。

他冷冷说道："一派胡言！"

狄公喊道："藐视衙门法度，罪加一等！给他十鞭，给我重重地打！"

两名衙役便剥了林藩外衣，把他摁倒在地。皮鞭声嗖嗖作响。

那林藩如何受得了这般磋磨。鞭子抽在身上，他的惨叫声直冲云霄。捕头把他拽起来时，他已经面色惨白，气息不稳了。

林藩不再惨叫呻吟后，狄公道："林藩，本官握有铁证，可证明你走私一事。让他作证也实属不难，几鞭子下去他便全招了。"

林藩抬头望向狄公，满眼通红，似是恍惚不解。洪师爷也用疑惑的眼神望着马荣与乔泰，那二人皆摇头表示自己并不知情。陶干看起来一副目瞪口呆的样子。

狄公示意了下捕头。捕头带着两名衙役随即离开了公堂。

公堂之上鸦雀无声。众人皆盯着捕头离开的侧门，翘首以待。

捕头回来之时拿着一卷黑色油纸，他身后两名衙役则背着两卷沉重的芦苇席子，蹒跚前行。人群中响起一阵惊奇声。

捕头在堂前展开黑色油纸铺在地上，衙役则把席子又铺在油纸上。狄公点头示意后，三人便抽出鞭子开始全力鞭打那席子。

狄公静静地看着，慢慢地捋着自己的长胡子。

终于他举手示意三人停下，那三人已是满头大汗。

狄公道："这些席子取自林府后一处隐秘仓库。现下我们看看证据！"

捕头把席子又卷了起来，与那两名衙役掀起黑色油纸，各执一边，不断抖动，一会儿油纸中间就集聚了一堆灰色粉末。捕头用剑尖挑了一点呈给狄公。

狄公润湿指尖，蘸了那粉末一点，尝了尝，颇为满意地点了点头。

"林藩，你自以为抹去了所有走私痕迹，但你未曾想到席子无论打扫得多么干净，盐总会有一些渗进席子中去。虽然量不多，但足以证明你罪无可辩！"

人群中爆发出一阵欢呼。

狄公喊道："肃静！"他继续道，"林藩，这第二项罪名便是本官和本官随从昨夜在圣明观查案之时，你意图谋害我们几人！"

林藩绷着脸道："昨夜，我在漆黑的后院绊了一下，一直在府里处理伤口。我根本听不懂大人你在说什么！"

狄公冲捕头喊道："带证人盛霸上堂！"

盛霸在领命衙役的推搡之下，战战兢兢地走上堂来。

狄公见盛霸身着黑色锦缎上衣，迅速转过脸来，问盛霸："你可认得此人？"

盛霸扯着自己油腻腻的胡子，上下打量了林藩一番，生硬地说道："回大人，此人正是昨夜在圣明观前袭击我的卑鄙恶贼！"

林藩此时生气喊道："胡说！明明是那小人偷袭了我！"

狄公平静道："证人起先藏身于圣明观的第一重院落。他看见了你是如何监视本官与本官随从的。我们几人站在那铜钟之下时，他也清楚地看见了你是如何利用铁矛把那石墩撬走的。"

狄公示意捕头带盛霸退下，他靠在椅子中，继续用聊天般的语气道：

"林藩，此刻你该明白，谋害本官一事，你罪无可辩。此罪判罚之后，本官会将你移交州府衙门，再定你走私之罪！"

林藩听到此话之后，眼中闪过狡黠恶毒之意。他舔着自己流血的嘴唇，沉默了一会儿，深深叹了一口气，低声说道："大人，如今我也明白死不认罪是不行的。我本是与大人玩闹一番，对此我深表歉意，但过去几天县衙对我无理纠缠令我颇为恼怒。昨晚我听圣明观里有动静，便前去查看。我见大人与几个随从站在铜钟下面，一时心血来潮便把石墩挪走了，想给大人个教训。随即我便回去命我管家和家仆前来解救大人。我打算跟您道歉，解释自己以为你们是伙盗贼，但我走到那铁门那里时，我惊愕地发现门被关上了。我怕大人会在铜钟里憋死，便跑到那圣明观前门，想穿街而过回到林府。但在台阶上我就被那可恶的混蛋给打倒了。待我恢复知觉后，以最快的速度跑回了府上，令管家立刻去把大人们解救出来。我自己则在后院给头上伤口上药，当大人突然出现在我卧房里时，穿着有些奇怪，我还以为你是另外一个歹人要袭击我。适才所说全是事实，我再次对自己幼稚的闹剧表示歉意，这闹剧差点就变成了悲剧，我愿意就此事认罪领罚。"

狄公冷淡道："嗯，本官很高兴你终能认罪。现下书记员宣读你的供词，仔细听着。"

书记员大声把林藩所供之词读了一遍，狄公似乎对此毫无兴趣可言。他靠在椅背上，悠然自得地抚着自己的侧须。

书记员读完之后，狄公便正色问道："这所供之词，你可认罪？"

林藩声音坚定道："小人认罪！"待捕头把那文书递到他面前，林藩便在那文书上按了手印画押。

突然狄公倾身向前，他高声道："林藩啊林藩，你这许多年一直逍遥法外，但天网恢恢，疏而不漏，作奸犯科之人，终将得到惩处！你刚刚就给自己判了死罪!

"你非常清楚袭击他人不过八十大板,你还想贿赂一下这衙门的衙役,让板子轻柔一些。然后,你会被移交州府衙门,你知道那些有权有势之人会帮你四处奔走,或许缴纳些重金便能脱身。

"本官现在告诉你,你绝无可能被移交州府衙门。你会在这濮阳南城门外的刑场上人头落地!"

那林藩抬起头来看着狄公,一脸的不可置信。

"依我朝律法,这大逆之罪,弑亲之罪,犯上作乱之罪皆应施以极刑。林藩,注意这犯上作乱之罪!律法中有处说明:袭击在职朝廷命官等同于犯上作乱。我必须承认这两条律法相互关联之处值得深究,但就你这案子而言,本官决意要依律而行。

"这造反谋乱之罪甚是重大,案情会直接上报刑部,任何人都帮不了你。你这案子判决死刑,方显我朝廷法度公正之意。"

狄公将那惊堂木一拍。

"既然你自己已经承认袭击本官,本官便判你犯上作乱之罪,拟处极刑。"

林藩摇摇晃晃地站起身来。他后背血迹斑驳,捕头迅速将衣袍给他披上,这是待死之人的礼遇。

突然,公堂之侧一柔和但清晰的声音响了起来:"林藩,你看看我是谁!"

狄公俯身向前就见梁老夫人站在那儿,腰板挺直。数年的心头重负似乎早就压垮了这妇人,如今看来她却是年轻了许多。

林藩身体战栗了许久。他把脸上的血污抹掉,原本无神的眼睛瞪得很大,动了动嘴唇,却一句话都没说出来。

梁老夫人慢慢举起手指着那林藩控诉道:"你杀了,你杀了你自己的……"突然她声音哽噎住了。她低下头,绞着双手,声音颤抖又道,"你杀了你……"

她慢慢地摇了摇头,抬起满是泪水的脸盯着林藩看了许久。她身子开始摇摇晃晃,几欲晕倒。

林藩上前一步,欲扶她一把,但捕头更为眼疾手快,一把抓住了他,把他胳膊反扭在身后。两名衙役把他拉开之际,梁老夫人已昏厥倒地,不省人事。

狄公惊堂木一拍便宣布退了堂。

就在这濮阳一案十天之后，京城首辅大人府正在主厅宴请三位客人。

此时晚秋已过，初冬来临。首辅大人府的三重大门敞开，正厅的客人可以一眼欣赏到那月光下的荷塘美景，餐桌旁的大铜盆里燃着红红的火炭。

这四人都已年过六旬，为朝廷之事鞠躬尽瘁，熬白了头。

他们聚在那雕花檀木桌前，桌上满是高级餐盘，珍馐美馔，十几位仆从在旁伺候着，确保那金杯之中美酒不断。

首辅大人把主位让给了刑部尚书，他仪表堂堂，严肃庄重，侧须很长，已是花白。他旁边是礼部尚书，他瘦瘦的还有点驼背，每日上朝才得了这么一副尊容。而对面坐着的是一位个高之人，胡须花白，眼神锐利，这位乃是御史大人，他正直不屈，公正不阿，整个朝廷无人不畏。

晚宴接近尾声，众人已是饮至最后一杯酒。正事适才在席上也已议完，现下这几人便闲聊起来。

首辅大人用瘦削的手指梳理着自己银色的胡须，对刑部尚书道："濮阳寺庙丑事让皇上大为震怒。接连四日佛教长老圣德法师都在朝堂为自己门下辩护，但都是枉费口舌。我跟你们悄悄说，明日朝堂之上便会宣布剥夺那佛教长老内阁职务，同时也会宣布佛家寺庙不再免征赋税。各位，这就代表佛家帮派不能再干预朝廷大事了！"

刑部尚书点点头，说道："有时，这懵懂无知的七品芝麻小官便有机会影响朝局。那濮阳县令，狄什么，在处理那么富有的大寺庙时过于草率了。依照前一阵的朝局形势，整个佛教信徒肯定会暴动起来，他尚未结案就有可能死掉。真是凑巧，那天驻军不在，暴乱之人杀了僧人。不知那狄姓之人有没有意识到这巧合不是救了他一命，便是救了他的仕途！"

御史大人道："尚书大人所提的这位狄大人让我想起些事情来。我桌上还有他上报的另外两桩案子。一件是一恶棍奸杀案，案情简单不必赘述，一件是关于一广州富商的。本案判决我与他意见不合，他的依据不过是钻了律法空子，但既然你刑部同意这判决，我猜一定是有什么特殊情况。你来给我解惑，我洗耳恭听。"

刑部尚书放下手中酒杯，笑道："这可说来话长。数年前，我曾任广东州府府尹，当时负责审案的是方大人，就是后来因挪用户部钱财在京城斩首的卑鄙小人。我见那商人重金贿赂他后逃脱了刑罚，自此之后，那商人又犯了其他罪行，包括那九条人命案。

"濮阳县令知道此案必须尽快审理结案，不然那些富有的广州商人在这朝廷之上势力不容小觑。他根本没有在大案上费心思，而是让人犯在小案上认罪画押，但这小案形同于犯上作乱之罪。我们刑部认为二十多年一直逍遥法外的人，依律被抓起来也是再合适不过了，所以我们便一致同意维持原判。"

御史大人听后道："确实如此，我明白了。明日一早我便签了折子。"

礼部尚书一直在饶有兴趣地听这故事。现下便道："判案一事我不精通，但我知道这狄公解决的两起案件，都是朝廷大患。一起案子瓦解了朝中佛家教派的势力，另一起案子则加强了朝廷对这些傲慢自大的广州商人的管束。这种人该被提拔到更高职位，好让他能一展拳脚。"

首辅大人却慢慢摇了摇头道："那县令今年尚不足四十岁，前途似锦。将来他有的是机会去展示他的热忱与能力。若久不提拔，人会心生怨怼；若提拔太快，便会好高骛远。为了社稷着想，这两种极端皆应避免。"

刑部尚书道："我赞成。另一方面，也可给那县令些官家奖励，以示赞赏，或许礼部尚书大人能给出个好主意。"

礼部尚书若有所思地捋了捋自己的胡子，说道："既然皇上对那寺庙一案颇感兴趣，我明日便奏请皇上御笔题词赐给那狄公。当然，不是书法，而是把皇上亲笔所书之字拓印在牌匾之上。"

首辅大人赞赏道："这正是我们想要的！你总是在这种事上才思巧妙！"

御史大人也难得地笑了笑。

"礼部总能让我们这冗杂的朝廷机构保持微妙的平衡。这许多年我一直在衡量利弊，评论褒贬，如同金匠一般小心。失之毫厘，谬以千里。"

众人皆起身离开了餐桌。

以首辅大人引路，四人便下了宽阔的台阶，漫步走在荷塘边上。

第二十五章 伏法

话说从京中传来三起案子的最终判决之时，狄公的四个随从已是闷闷不乐地过了将近半个月了。

自审完林藩那泼天之案后，狄公一直情绪低落，这四人苦思冥想也不知所以然。往常狄公在凶犯认罪之后常与他们闲聊回顾案情，此次狄公只是感谢了他们查案的一番辛苦，即刻便忙于这濮阳治理的例行公事了。

京城的信使午后到了濮阳。正在衙门账房查账的陶干签收了信件，那信件很厚，陶干把它送去了狄公书房。

书房里，洪师爷正拿些文书待狄公批复，马荣与乔泰也在。

陶干给众人看了看信封上刑部大印，便把公函扔在桌上，开心道："兄弟们，这便是那三起案子的判决了！现下大人应该高兴一点了吧。"

洪师爷道："大人不见得是在担心上级对这几个案子的判决。他心中所忧也未曾对我透露分毫，但我思忖着应是私事，一些他未能想明白的私事。"

马荣插话道："嗯，大人一宣判，有一人会立刻精神起来，那便是梁老夫人。当然，我们户部会清算林藩家产，给梁老夫人的补偿部分会让她成为这世界上最富有之人！"

乔泰评论道："她应得如此。那日见她在最终一刻崩溃，真是令人伤心。很显然，她过于激动了，好像已经卧床不起近半个月了。"

此时狄公进来书房，众人皆起身问安。他粗粗回了礼，便打开洪师爷递给他的那封公函。

狄公粗略看了眼内容，便道："上级已批复同意我对那三起案子的判决。林藩之罪，判决尤重。我个人以为一个斩首足以结案，但上级之命，不得违抗。"

狄公接着看了一下礼部所附文书，又把那文书递给师爷后，自己满怀敬意地朝京城方向深鞠一躬。

"本衙门得朝廷嘉许，圣上屈尊御笔题词，亲赐御匾一方，牌匾稍后便会送到。师爷，你看着那牌匾挂在正堂之上。"

狄公略过众人祝贺之词，说道："依例，明日拂晓前两个时辰本官会宣判所有案件。师爷给相关人等传令，再通知驻军统领派一队士兵按时押送人犯至刑场。"

狄公思索了一会儿,扯了扯自己的胡子,接着他叹了口气打开洪师爷放在桌子上等他批复的那些财政卷宗。

陶干扯了扯洪师爷袖子,马荣和乔泰也鼓励地朝他点点头。洪师爷清了清喉咙,便对狄公道:"大人,我们几人一直很好奇林藩杀害梁珂发一事。明日林藩案子就要结了,你能给我们几个解释解释吗?"

狄公抬起头来。

"明日,处决完凶犯之后吧。"他简短回答道,接着他便又看那些卷宗文书去了。

次日一早,街上仍一片漆黑,但濮阳百姓们依然如潮水般涌向衙门。现下一大群人都堵在大门外耐心地等着。

终于,衙役们把两重大门打开了,人群蜂拥而进,只见数十根大蜡烛沿墙点亮了整个公堂。百姓们低声交谈起来,许多人看着捕头后静静站着的那巨汉惊心不已,他宽阔的肩膀上扛着一把双柄长剑。

濮阳城的大部分百姓都来了,众人都希望知道自己身边这三起案件的最终判决。但有一些老人心情比较沉重,他们知道朝廷对骚乱的严苛手段,那些和尚之死便会被解释如此,他们害怕朝廷会因此事对整个濮阳加以惩戒。

铜锣三声响彻衙门,公堂之上门帘打开,狄公和他四个随从走了出来。狄公披着一条红色围肩,这便是要判处犯人死刑的意思。

狄公落座后宣布开堂,黄三先被带上堂来。

在狱里的这些时日,黄三伤口已经愈合。他已吃了断头饭,看起来已听天由命,一副生无可恋的样子。

黄三跪在堂前,狄公展开文书大声读道:"犯人黄三判法场斩首。尸身喂狗,首级悬城门口示众三日,以示警戒。"

黄三双手被缚于身后。衙役们把一个长形死牌挂在他肩上,牌子上有犯人姓名、罪行以及刑判几个大字。随即黄三便被带走。

"带圆启大师、杨氏姐妹上堂!"

捕头引了老住持上前,他身着黄线紫袍表明自己的佛教徒身份,把自己拄着的红漆拐杖置于一边,慢慢跪了下来。

春杏与青玉二人由狄府管家引上前来。她俩身着绿色水袖长裙,头发用绣花丝带绑了起来，一副待字闺中的打扮。众人皆为这二人的美貌赞叹。

狄公宣布道："朝廷下令没收普慈寺所有财产。自即日起，七日之内，除大殿与一处侧殿之外，寺院内所有建筑夷为平地。圆启大师依然可以在寺内供奉观音大士，身边服侍之人不得超过四个。

"官府调查发现那寺中六处香阁，其中两处并未设有暗门。本官在此声明，在寺中过夜的夫人若有孕乃是观音大士大慈大悲，夫人所生之子也不容任何质疑。寺里取出四根金条分与杨氏姐妹春杏与青玉二人，以作奖赏。朝廷已下令，这二人的祖籍，官府须在杨氏家族族谱上添上'于社稷有功'一笔。因此，杨氏家族五十年内免除所有徭役赋税。"

狄公此时顿了顿，捋着胡子打量了一眼围观百姓，接着他慢慢地一字一顿地说道："濮阳百姓不顾法度，胆敢无视官府权威，肆意袭击杀害二十名僧人，导致律法无法实施，朝廷对此非常不满，整个濮阳都要为此负责。朝廷本打算对此加以严惩，但考虑到此案特别，濮阳县令又提出了要宽大处理，朝廷决定，此案可做例外处理，事出有因，情有可原。朝廷只作严厉训斥。"

话毕，人群中发出一阵感恩之声，有人开始为狄公欢呼。狄公雷霆之音再次响起："肃静！"

狄公慢慢把文书卷起来，那老住持和两个姑娘不断在地上磕头以表达自己的感恩之情。接着他们也被带走了。

狄公示意了一下捕头，两名衙役把林藩押了上来。

他在监狱里这段时间苍老了很多，面色憔悴，小小的眼睛深深陷了进去。当他看到狄公身上那红色的围肩和刽子手庞大的身躯，全身便开始抖得厉害，衙役不得不摁着他跪在堂前。

狄公把胳膊笼在袖子里，在椅子中直起身来，慢慢读道："犯人林藩判犯上作乱罪，依律处以极刑中最严厉的一种，五马分尸。"

林藩嘶吼一声，昏倒在地。捕头在那林藩鼻下熏醋之时，狄公继续说道："犯人林藩所有田宅商铺，现银与既定财产都予以没收。没收财产的一半用于补偿梁老夫人家族因林藩所犯罪行所失。"

狄公停下来扫了一眼大堂，梁老夫人似乎并没有来。

他总结道："这是朝廷对林藩的判决，既然凶犯必死，梁家也得到补偿,林梁两家之案也就此结案。"

他一拍惊堂木宣布退堂。

狄公离开公堂后去了书房,旁观人群里爆发出阵阵热烈欢呼声。所有人都涌上街头,想尽快跟上去刑场的囚车。

囚车已经停在大门口,周边是驻军总部调来的一队骑兵。八名衙役已把林藩和黄三带了出来,两人在囚车里并排站着。

守卫喊道:"行人避让,行人避让!"

狄公轿子抬了出来,衙役们四人一排前行开道,轿子后也是如此。囚车紧随其后,骑兵护卫,整个队伍开始朝南城门行进。

到了法场之后,狄公从轿上下来,身着铠甲的驻军统领引着他到了临时搭建的高台之上。狄公落座之后,他的四个随从也在其身边坐下。

刽子手的两个帮手把林藩和黄三从囚车上拉了下来。骑兵们都下了马,围成一圈警戒线,他们的长戟在晨光中闪闪发光。

人群在警戒线外挤得密不透风,他们满是敬畏地看着法场上四匹壮实的耕牛,那牛正静静地吃着农户喂的草。

狄公示意两个衙役把黄三摁着跪下,衙役们取了黄三背上的死牌并松开了他的领口。刽子手举起手中重剑,抬头看了看狄公。狄公点点头,那重剑就直接砍上了黄三后颈。

林藩被带到法场中心。刽子手的帮手把林藩手上的绳子割断。林藩见到那四头耕牛,尖叫一声,开始和周边衙役争斗。刽子手抓着林藩脖子一下子把他扔倒在地,他的帮手便用粗重的绳子套住了林藩的手脚。

刽子手朝喂牛的老伯招了招手,老伯便牵着四头耕牛走到法场中央。狄公弯腰与驻军统领低语了几句,只听那统领喝令一声,士兵们便围成一圈,阻挡了围观人群,那即将出现的血腥场面实在不宜观看,他们只能仰望着高台之上的狄公。

行刑法场上一片死寂,人们都能听到远处农庄的鸡叫声。

狄公点了点头。

林藩的尖叫声疯狂响起,尖叫声又变成了痛苦低沉的呻吟之声,还有那老伯催着耕牛往前的口哨声。这声音不由让人想起田里的宁静景象,此刻却是令人胆战心惊。

林藩的尖叫之声再次响彻云霄,现下又夹杂着疯子般的笑声。好似一棵枯树被撕裂的声音响了起来。

刽子手依例递给老农一块银子，尽管老农很少会见到银子，但那老伯啐了一口并不要这不吉利之财。

铜锣响起，士兵们举起武器，狄公便离开了高台。他的随从们看到狄公面色苍白，尽管清晨寒冷，狄公额上却已有汗珠。

狄公上轿之后，直接去了城隍庙，他在那里烧了香之后才回到衙门。

一进书房，狄公便见四个随从在等他。狄公无声地看了洪师爷一眼，洪师爷赶紧给他倒了杯热茶。正当他慢慢地啜着热茶之时，捕头突然打开门冲了进来。

他激动万分道："大人，那梁老夫人喝药自尽了！"

众人皆惊呼一声，狄公看起来并不感到意外。他命捕头与仵作一起前去，接着写了一张死亡证明，说明梁老夫人是精神失常时自杀而亡。接着他便靠在椅子上，声音平静道："如此林梁两家的案子终于了结。林家最后一人已于那刑场伏法，梁家最后一人也自杀身亡。近三十年的恩怨情仇，一连串恐怖的谋杀、强奸、纵火、欺瞒之罪终于结束了，所有人都死了。"

狄公两眼空洞，失神地盯着自己前面。众人皆瞪大眼睛看着他，无人敢插嘴问话。

突然狄公回过神来，他双臂叉在胸前，开始陈述事实："我在研究此案时，立刻就发现了这案子里一处相互矛盾之处，非比寻常。我知道林藩残暴无情，我知道梁老夫人是他的对手，我知道林藩尽其所能去摧毁她的一切，但当梁老夫人到了濮阳之后事情就变了。我问自己：为何林藩没有在濮阳杀了她？不久之前，林藩和他手下一直都在濮阳，他完全可以轻易地杀了她，再伪装成事故。他在这濮阳毫不迟疑地杀了梁珂发，毫不迟疑对我们痛下杀手，可是他在梁老夫人到了濮阳之后，却没有碰她一根手指。我对此甚是不解。直到我们在铜钟下发现了那个金坠。

"因那金坠上刻着林姓，你们便以为金坠是林藩之物，但此物是贴身挂在脖子上的，若是绳链断了，那金坠也应是落在胸前，所以金坠不可能是林藩掉落的。既然金坠是在死者身上发现，我想死者才是金坠主人。林藩未能发现是因为那金坠是贴身之物，直到蚁虫啃噬了所有，那金坠才得以出现。我怀疑尸骨不是梁珂发本人，而是与林藩同姓之人。"

狄公停了下来，一口喝干了杯中茶水，继续又道："我重读了自己关于这案子的笔录，又发现了第二点证明那尸骨是他人的证据。梁珂发来到濮阳之时已是三十岁左右，梁老夫人在登记簿上所写之人也注明三十岁，但里正告诉陶干他见到那人不过二十岁左右。

"于是我便对梁老夫人生了疑心。我思量着她可能是长得既像梁老夫人又知道这所有内情的另外一人。一个如同梁老夫人般恨林藩入骨之人，一个林藩不想伤害或是不敢伤害之人。我又看了一遍她给我的卷宗文书，想找出一个女人和一位少年可以冒充梁老夫人与她孙子。最终我找到了令我自己都觉得不可思议的结果，后来之事证实了我的想法。

"你们应当记得，文书上有记录，林藩强奸了梁洪夫人之后，他自己的夫人却消失不见了。众人皆以为是林藩杀了她，但此事一无证据，二无尸首。现在我知道林藩并没有杀了她，她是自行离开的。她爱他如此深切，对于一个出嫁从夫的女人来说，她可能会原谅他杀害了自己的兄长，气死了自己父亲。但当她知道自己的夫君对自己的嫂子情根深种之时，她便由爱转恨——一种被鄙视的深仇大恨。

"既然已经决意离开林藩并蓄意报复，还有什么比偷偷回到娘家帮助梁老夫人一起对付林藩更自然的办法呢？林藩夫人的离开对林藩已是重重一击。尽管看起来很奇怪，但林藩确实深爱那林夫人。林藩对梁洪夫人不过是一时起意，但并不影响他对自己夫人的感情。这也是这个无情残忍之人唯一的温情所在。林藩夫人离开之后，林藩的'恶'暴露无遗。他对梁家一族的迫害更为暴虐，他终于在农庄碉堡将梁家赶尽杀绝，梁老夫人和梁珂发也应是死在那里。"

陶干有话要说，但狄公伸手阻止了他。他继续道："梁老夫人过世后，林夫人继续复仇。了解母亲的机密之事又深谙梁家事务，她扮成梁老夫人轻而易举。我猜这母女长相差不多，那林夫人只需把自己打扮老成一些就好。更何况，梁老夫人去农庄碉堡之前，为了应付林藩的再次袭击，已经把所有卷宗与文书托付给了女儿保管。此后不久林夫人定是向林藩透露过自己的身份。这对林藩来说，此打击比她离开自己更为沉重。他的夫人并没有死，她离开自己还声称要与自己为敌。他无法指责她，自己夫人与自己作对，男人的尊严何在？更何况，他爱她，他唯一可做之事便是藏起来。所以林藩便来到这濮阳，林夫人追过来时，他本计划着

131

再逃到他处。

"林夫人把自己的真实身份透露给林藩,但对于她身边的年轻人她没有说实话,她告诉林藩此人是梁珂发。这也让我觉得难以置信,想到了最惨无人道的悲剧。林夫人之谎也是这悲剧中一环,比起林藩的暴虐更为残忍。那少年是她自己的儿子,也是林藩之子。"

众人皆开始议论,狄公仍阻止了他们。

"林藩强奸梁洪夫人之时,并不知晓自己夫人经过这么多年挫败之后已有孕在身。我不敢揣测一个女人灵魂深处的秘密,但我想正是当林夫人觉得自己的姻缘美满,幸福感到达顶峰之时,林藩去找了别的女人才激发了她疯子般惨无人道的复仇之心。我说惨无人道是因为她为了对付林藩牺牲了自己的儿子,在她成功击垮林藩之后,最后一击便是告诉林藩,他杀了自己儿子。毫无疑问,那少年真以为自己是梁珂发,林夫人可以告诉他,为了保护他,孩子都换了。但她又让孩子戴上了她大婚之时林藩送给她的金坠。

"直到堂审那林藩之时,我讲的这个令人心惊的故事才得以确认完整。在此之前,我只是猜测,未能证实。首先证实的就是林藩的反应,当我给他看那金坠之时,他差点脱口而出那金坠是自己夫人的。第二点与第三点,便是那对男女在堂前彼此对视时短暂而可悲的时刻。林夫人要等的那一刻终于到了,她未曾停歇的复仇终于成功了。她的夫君一无所有,将在刑场被处死,是时候给他致命一击了。她站在他面前指控他'你杀了你的……'但她发现自己说不出'你杀了你自己的儿子'这样伤人的句子,她看着自己的夫君满身是血,最终败下阵来,所有仇恨烟消云散,她只看到了那个自己曾爱过的人。她开始情绪激动,摇摇晃晃,站不住脚。那林藩冲上前去,不是捕头与众人所想的他要袭击她,我看到了他的眼神,他是想上前扶她一把,避免她摔倒在这石板地上,磕伤了自己。

"这就是整个故事。你们现在了解我在审林藩之前有多难了吧。我抓住了林藩,还要给他定罪,但不能利用他谋害自己儿子一事,这会导致我们得花数月去证实梁老夫人的身份。所以我不得不设计林藩,令他承认袭击我们之罪。但他认罪了也不能解决我这难题。朝廷肯定会把没收的林氏财产大部分都分给那所谓的梁老夫人,我不可能让那假冒之人得到这些。我在等她前来见我,我开始追问她从那着火的碉堡逃离的细节之时,她肯定知道我对她已经起了疑心。若她不来,我恐怕就得对她采取律法措施了。如今,问题不在了。林夫人自尽了。她等这一天、这一刻与自己的夫君同生共死,如今只有上苍能审判她的罪孽了。"

书房里静寂无声。

狄公冻得哆嗦了一下。他把身上衣服紧了紧说道:"冬天来了,天气变得冷飕飕的。洪师爷,你出去的时候吩咐下人准备一个火盆。"

四人退下之后,狄公站了起来。他走到放有正冠镜的边几旁边,摘掉了自己的乌纱帽,镜子里显出一张憔悴疲惫的脸。

他自然地把那乌纱帽折了起来,放在了镜架中间的抽屉之中,换上常帽,背着手在房间里踱来踱去。他竭力让自己镇定下来,但是他刚刚从脑海中赶走那些恐惧的杂念,眼前又浮现出那二十个僧侣惨不忍睹的残肢断臂的场景,耳朵里还有那林藩被五马分尸时的狂笑声。他绝望地问自己,老天为什么要让这么血腥,这么残忍的事发生呢?

他定定地站在桌前,满心质疑,双手捂住了脸,当他放下手之时便看到礼部的公函。他绝望地叹了口气,想起自己应该去看看御赐的牌匾是否挂对了位置。

狄公掀开自己书房和公堂之间的门帘,走过高台,下到堂前,转过身来,看到自己案桌与座椅都铺上了红绸,椅子后面是一面绣着大独角兽的屏风,再往上看,就看到了高台之上横空挂着一幅御笔题词的牌匾。

他读着那几个字深有触动,便跪在石板地面上,孤零零地待在这寒冷空旷的公堂之上,真诚谦逊地祈求了许久。

清晨的阳光透过窗户照进了公堂之上,狄公头顶那匾上御笔亲书的四个大字"义重于生"光芒万丈。

后记

所有中国古代侦探小说都有一个共同特点,故事里的主角永远都是案发地的地方县令。

地方县令通常负责整个地方的行政管理工作,这地方通常方圆五十公里左右,包括高墙之内的小城,还有其周边乡野之地。

地方县令职责多面。征徭赋税、生死嫁娶、土地更改、维护治安等都由他全面负责，而作为一方衙门主事，他还负责擒拿凶犯、以罪论处，平民纠纷、凶杀大案等皆由他审定判决。地方县令几乎掌管着地方百姓生活的方方面面，通常也被称为"父母官"。

县令总是有忙不完的公务，他和家眷就住在衙门大院里右手边的一处独院，依例他除了睡觉时间，一直都在处理公务。县令这一官职是古代中国庞大的封建官场的最底层。县令的上级是知府，知府负责管理二十多个地方。知府的上级是知州，知州负责十几个知府。知州则须向京城的朝廷述职，整个朝廷的最顶端就是中国古代的皇帝。

中国古代所有人，无论贫富地位，只要通过科举考试都可以入朝为官。中国古代社会在这一点上还是相当民主的，而欧洲当时仍是封建统治体制。

县令任期通常为三年。在此之后，他会被调派其他地方，时机合适便会升为知府。升迁也是有选择性的，完全基于实际情况，一些平庸之辈一生大部分时间都只是停留在县令这一官位。

县令在地方衙门里会有下属人等，比如衙役、书记、衙役、仵作、守卫、下人等。这些人主要负责日常例行公事，并不负责破案侦查。

破案侦查之事通常是县令自己与其三四个亲随进行的。这几位亲随都是县令早些年间自己挑选的人手，无论他去哪里赴任，这几人一直常伴其左右。这几位亲随要比衙门里的人地位高，因为他们在当地并无牵扯，所以工作之中并不会受个人感情影响。同样，依例也不允许县令到其出生地任职。

狄公的高案之上总有这么几个物件：一方红黑双色砚台，两支毛笔，竹筒里的几支薄竹签，这些竹签标示着犯人应受的笞杖数量。若衙役受命笞杖犯人十下，狄公便会取出十支竹签掷于堂前地上，捕头在犯人每受一次笞杖后便会收回一支竹签。

高案之上还有一块大大的方形官印和一块槌子，那槌子不是西方槌子的模样。它长约一尺，是块长方形的坚木。中文中，此物被称为"惊堂木"，乃"震慑公堂之木"。公堂之上，衙役会面向彼此分两排站立于公堂左右两侧。整个堂审期间，苦主与被告双方则需跪在堂前石板之上。他们没有律师相帮，也不能传唤证人，处境甚为艰难。整个堂审实际上就是一威慑作用，警示众人作奸犯科后的后果。依例，每日衙门会有早中晚三次堂审。

中国律法中有一条基本准则便是犯人自己对所犯罪行供认不讳方可定罪。一些冥顽不化的凶犯在证据确凿时也不肯招供，意图逃避惩处，为避免这种情况，依律可以行刑，例如鞭刑、杖刑、夹棍等。除了这些依律可以实施的刑罚之外，县令通常还会下令实施更为严酷的刑罚。但一旦酷刑之下犯人受不住或因此身亡，整个衙门包括县令自身都会受到惩罚，往往会被处以极刑。因此，多数判官判案之时靠的是自身的聪慧洞察、亲随们的渊博学识，而非严酷刑罚。

总体来说，中国古代社会的制度一切运行得当。上级官员严格控制了下级官员的权力滥用现象，百姓舆论也对那些不法或不负责任的官员起到监督作用。死刑需由朝廷批准执行，被告可以上诉，甚至可以殿前伸冤。而且，县令不得私下审讯犯人，所有审讯步骤，包括初步询问都必须在衙门开堂审理。审讯所有步骤须记录在案，上交备查。

读者或许会疑惑，若不用速记，书记是如何能够记录下公堂之上的所有内容。实际上中文字面语言本身就是一种速记语言。可能口头上的二十多字，记录在案只需四字便可表达到位。此外，中文书写中还有几种行文体系，多笔画字可简写为一笔。在中国任职期间，我自己也常让人记录下我的中文对话，那记录的准确程度着实令人惊讶。

顺便说一下，中国古代文字并无任何标点符号，也不存在大小写问题。当然，第十四章中提到的造假问题在其他字母书写体系中是不可能存在的。

狄公是中国古代神探之一。他是一个历史人物，是唐朝著名的政治家之一。他全名狄仁杰，生活在630至700年间。他年轻的时候，在各州府担任县令，因破解了许多棘手的刑案而名声大噪。正因如此，后期中国文人作品中狄公便成为许多犯罪故事中的主角，其历史真实性微乎其微。

后来，他成为朝廷重臣，朝野上下因为他的真知灼见而受益良多。正是因为狄仁杰的坚持反对，上位者武则天才选择了李氏后代继位，而非武家之人。在大多数中国侦探小说中，县令通常同时解决三个或更多完全不同的案件。我在这部小说中保留了这一特点，将三个故事情节写在一起，形成一个连续的故事，妙趣横生。

在我看来，中国的犯罪小说在这方面比我们更现实。一个地方，人口众多，同时需处理多个案件，合情合理。

按照中国传统，本书的第二十三章，我加入了旁观者对案情的研究调查，还描述了凶犯伏法部分。凶犯罪有应得，中国人的正义感需得在这些细节描述中体现出来。与此同时，中国读者希望看到的结局是有功之臣得以升迁，出力之人得以奖励。我或多或少隐晦地提及了此点：狄公最后获得朝廷嘉奖，皇上亲笔题词，下赐御匾。两位破案有功的姑娘也得了重金奖赏。

我采用了中国明代作家的习惯，他们的小说描述的是16世纪的人和生活方式，尽管故事本身场景往往是在几个世纪之前，书中插图亦是如此，但这些插图再现的是明朝时期而非唐朝时期的习俗与穿着。注意，当时的中国人并不吸烟，不抽鸦片，也不扎辫子——这些都是1644年后才有的习俗。当时的男人都把头发束成发髻，室内室外都戴帽子。

本文第十三章中提及的阴婚在中国很常见。往往出现在指腹为婚的案例之中或者是夭折胎儿之间，好友之间决定让自己的孩子与对方的孩子将来结成佳偶。结果常常是其中一方的孩子未到婚龄便夭折去世，与对方的结合便是阴婚。男方健在的案例中，阴婚只是一种形式，不会影响他再娶妾，但在家族族谱上阴婚结成的妻子只能是唯一的当家夫人。

本文中的佛教僧侣形象不佳，这一点我也是遵循了中国传统。中国古代小说的作者皆为文人，推崇儒家观念，鄙视佛教，许多中国犯罪故事中的反派皆为僧侣和尚。

我还遵循了中国小说开头的习惯，以隐晦的措辞，简单地介绍了故事中主要事件，保留了中国式的两个并列句的章节标题。

"半月街奸杀案"的剧情源自《包公案》的一则著名案例。包公原名包拯，是中国宋朝年间一位有名的官员，他生于999年，死于1062年。后来，明朝期间，一位匿名文人根据他破获的案件写了一本犯罪故事集，名为《龙图公案》，又称《包公案》。本文中使用的案子在原文中题目为《阿弥陀佛讲和》。故事不长，轮廓简单，但县令发现真相的方式却不太令人满意，他是借手下装神弄鬼让凶犯对犯罪事实供认不讳，这是中国侦探小说中的流行因素。我个人则倾向于用一种更符合逻辑的解决方案，让狄公有机会去施展他的推理才能。

"普慈寺之谜案" 是根据一个题为《王大尹火烧宝莲寺》的故事改

编的。这是17世纪《醒世恒言》中第三十九个故事，《醒世恒言》是一部犯罪侦探小说集，由明朝学者冯梦龙（卒于1646年）编撰；他的作品很多，除了两部同类小说集外，他还出版了一些戏剧、小说和学术论文。

我保留了该剧情的所有主要特点，包括两个妓女的介绍。然而，原著的结尾是县令烧毁寺院并处决了所有僧人，此举为中国古代律法所不容。我采用了一个更为复杂的结局，利用了唐朝佛教教会曾试图颠覆朝廷这一要害话题，让狄仁杰在整个故事中一直扮演主角再恰当不过。历史事实是他一生中，曾一度摧毁了许多邪教盛行的寺庙。

"铜钟下尸骨之谜案"的精髓源自中国一部古老的著名犯罪小说《朝廷奇冤》中的《连环九凶案》。小说是根据1725年左右在广东发生的九起凶杀案改编的，原著中的案件是在公堂之上判决审理的。我借用了中国明清期间几乎每本犯罪小说中都会出现至少一次的铜钟形象，让故事结局更惊悚。

本文第二十四章鞭笞席子部分源自下文的一个故事："后魏的李辉（386—534年）担任容州知州之时，一个背盐人和一个背木人为了一张羊皮争吵起来，他们都说这是自己的。李辉命令他手下一个官员：'大刑伺候这张皮，它自己便会找到主人！'所有的官员都目瞪口呆。李辉把那羊皮放在垫子上，用棍子鞭打后，便看到了盐粒。他把盐粒一展示，背木人只能坦白招供了。"（参见高罗佩，《棠阴比事》，13世纪法学与侦查学手册，莱顿汉学丛书，第十卷，莱顿，1956）。我想本文第十三章中对于两个家族间的恩怨情仇或多或少详细描述一些会引发西方读者的兴趣。中国人本质上非常宽容大度，通常大多数争议矛盾都是在公堂之外协商解决的，但偶尔两家之间、家族之间或者团体之间的矛盾会被激化，会无休无止地纠缠延续下去，结局悲惨。本文中梁林两家的恩怨情仇就是这样的例证，类似的案例也出现在海外中国移民群中。就像美国的"帮派斗争"，19世纪末20世纪初在荷兰属东印度群岛的"孔氏家族"或华人秘密组织间的自相残杀。

高罗佩

铜钟案

狄公生活在7世纪的中国唐朝,他是朝廷官员亦是神探。在中国人的意识中,狄仁杰独一无二,他既是衙门里的县令大人,又是审讯能人,更是能为民伸冤复仇之人,是一个近乎神话的人物。即使他已经去世很久,但他的事迹仍在中国民间广为流传。

《铜钟案》是罗伯特·高罗佩(1910—1967)在20世纪50年代写的《狄公案》系列小说之一。罗伯特·高罗佩是一名荷兰外交官,也是中国历史和文化方面的权威人物。高罗佩的小说取材于中国文学整体,特别是17世纪刚出现的通俗侦探小说。从《狄公案》故事中,读者对古代传统中国的理解要远比从教科书、专著和文献资料中了解的更为生动。这些故事给读者大致描述了外强侵略之前的中国,将那时中国的地方生活娓娓道来。

《泰晤士报文学副刊》评论道:"高罗佩创造了一个侦探小说的多彩新流派……趣味十足,教育意义深刻,令人难以忘怀。狄公,衙门里的官员还有他们所关心的人都很有趣,而他们所处的世界里有罪恶、有神秘、有暴力、有欲望、有腐败也有礼节,这一切都令人惊叹。"

本版书中包含了高罗佩画的地图,插图(基于16世纪的版画),还有芝加哥大学历史系的唐纳德·F.拉赫为此书写的前言介绍。

此系列小说中还包括《黄金案》《湖滨案》和《铁钉案》。

芝加哥大学出版社

二 真假乞丐

本故事为你揭晓狄公在元宵节家宴时迟到的缘由。元宵节家宴是这漫漫新年的结尾仪式，家宴于晚间举行，家中女眷都会就来年运势占卜问卦。本故事背景仍在濮阳，著名的铜钟案发生地。本书第九章所提及的狄公的同僚——风流多情的青华县县令罗大人，也与此案中乞丐的悲惨命运相关。

话说这元宵节乃拜访走动佳日。狄公在送走最后一位拜访者后，终于靠回椅背，长舒了一口气。他眼神疲惫地望着花园，暮色之中自己三个儿子正在树丛间玩耍，把绘有八仙图像的花灯挂上枝头。

正月十五元宵节，各家各户都在院外挂上了形状各异、大小不一的花灯，色彩艳丽，整个濮阳城被装饰得五彩缤纷。花园墙外传来街上人们熙熙攘攘、说说笑笑的声音。

狄公已在这繁荣之地任职期满一年。今日整个下午，这濮阳城有头有脸的人物都在这元宵吉日来拜贺狄公。狄公把额前帽檐推开，搓了搓脸。他不习惯白日饮酒，感觉有点恶心，便俯身前去，从茶几上的花瓶中拿过来一大朵白色月季花，那香味让他的酒后不适感略减些许。深吸一口花香，他不由想起了今日这最后一位拜访者，金匠凌行首。那人着实啰嗦，似是粘在了这里。狄公回后宅之前得换身衣服，醒醒酒。他那三房美眷正看着下人们准备晚上的家宴。

花园里传来孩子们激动的叫声，狄公环顾一番后便见他的长子和次子正在争抢一个硕大的彩色花灯。

狄公冲他们喊道："你们，现在进屋沐浴更衣。"

他那长子生气地叫道："阿奎想自己一人独占我和大姐做的漂亮灯笼！"

狄公刚欲重复一遍，眼角就瞥见大厅后门开了。洪师爷缓缓走了进来。狄公见这老人看起来面色苍白，疲惫不堪，便急忙说道："洪师爷，来坐下，喝杯茶。抱歉今日衙门里例行公事都扔给了你，我本待客人走后再去趟办事房，但凌掌柜比以往更为健谈，几刻钟前才走。"

洪师爷道："大人，衙门里也没什么要紧之事。"说着他给自己和狄公都倒了杯茶。"唯一难做之处就是让那些人专心政务。今天这日子他们早就心不在焉啦。"

洪师爷坐了下来，用左手拇指撇开自己参差不齐的胡子，轻啜着热茶。

狄公把白月季花放回桌子上道："嗯，元宵节嘛，既然衙门并无紧要案子，我们也可稍微宽松一回。"

洪师爷点点头，道："城北区里正午前刚来汇报，有一老乞丐意外跌落深沟而亡，老乞丐的头部撞到了沟底的一块石头，地方就在离凌宅不远的后街处。仵作已做了尸检，签发了意外死亡文书。可怜的老乞丐只穿了件破烂外袍，连顶帽子也没戴，灰白的头发全散开了，还是个跛脚的。他肯定是早晨出门转悠时绊倒摔到沟里去了。丐帮的盛霸却不认得他。他应当是从别处来到这濮阳的，想在这元宵节能多讨些银钱。若没人认领这尸首，衙门明日就自行火化了。"

狄公回头见长子正在敞开门的公堂里，从柱子中间往外搬椅子。他厉声道："别动那椅子，你们三个，还不赶紧照我刚才说的去做！"

三个小子齐声道："是！"

见三人跑开后，狄公对洪师爷道："告诉里正把水沟好好填上，好好说说！保证所辖之地街道齐整是他们里正之责。顺便提一下，洪师爷，今晚要来参加家宴啊！"

洪师爷欣慰一笑，朝狄公鞠了一躬。

"我现在就去办事房锁门！半个时辰之后我再到府上来。"

洪师爷离开后，狄公思量着自己也该回去换身衣服了，把这身正式的深青色锦缎长袍换成舒适的家居长袍，但他又不愿意现在就离开这空荡荡的大厅，周边如此安静，自己不妨再喝杯茶。此时大家都回家吃饭了，晚些时候，人们便会涌上街头，赏各式花灯，喝街边小酒。狄公把茶杯放下，想到今晚不该让马荣和另外两个随从休假，晚间妓院里或许会有人乘机闹事，自己一定得提醒捕头加强晚间巡逻。

狄公伸出手去拿茶杯，突然，他的手停在了半空。他紧紧盯着大厅后墙上的影子，那是一个高个子的老头走了进来。穿着件破烂长袍，头上未戴帽子，头发飘散着。他瘸着腿，拄着拐杖，静静地穿过大厅，好似并未注意到狄公，径直低着头走了过去。

狄公正欲喊住那老头，问问他为何未经通报便进来，但他瞬间被吓得哑口无言，因为那老头看似直接从大书柜里穿了过去，接着下了台阶，悄无声息地进了花园。

狄公一跃而起，跑向花园台阶，气冲冲地喊道："你给我回来！"

无人应答。

狄公走下台阶，见那月色下的花园空无一人。他飞速查看了一下墙根下的灌木丛，未曾发现任何异常。花园通往外街的小门也如往常一般紧锁，并未打开。

狄公吓得定在了那里，一动不动。他控制不住地全身打着冷颤，只得裹紧了身上长袍，他竟见到了那死去老乞丐的鬼魂！

过了好一会儿，狄公终于稳定了心神，急忙转过身，回到大厅，穿过衙门与自己私宅相通的昏暗走廊。他心不在焉地回了一下门房的问安，门房正在点两个挂在大门口的颜色明亮的大灯笼。狄公穿过衙门主院直接进了办事房。

一众办事员早已离去，只有洪师爷一人在整理一堆文书，桌子上燃着一根蜡烛。他抬起头见狄公进来，惊讶万分。

狄公随意说道："我想我还是去看看那死去的老乞丐吧。"

洪亮立即又点了支蜡烛，他引着狄公穿过漆黑一片、人迹罕至的走廊，来到公堂后的牢房。老乞丐的尸身就停放在侧厢房里的桌子上，干瘦的尸身上盖着一芦苇席子。

狄公从洪亮手里拿过蜡烛，命他掀开席子。举着蜡烛，狄公盯着老乞丐毫无生机、灰败憔悴的脸看了看，那是一张满是皱纹、双颊深凹的脸，却没有通常乞丐脸上的那种粗糙。老乞丐看起来五十岁左右，一头乱糟糟的长发已有些灰白。他留着短须，未蓄长胡，薄薄的嘴唇因为死亡而呈现出痛苦的形状。

狄公掀开老乞丐身上破破烂烂、满是补丁的外袍，指着他畸形的左腿道："他定是曾经摔坏了膝盖，后来却没有正骨到位，走路时一定跛得厉害。"

洪师爷取来墙角一根长拐棍道："这老乞丐个子甚高，走路时便用这拐棍撑着。这拐棍也是在沟底发现的，就在这乞丐身侧。"

狄公点了点头。他想把老乞丐的左臂抬起来看看，但尸身早已僵硬。狄公只得弯下腰来，仔细查看老乞丐的手，将其和自己的手一比对，狄公便道:"师爷,看这里!看看这双手竟毫无老茧,还留着仔细修整过的长指甲!来,把这尸身翻过来!"

洪师爷便把尸身翻过来,面部朝下。狄公又细细查看了他后脑勺伤裂之处。不一会儿,他把蜡烛递给洪师爷,从自己袖袋里取出一张手帕,用它仔细地把那缕被血污凝固的头发拨到一边,细细地在烛光下查看手帕。他又递给洪师爷看了看,简短说道:"你看到这细沙与白瓷了吧?沟底哪里会有这些东西,你说呢?"

洪师爷摇了摇头,也颇感困惑。他缓缓道:"是啊,大人。沟底应是些烂泥淤污才是。"

狄公又走到桌子另一头,看了看老乞丐赤裸的双足。那双脚白皙柔软,毫无胼胝。他转向师爷,颇为严肃道:"恐怕我们仵作在尸检时脑子里只想着今日的家宴了。这人不是乞丐,也不是失足掉落水沟,是死后被人扔到了水沟里。此乃谋杀案。"

洪师爷颇为伤感地扯了扯自己的短须,点了点头,道:"那凶犯定是先剥了他的衣服,又给他套上了这乞丐外袍。他只着外袍,内里却什么都没穿,我本该想到这点的。这冬日夜晚着实寒冷,再穷困的乞丐里面也该穿点才是。"洪师爷又看了看那伤口,问道,"大人认为他是头部遭受重击而亡吗?"

"颇有可能。"狄公捋着自己的黑长胡须道,"近来可有报告人口失踪之事?"

"有,大人!凌行首昨日提到他府中子弟的启蒙先生王先生,休假出府后已有两日未还。"

"那凌行首适才前来拜访,也未曾提及此事!"狄公嘀咕道,"让捕头备好轿辇!让管家和夫人说一声,晚宴不必等我!"

洪师爷走后,狄公还站在那里,盯着尸首,想到自己刚在大厅里见过的场景,心中实在感慨。

狄公府轿到凌府之时,老金匠急忙冲到前院迎接。扶着狄公下轿后,凌行首不停道:"哎呀,哎呀,我凌府何其有幸,竟得大人亲自驾临!"

显然凌行首适才正在家宴席上,他满口酒气,言语间有些含糊不清。他引着狄公与洪师爷前往花厅,狄公道:"恐怕不是幸事。你能给我仔细描述一下府上那休假未归的先生吗?"

"天啊，那老先生可别惹祸上身！嗯，他看起来没什么特别之处。个高且瘦，留着短胡，并未蓄起长须。走起路来有点一瘸一拐，左腿跛得厉害。"

狄公平静道："那人意外身亡了。"

凌行首飞快看了狄公一眼，引着狄公坐在中央桌子的主位上，桌子上方还有为元宵节家宴特意挂上的丝质大灯笼。他自己则坐在狄公对面，洪师爷依然站在自家大人身后。凌行首缓缓道："如此便是王先生休假后两日未还的原因了！"这突来的噩耗让凌行首清醒许多。

狄公问道："王先生休假都去了哪里？"

"天晓得！我不是那种爱打听府里人私事之人。王先生逢四便歇，前一天晚饭前他便会离开凌府，第二天晚饭前再回来。大人，这便是我所知道的一切，我所能了解到的一切！"

"他来府里多久了？"

"一年左右，京城里一名金匠介绍来的。我正需要一先生教导家中子孙便请他前来，王先生性子安静，为人宽厚，也颇有学识。"

"那你知道他为何从京城到这濮阳来？这儿可有家眷？"

凌行首生气道："我哪里知道。除了问问幼孙学业，我和他还有什么可谈之事？"

"把管家叫来！"

凌行首转过身去，命在花厅后待命的管家上前。

管家走上前来施礼问安。狄公问道："府上的王先生遭遇变故，本官前来寻人问话。你可知道他在这濮阳有何亲戚朋友？"

管家不安地看了凌行首一眼，结结巴巴道："回大人，据小人所知，王先生在这濮阳并无亲戚。"

"那他歇息之日都去了何处？"

"回大人，这点他从未跟小人提起。我猜他定是探望朋友或是做别的事去了？"见狄公一脸怀疑，管家继续道，"大人，王先生是个沉默寡言之人，他不愿提及自身私事，喜欢独处。闲暇时间他都在这后院自己的房间里待着，唯一的消遣便是在这府里花园散散步。"

"他可曾收发过信件？"

"小人不知。"管家犹豫一番道，"他有次偶然提及自己的京城往日，我听话里话外是他与夫人已经和离。听似其夫人是个善妒之人？"他看了凌行首一眼，满脸担心，见自家主子似乎并没有在听，管家便更加肯定地继续道："王先生并无私人用品，甚为节俭。府中给他的束脩，他几乎一分不花，逢休出门也未曾叫过轿辇。从他的一些小怪癖来看，他以前定是个有钱之人，我猜他甚至做过官，因为有时他会猝不及防地以命令的语气与我说话。我猜他既丢了官职，又没了钱财，一无所有了。但又看他不甚在意的样子。一次他跟我说：'这钱财若不能用来享乐，又有何用？钱财散尽，官场也无甚乐趣可言。'小人窃以为他身为先生，说话却荒诞可笑，小人斗胆。"

凌行首怒瞪管家一眼，冷笑道："这府中诸多事宜，你不看管好这下人，倒是能腾出空来八卦他人闲事！"

狄公打断凌行首之言怒道："让他继续说！王先生歇息之日去了哪里竟不露一点痕迹吗？你见他进进出出，一点不知道吗？"

管家皱了皱眉，回道："嗯，王先生每次出门时都兴高采烈，回来时都沮丧郁闷，这点确实令人奇怪。他有时情绪低落，但从不影响他教学。小姐那日说他总是乐意随时解答任何疑难问题。"

狄公冲凌行首厉声道："你适才说那王先生是教导府中子孙的，看来还教导着府中小姐！"

凌行首又怒瞪了管家一眼。他润了润唇，气冲冲地回道："他是教过小女。两个月前，我那女儿已嫁做人妇了。"

狄公道："原来如此。"他起身对管家道："带我去那王先生住处！"他令洪师爷一起前去。凌行首欲起身之时，狄公便道："你便不必带路了。"

管家带着狄公与洪师爷穿过这宽阔大宅里迷宫一般的走廊来到后院。他打开一处窄门，举着蜡烛，带他们看了看这空间狭小、陈设简陋的房间。房内只有一张竹床、一方书桌、一张直椅，一竹制书架上有几本书，还有一个装衣物的黑皮箱。墙上挂满了水墨兰花图，画功不俗。

见狄公看着那些画作，管家道："此乃王先生唯一喜好。他爱这兰花，对其无所不知。"

狄公问道："那他没有栽种几盆吗？"

"没有，大人。小人想王先生应是觉得兰花过于贵重吧。"

狄公点点头。他从书架上取下几本已被翻得破烂的书集，粗略看了几眼，都是些粗制版本的陈词艳曲。他又打开了衣箱，里面全是些男人衣物，有些破旧，但材质上好。衣箱最底层有一盒子，里面只有些铜板。狄公又转向书桌，书桌的抽屉并未上锁，抽屉里面都是些寻常之物，没有钱财，也没有盖章的契约，甚至连收据也没有。狄公把抽屉砰的一声关上，生气地问管家："王先生不在之时，谁来翻过这房间？"

管家吓坏了，结结巴巴道："没人来过啊，大人！王先生向来出门之时都锁着门，只有我有一把备用钥匙。"

"你自己适才不是说那王先生不舍得花一分钱吗？他过去一年的积蓄呢？这里就剩几个铜板！"

管家茫然地摇了摇头："小人实在不知，大人。我敢肯定无人来过，这府里下人也都入府多年，我敢保证这府里绝无手脚不干净之人！"

狄公在桌前又站了一会儿。他盯着那些兰花画作，慢慢捋着自己的胡子，接着转过身来对管家道："带我们回大厅去吧。"

管家带着狄公走过曲折走廊时，狄公漫不经心地说道："这宅邸位置不错，周边甚是美好安静。"

管家回道："大人所言甚是！这地方确实不错。"

"这种美好安静之地周边应该有不错的烟花巷吧，这凌府附近可有这种地方？"狄公干巴巴地问道。

管家似乎是被狄公这突如其来的问题问蒙了。他清了清喉咙，踌躇回道："回大人，两街开外，有那么一处。老鸨姓广，只接待上流人士，从无打架斗殴之事。"

狄公道："很好。"

回到花厅，狄公要凌行首一起回衙门确认一下死者身份。他们乘坐狄公轿辇一起回的衙门，凌行首一路上郁闷无言。

凌行首确认了死者正是府上先生，又在必要文书上签字之后，狄公便让他回去了。狄公叫来洪师爷道："我换身舒适常服，你让捕头带两名衙役在院里待命。"

洪师爷在书房见到狄公之时，狄公早已换了身常服，他身着暗灰色棉袍，腰系黑色宽腰带，头上还戴着一顶玄色小帽。

洪师爷想问狄公他们这是要去往何处，见狄公一脸心事重重，便没问，默默跟着狄公进了院里。

院里捕头与两个衙役见了狄公后，立即站直。

狄公问："你们可知这城北凌宅附近有处烟花之地？"

捕头殷勤答道："知道，大人！那地方老鸨姓广，官府备过案，是处高级妓馆，只有上流……"

狄公不耐烦地打断他道："我知道，我知道！我们步行去那里，你带人在前面开路！"

此时街上已是熙熙攘攘一片，沿街挂着的各色花灯，璀璨夺目，各商铺小店门前也挂着彩灯，人们逛街赏灯，好不热闹。捕头和衙役毫不客气地把人们推搡到一边，给狄公与洪师爷让出一条路来。

即便老鸨广氏所住的后街也有很多人。捕头上前叩门并告知门房是县令大人到访，把老门房吓了一跳，赶紧把狄公与洪师爷引到前院一处奢华的房间。

一位年纪稍长、穿着端庄的女仆把一套精美无比、古色古香的茶具端上了桌。一位三十岁左右个高秀丽的女子随后走了进来，她身着一长袖直袍，样式简单，但材质却是贵重的暗紫花缎。接着，她深鞠一躬，自我介绍道自己便是这坊主，姓广，是个寡妇，继而左手扶右袖，万分优雅地亲自为狄公倒了杯茶，最后站在狄公面前，静待狄公问话。洪师爷就抱着双臂站在狄公身后。

狄公慢悠悠地品着这香茗，才发觉这房中实在安静；所有聒噪之声皆被那珠帘绣幕隔离在外，空中飘着一股好闻的清香，这确实是处高级馆所。他放下茶杯开始说道："尽管本官不喜欢你这个行当，但也知道这行存在的必要性。广坊主莫要惊慌，若你这里一切中规中矩，待姑娘们也好，本官是不会给坊主平添麻烦的。来，说说，你现在手下有几个姑娘？"

"回大人，现下共有八人。所有人手续齐全，都是正规采买的，当然，大部分都是直接从她们父母手里买下的。每隔三个月她们的收入账簿都会送往衙门照例定税。我相信……"

"本官对此没有异议，只是我听说最近有一富人为你们其中一个姑娘赎了身。可有此事？"

广坊主看起来惊讶不已。

"这其中定有误会。大人，我这里的姑娘都年纪尚小，最大的也不过十九，歌曲舞艺尚未学完。她们也尽力去取悦客人，但尚未有一人能俘获客人之心，从而使两人关系更为长久，"此处她顿了顿，一本正经道，"虽然如此一来，我倒可以有一大笔银子进账，但我不赞成自家姑娘如此行事，除非她已经年过二十，在这行当足够出色。"

狄公道："我知道了。"他不由沮丧起来，这无疑推翻了自己先前那番推测。如今，自己直觉有误，这案子必得长久调查，得先从介绍王先生入凌府的京城金匠开始。突然，狄公脑海中闪现出另外一种可能。他决意试试。他看了看那广坊主，正颜厉色，冷冷说道："广坊主，莫要搪塞！除了这里的八个姑娘，你还有一处房子，只有一个姑娘独住。这可不合规矩，你的备案契约许可只管这一处地方。"

广坊主把自己精致发髻上的头发别在一旁，她嫩白圆润的胳膊便从宽大的袖子里露了出来。她镇静回道："回大人，这事可不全对。我猜大人所说的应是住在下一条街的梁姑娘。她可是京城来的名妓，三十岁左右，艺名唤作红珠。她在京城可谓盛名远播，积攒了许多金银为自己赎了身，但并没有把这契约许可上交官府。她想安定下来，便来这濮阳暂时休整一段时间，顺便寻找一位心仪之人。大人，此人甚是聪慧，知道京城的风流才子是不会与她长相厮守的，所以想找一位性情稳重、年纪稍长一点的有钱有势之人。她偶尔会在我这里接客，都是些精挑细选的客人。大人也能找到这单独的账目，我们也按时上交官府审查。既然那梁姑娘有许可文书，而且她也缴了税……"

广坊主的声音渐渐低了下来。狄公暗自高兴，因为现下知道自己所猜所想正确无疑。但他仍摆出一副生气的样子，一拳砸在桌子上，喝道："所以要给那红珠赎身之人是完全被骗了！根本没有什么赎身一说！不管是给你还是给她在京城的老鸨！说！你们俩是不是密谋诈骗这毫不知情之人，再分了这赎身钱？"

此时广坊主早已失了仪态，跪在狄公椅子前，不断在地上磕头。她抬起头来，恸哭道："求大人饶恕小人一命，那赎身钱财尚未到手。为红珠赎身之人也是位高权重之人，实际上也是大人同僚，同为本州县令，不知大人是否听说过，他……"

突然她大哭起来。

狄公转身，意味深长地看了洪师爷一眼。那人定是那青华县令罗大人。他朝广坊主喝道："正是那罗大人要我前来调查一番。告诉我梁姑娘住处，我自己亲自去质问她这等丑事！"

接着广坊主给了他梁姑娘住址，狄公一行没走多远便来到了梁姑娘住处。

上前敲门之前，捕头前前后后看了看这街道周边道："大人，若我没看错，那老乞丐所跌落的水沟就在这房子后面。"

狄公道："很好，这样，我自己敲门，你和手下三人在门口放风，我和师爷一起进去。有事我再喊你们！"

狄公上前敲门半响后门镜才打开，一个女人问道："何人敲门？"

狄公有礼回道："罗大人托我给红珠小姐送个信。"

那门立刻就开了。一位矮个女子，身着白绸薄衣，直接让狄公两人进了门。她引着这二人前往前院的大厅之时，狄公注意到这女子虽是弱柳扶风之姿，身材却是丰满腴润。

狄公二人进来之后，红珠颇为好奇地看了他们一眼。红珠请这二位在雕花梨木长椅坐下后，羞答答地问道："小女便是红珠，不知二位官人……"

狄公急忙打断她道："梁姑娘，我们不会打搅你太久。"他上下打量了她一番。梁姑娘面部轮廓分明，表情活灵活现，一双杏眼含情脉脉，还长着一张樱桃小嘴，一看便是位聪慧迷人的姑娘，但这与狄公所想有些出入。

狄公环顾了一番这陈设雅致的花厅。他目光落在窗边高高的竹架之上，竹架每隔三层便摆了一排兰花，栽种兰花的瓷器花盆也甚是精致美妙。空气里弥漫着兰花的香气。狄公指着花架道："罗大人曾告诉我梁姑娘喜欢收集兰花，我也是爱兰之人。瞧，多可惜，顶层的第二盆花都枯萎了，须得好好打理一番。你把它取下来让我看看吧？"

红珠姑娘看了狄公一眼，满脸疑惑，但显然她决定迁就一下罗大人的怪友，便从角落里搬来一把梯子，置于花架前，敏捷地爬了上去，把自己腿边的长袍仔细拢好。她刚要拿起那花盆，狄公上前一步，站在梯子旁边漫不经心地说道："梁姑娘，王先生以往称你为小兰，对吧？小兰比红珠这名字好多了。"梁姑娘站在梯子上突然吓得一动不动，瞪着一双大眼睛俯视着狄公。狄公又道:"你用花盆砸他头时,王先生就站在我现在这地方,对吧?"

梯子上的红珠姑娘身子开始摇晃,她惊呼一声,四处乱抓想稳住身形。狄公忙把梯子扶稳,伸出手来揽住她的腰,把她接住放到地上。她双手环胸,气息不稳道:"我没有……你是哪位?"

狄公冷冷回道:"本官是这濮阳县令。你杀了王先生后,把那兰花又移栽到一新花盆里,所以那花才会枯萎,对吧?"

红珠喊道:"我没有!这纯属恶意中伤,我要……"

狄公直接打断她道:"本官有证据!这周边有一下人看见你拖着尸体扔进了你房后的水沟里,而且我在王先生房内找到一张纸条,上面写得很清楚,如今你寻着靠山,怕你会害了他。"

红珠喊道:"那狗贼!他发誓自己不会透露半分……"她突然停下来,气呼呼地咬着自己的红唇。

狄公平静道:"我都知道。王先生一个月来此处四次并不满足。你与罗大人之事让他颇感不安,如此一来,你与广坊主可得了钱财,自己也会重获新生。所以你不得不杀了自己往日的情人。"

"情人?"红珠尖叫道,"你觉得在这濮阳,我会让那老瘸子碰我吗?在京之时,不得已被他抱一下就已经够恶心了。"

狄公不屑道:"那你还不是让他进了你的门?"

"你知道他睡哪?睡厨房!我本不想让他来此处,但他自有用处,帮我回信,帮我照养这兰花,这样我发髻上便可以有兰花戴。有客人来,他还充当门房,当仆人端茶倒水。你觉得我让他来此处都干什么?"

狄公冷冷道:"我猜他把全部身家都用在了你身上。"

红珠又叫道:"他蠢!我都已经告诉他我们结束了,他还是穷追不舍,说自己一时见不到我他没法活!如同乞丐一般!他这荒谬可笑之举让我声名狼藉,就是因为他我不得不离京,不得不在这破地方隐姓埋名。我也是傻,竟会相信那可怜虫!他竟留书告我,这背信弃义的小人!"

红珠的美丽容颜已经因为恶意变得扭曲起来,她生气地站在那里直跺脚。

狄公厌烦道:"不,那王先生并没有控告你。我刚才所说的留书之事是假的。除了他想你之时画的几幅兰花图,他房间里没有任何线索指向你，那误入歧途的可怜人直到死去也对你忠贞不变。"他击掌几下，捕头与衙役便直接冲了进来。"把她绑好，下入大牢。她自己已经认罪。"衙役扭住红珠胳膊，捕头便用锁链把她拘了起来，狄公道："你罪无可恕，等候监斩！"

他转身便出了门，洪师爷左侧随行。一伙兴高采烈的少年举着灯笼跑过这条大街，身后红珠的狂叫哭闹之声便淹没在了这片欢声笑语之中。

话说二人回到衙门，狄公便直接带着洪师爷回了狄府。走到后厅时，狄公道："你我二人不妨先喝杯茶，再加入家宴吧。"

这二人便围在圆桌前坐下，狄府房檐下挂着大大的灯笼，花园里树间的那些灯笼早已熄灭，元宵节十五的月亮倒是照得大厅里异常光亮。

狄公把自己手中的茶一饮而尽，倚在椅背上，单刀直入道："我们去凌府之前，我只知道死者并不是真正的乞丐。他是在他处因头部遭受重击而亡，从伤口处的细沙与白瓷看，或许是花盆。后来我们去凌府，我当时怀疑凌行首与此案相关，因而前来拜访我之时对那王先生失踪之事只字未提，后来他对那王先生之死也未多问，这点也令人奇怪。不久我便了解到凌行首对自己手下之人丝毫不感兴趣，他对我生气也是因为我破坏了他家宴兴致，而凌府管家之言却让我对此案的了解清明许多。管家说王先生穷困潦倒是因他自己挥霍了钱财，还提到王先生夫人善妒，这就直接指向了另一个女人。因此我猜测那王先生定是迷上了一名妓，不可自拔。"

"为什么不是迷上其他普通姑娘或是夫人，甚至是一般妓女呢？"洪师爷反问道。

"若是一普通人，王先生不必耗尽钱财，他与自己夫人和离后另娶便是。若是一般妓女，他也可为她赎身，为她自己置办一处住宅，不必散尽家财，还丢了官职。这都不可能，我肯定王先生所迷恋之人定是京城名妓，那名妓慢慢榨干了他的所有之后，把他扔到一边再寻下一个客人。我猜王先生无法接受自己如同渣滓般被人抛弃，不肯如此罢休。那名妓只得逃离京城，来到这濮阳想要重新开始。众所周知，这濮阳富商很多。我猜王先生定是一路跟了过来，逼名妓允许自己常去探访，威胁她若是拒绝自己，便要曝光她的冷酷无情。最后，那名妓攀上了我那愚笨的同僚罗大人，王先生开始要挟她，她便下手杀了他。"狄公叹了一口气，又道："如今我们所知这故事并非如此。王先生为名妓付出一切，连微薄的束脩也给她养了那兰花。即便令人懊恼，受尽屈辱，他能每月去见她几次，与她说说话就非常满足了。洪师爷，有时，一个男人的一往情深正是他最大的悲哀。"

洪师爷若有所思地扯着自己那参差不齐的灰白胡子。过了一会儿，他问道："这濮阳城这么多妓女，大人是如何得知王先生所爱之人就在广坊主那里？为何是他自己所爱之人杀了他，而不是别人，比如说另外一争风吃醋之人？"

"王先生往常都是步行出门的。他一个跛脚之人，所去之处定离凌府不远，这才引着我们查到了广坊主之处。我问广坊主最近是否有被赎身的姑娘，因为这是谋杀之案最合理动机，也就是说这妓女要摆脱令人为难的昔日情人。嗯，我们也知道王先生确实让她为难，但并非是胁迫要挟她或是要用任何卑劣手段，正是那种狗一般的忠贞让她厌恶且鄙视他。至于另外一种争风吃醋的可能性，我也考虑过。但凶犯若是个男人，他会把尸体扔得远一些，也会更加彻底地掩盖尸体身份。事实是凶犯只给死者穿上了乞丐外袍，松开发髻，拨乱头发，这是女子所为。女子知道不同的衣着发型可以改变她们本来的面目形象，梁姑娘此举用在一男人身上，可谓是大错特错。"

洪师爷又给狄公续了杯茶，狄公小啜一口，继续道："当然梁姑娘也有可能是替罪羊，但我觉得这不太可能，梁姑娘自己最有可能是凶犯。捕头说乞丐掉落的水沟就在梁姑娘房子后面，我便知自己的推测正确无疑。当我们进去后，我发现她个子不高且柔柔弱弱，不可能重击那比她高的死者头部。所以我才立刻环顾四周寻找那凶案现场，便发现了高架上的盆栽兰花。她定是爬上了梯子，或许还让王先生帮她扶住梯子。接着她说了什么话让王先生转过头去，便一花盆朝他头顶砸了下来。这许多细节明日开堂审梁姑娘时方可得知，至于广坊主，她最多是帮梁姑娘图谋罗大人的赎金。她那儿可不允许杀人，那里可是上流场所。"

洪师爷点了点头。狄公不但破了一起凶杀案，同时还解救了罗大人，让他免了一段与这蛇蝎女人的孽缘。

狄公惨笑道："下回见到罗大人时，我会跟他讲讲这案子。当然，我不会告诉他，我知道他就是那梁姑娘找的下家。我那同僚定是化名来过濮阳，希望这案子能给他个教训！"

洪师爷不便对狄公同僚加以评论，他笑道："这奇案如今终于一切真相大白了。"

狄公深深呷了一口茶，放下茶杯时，他摇着头，遗憾道："并非如此。"

狄公暗自思忖，想把自己见到那老乞丐鬼魂之事跟洪师爷讲讲，若非如此，那老乞丐之死就定为一意外事故而非谋杀之案了。他刚要张口，就见自己长子跑了进来。见到父亲生气，那孩子迅速深鞠一躬道："启禀父亲，母亲同意我们将那灯笼带回卧房！"

狄公点点头，那孩子便把一张椅子推到了柱子边上，爬上高高的椅背，伸手取下那房檐下挂着的彩绘绸灯笼。接着跳下来，用打火石点着那灯笼里蜡烛后，举起来给自己父亲看。

"父亲，这可是我与大姐花了两天时间做的！"他颇感骄傲道，"所以，不能让阿奎弄坏了。我们喜欢铁拐李，那个又老又丑的可怜的老头！"

狄公指着孩子们绘在那灯笼上的人物，问道："你们知道他的故事吗？"孩子摇摇头，狄公继续道，"很久很久以前，铁拐李曾是一位英俊潇洒的丹师，他博览全书，擅长各种术法。他可以灵魂出窍，飘浮云端，而他肉身则留在地上，待他回魂。一天，他灵魂出窍后，不小心把肉身留在了一片农田里，农夫以为那是无人认领的尸身便焚毁了铁拐李的肉身。当铁拐李回魂之时竟找不到自己的肉身。失望之下，他只能进了那死在路边一跛脚乞丐的肉身，自此之后，他只能以此面目示人。尽管后来，他寻得了长生不老仙丹，却永远无法弥补那次失误。他最终也是以这种形象位列八仙：铁拐李，长生乞丐。"

那孩子听后把灯笼放下，不屑道："那我可不喜欢他了！我得告诉大姐铁拐李就是一傻瓜，罪有应得！"接着跪下，和狄公、洪师爷施礼道了晚安后就跑开了。

狄公一脸宠溺地看着自己的儿子。他把灯笼拿起来要把蜡烛吹灭，突然，他停住了。他盯着墙上映出的高高的铁拐李的影子，试着转了一下灯笼，就像被穿堂风刮过的样子，结果他便看到那铁拐李的影子慢慢沿着墙往前挪动，最后消失在花园之中。

狄公深叹一口气，熄灭了蜡烛，把灯笼放在了地上。他郑重其事地对洪师爷道："你说得对，关于那肉体凡胎的乞丐，一切真相大白，他就是个傻瓜。关于这长生乞丐，我倒是不敢说他傻。"他站起身来，淡淡一笑道，"若我们用虚妄未知之事去考量自己，那也是愚蠢无知，我们都是傻瓜！走吧，去吃家宴！"

三

真假宝剑

此案亦源于濮阳。铜钟案读者应当记得，这濮阳分别与罗大人所辖的青华县、潘大人所辖的武邑县左右接壤。此案发生时，狄公并不在濮阳境内，他正在武邑县与潘大人商议一起涉及两县之案。狄公与洪师爷、陶干三人已离开濮阳三日，马荣与乔泰二人则留守衙门。这三日以来濮阳城内风平浪静，并无意外，但就在狄公回城的前一晚，突然就出事了。

话说当日马荣与乔泰二人在玩骰子，马荣一边把骰子放回盒子，一边心满意足道："这第四盘酿蟹你付银子！"

乔泰咂咂嘴道："这美味值了！"随即把自己杯中的酒一饮而尽。

这二人正在翠鸟阁二楼靠窗位置坐着饮酒呢。这翠鸟阁乃二人常来之地，整个酒楼临河而建，城内河道由北至南恰从此处经过，从二楼窗口望出去，此时日沉西山，美景如画。

翠鸟阁楼下传来一阵阵喝彩之声。马荣探出头往下一瞧，河岸街边不知何时聚了一大堆人。

马荣道："原来是街头卖艺的，这班子四天前才到濮阳，午后在街头耍杂技，晚上搭台唱戏。"

乔泰应道："是了。那米商劳掌柜的帮他们在老道观处租了个院子安顿下来，前几日刚来衙门报备过。那江湖卖艺班子的班主与他一同前来的，班主姓鲍，看起来很是宽厚和善。卖艺班子就他、他娘子、女儿和儿子四人。"乔泰再续一杯酒，接着道，"我原想去那道观看看戏，那戏里有很多剑法，我很喜欢。但大人不在，留我们二人值守，不能离开衙门太久。"

"哎呀，我们现在这位置看他们杂耍，岂不正好。"马荣心满意足道，便把椅子搬到窗根下，抱臂趴在窗台上，乔泰也跟着趴在了窗边。

楼下街上已铺好了一方苇席，周围密密麻麻围满了观众。一个八岁左右的男孩正在翻筋斗，他身手敏捷，令人惊艳。一男一女两人抱臂分别站在苇席左右两侧，男的高高瘦瘦，女的则强健壮实，另外还有一个姑娘正蹲在一个竹筐旁，显然筐里都是他们的表演道具。筐顶有个低矮的木架，一上一下搁着两柄闪闪发光的宝剑。这四人皆身着黑衫宽裤，腰间系着红腰带，头上扎着红方巾。还有一个身着破旧蓝袍的老头坐在旁边的凳子上，正卖力敲打着自己瘦腿间的一面鼓。

马荣颇感遗憾，恨恨说道："若能一睹那姑娘芳容就好了。看，劳掌柜的也在，像是遇到了麻烦！"他指的是楼下那位穿着整洁、戴黑纱帽的中年男人，他站在竹筐旁边正和一个身材高大的无赖争执，那无赖头发蓬乱，只用一块破烂蓝布绑了起来。他拽着劳掌柜的袖子，但劳掌柜把他推开了。这二人根本没看表演，此时男孩正脚顶酒坛倒立着走在那苇席上。

乔泰道："我从未见过那无赖，其他地方来的吧？"

马荣却咧嘴回道："终于能一睹美人芳容啦！"

此时小男孩已经表演结束。鲍班主随即走到席子中央，两腿分开微屈站好，强健的女人右脚踩在他膝盖上，一个鹞子翻身便蹿上了他的肩头。男人大喊一声，姑娘也蹿了上去，她一脚踩在那男人左肩，一手抓住那女人胳膊，把自己另外一只胳膊一只腿伸将出去。与此同时，小男孩也和她一样在班主右肩上摆出同样造型。这叠罗汉的表演伴着灰白胡子老头狂乱的鼓点令人心惊胆战，人群里爆发出阵阵喝彩之声。

班主身上三人因站得高，他们的脸离马荣与乔泰大约仅十丈之遥。乔泰狂热地吹了声口哨道："看看那女人的身材！脸长得也不错！"

马荣忙道："我更喜欢那姑娘！"

"姑娘太小了。那女人也不过三十左右，还解风情！"

鼓声停了。那女人和她的一儿一女从鲍班主肩头跳了下来。四人朝观众优雅地一鞠躬，姑娘便端着一木碗在场上转了一圈，收些看赏钱。马荣也从袖袋里掏出一串铜钱朝下扔去。姑娘灵巧一接，朝他粲然一笑。

乔泰淡淡说道："这可真是丢钱！"

马荣得意地咧着嘴笑道："算是本金吧！下一出戏是什么？"

此时只见男孩昂首挺胸地站在那苇席中央。鼓点响起之时，鲍班主撸起右臂，从木架上取下一柄宝剑，快如闪电般刺向男孩胸口。待他抽回宝剑之时，男孩胸口鲜血喷涌而出，踉踉跄跄地往后倒了下去。人群里惊恐叫声一片。

马荣道："我以前见过这种假把戏。谁知道他们是怎么弄的，那宝剑看起来和真的一模一样。"便转过身去拿自己的酒杯。

吵吵闹闹的人群中突然响起一女人尖叫,悲痛欲绝。一直在看楼下表演的乔泰突然一跃而起,厉声道:"兄弟,坏了。这不是戏法,真杀人了!快走!"

两人赶紧冲到楼下,跑了过去。好不容易从激动的人群中挤了进去,只见那男孩仰面倒在地上,胸口血糊一片。他母亲正跪在孩子身边,抚着男孩那毫无生机的小脸哭嚎不已。鲍班主与他女儿一动不动地站在那里盯着那孩子尸身,呆若木鸡,面色苍白。鲍班主手里依然握着那尚在滴血的宝剑。

马荣一把夺过鲍班主手中宝剑,怒道:"你为什么杀了自己儿子?"

鲍班主此时如梦方醒。他茫然地看着马荣,结结巴巴道:"错了,拿错剑了!"

此时米商劳掌柜站了出来道:"马官爷,小人可以解释,这可完全是个意外!"

一个矮胖的男人也走上前来,此人乃是这城西里正。乔泰命他用那苇席裹了男孩尸体,送到衙门让仵作检查一番。待里正扶起孩子母亲,乔泰对马荣道:"把这些人带到翠鸟阁吧,听听到底怎么回事!"

马荣点点头。他把剑夹在腋下,对劳掌柜道:"劳掌柜,你也来一趟,让白胡子老头带着道具筐和另外一把剑跟上。"

马荣正待寻寻适才和劳掌柜争执的无赖,却发现那人早已不见踪影。

一众人等上了翠鸟阁二楼。马荣令鲍班主,两个还在哭泣的女人和那花白胡子老头坐在角落一桌子旁。他拿起刚才自己和乔泰两人喝的酒坛,给他们一人倒了一杯酒,但愿这烈酒能给他们压压惊。接着他便令劳掌柜上前问话。马荣知道劳掌柜酷爱这些把戏,江湖卖艺的每一场表演他都不曾错过。劳掌柜的脸平淡无奇,留着黑色短须,山羊胡业已花白稀疏。他整了整帽子,心有余悸道:"官爷可能知晓,这鲍班头就是个跑江湖卖艺的,演技精湛,杂技娴熟。"他顿了顿,搓了搓脸,随即拿起那敲鼓老头放在桌子上的另一把剑,接着道:"官爷或许见过这种假把戏。这假剑本身是中空的,里面灌满了猪血。剑尖也是假的,只有几寸长,碰到硬物之时便会缩回剑身,所以表演之时那剑看似深深刺穿了人身,猪血也会如人血般随即喷涌出来。抽剑之时,这剑里有处机关会使剑尖即刻恢复原状。你自己来看！"

马荣从他手里拿过那假剑，发现那剑的剑尖粗钝，几寸之上还有一圈细细的沟槽。他提着那剑往木地板上一刺，那剑尖果然缩回，猪血随即喷了出来。鲍班主的娘子又尖叫起来，鲍班主赶紧抱住了她，而鲍班主的女儿仍然呆若木鸡，像座石像般坐在那里。花白胡子老头气冲冲地嘟囔着什么，使劲扯着自己那参差不齐的胡子。

乔泰气冲冲道："这招借刀杀人简直太聪明了！"

马荣悟道："我得查证一下，对吧？"他把真假宝剑都拿在手里，仔细掂量着，随即咕哝道："这两柄剑重量相差不大，看起来也几乎一样。着实危险！"

劳掌柜便道："那假剑本应放在那木架上层，而真剑则应放在木架下层。男孩表演完这场戏后，便会起身。鲍班主随后再用真剑来一场舞剑表演。"

此时鲍班主已起身上前，哑着嗓子问马荣道："是谁换了这两柄剑？"马荣抿着嘴还没说话，鲍班主便抓着他的肩膀吼道："是谁？我问你，是谁？"

马荣轻轻把他的手松开，重新按他坐下，道："我们会找出真相的。你确定自己把那假剑放在了木架上层？"

"当然！这戏法都变过千百回了，哪里还会出错？"

马荣朝楼下喊了一声，让小二再上些酒来。他让乔泰、劳掌柜和自己一起坐在原来窗前那一桌子旁。待大家坐定，马荣对劳掌柜低声道："我们二人当时就在这窗前看戏。当时见你和一高个无赖就在竹筐木架旁站着。周边其他人有没有动过那宝剑？"

劳掌柜皱眉道："这我可说不准。男孩倒立顶坛时，站在我边上那高个无赖突然跟我要钱。我不给，他倒胁迫我来着。我让他滚蛋，接着……就出事了。"

乔泰问道："那无赖是谁啊？"

"我不认识。可能鲍班主识得。"

乔泰便起身问了那一众卖艺人，鲍班主和他娘子、女儿皆摇头道不认识。那打鼓的老头却气喘吁吁地道："官爷，我知道他！他夜夜到道观前来看戏，只舍过一个铜板！那是个流浪汉，名叫吴大马。"

乔泰又问："老人家可曾见过其他人靠近那木架？"

花白胡子老头生气道："我能看见什么？我得顾着场上表演。我只见得劳掌柜和吴大马在木架附近，因为我认得他们。还有那么多人呢，都挤到跟前了。我哪里能看见他们在干什么。"

乔泰无奈道："也是。我们又不能把所有人都抓起来。"他转向鲍班主问道："你可曾注意到有认识的人靠近场子吗？"

鲍班主闷声道："濮阳这儿没有我认识的人。我们去过青华也去过武邑，但这濮阳是我们第一次来。我只认识劳掌柜。我在道观四处找场子搭台子时，他介绍了自己，又帮了我许多。"

乔泰点点头，他喜欢鲍班主开明聪慧的样子。他转身回来对劳掌柜道："你把这班子领回去吧。告诉他们县令大人今晚就会回来，他会立即着手调查此案。明日他们须得上堂听审走走程序。然后才能领回那男孩的尸身好好安葬。"

劳掌柜听后便道："明日我能去趟衙门吗？鲍班主人很好，出了这种事，我想力所能及地帮帮他。"

马荣淡淡说道："你必须到场啊，你可是关键证人。"

他和乔泰起身，又安慰了可怜的鲍班主一家几句。劳掌柜便带着那一家人和花白胡子老头离去了。马荣和乔泰又坐回窗前那桌旁，两人默默地把杯中酒干了。马荣续杯之时说道："唉，真希望这事只是意外。今晚我们得向大人道明一切，对大人来说，此案也是块难啃的骨头，棘手得很。"

他若有所思地看了乔泰一眼，但乔泰并未有所回应。他漫不经心地看着店小二把一盏大油灯送至二楼。待那小二离去，乔泰把酒杯砰的一声放下，愤愤道："真是好手段！叫父亲在母亲面前亲手杀了自己儿子！我们，我们必须现在就把那杂碎抓到！"

马荣缓缓道："我也这么想。谋杀可不是件小事。不知大人是否同意我们干涉其中。你要知道，一步行差踏错有可能便毁了全局！"

"若我们只是按照以前大人所令行事，便不会出什么乱子。"

马荣点点头，随即便道："好，我和你一道，来，把酒干了！"马荣把那杯中酒一仰而尽，一脸坏笑道，"这也是我们大展身手的机会！那些士绅人前提起我俩之时，都是满嘴好话，但人后都说我俩毫无头脑，只不过是对恶霸打手而已。"

乔泰道:"正是如此!那些人说的也对,我们毕竟不是文人出身,所以我从不想涉足那些贵人的案子。但这案子正适合我们,这案子所涉及的所有人都是我们熟悉的。"

马荣吼道:"那我们就好好计划一下开始查案吧!"他把两人的酒杯再次斟满。

乔泰道:"咱们大人开始时总是会想这作案动机与作案机会,此案中,动机显而易见。谁会对付一个可怜的孩子,凶犯定是对鲍班主恨之入骨。"

"对。既然鲍班主是第一次来濮阳,嫌犯便会是最近与他本人或是他这卖艺班子的亲近之人。"马荣道。

乔泰不甚赞同道:"也有可能是鲍班主在这濮阳遇到了宿敌。"

"若真如此,鲍班主一早就告诉我们了。"马荣回道,他认真思量一番道:"我也不敢肯定是否会有人针对那孩子下手。你要知道,孩子们有时会去那意想不到之地,不小心瞧见了不该见之事,偷听到了不该听之言。有人想要那孩子闭口不言也未可知,假宝剑简直就是天赐良机。"

乔泰不由赞同道:"是,天啊,这可能性也太多了。"他喝了一口酒,皱着眉头把杯子放下,惊讶道:"这酒味可真怪!"

"这酒还是原来的酒,但我喝着也不对味了!乔兄!只有开心畅快,无忧无虑之时这酒才香!心中有事之时是没法好好喝酒的!"

"难怪咱们大人总是喝那苦茶水了!"乔泰皱着眉看了一眼酒坛,直接抓过来放在桌底地上。他抱着双臂继续道:"至于作案机会,劳掌柜和吴姓无赖都离木架很近,两人完全有机会换掉宝剑。那么这两人又是为什么杀人呢?"

马荣摸着下巴好一会儿回道:"关于吴姓无赖,我能想到的理由只有一个,或许是两个。就是鲍家娘子和她女儿。天啊,连我自己都忍不住要多看那二人一眼。想想她们表演杂技时的柔软身段。估计那吴姓无赖看上了她们其中一人或是两人,鲍班主让他滚蛋,吴姓无赖就此含恨报复也未可知。"

"有可能。若吴姓无赖是个心胸狭隘的恶徒,他很可能以这种卑劣手段报复。那劳掌柜呢?"

"不可能是他。劳掌柜是个古板守旧、迂腐拘谨之人。他若要寻欢作乐，何不去那花街柳巷。他才不敢与这江湖女子牵扯不清。"

"看来吴大马嫌疑最大。"乔泰道，"我这便去寻他，与他好好谈谈。还是得查一下劳掌柜，以防万一。马老弟，你最好去趟道观，多了解一下那班子的情况。我猜大人肯定想知道鲍家所有底细。"

"好。那我便直接去找那两个女人套套话，我敢说，这是最稳妥简单的办法了。"马荣麻利地站了起来。

乔泰也站了起来，他淡淡地说道："可能不会像你想的那么简单。那二人可是江湖女子，若惹恼了她们，她们可是会收拾你的！那么我们稍后就在衙门会面吧。"

乔泰直接去了东城区一家小酒肆，盛霸所管的丐帮总部就设在那里。

昏暗酒肆里只有一彪形大汉斜躺在椅子里呼呼大睡，呼噜声如打雷一般。他的长胳膊叠放在光溜溜的肚皮上，破烂的黑上衣根本遮不住那大肚子。

乔泰粗鲁地摇了摇他。那人吓了一跳，即刻醒了过来。他恶狠狠地瞅了乔泰一眼，怒道："你吓死我这老头子了！不管怎么样，坐吧，说说你要干吗。"

"急事。你认识一个叫吴大马的无赖吗？"

盛霸晃着他那大脑袋，生硬地答道："不认识。"

乔泰注意到那盛霸眼中一闪而过的狡黠，便不耐烦道："你或许没见过他，但你一定知道他，你这个大胖骗子！有人在道观前院见过他。"

"不许骂我！"盛霸露出难过的神情。他满怀思念道："啊，道观前院！我从前的地盘！老弟啊，过去那日子多么畅快！看看现在，我手握丐帮，还得在这管东管西，累赘！我……"

"你唯一的累赘就是你那大肚子！"乔泰打断他道，"赶紧说，我在哪里能找到吴大马？"

盛霸顺从道："唉，你若非要找，我听说这人经常去那东城墙下的一处酒摊，就是东城门从北数第五家，实际上，我也只是道听途说，提醒你一句，我……"

"多谢！"那乔泰一阵风便冲了出去。

上了街，乔泰就把帽子塞进袖袋，又把自己头发揉得乱七八糟。没走多远，便来到了城墙下一处旧木板盖起来的棚子前。他环顾四周，黑漆漆又冷清清，便掀开门帘走了进去。

棚里点着一盏油灯，直冒青烟，一股难闻的油味和浊酒气味充斥其中。一个老头睡眼蒙眬地在那摇摇晃晃的柜台后为客人们舀酒，柜台前是三个衣衫褴褛的汉子，吴大马正在其中，高高的个子惹人注目。

乔泰便站到了吴大马身旁。众人冷眼看来，显然谁都没看出来那乔泰是官差。乔泰要了一杯酒，老头便用个破碗当成酒杯盛来，乔泰喝了一口直接吐到地上，对着吴大马便叫道："这都什么鬼东西！人穷的时候连这酒都是酸的！"

吴大马久经日晒的大脸上露出一丝苦笑来。在乔泰看来这吴大马看起来是个粗鲁的流氓，但也不是完全令人讨厌。便继续道："兄弟可知有什么活计能赚些银两？"

"我不知道。兄弟，你可问错人了！我最近运气不好。前几日我在武邑县本来可以得手两车大米。我都计划好了，只需在林子僻静处敲昏两个车夫便可得手，简直是小菜一碟。结果我倒霉，竟没得手。"

乔泰嘲笑道："老兄，你是上了年纪啦！"

"你闭嘴听我说啊！我刚把第一个车夫敲晕过去，一小孩从角落里钻了出来。他上上下下打量了我一番，蠢乎乎地问道：'你为什么把人敲晕呀？'接着我便听到一阵嘈杂，便赶紧躲进了草丛之中。结果我就看到一辆江湖卖艺班子的车架从那拐角处驶了过来。第二个车夫跟他们哭诉了缘由，说我跑掉了，于是他们便连米带人一同走了！"

乔泰点头道："你确实够倒霉的！这事可能不算完。昨日我见街上有江湖卖艺的，其中就有一小男孩在翻跟头。若他就是那日顽童，当心些，他可能会认出你来。"

"已经认出我来了！当场撞破！这回是撞见我跟他姐姐在一起！你看看我这倒霉劲！那小子也够倒霉，已经死啦！"

乔泰紧了紧自己的腰带。这案子毕竟简单，他温柔地说道："吴大马，你确实倒霉。我是衙门里的官差，就随我走一趟吧！"

吴大马暗咒几句，冲另外两人喊道："你俩听见了吗？这卑鄙无耻的衙门走狗！我们揍他个满地找牙！"

两个无赖却慢慢摇了摇头。年纪稍大之人道："别在这里动手，你自己的事情自己解决!"

"见鬼!"吴大马对乔泰道,"咱俩去外面,看看今儿个是你能擒住我,还是我能揍扁你!"

一个在暗巷中闲荡的乞丐见这两人出来拉开架势,吓得立刻跑开了。

吴大马一个拳头直接朝乔泰下巴飞来,乔泰一个灵巧回挡闪避开来,直接一肘撞上吴大马的脸。吴大马又一下蹲,一把抓住了乔泰的腰,他双臂孔武有力。乔泰意识到若是肉搏,这吴大马无疑是个好手。他们身高相似,但吴大马更为壮实,他想利用自身优势把乔泰扔出去。不一会这两人便气喘吁吁。乔泰更擅技巧,成功地逃出那吴大马的熊抱钳制。他后退一步,又一肘准确地撞在那吴大马脸上左眼附近。吴大马晃了晃脑袋,愤怒咆哮着再次欺身前来。

乔泰一直在防着吴大马出阴招,但很显然吴大马并没想那么多。

他虚晃一招,直接朝乔泰胸口飞出一拳,若不是乔泰及时一蹲,在自己胸口抓住了那一拳,这一拳直接就可以放倒乔泰。乔泰假装被击中,跟跟跄跄地往后退。吴大马直接朝乔泰下巴来了一拳,想就此结束战斗。没想到乔泰直接双手抓住了吴大马的拳头,一个下蹲后背,直接把吴大马摔了出去。只听咔嚓一声,那吴大马的肩膀脱臼了,头也砰的一声撞到了石头上,直挺挺地躺在了那里。

乔泰又去了棚子里,要花白胡子老头给他找了根绳子,让他去叫里正带人前来。

乔泰把那吴大马的腿绑了起来。然后就蹲在一旁等里正前来。吴大马是用临时担架给抬到衙门的。乔泰让牢头将吴大马单独关押,又叫来仵作把他弄醒,给他那脱臼的肩膀复位。

一切安排妥当之后,乔泰便到了那办事房,陷入沉思之中。此事尚有一处不明。或许事情并不像自己想的那么简单。

话说那马荣,从翠鸟阁出来之后又回到了衙门。沐浴之后,他换了一身干净精致的长袍才匆匆赶去了道观。

道观前有处竹竿搭建的台子,台子两边两盏大灯笼高高挂着,台下已聚满了形形色色的人。鲍班主不能因儿子过世便取消表演,表演现在已经开始了。他与自己的娘子、女儿三人已穿上了华美的戏装,在两张叠放的桌子前上演着宫廷剧,鲍娘子正伴着刺耳的琴声咿咿呀呀地唱着。

马荣直接走到台子边，花白胡子老头正卖力地拉着二胡，右脚还同时敲打着铜锣。马荣一直等二胡停下又换成木梆时，戳了戳那老头，意味深长地笑着问道："哪儿能见到鲍姑娘？"

老头便用下巴指了指自己身后的梯子，更加卖力地敲着那梆子。

马荣爬上了那临时搭建的棚子里，这棚子与舞台间是直接用竹帘隔开的。棚子里只有一张廉价的梳妆台，上面摆满了胭脂水粉，还有一个矮凳。

帘外观众们的喝彩声表明这一场已经结束。鲍姑娘掀开那脏兮兮的蓝色布帘走了进来。

这出戏中，她扮演的是位公主。身着绿色长袍，周身铜箔装饰，闪闪发光，头戴精致发饰，鲜艳的纸花点缀其中。两绺乌黑发亮的长发从她的鬓边垂下。尽管鲍姑娘脸上有厚厚的妆，马荣依然觉得这姑娘颇为迷人。她飞快地看了马荣一眼，便坐在了那矮凳上。俯身凑到镜前，她一边查看自己画的眉毛，一边无精打采地问道："可有什么消息？"

听她问话，马荣高兴地回道："没什么特别消息。我就是来和你这漂亮姑娘聊一聊！"

她转过头来，轻蔑地看了一眼马荣，道："若你觉得这样便能和我在一起，"她厉声道，"你大错特错！"

马荣被这突如其来的回绝吓了一跳，说道："我想聊聊你的父母。"

"父母？你的意思是我母亲吧？哦，对她来说，你不必找中间人，只要有利可图，她什么都愿意！"

突然她捂着自己的脸便开始哭。马荣上前拍了拍她后背以示安慰："不要伤心！当然你弟弟那事……"

"他不是我弟弟！"她打断马荣，"这日子……这种日子我真是没法过了！我母亲浪荡不堪，我父亲又是溺爱她的蠢货！你知道我刚才扮演的是什么吗？我是公主，父王高贵，母后纯洁！这岂不是个笑话？"她生气地摇摇头，用团纸仔细地擦拭着自己脸上的泪痕。此刻她已冷静许多，她接着又道："你想想，我母亲半年前才领回了那个孩子！告诉父亲说自己八年前犯了点错。那男人一直照看着这孩子，结果后来又不想养了。我父亲又和以前一样退让了，认了这儿子。"她咬住了自己嘴唇。

马荣问道："那你知不知道今日到底是谁换了那宝剑？你父亲在此

地可有宿敌？"

"为何一定是别人故意调换了那宝剑？"她突然叫道，"我父亲也有可能拿错呀，你也知道，那两柄剑看起来几乎一模一样，那两柄剑必须看起来很像，要不然把戏就穿帮了。"

马荣道："你父亲好像确定是别人调换了那剑。"

她突然跺着脚尖叫道："这都是什么日子！我恨透了这日子！老天保佑，我很快就能重新开始了。我最终还是遇见了个好人，愿意给父亲一笔可观的彩礼，纳我为妾！"

"给人做妾可不是什么好事！"

"我又不会一直做妾！他夫人已是病重，大夫说她最多能撑一年左右。"

"是谁如此幸运能得姑娘青睐？"

鲍姑娘犹豫了一会，道："因为你是衙门的官爷，我才告诉你。要暂时保密，好吗？就是米商劳掌柜。他最近生意不好，他凑足了钱才会跟父亲提及这事。劳掌柜比我年长，当然，他思想也很古板，但我跟你说我受够了那些毛头小子，他们只想跟你睡一次，下次就会去找别人！"

"你是怎么认识那劳掌柜的？"

"我们来濮阳的第一天就遇见他了。这院子就是他帮父亲租的。他立刻就喜欢上了我，他……"

鲍姑娘的声音淹没在外面观众震耳欲聋的掌声中。她跳起来，把头饰摆正，忙道："我要上台了，回见！"说完便闪身出了棚子，消失在门帘之后。

待马荣回到衙门，就发现乔泰自己一个人坐在办事房。乔泰抬起头来道："老弟，我们的案子看来结了！我把那嫌犯抓进牢房了。"

"好！"马荣扯来一把椅子，先听了听乔泰讲述他的一番经历，又把自己与那鲍姑娘的对话讲了一番，"结合我们所知，似乎是鲍姑娘与忠实的劳掌柜、吴大马都有些牵扯，我猜，这两人彼此并不知情。你这忧心忡忡又是为何？"

乔泰慢慢道："适才忘了告诉你，吴大马不想老老实实地跟我回衙门，我不得不动了手，可那家伙一点歪心思没有，打斗过程中没动一点手脚。我能想象得出吴大马发现那孩子在偷看他和鲍姑娘约会时，出于暴怒一把扭断那孩子脖子，但调换宝剑这种肮脏手段……不，我跟你说，这不像他的行事作风。"

马荣耸耸肩道："有些人性格多变,并不是一成不变的,要不我们现在就去看看那混蛋吧。"

他们起身便去了公堂后的牢房。乔泰要衙役去喊来书记员,一来作为人证,二来也做个审讯笔录。

吴大马正在黑漆漆的牢房里坐着,手脚都被墙上的铁链锁住了。乔泰举起蜡烛来,吴大马抬头一看,没好气地说:

"我不得不承认,狗东西,你最后那招确实漂亮!"

"没什么!讲讲你那次未成功的抢劫吧!"

"我就不明白了,你能对我拳打脚踢,我就不能?我只不过敲晕了一个车夫,碰都没碰那米袋。"

马荣好奇问道："若事成,两车米你又该如何处置?不经过行会,你也没法卖掉那么多米啊。"

吴大马咧嘴一笑道："卖什么呀!我会把那些米全扔河里!"见这二人一脸惊讶,他继续道,"要知道,那些全都是些霉掉的米,卖这米的人就是想让人来偷抢,如此米市行会才会补给好米。结果我没抢成,米便按时送达了。收货人一看米竟是霉坏的,那卖主只能退钱。真是屋漏偏逢连夜雨,但我觉得自己毕竟麻烦一趟,卖主怎么也欠我块银元。结果我跟他说这事时,他竟不给!"

乔泰问："谁啊?"

"你们濮阳的米商,劳掌柜。"

乔泰面色复杂地看了马荣一眼。马荣便问道："你是怎么认识劳掌柜的?你是从武邑县过来的,对吧?"

"他和我是老相识了!我俩认识很多年了。他常去武邑,劳掌柜很是圆滑,总是耍点小聪明。那混蛋在武邑还有个外室,那女人的一个朋友以前经常和我一起耍闹,我和那劳掌柜也是这么认识的。有些人品味可真奇怪。我那女人虽说有些魁梧,但劳掌柜的女人却是个年纪大的,我女人告诉我说她还给他生了个儿子。或许八年前那女人看起来还不错。谁知道呢!"

"说到女人,"马荣又问,"你是怎么认识那鲍姑娘的?"

"简单! 他们来这表演的第一天晚上,我便看上她了。那天晚上,还有第二天晚上,我都想和她熟悉一下,但没成!昨晚我等劳掌柜送银子来,也无事可干,便又试了试,表演结束时已经很晚了,她看起来很累,暴躁不安的样子。不管怎么样,我还是问了问她,她答应道:'好啊,你最好能行,这可是我最后一次放纵了!'我们便溜进那院子角落里的一处空棚子,我们刚开始亲热,那小子就来了,找他姐姐,我让他滚蛋,他便走了。"

乔泰道:"我见你与那劳掌柜在街上争执之时,正好就站在那剑架旁边。你可曾见有人调换那宝剑?"

吴大马皱了皱眉头,摇头回道:"我一边要应付劳掌柜那个混蛋,一边还要看两个女人。那小子开始翻跟头时,鲍姑娘就站在我右手边。我本来可以从后面掐她一把。但看她那么冷淡,她走过来把竹筐挪开时,我便摸了她母亲一下,她一脸不悦地看了我一眼,劳掌柜此时想要溜,我拽他袖子时他还差点被那竹筐绊倒。任何人都可能把两柄宝剑调换过来。"

马荣冷冷说道:"你也能!"

吴大马此时气得要跳起来,无奈他双手双脚被铁链锁住,只听见铁链一阵哗啦作响。他痛得大喊一声往后倒去。"这才是你们想要的,混蛋!"他喊道,"把谋杀罪名往我头上栽赃,啊?那种肮脏手段……"他看了眼乔泰大叫道:"官爷,你不能这样!我发誓我吴大马从没杀过人!最多把人敲晕!更别说弄死那么一个孩子……"

马荣粗暴地打断他道:"你最好想清楚!衙门里有的是手段让你口吐真言!"

吴大马吼道:"滚!"

马荣与乔泰回到办事房,坐在靠墙的大桌子旁。书记员坐在他们对面,靠近烛台位置。见书记员从抽屉里拿出几张纸,蘸了蘸毛笔开始写审讯记录,那二人皆是愁眉苦脸。过了一会儿马荣说道:"嗯,我也认为不是吴大马调换的宝剑。那混蛋只做了一件事,就是彻底把这案子弄乱了。"

乔泰也深感不快地点点头。"劳掌柜看着一本正经,却是个骗子又是个色鬼。先在武邑养了外室,如今又要诳那鲍姑娘。姑娘虽然不够检点,但确实是个美人。劳掌柜虽然没有任何理由去杀了那男孩或者陷害鲍班主,但我们还是得把他抓来。大人肯定想听听他和吴大马对质一番。"

"今晚不妨让捕头把鲍家三口和奏乐的老头一并请到这衙门吧。大人审案前所有与此案相关人等便一应齐全了。明早这公堂之上,大人便可以直接审结此案了。"

"这主意甚好!"

马荣安排好一切再回来时,书记员已写完了审讯记录,他大声读了一遍,马荣与乔泰并无异议。乔泰道:"老伯,既然你已经动笔了,不妨将我二人的报告也写一下吧!"

书记员顺从地又拿出一叠新纸张来。马荣往后靠在椅背上,把额前的帽子挪了挪,开始陈述整个案情经过,就从他与乔泰在翠鸟阁窗口亲眼目睹了谋杀案开始说起。接着乔泰又陈述了自己如何拘捕了那吴大马。这报告可不容易,因为他们都知道狄公不喜繁冗之词,但又不能遗漏任何细节。待他们最终整理好这一切,人人都出了一头汗。

话说狄公回来之时已近午夜,他见到这三人时,风尘仆仆,一脸倦容又甚是烦恼。三人急急起身,狄公忙问道:"怎么回事?我一下轿,便听捕头道你们拘捕了两个谋杀案嫌犯,还召来四个目击证人!"

"回禀大人,"马荣有些胆怯,"这谋杀实在卑鄙,死者是个孩子。我和乔泰稍作了一番调查,这是我们的报告文书。事情是这样的……"

狄公毫不客气地打断他道:"带着报告文书,都到我书房来!"

他令书记员带上一大壶热茶,随即便和两个随从走了出去。

狄公在自己书案后椅子里坐定之后便道:"武邑之事已解决。潘大人办事高效,很好相处。洪师爷和陶干会在那里多待一天以便处理些细枝末节之事。"狄公喝了口热茶,靠在椅背上开始翻看那报告文书。

马荣与乔泰在桌前凳子上坐得笔直。这两人口干舌燥,却毫不在意。他们只是注意着狄公的脸色,满心焦急地等着狄公的反应。

开始之时,狄公两道浓眉紧锁,渐渐地脸上便放松了下来。读到报告文书最后一页,他又重读了几段,让马荣与乔泰一字不差地复述了几句对话。然后便把文书报告扔在了书案之上。他坐好,笑逐颜开道:"真是可喜可贺啊,你二人此次做得很好。不但将这衙门例行公事办得井井有条,也证明了你们独自破案的能力。拘捕那二人合情合理。"

马荣和乔泰不由咧嘴笑了开来。马荣赶紧给自己和乔泰各倒了一杯茶。

狄公继续道:"现在我们来看看该怎么办。首先,此案立为谋杀,事实证据不足。鲍班主每日匆匆忙忙,杂耍表演之后还要赶往道观表演戏剧。况且那时天色已晚。因此极有可能是鲍班主误放错拿了宝剑。这真假宝剑的把戏确实是他提议的，他难逃疏忽之罪，恐怕江湖卖艺的班子都极怕官府追究才谎称是谋杀？"狄公此处顿了顿，捋着自己的胡子又道，"另外，你们所查之事表明这一干人等都有可能蓄意调换了那宝剑，包括鲍班主。"

马荣惊叫道："鲍班主为何要杀了那孩子？"

"借此报复他那不忠不贞的娘子与她的奸夫，也就是米商劳掌柜。"狄公举手示意他两个已经目瞪口呆的随从安静，他继续道："你们没有想过那孩子就是劳掌柜在武邑的外室所生，也就是鲍娘子的私生子，是吧？劳掌柜爱看戏，我猜他是在武邑遇见了鲍家娘子。他们孩子出生之后便被托付给武邑一户人家，由一位老妇人照看着。八年之后鲍家娘子要领回孩子，她便不得不对自己夫君坦白自己的不忠不贞。鲍姑娘曾说自己的父亲平静地接受了事实，但鲍班主的冷淡不在乎也可能只是伪装。今日，鲍班主见劳掌柜就站在剑架旁边，便想到这是一次绝妙机会，一次性又能报复自己不忠不贞的娘子，摆脱那私生子，还能让劳掌柜背负上谋杀之罪，我们官府也会立案审他。"

马荣与乔泰又想说话，但狄公又示意他们安静，他继续道："劳掌柜也是有机会的，他了解如何利用这道具，动机也不止一处。首先是勒索，鲍家班子来到濮阳，劳掌柜主动帮忙，或许是想与那鲍娘子重修于好。但鲍班主夫妇俩想敲诈劳掌柜一笔，那孩子就是劳掌柜在武邑与那鲍娘子通奸活生生的证明。调换那宝剑之后，劳掌柜不但可以毁灭证据，还可以以此威胁鲍班主闭口不言，说鲍班主是出于嫉妒杀了自家娘子的私生子。

"鲍娘子也有可能。鲍姑娘跟马荣提过她母亲实际上就是个荡妇，这种女人的性情不定，难以常理判断。鲍娘子意识到她的老相好劳掌柜竟看上了自己女儿。她也有可能杀了他儿子以此报复，但我们也不能太相信那鲍姑娘所言，她似乎也很荒唐，称自己母亲妓女，称自己父亲蠢货，而她自己打算做那劳掌柜小妾的前一晚上还和一无赖厮混。而且，我们必须弄明白鲍姑娘是否知道劳掌柜和自己母亲以往之事。"狄公顿了一顿，带着疑问的眼神看着他那两个随从道，"提醒你们，我只是在思忖这所有可能性。在了解涉案人等的感情关系之前，推测再多也是无用的。"

狄公再一次拿起文书报告又翻看了一遍，四处研究了一番。放下那文书报告之后，狄公沉思道："我们须谨记这些江湖卖艺之人的两面性。在台上他们扮演的是往日朝廷举足轻重的大人物，台下他们贫困潦倒，四处漂泊，勉强糊口度日。这双重生活会让人性格奇特扭曲。"

狄公沉默下来。他轻啜一口茶，慢慢地抚着自己的腮须，陷入沉思之中。

乔泰问道："大人觉得吴大马是清白无辜之人吗？"

"不，至少目前他尚有嫌疑。吴大马给你二人留下的印象确实不错，据我了解你二人对其判断也完全无误。但，这种地痞无赖性格中有些奇特之处。吴大马强调自己与鲍姑娘好事未成是鲍姑娘之错，他也提及那男孩曾有打扰，但也可能是他自己不行，于是便偏执地对那孩子心怀忌恨。吴大马在狱中与审讯自己的两位官爷长篇大论地细数自己的风流韵事，我觉得这着实荒诞。他如此执着于此事，不吐不快的感觉，这便让人心生疑窦。既然吴大马与那打鼓的老头有所交流，他便有机会了解那真假宝剑之事。当然，吴大马如此宣扬自己的风流韵事也可能只是单纯地要炫耀一番。"狄公起身继续道，"我现在就要见此案的相关人等，书房太小，告诉捕头把一干人等全部带到花厅。再让书记员带上两个随从，记录下整个问询过程。你们二人去安排，我速去沐浴更衣一番。"

此时宽敞的花厅里灯火通明，墙上所有蜡烛都点着了，桌子中央银烛台上还燃着两支高烛。鲍班主一家和老鼓手就坐在桌前的椅子上，左侧是被两名衙役押解到场的吴大马，右侧同样是被两名衙役看管着的劳掌柜，书记员和那两个随从坐在另一张小桌子旁。江湖卖艺的和两囚犯彼此故意视而不见，都只盯着前面，整个花厅死寂一片。

突然，捕头把那双重大门推开，狄公步入大厅，马荣与乔泰紧随其后。狄公身着一件素净暗灰色长袍，头戴一顶小黑帽。他走向桌子，在雕花黑檀木椅子上坐下。众人皆深鞠一躬。马荣与乔泰二人伴其左右。

狄公先打量了那两个囚犯一番，吴大马面有愠色，郁闷不乐，而劳掌柜一副古板正经却又局促不安的样子。他觉得自己两个随从对这二人描述得十分贴切，他又打量着那鲍班主一家，他们看起来脸色苍白，倦怠无力，想到这一日对他们来说既漫长又沉重，狄公原本打算利用他们的感情诈他们一番，此刻却有些良心不忍。他叹了口气，清了清喉咙，缓缓道来:"在审讯犯人之前,本官先要理清在场各位与那孩子的关系。"狄公盯着那鲍家娘子继续道:"鲍家娘子,据我所知,那孩子是你的私生子,对吗?"

"回大人,是。"鲍家娘子回道,声音听起来疲惫无力。

"你为何八年后才把孩子接到身边?"

"民妇不敢与夫君说实话,况且孩子的生父曾承诺要照顾他。我曾一度以为自己遇着良人,曾为他离家一年多。孩子生父提及自己夫人已病入膏肓,时日不多,待他夫人离世便立刻娶我续弦。后来我才发现他有多么卑鄙无耻,便与他一刀两断,我们再也没有见过。半年前,我们在京城演出时偶然又碰见了,他想再续前缘而我不愿如此,他便说如此便不再抚养那孩子了。我不得已只能和夫君道明原委。"鲍家娘子深情地看了自己身边夫君一眼,继续道,"我夫君胸宽似海,并未因此事苛责于我。他说那孩子正好可以加入我们这卖艺班子,他要教其技艺,让他成为出色的艺人。事实确实如此!大人,众人皆视我们这江湖卖艺的为下品,我与夫君二人却对此甚是爱好,他把那孩子视若己出,十分疼爱,他……"

鲍娘子咬住了自己颤抖的双唇。停息片刻,狄公又问:"你告诉自己夫君那孩子生父是谁了吗?"

"回大人,没有。虽然那孩子生父欺骗了我,但我也没想过要害他名声扫地。现在也不想这么做。我夫君也从未问过我此事。"

狄公道:"我明白了。"这鲍家娘子所言倒是千真万确。现在狄公已经知道是谁谋杀了那孩子,也知道了这杀人动机所在。恰如马荣一开始所想,杀人灭口就是为了让这孩子闭口不言,但后来马荣与乔泰却未能进一步依此探清事实。狄公捋着胡子,心中一片悲凉,他想即便自己知道是何人调换了那宝剑,但仍无确凿证据。若不趁热打铁,这凶犯永无落网之日。在凶犯全部明白鲍家娘子所言之前,狄公必须让凶犯自己当堂认罪。他匆忙对捕头道:"把劳掌柜带上前来!"

劳掌柜被带至桌前,狄公疾言厉色道:"劳掌柜,在这濮阳,你道貌岸然,名声在外,是个憨厚实诚的米商。本官却知道你在武邑的所作所为,你欺骗自己的行会,还养了个外室。吴大马已经招了很多细节。仔细回答本官问题!说!你是否承认八年前自己与那鲍家娘子有一段风流韵事？"

劳掌柜声音颤抖道："回大人，是。求大人……"

厅里突然传来一声惊呼。那鲍姑娘从自己椅子上站起身来，双拳紧握，两眼怒睁，气急败坏地盯着劳掌柜。劳掌柜不由后退一步，嘀咕着什么。鲍姑娘突然尖叫道："天杀的你这卑鄙小人！老天爷，我竟信了你的鬼话！当年骗我母亲，如今又来骗我！该死的我有眼无珠，竟轻信于你，还怕那小子把我和吴大马鬼混之事告知于你，便调换了宝剑！我要杀了你，你……"

她朝着畏畏缩缩的劳掌柜就冲了过去，伸手便要挠他，衙役赶紧上前把她胳膊扭住。狄公深深叹了口气，衙役们便把鲍姑娘带了下去，她一路尖叫打闹，犹如一只野猫。

鲍家夫妇难以置信地看着自己的女儿，鲍家娘子突然恸哭起来。

狄公用手指敲了敲桌子道："明日公堂之上本官会听取鲍姑娘的全部供词。至于你，劳掌柜，本官自会彻底调查你所犯之事，你会在牢里待很久，我对你这种人十分不喜。吴大马，本官判你去塞北军营先服一年苦役，这是你的机会，证明自己并非一无是处，或许还能正式入伍。"狄公转向捕头道，"将这二人打入大牢！"

狄公静静地看着鲍家夫妇二人好一会儿，那鲍家娘子已不再哭泣，呆呆地坐在那里，双目低垂，鲍班主看着自家娘子，一脸担忧，他那善于扮演各种表情的脸上皱纹更深了。狄公温和地对他们二人道："你们的女儿无法忍受如今这飘荡无依的生活，所以性子完全扭曲了，本官必须判她死刑。你们二人几日之内儿女双亡，但再苦再难，伤口都会随着时间愈合。你们二人年纪尚轻，彼此相爱，又爱这江湖技艺，这便是你们永久的支撑之力。尽管现在你们前路漆黑一片，还须牢记守得云开见月明。"

鲍家夫妇二人起身辞别，深鞠一躬后便退下堂去。

四 红阁案

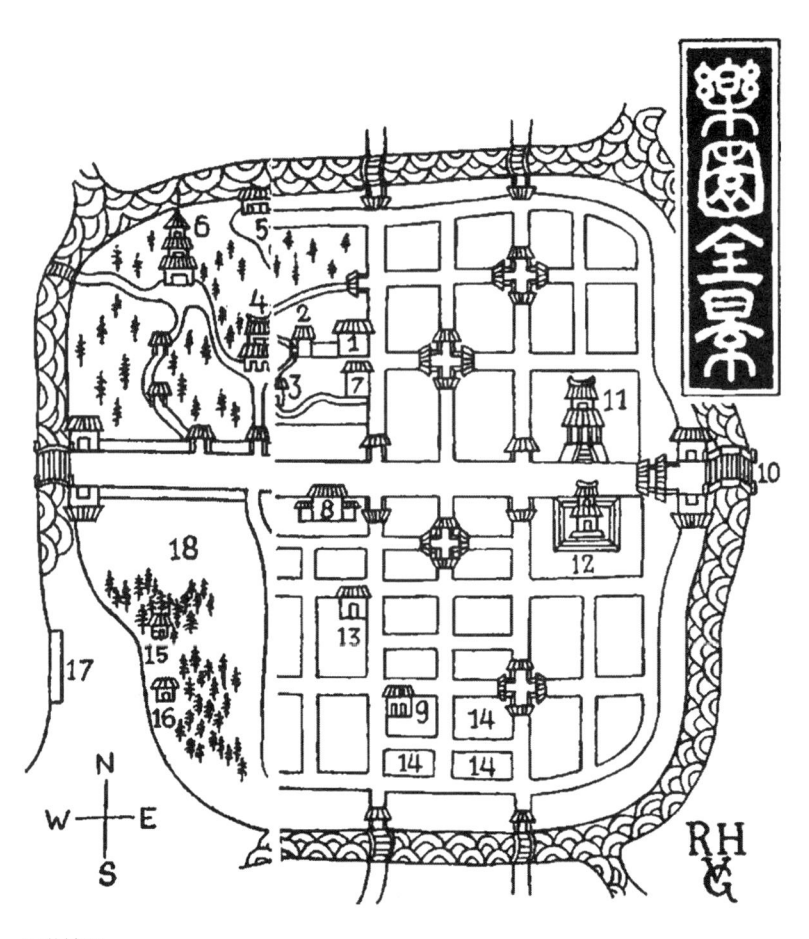

乐苑地图

1. 永乐客栈
2. 红阁
3. 花魁娘子阁楼
4. 园林
5. 汤池
6. 道观
7. 贾玉波的客栈
8. 最大的赌坊
9. 白鹤楼
10. 易魂桥
11. 财神庙
12. 冯府
13. 文渊的古玩店
14. 艺舍
15. 凌娘子茅屋
16. 大蟹家
17. 码头
18. 荒地

狄公，中国古代神探，蓄有长须，他从京城返回濮阳途中，经过乐苑，他的同僚罗大人请求他帮忙了结一桩自杀案子。罗大人称此案为"小事一桩"，自己则从乐苑抽身落荒而逃。这乐苑乃是赌博盛行、青楼林立、灯红酒绿的一处逍遥之地。狄公发现情况混乱，一下子卷入了一位美貌妓女的淫乱生活之中，不仅要处理强奸案与谋杀案，竟还扯出了一桩三十年前的案子。

红阁是历年乐苑花魁娘子与心仪之人的幽会之地，此处连续发生了三起案件，其中就包括一起密室谋杀案。狄公处理这三起案子之时，随从马荣跟在身边，沉迷于酒色的马荣在这乐苑又历经了一番惊险。

第一章　投宿

"客官，鬼节前后可是当夏小店忙季，"客栈胖掌柜的再三致歉道，"对不住了。"

只见柜前来者个高蓄须，虽远道而来，却着深色素袍，黑色高帽，官级不显分毫，然其威严气势处处透出其高官身份，实乃一只待宰的肥羊。这掌柜心中颇感遗憾。

蓄须者沉沉面色上掠过一丝焦灼。他边拭额前汗水，边对其随行壮汉道："竟忘了这鬼节！路边祭祖道坛早已有所提示。唉，此店已是我等寻觅的第三处落脚之地。罢了，今夜何时能赶到青华县？"

随从耸耸自己宽厚肩膀道："这可难说，小人不甚了解青华北处，这连夜赶路也甚有不便。我等还须过三两处水道。若有幸赶上渡船，午夜时分方可抵达。"

此刻柜台处一剪烛老仆瞥了眼掌柜，立刻会意高声道："何不让客官入住红阁？"

但掌柜的却抚着其圆硕下巴，犹疑不决道："那倒是个好去处。红阁面西，通夏凉爽。奈何此处尚未通风，况且……"

"既有空房，我且住下！"掌柜的尚未说完，蓄须者就连忙说道。"我等一早就奔波在路上。"他立刻对随从道,"把行李取来,马给马夫!"

"欢迎入住小店,"掌柜继续道,"小人得提前道明……"

"多些银两也无妨!"那人再次打断掌柜之言,"开房!"

掌柜的便翻开那厚重账簿至七月二十八日这页,递上前去。蓄须者则润笔写道:"濮阳县令狄仁杰,从京返职途中,随从马荣。"笔锋刚劲有力。归还账簿之时,狄公落眼处便见这客栈之名"永乐"二字跃然封皮之上。

掌柜的见这客官是邻县县令大人,随即便谄媚道:"小人不知是邻县贵客驾临,鄙店蓬荜生辉!"望着狄公远去的背影,他却忧心忡忡,不由摇头喃喃道:"这可糟了!这人好管闲事,远近闻名,可万万不要觉察……"

这边狄公已随老仆穿过花厅,进得庭院。庭院周边两层小楼耸立,四处灯影幢幢,窗后高谈嬉笑声不绝于耳。"今儿个满客,间间有客!"这老仆边咕哝着边引着狄公一路穿过庭院后高门。

他们现在身处这客栈的后花园,花园美景令人陶醉。月光之下,此处花草错落有致,鱼池水静无波。虽说是户外,但这天气又闷又热,狄公只好以其长袖拭汗。他右边远处传来阵阵杂音,吟诗唱对、嬉笑打闹还有丝竹之声不绝于耳。

"此地不同别处,向来开场早。"那老仆道。

"这乐苑只有早上听不到丝竹之声呢!"老仆颇为骄傲道,"乐苑所有乐坊都是临近午时才开门迎客,那午饭便会晚一些与下午饭合作一处,晚饭会再晚一些与宵夜合作一处,所有乐坊都会供应次日早饭。这乐苑实乃是一妙处,妙不可言!"

狄公道:"但愿我房内听不见这些嘈杂之音。马背上奔波一日实在疲累,明日还得继续赶路,我想早些歇息。我房间应是安静的吧?"

"当然,那房间是相当安静!"花白胡子老仆喃喃道。他往前快走几步,引着狄公步入一条走廊。走廊又长又暗,其尽头便是一扇高门。

老仆举起灯笼,光亮处只见那门板上雕花繁复,竟是用金漆装饰,贵不可言。老仆推开厚重的大门道:"这红阁坐落于客栈后院,正好可以欣赏花园美景,很是安静。"

他引着狄公步入一间不大的外厅,这外厅两侧各有一门。老仆掀起右侧那门的门帘，他们便走进了一个宽敞许多的房间。老仆直接走到桌前，点燃了桌上两支银座蜡烛，又将那后墙上的窗户与门打开。

狄公觉得这房间内霉味甚重，但看起来舒适无比。桌椅皆是雕花檀香木制，自然成色经后期打磨后甚是光彩夺目。房间右侧靠墙软榻也是檀香木制，梳妆台等一应物品皆是古董上品。墙上几幅花鸟图画功不俗，皆是佳作。这房间后门是一处开阔露台，露台被竹架高处垂下的紫藤藤蔓遮挡得严严实实。露台尽头往下望去，便是郁郁葱葱的灌木丛，前方便是一大片园林，高高的树上挂着各色彩灯，美不胜收。再远处，可见一幢二层小楼半掩在绿林之中。偶尔会有一两声乐声飘来，此处着实恬静宜人。老仆道："这里是花厅，大人。卧房在另一边。"

他便引着狄公又回到外厅，用一把做工繁杂的钥匙打开了左侧那扇门。

狄公问道："这室内为何要费心上锁，实属罕见，难不成这里还有贼人出没？"

那老仆笑笑，言语闪烁道："这客官们都喜欢……喜欢独处，大人！"他轻笑一声继续道，"这锁以前坏了，刚换了一把一模一样的，里外都能打开。"

进去之后发现这卧房果然也是奢华精致。卧房左侧是一张穹顶大床，床前桌椅齐全，对面角落处是洗漱架与梳妆台，所有家具皆为红漆雕花，光彩夺目。床上垂帘也是红色重工刺绣，地上还铺着厚重的红色地毯。这卧房只有后墙上一扇窗户，遮板打开后，狄公便能透过铁栅栏见到这客栈的后花园。

"我猜正是卧房这红色装扮，此处才被称为红阁？"

"正是如此，大人。此处已有八十年历史，自客栈建立之初便有这红阁了。小人这就命人送茶来，不知大人晚餐是要在外堂吃吗？"

"不了，把饭菜送过来吧。"

狄公与老仆二人又回到了花厅，马荣此时也将两大件行李送了进来。老仆脚着毡鞋，悄无声息地退了出去。马荣打开行李包，开始整理狄公的外袍。马荣脸宽肉厚，皮肤光滑，只留了一小撮胡须。他曾是一名绿林好汉，多年前洗心革面跟了狄公。此人身手矫捷，武艺超群，在缉捕亡命之徒还有执行危险任务之时，狄公对他颇为倚仗。

狄公道："你今晚可以在此歇息，不过一夜而已，不必再去寻找落脚之处，省去你许多麻烦。"

马荣轻快回道："不麻烦，我会找到过夜的好地方的！"

"可别把钱全用在了酒色逍遥上就好！"狄公冷冷道，"这乐苑可是个销金窟，耍钱赌博，花街柳巷，一片繁盛。"

马荣咧嘴一笑道："这可骗不着我，但此处究竟为何称为乐苑呢？"

"当然是因为此地四处环水，独成一派。继续说正事！马荣，你记得我们刚到此处见过的那石拱桥的名字吗？此桥名为易魂桥，因为凡是过了此桥到这乐苑之人都会因这乐苑繁华易了心性，变成浪荡鲁莽之人！你手里有钱，你京城的伯父临终不是传给你两锭金子吗？"

"的确如此。但是大人，我绝不会碰那金子，那两锭金子是留作我自己晚年在老家购置一宅院和一小船用的。我另有两块碎银子可以出去碰碰运气。"

"那明日早饭前到此处见我吧。若起身早些，四个时辰左右我们便可以穿过青华北区，午时便可抵达青华城了。我须得拜访一下我那同僚罗大人，总不能路过青华县却不跟他打个招呼，然后我们才能继续赶回濮阳。"

马荣鞠躬向狄公道了晚安。此时恰好侍女托着盘子送来热茶，马荣见侍女漂亮迷人，离开之时还朝她眨了眨眼。

狄公对那侍女道："把茶送到露台上吧，晚饭准备好之后也送来。"

待侍女离开之后，狄公步上露台。露台上有把竹椅，有张小桌，狄公个高，坐下之后，只能伸开僵硬的双腿。他轻啜着热茶，想起这半月来京城之事一切顺遂，颇为惬意。此次进京是受刑部之命，去详细说明自己年前所破的那起濮阳寺庙之案。如今自己要赶回濮阳任上，无奈洪水肆虐，他不得不改道青华，也不过耽搁了一日而已。尽管这纸醉金迷的乐苑让狄公心生厌恶，但自己能寻得这么一上等客栈里的一处安静之地也实属有幸。现下狄公只想简单沐浴一番，吃点晚餐便好生歇息去。

狄公正欲靠回椅背上，突然僵在那里，觉得有人在偷窥自己。他迅速转身看回花厅，可花厅里并无他人。他起身走到那卧房窗前，往里一瞧，卧房里也并无他人。他又走到露台栏杆边，仔细查看了周边浓密的灌木丛，目光所及，依然没有任何可疑之处，只是闻到一股腐臭的叶子味，令人甚为不快。狄公只得又坐了下来，心想刚才一定是自己出现了幻觉。

狄公把椅子挪近栏杆处，远眺那处园林，层层绿叶间透出的七彩花灯令人心旷神怡。但经过刚才一番折腾，狄公再也没了适才那般舒适惬意的心境。天气炎热，连这空气流动似乎都止住了，令人越来越难以忍受，空荡荡的园林也似乎是不怀好意的样子。

忽然，右侧紫藤间窸窣作响，狄公惊得猛地回头看去，有一女子站在露台尽头，身形在紫藤花间半隐半现，狄公如释重负，回过头来继续看那园林道："你把晚膳放在这小桌上吧。"

狄公之言无人应答，却引来轻笑几声。狄公甚感奇怪，便又回头看去，原来那女子不是送膳来的侍女，而是一位身材高挑、黑发乌亮松散、身着长薄白纱裙之人。狄公抱歉道："对不住，我本以为是侍女送膳来了。"

"说实话，这失误倒算不得是恭维之词。"女子声音悦耳动听，她从紫藤后现身，俯身进了露台之中。狄公这才发觉那女子身后栏杆处竟有一扇小门，门外是一段楼梯，通向这客栈旁边的一条小路。待女子走近，狄公发觉此女子生得极美，艳光四射。她那鹅蛋脸上鼻梁高挺，一双大眼睛含情脉脉，最为迷人；她身上的湿软白纱将她白皙滑嫩的肌肤与凹凸有致的曲线完美勾勒出来，令人一览无遗，心神荡漾。她拎着自己的洗漱盒子，走上前来倚在栏杆处，毫不客气地打量着狄公。

狄公心生不悦道："你这是私闯民宅，知不知道！"

"民宅？这乐苑就没有本姑娘不能去的地方！"

"你到底是何人？"

"本姑娘便是这乐苑的花魁。"

"哦……"狄公慢慢道，他抚着自己的胡子，心想这可着实尴尬。他知道某些繁华之地，每年都会组织选出一位样貌出挑、才情出众之人为花魁娘子。这花魁娘子在名流之中地位颇受推崇，她是时尚潮流的引领者，是花柳之地的风向标。他得想方设法在不得罪人的情况下摆脱这位着装清凉的花魁娘子。于是狄公便有礼问道："这是哪阵风把花魁娘子吹到我这边来的？"

"偶然罢了。本姑娘刚从乐苑那头沐浴完要回自己住处，我住处就在那左边松林后。我以为这里没有住人呢，便想抄个近路。"

狄公目光一凛道："想必姑娘已是偷看我许久了吧。"

"本姑娘可没那个习惯去偷看别人，都是别人偷看我。"她洋洋得意道，然而她看起来又有些忧心。她迅速瞥了一眼那大门四敞的卧房，皱着眉头问道："真是荒谬好笑，你如何得知我在偷看你呢？"

"感觉而已。"

她紧了紧身上的长袍，那白纱下的柔软胴体清晰可见。

"真是怪了，我到这里来时也有这种感觉。"她顿了顿，抱紧了自己，又打趣道，"倒也无妨，本姑娘已经习惯被人偷看了！"

她笑起来声音清脆悦耳，突然她停了下来，面色苍白。狄公也迅速回头，他也听到姑娘笑时有其他的诡异笑声掺杂其中，那声音似乎是来自卧房窗后。

花魁娘子咽了口唾沫紧张问道："谁在那红阁里？"

"没人啊。"

花魁娘子急急左右扫看一番，又转过身凝视着园林里的两层小楼。此时乐声已停，掌声雷动，笑声不断。狄公故作轻松打破尴尬道："那儿的人听起来玩得挺开心。"

"那是乐苑的酒楼。楼下供应各种美食，楼上……楼上各种乐趣都有。"

"原来如此。能够得见乐苑的花魁娘子真是三生有幸。很是抱歉，我今晚很忙，明日一早还要继续赶路，无法与你再见了。"

可花魁娘子丝毫没有离去之意，她把自己的洗漱盒子放到地上，把胳膊叠在脑后，身子往后倚在栏杆上。如此一来，她那细软的腰肢和圆润的大腿都暴露无遗，狄公不可避免地注意到她全身上下都脱了毛，干干净净，所有妓女都是这样的。狄公迅速看往他处，那花魁娘子却平静道来："你如今看得也够多了，是吧？"见狄公如此窘迫，她倒是沾沾自喜了一番，放下自己胳膊，继续道，"我现在不急，今晚有场宴会，有人会来接我，那人心仪于我，可以多等会。说说你吧，你看起来严肃拘谨的样子，又留着长须，莫不是一方父母官或者相似之人？"

"不，不，我只是一地方小吏。无法与你那些倾慕之人相提并论！"狄公起身，继续道，"我现在得出趟门。姑娘也定是急着回家梳妆打扮吧，不敢耽搁姑娘太久。"

花魁娘子不由得轻蔑一笑，红唇轻启道："不必惺惺作态了！刚才你不是也看了吗，装模作样，我就不信你毫无想法！"

狄公生硬地回道："像我这般微不足道的人物，岂敢放肆冒犯姑娘。"

那花魁娘子眉头紧锁，言语间便刻薄起来。

"确实是放肆冒犯了，"她言辞犀利道，"起初我觉得你这人有闲情逸致，现在倒更了解些，毕竟我对你毫无兴趣。"

"你倒是让人心烦！"

只见花魁娘子脸上无光，气得双颊涨得通红。她不再倚着栏杆，捡起地上自己的洗漱盒子，怒气冲冲道："你一地方小吏竟敢轻侮于我！须知三日前还有个京城来的秀才因为倾慕于我而自杀了呢！"

"你竟毫无悲伤之意！"

"若我为那些傻子哀痛忧伤，那我余生岂不是要日日如此！"花魁娘子口出恶言道。

"莫要轻谈生死之事，"狄公提醒那花魁娘子道，"这中元鬼节还未完呢！阴曹地府之门尚未关上，这游魂野鬼到处都是。"

乐苑里的丝竹之声又停了下来。狄公和那花魁娘子又听见了诡异的笑声，这一次那笑声倒是柔和了许多。那笑声似乎是从露台下方的灌木丛中传出来的，花魁娘子面容突变，大叫道："真是受够了这鬼地方！老天有眼，我不久就要离开这儿了。有人要为我赎身，我要做官家夫人了。此事你看如何？"

"真是可喜可贺。"

花魁娘子轻轻一躬身，算是回礼，明显怒气消减许多。转身离开之时，她道："那人确实有幸得了我这么一人。我会把他家里的妻妾全都赶出门去！我可是习惯了专宠！"

说罢便扭腰摆臀，走到露台另一端，拨开紫藤花蔓便消失了。显然那儿就是下露台的另一处台阶。花魁娘子人虽走了，香气犹在。

突然这香味变成了一股腐臭的味道，令人作呕，这气味正是从露台下灌木丛中传来的。狄公越过栏杆望去，大吃一惊，连退几步。

灌木丛中站着一个身着破烂的脏乞丐，因为患病，瘦骨嶙峋，形若鬼怪。他面部肿胀，左脸一片脓疮，唯一的右眼盯着狄公，恶毒瘆人；破烂衣裳下露出一只畸形的手，手指还少了几截。

这些可怜人只能靠乞讨为生。狄公忙从袖袋里摸出一把铜钱，但这乞丐却是冷笑一下，不屑一顾，口中嘟嘟囔囔，转身便消失在那树丛之间。

第二章 托付

话说狄公不由一阵战栗,把手中铜钱又放回袖袋。须臾之间,一位美若天仙的花魁娘子,一个丑如恶鬼的凄惨乞丐同时出现在这里,着实令人心惊。

"大人,好消息!"狄公背后响起马荣的声音。

狄公笑着转过身来,那马荣兴高采烈道:"罗大人就在这乐苑呢!离这里三条街,我看见一群衙役守着一大轿,貌似官家的,便上前问是哪位大人的坐轿,结果是罗大人的!他在这乐苑逗留好几天了,今晚便要打道回府,我便赶紧回来通知大人了。"

"如此甚好!我这就去拜访他,也省了再走一趟青华城。如此我们便能早一日回到濮阳。马荣,快点,我们得赶在他离开乐苑之前见到他!"

这二人便匆匆忙忙离开红阁,赶往客栈前门。

客栈前街上人来人往,街道两边酒楼、赌场应有尽有,一片灯红酒绿。马荣边走边四处张望,周边露台上总有几个妙龄女子,衣饰华丽,三三两两,或倚栏闲谈,或轻摇罗扇。天气确实闷热,湿热难耐,令人窒息。

下一条街上便清静许多,不多时便只能见到些停业的房子,个个门前挂着一灯笼。灯笼上几个小字并不显眼,有写着"欢乐园",还有写着"雅香居"等,无一不是幽会之所。

狄公匆匆转过街角。在一处豪宅前,几个强壮的轿夫正要起轿,周边一群衙役待命出发。马荣忙对那捕头道:"濮阳县令狄大人到访,通报你家大人!"

捕头立刻令轿夫放下轿子,掀开轿帘对轿中人低语几句。

罗大人壮硕的身躯便出现在轿门处。只见罗大人身着典雅蓝色丝袍,头戴黑色丝绒小帽,风流潇洒,派头十足。他匆忙下轿,朝着狄公鞠了一躬,喊道:"这是哪阵风把老兄你吹到这乐苑来啦?我正想着你呢!能再次见到你太好了!"

"幸会,幸会!我刚从京城回来,要回濮阳。本打算明日去青华城拜访贤弟,感谢去年你一番盛情。"

"小事一桩,不值一提!"罗大人嚷道。罗大人圆脸上留着尖尖的小胡子,颔下胡须短小稀疏,他一笑,胡子都挤到一起了。"那两个姑娘能帮你揭露出那些淫僧秃驴的恶行，实乃我青华县的荣幸。天啊，狄兄，佛寺之案是闹得沸沸扬扬，满城皆知啊！"

狄公揶揄笑道："着实闹得有点过头了！这不，刑部迫于压力召我进京重审此案，问了我许多问题，最终还是令人满意。我们进去喝杯茶，待我与你详说一番。"

罗大人迅速上前，伸出自己的胖手拉住了狄公胳膊，他貌似神秘，低声细语道："狄兄，使不得，我有要事在身须即刻返回青华城。正好，你帮小弟一把。我在此处两日是为了调查一起自杀案，案情简单明了，不过这自杀之人乃此次科举状元郎，已被任命到翰林院任职。他回家路上经过此处，钟情一女子，结果为情所困便自杀了，老生常谈。这人姓李，乃御史大夫之子，我还没来得及把所有文书都写好。狄兄，你在此处多待一天，帮忙把所有官方文书备全可好？不过是些例行章程，我现在真得要赶回青华城！"

狄公不愿意在这人生地不熟之处为罗大人奔波，但又不好直白拒绝。只得道："当然，我会尽我所能！"

"好！那么，小弟就此别过！"

"等等！"狄公忙道，"我在此处并无权限，你得委任我摄青华事务吧？"

罗大人堂而皇之道："我便在此时此地委任你摄青华事务！"接着他便要上轿。

狄公一脸无奈，笑道："贤弟，口说无凭，文书为证啊！这是律法！"

"天啊，还得耽误一会儿！"罗大人急躁地叫道。他往街上四处看了看，拉着狄公进了客栈门厅，在柜台处扯来一张纸，一支笔。正待落笔时，他顿了一顿，一脸难过，嘀咕道："我的天，这文书该当如何写？"

狄公无奈只得拿过笔来，自行草拟了一份文书，又誊抄了一份。

"我们各自印上私章与指印后便成了，你把原来这一份带走尽早交给州府大人，我留下这誊写的一份。"

"狄兄还真是精于此道！"罗大人满怀感激，"你这夜间也是枕着公文安眠的吧！"

趁着罗大人在这文书上盖章之时，狄公问道："这乐苑负责之人是哪位？"

罗大人轻快回道："哦，是这里的里正，叫彭岱还是彭泰的一个人。那是个绝妙的人儿啊，对这乐苑的一切无所不知，这里的赌场、妓馆都在他名下。你若有何需要找他即可。事情办妥后把文书给我便成，随时都行！"罗大人把狄公又拽出门外，"狄兄，万分感谢，小弟铭记在心！"他正待上轿，便见衙役把标有"青华县令"的灯笼点着，罗县令便冲那衙役喝道："蠢货，还不赶紧灭了！"他回头又与狄公解释道："如此太过招摇，如圣人所言，仁以治下。小弟就此别过！"

待罗大人上轿后，轿夫便抬起轿辇准备出发。忽然，罗大人把轿帘掀开，把头伸将出来。

"狄兄！我刚想起里正的名字，他叫冯岱！此人甚为精干，待会晚宴时分你便会见着他的。"

"什么晚宴？"狄公一头雾水问道。

"我适才没跟狄兄提起过吗？今晚乐苑的乡绅们在白鹤楼宴请我，你当然得代我去一趟，不能拂了他们一番心意。那酒楼饭菜不错，尤其烤鸭，你会喜欢的。帮我转达一下歉意吧，我因紧急事务被召回衙门或是要事在身，诸如此类的理由，你本就擅长应付这些。记得用那烤鸭时得抹些甜酱！"

轿帘随即落下，衙役既未照例鸣锣也未高喊开路，罗大人一行悄无声息地便消失在茫茫夜色之中。

马荣一脸不解问道："这罗大人为何离去得如此匆忙？"

狄公道："定是他不在期间，青华出了什么事。"他慢悠悠地把文书卷起来放进自己袖袋之中。马荣此刻突然咧嘴一笑，心满意足道："不管如何，我们可以在此繁华之处多待几日啦！"

"不过多待一日。"狄公语气坚定道，"在这里见罗大人已经耽搁一天了，明日便把那案子结了，不会多待些时日的。回客栈吧，还得更衣赴宴，唉！"

回到永乐客栈，狄公便与掌柜交代一番，自己稍后会到白鹤楼赴宴，让掌柜的租好轿子在客栈前门候着。狄公与马荣回到红阁后，马荣帮狄公更衣换上了他那一身青色锦缎官服，戴上了乌纱帽。狄公见床帘已被下人收起，桌上茶盘里也上了壶茶。他便熄了蜡烛，与马荣走出门去。

狄公把房门上了锁，正待收起钥匙之时，顿了顿便道："我这也没什么贵重之物，就把这钥匙留在这里吧。"

他便又把钥匙插回锁孔，和马荣去了前院。门外一顶八抬大轿早已备好，狄公便招呼马荣一起上了轿。

轿子行至热闹大街上，狄公对马荣道："我们到白鹤楼后，你介绍完我的身份，便自行去赌场酒肆转转，小心打听李翰林自杀一案，他在这乐苑待了多久，又与何人联系过，尽你所能，所有细枝末节不可错过。据罗大人所述，这不过是个简单明了的案子，但自杀案却总有诸多是非。我会尽早结束晚宴，若你回此处寻不见我，便回永乐客栈的红阁等着便是。"

不久轿子便停了下来，狄公与马荣一下轿便被眼前这高楼惊艳了一番。这白鹤楼前十二层台阶皆由白色大理石铺就而成，两侧石狮皆栩栩如生，双重红漆大门上黄铜装饰，辉煌闪亮。门上方金光闪闪的牌匾上赫然写着三个大字"白鹤楼"。这白鹤楼的二楼和三楼都设有阳台，雕花木栏环绕四周，珠帘为幕，亦是熠熠生辉。屋檐下还挂着数不清的丝质灯笼，画工精致，无不令人惊叹。狄公早已听说过这乐苑的纸醉金迷，却未曾想过竟是如此穷奢极侈的一番景象。

马荣上前大力叩门。他给白鹤楼里那不苟言笑的小二介绍是狄大人驾到后，待自家大人进了门，他自己便冲下台阶混进街上那熙熙攘攘的人群中去了。

第三章　赴宴

话说狄公与白鹤楼的掌柜道明自己是替罗大人赴宴而来，那掌柜的便鞠了个躬，引着狄公步上铺着厚实蓝色地毯的宽阔楼梯走到二楼，进了一个大包间。

狄公一进门便感到一股惬爽的凉意，原来是这房间内放置了两个冰盆。房间正中央摆放着一张黑檀木圆桌，桌上冷肉拼盘、银质酒具一应俱全。桌子周围六张雕花黑檀座椅以大理石为座，定是舒爽。窗边有四位客人，他们正坐在一大理石桌面的边桌那喝着茶嗑着瓜子。见有人进来，这几人抬头一望皆是一脸惊讶。一位胡长花白、身长且瘦的老者起身迎客，他客客气气地问道："不知阁下您找哪位？"

狄公问道:"阁下可是冯岱?"见对方点头,狄公便从袖袋中取出罗大人留下的文书递给他,道自己是替罗大人到此赴宴的。

冯岱看后把文书还给狄公,轻敛一礼道:"小人便是这乐苑的里正,一切听从大人吩咐。各位,来见过大人!"

原来头戴小帽的老者名为文渊,经营着这乐苑所有古玩特产店铺,腰缠万贯。那文渊面长凹颊,灰白杂乱的眉毛下一双小眼睛却很是精明。他短短的山羊胡也已灰白,两鬓络腮胡倒是修剪得齐整。那文渊邻座是位年轻人,相貌出众,头戴纱帽,名为陶潘德,经营着这乐苑的酒楼饭馆。剩下那位靠窗而坐的年轻人,风采出众,名为贾玉波,是位要进京赶考的秀才。冯岱还道这贾玉波因其诗情才学已在这乐苑声名鹊起,闻名四方了。

狄公自忖这些人比自己先前预期的要好许多。他对在座几人婉转转达了罗大人的歉意,最后道:"我也只是偶然路过,罗大人便托我把那三日前李翰林自杀之案了结。我这初来乍到,尚是一头雾水。若诸位能知无不言,本官自是感激不尽。"

众人中竟无人言语,场面一阵尴尬。那冯岱一脸沉痛,缓缓道:"回大人,那李琏自杀一事着实令人扼腕叹息。虽说是不幸,但在这乐苑地界,也不少见。有人在赌场里输了太多银子也会自杀了事。"

狄公不由问道:"据我所知,那李琏是求爱不成,为情所困才自杀的。"

冯岱眼神迅速扫了一眼在座的各位。陶潘德和贾玉波只是盯着自己手里的茶杯,经营古玩店的文渊也抿着双唇不答话。冯岱捋着胡子,小心问道:"大人,此话可是罗大人说的?"

狄公点头道:"他倒未透露许多,他有急事在身,行色匆忙,寥寥交代了几句大概而已。"

文渊意味深长地看了冯岱一眼。陶潘德看着狄公,眼神忧郁,神情疲惫,缓缓说道:"大人,乐苑这种地方,情感纠缠乃是常事。我们这里土生土长的人对待感情已看淡了许多,潇洒肆意,并无深情可言。我们把这当做是种消遣,游戏人间换得几时痛快逍遥罢了。功成名就之人来此寻欢便是美好回忆,郁郁寡欢之人也能在此寻得慰藉。外来之人对此却不得要领,难以洒脱。这乐苑的舞姬娘子们又深得此道,那些外来之人往往无意之中便情根深种,有此结局实属可悲。"

狄公未承想一酒市行首竟有如此一番言论，实在精辟。他不由好奇问道："敢问陶公子，你也是这乐苑土生土长之人？"

"回大人，小人并非本地人，祖上乃是江南人士。四十年前，家父来此经商，买下了此处所有酒楼。无奈他不久之后便突然离世，留下了当时年纪尚小的我。"

冯岱此时突然起身道："大家只是喝茶不免有些寡淡，请落座，上菜吧！"狄公听他突出此言着实刻意了些。

他引着狄公上座，正对着门口。自己则坐在狄公对面，陶潘德与文渊分别在冯岱左右落座。冯岱让贾玉波坐在狄公右侧后，便示意大家一同举杯欢迎狄公。

狄公轻酌几口烈酒，指着自己左侧空位问道："今日晚宴还有客人未到？"

冯岱回道："确有一位特殊客人未到！"狄公再次感到了冯岱刻意的愉悦之情。"稍后，这乐苑的秋月姑娘会来赴宴。"

狄公不由扬了扬眉毛。照规矩，这风尘女子要么站着侍宴，要么自行坐一绣凳远离餐桌，怎么也不该如同客人般入席才对。陶潘德见狄公一脸疑惑，便速速解释道："大人有所不知，这乐苑名妓对于我们非常重要，所以有所优待。正是因为有她，这周边的赌场才会日日客流如潮，乐苑有一半收入都是靠这赌场。"

古玩店文渊淡淡淡淡说道："这其中有四成都上交给了官家。"

狄公默默无言，夹起一块咸鱼。他自知这些繁华之地所交的赋税在整个州府收入之中比例着实可观。他对冯岱道："此地金银流通数目巨大，要维护这乐苑治安也不易吧？"

"回大人，维护这乐苑本身治安倒是不难。我手下有六十余人，都是当地募集而来，经衙门批准后便成为特殊衙役，这些人并不穿着官服，成日混迹于赌坊、酒楼、妓馆等地，时时不着痕迹地关注乐苑的动向。但这乐苑之外确实不大太平，因来往乐苑之人颇多，拦路抢劫之事常有。前日夜里还出了件惨案，五个绿林大汉把我的一位信差给拦下了，要抢他手里的那盒金条。幸好信差身边有我派出的两个随从，经过一番打斗，五人之中有三个当场身亡，还有两个逃脱了。"冯岱端起酒杯，一饮而尽，又问道，"大人已找好落脚之处了吧？"

狄公道："嗯，我住在永乐客栈。那房间着实不错，他们称之为红阁。"

桌上四人突然都看向狄公，面面相觑。冯岱停了杯箸，痛心莫及道："那客栈老板实在不该让大人入住红阁。三天前，李翰林李琏正是在那红阁自杀身亡的。我立刻给大人安排其他住处……"

狄公速速打断他道："我并不介意！住在那里正好方便我了解案情。也不必苛责那客栈掌柜，现在我倒是记得他当时要提醒我一番，不过被我打断未能继续罢了。说说，那李琏是在哪个房间里自杀的？"

冯岱仍是忧郁不堪，倒是陶潘德斟酌着回道："正是卧房。那门里面上了锁，罗大人不得不找人破门而入。"

"难怪我见那锁是新的。既然钥匙在房内，那房间唯一的窗户又有密栏防护，至少我们肯定没有外人入内。他是怎么自杀的？"

此时冯岱开口道："他自己抹了脖子。是这样，那晚李公子独自一人在露台处用了晚饭。饭后他便回了房间，告诉下人他要整理些文书，不希望有人前来打扰。几个时辰后，下人突然想起那李公子并未带茶壶进去，便去敲门送茶，但无人应答。下人便回到露台，打算从窗户那看一眼，看李公子是否已经就寝，结果便见他仰身躺在床前血泊之中。

"那下人立刻把变故告知了掌柜，掌柜的便冲过来找到了我。我们又一起找到了罗大人，带着人手回到了永乐客栈。罗大人命人撞开了门，李公子的尸身被移到了这乐苑另一头的道观，当天夜里仵作就做了尸检。"

狄公问道："有何疑点？"

"回大人，并未发现任何异常。若说疑点，我记得李公子面部和小臂上皆有些细长抓痕，不知何故。罗大人当下便传信给那李公子父亲，那李文敬大人曾在内阁任职，久负盛名。告老还乡后便住在离此处六里开外的一处山庄，听说那李大人已经病重好几个月了。最后是那李公子的叔父随信差回来给李公子装殓后带回祖茔下葬的。"

狄公打听道："李公子到底迷恋上了这乐苑里的哪个姑娘？"

众人皆是尴尬无语。冯岱清了清喉咙，颇为遗憾地回道："正是今年的花魁娘子，秋月姑娘。"

狄公不由长叹一声。果然如他所料。

冯岱继续说道："与以往那些心灰意冷之人不同，李公子并未给秋月留下只言片语。只见他书桌上有张纸上画了两个圆，圆下他把秋月之名连写了三遍。因此，罗大人召秋月前来问话，那秋月承认李公子对自己有情，先前提要为她赎身，不过她未同意。"

狄公冷冷说道："早些时候我碰巧见到她了。说有人倾慕于她，因此自杀，她甚至颇感骄傲。还真是一个冷血无情之人呐。今晚她若来赴宴……"

陶潘德忙道："望大人见谅，这乐苑风气如此。若有人对那妓女生情，爱而不得因此轻生，那妓女便会声名鹊起；若那自杀之人稍有些来头，那妓女便会愈发闻名。整个州府都会谈论此事，有猎奇心理之人便会到此一探究竟……"

狄公打断那陶潘德之言，怒道："不管这里风气如何，如此冷漠无情实在令人发指！"

此时小二刚把一大盘烤鸭端上桌来，狄公尝了尝确实美味无比。这一点罗大人倒是说了实话。

与此同时三位妙龄少女也步入房间，一人执琴，一人执鼓，施礼之后便坐在墙边小凳上。还有一人，面容姣好，走上前来为众人添酒侍宴。冯岱介绍道此女正是那秋月姑娘的徒弟，银仙。

之前一直沉默寡言的贾玉波此刻倒是精神起来，他与银仙嬉笑几句便和狄公谈起了诗词歌赋。执琴的姑娘奏起了欢快的曲调，执鼓的姑娘也拍着鼓跟上了节奏。一曲方尽，狄公就听文渊怒气冲冲道："你装什么正经姑娘！"

只见文渊已经把手伸进了那银仙的广袖之中，银仙羞得满脸通红地要挣扎出来。

贾玉波见此，言辞激烈道："文先生，就这么急不可耐吗？！"

文渊刚把手收回来，冯岱就吩咐道："银仙，赶紧给贾公子杯中酒满上！好好陪陪他，很快他可就没这么逍遥自在喽！"对狄公解释道，"不瞒大人，小女玉环不日就要与这贾玉波定亲啦，陶潘德做的媒。"

陶潘德高兴地喊道："为此干杯！"

狄公刚要向那贾玉波贺喜一番，就见门外走进来一位盛气凌人的姑娘，不由一脸沮丧。

那不是秋月又是谁！她身着一件华丽的紫缎长裙，高高的领口与透迤的长袖之上金色花鸟锦绣，光彩夺目，腰间一条紫带完美地勾勒出她的纤细腰肢与饱满前胸。她把头发高高梳成灵蛇髻，发髻上还插着镶玉金步摇。光滑的鹅蛋小脸上妆容精致，耳上还戴着精雕细琢的翡翠耳坠。

冯岱热情地迎了上去，秋月敷衍地施了个礼，环顾这桌上几人后，眉头紧皱，问冯岱道："罗大人还没到？"

冯岱随即解释道，罗大人因有急事在身突然离开，委托了临县狄大人在此处理一应未尽事务。随即他便安排秋月在狄大人身边落座。既然秋月已到，狄公暗忖自己不妨与之好好相处，还能打听出点那李公子之事。因此，狄公便欣然说道："如此你我二人才是正式见过了。幸会，幸会！"

秋月美目冷冷地瞪了狄公一眼，又对银仙喝道："给我倒酒呀！"银仙听话地迅速将秋月的酒杯斟满，秋月举起酒杯一饮而尽，再让她斟满。她看似无意地问狄公道："罗大人走之前有没有让你给我传个口信呀？"

狄公尽管有些惊讶，还是回道："他让我向众人转达自己不能亲自赴宴的歉意，当然也包括你啊。"

秋月默然无语，只是久久地盯着自己眼前的酒杯。她美丽的眉头紧紧皱在一起，狄公见桌上其余四人皆看着她，一脸焦灼的样子。

突然，她抬起头来，对着两个乐伎叫道："你们两个蠢货！干坐着干吗？叫你们来是干什么？奏乐！"

那两个姑娘吓得赶紧弹奏起来，秋月举起酒杯，又把那杯中酒一饮而尽。狄公满心疑问，望着身旁的秋月，见她双唇紧闭，明显心情不佳。她抬头看向冯岱，一脸疑问。冯岱却移开目光，转身与那陶潘德交谈起来。

狄公突然之间恍然大悟。早先在红阁的露台之上，秋月曾说自己要嫁给一有钱有才之人做县令夫人呢！这说的不正是罗大人，有才又有钱吗！狄公窃笑不已。显然，多情的罗大人在调查李公子自杀之案时，不知为何与这花魁娘子有了牵扯，一不留神便贸然答应为她赎身并娶她为妻。原来这便是罗大人匆匆忙忙，甚至可以说是偷偷摸摸离开的原因所在。那和煦温柔的罗大人定是发现这秋月野心勃勃又冷酷无情，他与涉案证人有所牵扯一事必然会被她加以利用，毫不犹豫地对自己施压。难怪他要匆匆离开此地，但他惊惶之中却给自己留了个烂摊子。在座众人皆知罗大人倾心秋月，此次晚宴便邀她前来。或许此次晚宴本身便是要庆祝罗大人与秋月之事，因此当大家得知罗大人已经离开之时皆一脸愕然。大家一定也明白，那罗大人终于看清事实，而自己接手此事也是愚蠢至极。

罢了，自己还是得硬着头皮把事情解决掉。

狄公一脸亲切，对秋月道："适才席间，我听闻那李琎公子是因你自杀而亡。古人所言不假，才子爱佳人，天生如此！"

秋月偏头看了狄公一眼，语气甚为温和道："大人谬赞了。那李公子自身确实极具魅力，他走之前还送了一个信封给我，里面应该是盒香水还有一首小情诗。就在他自杀的前一天晚上，他特意到我的住处来亲手送我。他知道我喜好那些奇香。"她长叹一声，闷闷不乐道，"不管怎么样，我都该劝他一番。他人既体贴，又慷慨大方。我都还没空拆开那信封，不知道是什么香水！他知道我喜欢麝香或是檀香。大人觉得我适合哪种香味？是檀香还是麝香？"

狄公便言不由衷地奉承起来，但桌子另一边的杂闹之声打断了他。原来银仙倒酒之时，文渊的手又摸上了她的胸，她一阵挣扎，手忙脚乱之中就把酒洒在了文渊身上。

秋月喝道："真是笨手笨脚！你不会小心一些吗？发型都乱了，赶紧回去整理整理！"

秋月看着慌慌张张跑出门去的银仙若有所思，接着转身看着狄公，一脸娇羞问道："大人不能给我倒杯酒吗？宠我一回？"狄公便执起酒壶给秋月斟上一杯，却见秋月一脸潮红，应是酒劲上来了。秋月用舌尖轻轻润了润唇，朝狄公轻轻一笑，显然她另有所图。又喝了几口酒后，秋月突然起身道："抱歉失陪一下，我一会儿便回。"

秋月走后，狄公欲与贾玉波交谈一番，贾玉波却兴致不高。恰巧小二又上了一些新的美味佳肴，大家都用得津津有味。两个乐伎又奏了几首现下流行的曲子，尽管狄公对这新曲不感兴趣，但对这白鹤楼的美味佳肴却甚为满意。

这最后一道鱼上桌之时，秋月回来了，心情颇佳。她俯身在文渊耳边低语几句后，用自己的团扇调皮地拍了拍他肩膀。落座之后，秋月对狄公道："今晚真是尽兴！"她把手搭在狄公臂上，朝狄公偏过头靠过来，狄公甚至都能闻到她鬓发间的麝香味，秋月柔声道："知道我与你在那红阁外露台初见时，我为何那般唐突无礼吗？我不想承认自己喜欢你，一见钟情！"秋月久久地看着狄公，又道："当时你见了我，也是欢喜的吧？"

193

狄公心中一片惘然，不待他斟酌如何作答，那秋月扭了一下他胳膊又继续道："能够得见大人如此明智练达之人实属幸事！你不知道那些所谓风雅的年轻人有多惹人厌！我真是欣慰能遇见大人这种成熟的男子……"秋月羞涩地看了狄公一眼，低眉柔声道，"世事难料，……"

正在此时，狄公见文渊起身准备离席，着实松了一口气。文渊道自己饭后要见一位紧要客商，先行告辞，秋月便与冯岱、陶潘德二人玩笑起来。尽管她一连饮了数杯酒，言语之间却不见半点含糊，反驳之词也甚是诙谐机智，直切要点。但最终，冯岱讲了个趣事后，她突然按着眉头，可怜巴巴道："哎呀，我喝多了！各位不介意我先行告辞吧？来，最后一杯！"

秋月随即拿起狄公的酒杯，慢慢把那杯中酒饮下，便离去了。

狄公看着自己酒杯杯沿上还残留着秋月留下的嫣红唇印，心中不由反感万分。陶潘德则淡淡一笑道："看来我们花魁娘子对大人甚是青睐啊！"

狄公不以为然，嗤道："不过对生人客气有礼罢了。"

贾玉波也起身告辞，道是自己不胜酒力。狄公这才发现自己还得在这多待一阵，若离席太早，未免有跟随秋月而去之嫌。秋月喝了自己的杯中酒，这无疑是种无言的邀请。那可恶的罗大人竟让自己陷入如此境地！狄公只能长叹一声，喝起了那晚宴的最后一道甜汤。

第四章　赌场

话说马荣在白鹤楼前与狄公分开之后，便顺着这条街一路走下去，他吹着欢快的口哨，不久便找到了这乐苑的主路。

主路上每隔一段便会有个彩泥装饰的拱门，各色人等都在这里逛来逛去，赌坊前高门下人们挤进挤出，好不热闹。这熙熙攘攘的人群甚是嘈杂，卖小吃的小贩们只得高声叫卖。每当这喧嚣之声稍有减弱，人们便能听见每个赌坊门前一对壮汉用木骰盅摇铜钱的声音，哗啦哗啦，彻夜不休，这既是财源滚滚的好兆头，也是招揽赌徒的好方法。

马荣在这街上最大的赌场门口的一处祭台处停了下来。那木质高台上堆满了各式碗碟，蜜饯糖果应有尽有。架子上还挂着成排的纸房子、纸车马，家具衣物皆是纸折而成。这是从七月初就设立的祭台，尚在人世间游荡的亡灵，在中元节期间可以享用祭品，挑选自己在阴间所需之物。七月三十最后一日，祭品会分发给穷人，祭台和冥纸都会被烧掉，随烟送给亡灵。中元节告诉人们死亡并非最终结局，亡者每年都会再回世间，与曾经珍视之人再度数日时光。

马荣见了这些之后，不由自言自语地笑道："彭叔的魂魄应该不在此处！他不喜甜食，倒是喜欢赌钱。看他给我留了两个大金锭子，手气也应该不错。他的魂魄应该是游荡在那赌桌之上。我进去看看，说不定还能小赚一笔！"

马荣花了十个铜板才进了门。他挤在人群之中，在赌坊中间那桌看了一会儿。这儿都是最简单最受欢迎的赌法，就是猜一下庄家摇盅下有几枚铜钱，直接下注。然后马荣挤到后面楼梯处上了楼。

那楼上甚是宽敞，共十来张小桌，每一桌都有六人围坐在一起，玩骰子和打牌的都有。在这楼上玩的都是些衣着得体的富人，马荣见人群之中竟还有两人头戴官帽。后墙上挂着一红色招牌，上面几个黑字硕大醒目："一局一清，现银结算。"

马荣正思忖着自己是玩骰子还是打牌之时，一个驼背个矮之人悄悄跟了过来。他身上青袍倒是干净整齐，一头灰发却是乱糟糟的，没戴帽子。他抬头望着高高大大的马荣，双眼炯炯有神，声音刺耳地问道："不知客官你带了多少现银？"

马荣不由气道："这跟你有什么关系？"

"关系大着呢！"一个低沉的嗓音在马荣身后响起。

马荣转身一看，好家伙，这壮汉身高与自己相差不多，但他上身如桶般健壮，他那大脑袋似乎是直接长在了宽肩之上，前胸肌肉发达得如同那蟹壳般坚硬。他瞪着一双牛眼，将马荣上上下下打量了一番。

马荣心中一惊，问道："敢问壮士大名？"

那大汉不耐烦道："我是大蟹。这是我同行，小虾。有什么能为你效劳的？"

马荣问："还有一人叫盐巴？"

"没有啊，为何有此一问？"

"你们仨加水一煮，岂不是一道下酒好菜？"马荣轻蔑道。

"你挠我一下！"大蟹看着小虾伤心道，"客官这么说，我得笑一笑。"

小虾根本不搭理他。仰着头对马荣瞥了一眼，尖声问道："你不识字吗？那招牌上写着呢，要现银结算。为避免意外，所有新来的都得亮一亮自己的家底。"

马荣不情不愿道："也不是不行，你们二人是这赌坊管事？"

大蟹悄悄道："我们兄弟二人是这乐苑里正冯岱雇来监管的。"

马荣好奇地打量着这奇怪的搭档，然后弯下身去，从自己靴子里掏出自己的官契，递给大蟹道："小弟乃濮阳县令狄大人随从，如今狄大人接管了此处。我想与你们二人聊聊。"

大蟹小虾二人仔细检查了一番那官契。大蟹把东西交还给马荣后，叹道："天热难耐，口干舌燥。我们去阳台那里喝杯茶吃点东西吧，马老弟。店家出钱。"

这三人便找了处角落坐下，大蟹仍能看着赌场里的动静。一会儿，小二就送来满满当当的一大盘炒米饭，三杯水酒。

三人寒暄交流一番后，马荣了解到大蟹和小虾都是土生土长的当地人。大蟹拳术八段，马荣很快就和大蟹就拳术中的招式讨论起来。小虾没有插话，专心吃饭，风卷残云般的速度。盘中饭被这三人吃得干干净净，马荣又慢慢地喝了自己那杯酒，他靠在椅背上，拍着自己的肚皮，心满意足道："闲话聊了半天，我们说点正事。你二人可知道那李翰林李公子自杀一事？"

那大蟹小虾迅速看了彼此一眼，小虾道："原来你们大人在查这个啊。嗯，据我所知，李翰林来这乐苑之时如同他去时一样不幸，他待在乐苑期间倒是潇洒快活了一番。"

突然，远处传来争执之声。大蟹一闪便冲了进去，没想到他这般巨大身躯身手竟如此敏捷。小虾饮尽杯中酒，继续道：

"事情是这样的。十日前，也就是七月十八，那李翰林一行五人乘大船从京城到这乐苑来。他们在河上已经待了两天，日夜寻欢作乐。船夫们用了剩菜剩饭，个个也喝得醉醺醺的。那日恰逢浓雾，他们的大船就撞上了我们冯老爷的一艘小船，船上还有冯家小姐呢。冯家小姐刚好从上游老家探亲回来，船身撞得不轻，天亮之前都靠不了岸，李翰林只好答应赔付损失。这就是为什么我说那李翰林初来此地也很不幸。随后李翰林便和朋友们去永乐客栈住下了,他自己住在了红阁。"

马荣惊叫道:"我家大人就住在那里!他倒是不怕鬼神,李翰林莫不是就在那红阁自杀身亡的?"

小虾一针见血道:"我可没说他是自杀,我也没提鬼神之事。"

此时大蟹返了回来,正好听到这句话。

大蟹坐下之后道:"我们不便谈论鬼神之事,那李翰林也不是自杀身亡的。"

马荣惊讶万分,问道:"何出此言?"

小虾又道:"因为在这赌桌之上我注意过他。那人冷静自持,输赢都不在意,不像会自杀之人。所以才有此一说。"

大蟹补充道:"我们二人在此处十年,阅人无数,我们了解各色人等,对每个人都了若指掌。就比如说才子贾玉波,一会儿就在这里输得干干净净,一个子都不剩,典型的易怒类型。他有可能一转眼便自杀,但李翰林不会如此,永远不会。"

马荣道:"听说跟女人相关,女人总是让人抓狂,想想我自己,有时确实是这样。"

大蟹冷冷重复道:"他不是自杀。他是冷酷无情、精于算计之人。若真有个女人背叛抛弃了他,他会千方百计报复回去,而不会自杀。"

马荣干巴巴地说道:"那便是谋杀。"

大蟹看起来甚是惊骇,他问小虾道:"我没说是谋杀吧?"

小虾肯定道:"你没说!"

马荣耸了耸肩,又问道:

"那李翰林倾心的是哪个姑娘呀?"

小虾道:"他在乐苑这些天见了好多回我们的花魁娘子,还见了下一条街上的石竹姑娘、玉花姑娘,还有牡丹姑娘。或许他和她们发生过关系,也可能像你们官家所说的,或许只是和她们打情骂俏,玩闹一番。这你得问问姑娘们,而不是问我,我又不在现场。"

马荣咧嘴笑道:"这一圈问下去可有意思了。不管如何,他们倒是逍遥了些时日,后来呢?"

小虾继续道:"三日前,也就是七月二十五一大清早,李翰林租了条船把自己的朋友们送回京城。他自己则回到红阁,一个人用了午饭。

整个下午他自己一个人待在房间里,头一次没来赌场,头一次他一个人用了晚饭,随后他便把自己锁在房内,几个时辰后才被人发现割喉去了。"

"阿弥陀佛!"大蟹道。

小虾若有所思地挠了挠自己的鼻梁又道:"要知道,这些都是道听途说。你爱信不信。我们亲眼所见的是,那天晚上,饭后不久,古玩店的掌柜文渊老爷倒是去过一趟客栈。"

马荣忙道:"那他见过李翰林!"

小虾一脸哀怨,冲大蟹问道:"官家的人真是会捕风捉影,是吧?"

大蟹耸耸肩道:"他们一贯如此!"

小虾耐心解释道:"兄弟,我只是说,我们见过文渊老爷进了客栈。如此而已!"

马荣又叫道:"天啊,若是你们除了要盯着外来客人,还要盯着当地显要,那你们简直忙死啦!"

大蟹道:"我们不用盯着所有本地显要之人。"

小虾点点头,强调道:"我们只是盯着那文老爷。在这里,三大行市给乐苑带来财源滚滚。"大蟹满眼真挚盯着马荣继续道,"一是妓馆与赌场,那是我们冯老爷的生意;二是吃吃喝喝,陶老爷的酒楼生意;三是倒卖古玩,那就是文老爷的生意了。按理说,这三者应当联系紧密。若有人在这赌场赢了钱,我们就把消息透露给陶老爷和文老爷的人。那人要么想请客吃饭,要么就想买点好古董,都是逼真的赝品。反过来,若有人在赌场这里输得很惨,我们也会看看他是不是有美妾下人出手,文老爷手下也会看看他手里有没有要处理的古玩等等。诸如此类,你自己想想!"

马荣道:"听起来颇有经商之道!"

那小虾道:"这简直完美!所以这三人在乐苑才举足轻重。我们冯老爷人又正直又实诚,所以才受命监管这乐苑。如此他便可以涉足各行各业,他也是这三人之中最富有之人。不过告诉你,他得管好这乐苑。若这里正正直实诚,大家都有钱赚,大家都很开心。傻子才会投机取巧,徇私舞弊。但若这里正之人诡计多端,别有用心,这利润钱财会连翻数番,包括他自己那部分,但乐苑一天之内便会混乱起来。所以万幸的是我们冯老爷为人正直,但他膝下无子,只有一女。若他离世或有任何意外,这里正之位便会有人取而代之。那陶潘德是个文人性子，不喜插手他人事务，他是不会想当里正的。现下，你了解冯老爷和陶老爷这两位了吧。我没有提文渊老爷吧，大蟹，我说他了吗？"

大蟹一脸严肃道："你没说！"

马荣生气道："你告诉我这些到底什么意思？"

大蟹回道："他为你描述了现状！"

小虾心满意足道："对！我给你描述了一下我所注意到的现状。鉴于你人不错，我再跟你说说我所听到的一些风言风语。三十年前，陶老爷的父亲，陶旺，在红阁自杀身亡。同样的门窗紧闭。当时，也有人在客栈附近见过文老爷。三十年后，同样的情形，巧合吧！"

马荣兴奋道："哎呀，我得告诉我家大人，他那房间里可是死过两个人呢。既然正事说完了，小弟有点私事想听听二位见解？"

大蟹长叹一声，一脸疲惫地对小虾道："他要找个姑娘？"

大蟹转过来对马荣道："天啊，老弟，你在下条街随便找家妓坊进去就成。各种姑娘，多种才艺，高低胖瘦，应有尽有。随便你找！"

马荣解释道："正因如此，我想找个特别的。小弟我本是涪陵人士，今晚我想找个同乡。"

大蟹眼睛往上翻了翻。

他一脸恶心的样子对小虾道："拉着我的手，我都要哭了，他要找自己村里的姑娘！"

马荣不甚自然道："哎呀，我只是多年没在床上说家乡话了！"

大蟹便对小虾道："他还说梦话，这习惯可不好。"他又对马荣道："好吧。你去趟这南区的蓝坊，告诉那里管事之人道我们为你定下了银仙姑娘。她是涪陵人，身材妖娆，性子也好。她歌艺不错，师从凌娘子，她当时也是这里的名妓，但我想你对乐曲应该不甚感兴趣。午夜前后去吧，此刻为时尚早，银仙姑娘还应在某处侍宴。然后你就可以施展魅力了，这还需要我们教？"

"这倒不必！不管怎么样，多谢了！听起来你们二人对女人没什么兴趣！"

小虾道："我们没兴趣。厨子会吃自己做的饭吗？"

马荣点头道："嗯，可能不会每天都吃，但我想偶尔他也会尝一尝。

只不过看自己的食材是否新鲜罢了。没有女人这日子可太无聊了。"

大蟹一脸认真道："还有南瓜！"

马荣叫道："南瓜？"

大蟹生硬地点点头，从衣襟处抽出一根牙签开始剔牙。

小虾解释道："大蟹和我在这河岸有处房子，就在这乐苑西边。有块菜地，我俩种了南瓜。等凌晨歇工回家，我们会给南瓜浇水后再歇息。我们都是午后才起，先给菜地里的南瓜除除草浇浇水，然后再来上工。"

"每个人爱好不同！这日子对我来说有点单调！"马荣道。

大蟹认真道："一点不单调！你该看看那南瓜一点点长起来，没有任何两个瓜是一样的，从来没有！"

小虾道："跟他说说我们十日前给南瓜浇水时所见所闻。那日上午我们在南瓜叶子上发现了虫子。"

大蟹点点头，看了看牙签，接着又道："就是那日早上我们见到李翰林的船靠岸的。要知道，那码头就在我们菜地对面。文老爷和李翰林在树后鬼鬼祟祟地谈了许久，因为李翰林父亲常在文老爷那里买些古董，所以他们俩是旧识。不过，那两人谈的应该不是古董买卖，至少看起来不像。你看，我们二人随时都在盯着别人，即便是私人时间，即便有虫子吃我们南瓜叶之时，我们依然勤勉职守！"

小虾继续道："我们对冯老爷忠心不贰，吃他这碗饭都十年了。"

大蟹把牙签丢掉便站起身来。

"好了，马老弟要玩一局，回到最初的话题，你带了多少现银来？"

第五章　谜案

马荣与三个郑重其事的米商凑在一起打了几圈牌。他手气不赖，但玩得不太尽兴。他喜欢热闹，呼喝怒骂，那才尽兴。开始时他赢了点钱后来又输掉了。马荣见好就收，起身与那大蟹小虾告辞，便溜达回了白鹤楼。

白鹤楼掌柜道，晚宴即将收尾，已有两位客人离席，侍宴的歌舞伎都已离场。他邀马荣在柜台前长凳处喝杯茶坐等一下。

很快，马荣便见自家大人在冯岱和陶潘德的陪同下步下楼梯。那二人送狄公上轿时，狄公对冯岱道："明日早饭之后我去你那里正式审结此案。你把那李翰林自杀一案各类文书准备好。仵作也需到场。"

马荣扶着狄公上了轿。

这二人回客栈路上，狄公与马荣说了一下自己晚宴之上所了解的案情经过，他特意隐瞒了罗大人的风流韵事，只是说罗大人来调查自杀一案是例行公事。

马荣一脸严肃道："可冯老爷手下可不这么认为。"他向狄公详细报告了那大蟹小虾所言。待他说完，狄公不耐烦道："那两人所言简直是无稽之谈。我不是说过那门是在里面上了锁吗？你也见过了那装了栅栏的窗户，没人进得了那房间。"

"大人，三十年前，陶老爷的父亲在红阁自杀之时，有人也在那里见过文老爷，这也未必太巧了。"

"你那萍水相逢的朋友让怨恨蒙蔽了双眼，他们的主子冯老爷正是文老爷的对头。他们显然想让文老爷惹上麻烦。我今晚见过他，确实是个讨厌的老头子。他若密谋取代冯岱成为这乐苑里正之人倒也不是不可能，但害人性命就另当别论了。他有何理由谋杀李翰林？那李翰林恰好可以帮他挤掉冯岱。马荣啊，你那俩朋友所言简直自相矛盾。我们就不必掺和其中了。"狄公捋着胡子又思索了半天。他又道："冯岱手下二人所言之中，关于李翰林在这乐苑的所作所为倒是贴切事实，我见到了让他为情所困之人。我一日之间，竟见了她两次，实乃不幸！"

狄公提及自己与那花魁娘子在红阁游廊上的偶遇，又道："李翰林可能才学出众，但着实识人不明。花魁娘子确实美艳动人，但为人冷酷无情，喜怒无常。幸好她是中途赴宴。酒席饭菜也确实美味，我与陶潘德还有那才子贾玉波相谈甚欢。"

马荣道："他就是那在赌坊输得干干净净的大才子！一局就输了个精光！"

狄公不由扬了扬眉头。

"奇怪！冯岱告诉我贾玉波不久就要和他独女定亲了！"

马荣咧嘴笑道："哎呀，这下那才子把钱就都赚回来了！"

这二人乘轿回到了永乐客栈。马荣在柜台处拾了根蜡烛，与狄公穿过花园,到了红阁前漆黑一片的游廊。

狄公打开前厅的雕花大门,突然就定在那里。他指着左边卧室门下透出的微光,低声道:"奇怪!我清楚地记得自己走之前熄灭了蜡烛。"他俯身一瞧,"我留在锁上的钥匙也不见了!"

马荣把耳朵贴到门上细细聆听。

"什么也听不到!我敲门试试?"

"我们先从卧房窗户那看看!"

这二人迅速穿过前厅来到露台之上,踮着脚尖悄悄地从窗口往里一瞧,马荣不由倒抽一口冷气,暗骂一句。

只见那床前红色地毯之上,一女子赤身裸体仰躺在那里,四肢大开,头侧向一边,看不见面容。

马荣低声问道:"那人死了吗?"

狄公凑近一看,"她胸口不动吗?看,钥匙在房内锁上呢!"

马荣不由忧心叫道:"这是红阁里第三起自杀之案啦!"

狄公咕哝道:"是不是自杀还难说。我见她脖子边上有些瘀痕。去前面让掌柜的立刻把冯岱叫来,什么也别说。"

待马荣匆匆跑开,狄公又往房内瞥了一眼。床上红帐已经掀开,与自己离开之前并无异样,枕边却有一件叠好的白色外衣。椅子上也堆了些叠好的女子衣物,床前还摆放着一双小巧的绸布绣花鞋。

"可怜又高傲的秋月!"狄公轻声道,"她自命不凡,如今竟香消玉殒了。"

狄公转过身来,在栏杆处坐下。远处传来乐苑的欢声笑语,这个时辰那里仍是一片喧嚣。就在几个时辰前,那秋月还在这里倚栏卖弄风骚。她确实虚荣狂妄,但狄公一想,也不能对她过于苛责,这也不是她自己想要如此。面对这一个外表至上、物欲横流、肉欲狂乱的世界,她的观念难免扭曲乖张,这乐苑的花魁娘子终究也是个可怜之人。

此时冯岱与马荣、客栈掌柜,还有两个壮汉赶到,狄公的沉思感慨就被打断了。

冯岱问狄公道:"大人,发生了何事?"他有些预感不妙。

狄公指指那扇窗。那冯岱与掌柜的上前往里一瞧,不由吓得倒抽一口冷气,退了回来。

狄公起身对冯岱道:"让人把门撞开!"

冯岱手下二人全力撞向那卧室房门。那门倒是结实未动,马荣也加入进去。这三人再次撞门,那门锁周围木头一断裂,门便开了。

狄公令道:"都别动!"狄公跨过门槛,站在那里仔细观察了一下秋月光滑洁白的尸身,并未见任何伤痕或者血痕,但她死前一定不好受。她面部极度扭曲,一双眼睛几乎从眼眶中凸了出来。

狄公继续往前,在秋月尸身前蹲了下来。他探了探她的左胸,尸身尚有温度,应是刚死不久。他掀开秋月眼皮查看了一番,又检查了她的喉部。她脖子两边皆有乌青瘀痕。她生前定是遭人扼喉,但没有发现任何指甲痕迹。狄公又检查了她整个身体,并未发现有遭人施暴侵犯痕迹,不过她小臂上有几处抓痕,看起来应是新伤,早间在露台上见她之时,未见这些抓痕。狄公把尸身翻过来,在她后背也未能发现可疑之处。最后,狄公仔细查看了秋月双手,那精心修剪的长指甲也是完好无损,指甲里只有几缕这红地毯的绒毛。狄公起身又把房间检查了一番,没有打斗痕迹。便让大家都进来,又对冯岱道:"晚宴之后,秋月为什么会来这里,一目了然,显然她是来自荐枕席想与我共度良宵。她原以为罗大人会为她赎身,结果发现自己错了,便把主意打到我的身上。她在此处等我之时就出事了。暂时我们称之为意外死亡,因为目前来看,这房间外人是进不来的。让你手下把这尸身送到仵作那里去,明日上午我开堂审理此案。把文渊,陶潘德与贾玉波都叫上。"

冯岱离开之后,狄公问掌柜:"有人见到秋月进到客栈里来吗?"

"没有,大人。不过秋月所住之处到我们客栈来有条小路,直接通向这露台。"

狄公走到床边,抬头望向帐顶,那帐顶比寻常的要高些。他拍了拍后墙处的木板,并未发现暗门空音。狄公转头发现掌柜正目不转睛地盯着秋月尸体,厉声喝道:"别站在那里干看!说说,这床可有什么机关暗门?"

"当然没有,大人!"掌柜的又看了看秋月的尸身,结结巴巴道,"先是李翰林死在这里,如今又是花魁娘子,小人实在不明白,这……"

狄公打断他道:"我也不明白!这房间另一面是什么?"

"没什么呀,大人!没有其他房间。就是客栈外墙,花园!"

"这里曾经发生过什么特别之事吗？实话实说！"

"没有啊，大人！"掌柜的悲叹道，"小人在此经营十五年了，数百位客人住过这里，没有人投诉抱怨。我不知道……"

"把你客栈的登记簿拿来！"

掌柜的应声匆匆去取。冯岱手下二人则进来把秋月的尸身用毯子一卷，用担架抬了出去。

狄公此时又细细搜了搜秋月那紫色长裙的袖袋。除了一个装有梳子、牙签的日常小包，一沓秋月的拜帖，两张丝帕，并未发现异常。一会儿掌柜的腋下夹着登记簿匆匆回来。狄公冲他嚷道："把登记簿放桌子上，你即可退下。"

待掌柜的走后，只剩马荣一人，狄公径直走到桌子旁，长叹一声坐了下来，十分疲累的样子。

马荣拿来茶壶给狄公倒了一杯茶。见到另外一杯子的杯沿处有红色唇印，狄公淡淡道："秋月死之前喝了茶水，而且是自己一个人喝的，其他杯子都是干的。"

狄公突然把茶杯放下，对马荣道："把茶倒回茶壶，让掌柜的找只病猫或狗喂这茶水，看看是否有毒。"马荣走后，狄公才把登记簿拖到跟前，开始翻看。

马荣很快便回来了，他摇着脑袋道："大人，茶水无毒。"

"真是糟糕！我本以为秋月与别人一起在这里，那人走之前在茶水下了毒，秋月锁好门后喝了毒茶，这是唯一合情合理的解释了。"

狄公倚在椅背上，捋着自己的胡子，百思不得其解，愁眉苦脸的样子。

"大人，她脖子上的青瘀又是怎么回事？"

"那些只是表面，皮肤上未留下任何指甲印记，只有乌青斑痕。也许是我不知道的毒药，肯定不是有人掐扼造成的。"

马荣晃了晃自己的大脑袋，也是忧愁不已。他心神不安地问道："她到底出了什么事？"

"她胳膊上有些又细又长的抓痕。虽未确定，但李翰林胳膊上抓痕应该与此相似。他和自己的心上人都死在这红阁，应该有点关系。这事处处透露着古怪，马荣，我真是厌烦。"狄公捋着胡子又思索了一会儿，然后便坐直继续道，"你不在之时，我细细看了看这登记簿上近两个月入住红阁的客人，有三十余人或长或短地在这里住过。大多数的记录旁边都有一女子姓名，用红笔记录下一笔额外收入。你可知道这是为何？"

"这个简单！这些客人都叫了妓女。那额外标注的收入就是那些妓女需要给客栈支付的费用。"

"原来如此。那么，李翰林入住红阁的第一晚，也就是七月十九日那晚，他便与一位名叫牡丹的姑娘在一起，接下来两日是玉花姑娘，二十二日与二十三日晚上是石竹姑娘。他在二十五日晚自杀的。"

马荣惨然一笑道："就那天晚上他没有找任何姑娘。"

狄公倒是没听到马荣所言。他若有所思继续道："奇怪的是，这里没有秋月的名字。"

"不是还有午后时光吗？有些人癖好就是不一样！"

狄公合上登记簿，又把这房间扫视了一圈，起身走到窗前，伸手试了试粗壮的铁栅栏和结实的木架，说道："窗户没坏，没人能从这里进来。我们可以排除任何从这窗户能做的手脚，因为那秋月不是死在这窗根底下，而是十步开外，而且是面朝门口倒下的。她头向左边床架方向偏一点？"狄公摇了摇头，颇为沮丧地继续道："马荣，你走吧，好好歇息。明日凌晨你去一趟码头，找一下冯岱那船的船长，让他说说前些日子两船相撞之事。不动声色地打听一下李翰林与文渊之间的交谈，也就是你那种南瓜的朋友所提及之事。我再检查一下那床也便歇息了，明日我们有的忙了。"

马荣吓得目瞪口呆，问道："难不成大人今夜还要在此歇息？"

狄公恼道："当然！我得抓住机会看看这儿哪里出了问题。你走吧，自己找个地方睡。晚安。"

马荣心里挣扎一番欲再劝说，但见狄公一脸坚定，心知劝说亦是无用，便鞠躬退下了。

狄公背着手站在床前，见床上丝衾有些折痕，用手指摸了摸，竟还有些潮湿。他俯身闻了一下枕头，果然是席间闻到的那股秋月发间的麝香味道。

想象一下开始的情形应该比较简单。秋月或许是先回了自己住处片刻，又通过露台进了红阁。她本打算在花厅等着自己，随即发现卧房钥匙就在锁上，便觉得自己在室内等着更好。她喝了杯茶，脱了外衣，叠好放在椅子上，把自己脱个精光，把内衣叠好放在枕边。坐在床边时，她又把鞋整齐摆放在床前。最后她躺在床上等着自己回来。她一定是等了很长时间，后背的汗都打湿了丝衾。狄公想象不出后来发生之事，肯定是什么事让她离开了床铺，而且是平静地起了身。若她急忙起身，床上枕被会一片凌乱。就在她站在床前之时，不幸之事发生了。狄公想起秋月一脸惊恐面部扭曲的样子，不由一阵冷战。

狄公把枕头拿开，掀开丝衾，那被褥之下并无他物，只剩下那细密的苇席，再下一层便是那坚硬的木板。他走到桌前拿起蜡烛，发觉若站在床上便能够着帐顶天棚，便用指关节敲了敲，也未发现什么暗道空门。他又敲了敲床后那堵墙，怒气冲冲地盯着镶在其中的几幅色情小画。他把帽子往后拽了拽，从发间抽出一个发卡，在那嵌板间的缝隙中撬来撬去，想要找到机关暗门，但最终仍是一无所获。

狄公长叹一声，从床上下来，百思不得其解。他捋了捋自己的胡子，又把床仔细检查了一番，心里甚是不安。李翰林与秋月二人皆是在这红阁里身亡，胳膊上都有细长抓痕，这房子年代已久，难不成这里还有什么怪物？他不由想起了以前所读的异事怪谈。

狄公赶紧把蜡烛放回桌子上，仔细抖了抖床帘。然后又跪在地板上把床底下也瞧了瞧，除了灰尘蛛网，什么都没有。他又把地毯掀了起来，但地毯之下干干净净，很显然，李翰林死后，这房间被人彻底打扫过。

狄公咕哝道："难不成是什么怪物从窗户那爬了进来？"他走进花厅，拿起马荣放在软榻上的宝剑，去了露台。他用剑在那紫藤藤间一阵乱刺，又在落叶间一阵搅动，只见落花缤纷，别无他物。

狄公只得又回到卧房，把门关上，搬来一张桌子堵在门口。他松开腰带脱下外袍，把帽子放在桌子上。桌上那两根蜡烛可以燃亮一整夜，狄公确认一番后，自己索性头枕着叠好的外袍直接躺在了梳妆台前的地板上。他右手握着腰间剑柄，想着自己睡眠向来很浅，若有任何响动，自己都会立刻醒来。

第六章 施救

话说马荣辞别狄公之后,直接去了客栈大堂,店里的伙计三三两两地聚在一起,低声谈着今夜的惨案。马荣直接拽过来一个看似精明的小伙计让他带自己去厨房一趟。

小伙计带着马荣出了客栈大门,从门房左侧一竹门走了进去。那院里右侧就是客栈的外墙,左侧则是一荒芜的花园,院子尽头的门内传来锅碗盘盆的叮当作响声,还有汩汩流水声。

小伙计道:"那就是我们客栈厨房,我们很晚才在右厢房吃的饭。"

马荣道:"继续走吧!"

在这院子角落处,一处茂盛的灌木丛拦住了他们的去路。灌木丛上还有紫藤花条悬下来。马荣拨开灌木丛便看见一段窄窄的木质台阶,直接通往那红阁露台的左侧尽头。台阶旁是条小径,杂草丛生。

小伙计从马荣身后探头一看道:"这小径直接通往花魁娘子住处的后门,她就在那里接客。那房子装饰华美,舒适得很。"马荣不由哂了一声。他费力拨开灌木丛走到一片紫藤花枝稀疏之处,在此处便能听到红阁里狄公四处翻找之声。他转过身,对小伙计嘘了一声,开始迅速在灌木丛中检查起来。马荣经验丰富,未弄出什么声响。他发现那灌木丛中并未藏人,继续前行就走到了一条宽阔大路上。

小伙计道:"此路正是通往乐苑之路,若继续往右走便可从街上另一边回到客栈。"

马荣点点头,一想到任何人都可以在不引人注意的时候进得红阁之中,心里不免有些担忧,他一度想在这树下守着就这么过一夜。不过既然狄公有自己的打算,让他自行找个住处,他便听从吩咐吧。不管怎么样,至少现下可以肯定无人会对自家大人不利。

回到客栈,马荣问了小伙计蓝坊位置所在,原来那蓝坊就在这乐苑南区白鹤楼后。马荣把额前帽子推了推便出了门。

尽管此刻已是午夜过后,但大街上赌场酒楼仍是一片繁华,熙熙攘攘的人群依然喧闹如初。马荣走到白鹤楼后,往左拐了个弯。

突然周边一切喧嚣都安静下来。这条后街上一片宁静,两边小楼林立,四处没有烛光也没有人。马荣看了看各处门牌,上面只写了等级和数字,这才明白此处都是那些歌舞伎和烟花妓女们所住之处，各有等级。这些地方并不允许客人前来，这里是那些女子吃饭睡觉，练歌习舞之地。

马荣咕哝道："那蓝坊定是在这附近，客源充足啊！"

突然他听到自己左边一扇窗后传来一阵痛苦的呻吟之声，马荣不由停了下来，贴近那窗户，竖起耳朵仔细听了听。好一会儿没有任何声音，但不久又是一阵呻吟。一定是有人遭了难，而且可能是独自一人，因为天亮之前不会有人回到这里。马荣迅速看看前门，门牌上标记着二等四号几个字。可门已经上了锁，门板也很结实。马荣抬头看着每个房子前那窄窄的阳台，把自己长袍往腰里一扎，飞身一跃便够着了阳台边缘。他轻而易举地便爬上阳台，从栏杆处翻了进去，踢开眼前的门，他步入一间脂粉味浓郁的小房间。梳妆台上是一支蜡烛和一个打火石，他点燃蜡烛顺着窄窄的楼梯走了下去，大厅里一片漆黑。

左手边门下透出一丝亮光，呻吟声正是从那里传出来的。马荣把蜡烛放在地上，进去一看，那是一间空房，只点着一盏油灯。六根粗壮的柱子撑着低矮的房顶，地上只铺着草席。对面墙上挂着各类乐器，显然这是器乐练习之地。呻吟之声正是从窗根下柱子处传来的，马荣迅速上前查看。

一个姑娘赤身裸体地被半吊在那里，双手被腰带绑在头顶，面朝柱子。她的后背和唇上全是鞭痕。脚下堆着一条宽裤和一条腰带。听到有人靠近，姑娘未转过头就哭道："求求你了，不要……"

马荣粗声粗气道："闭嘴！我是来救你的！"

说罢他从腰间取出刀割断了腰带，那姑娘一时未能扶住柱子便一下跌倒在地。马荣不由暗骂自己笨拙，蹲下来一看，那姑娘已经跌昏过去。

马荣看了看那姑娘道："真是暴殄尤物，不知是谁如此虐待于她。衣服又哪里去了？"

四处环顾一番后，马荣见窗根底下有一堆女子衣物。他拿起一件白袍给她盖上，又坐在地上给她揉起了乌青的手腕，不一会儿那姑娘眼皮动了动便清醒过来。她刚要尖声大叫，就听马荣道："好了，好了。我是衙门里的人。你叫什么名字？"那姑娘试着要坐起来，无奈一声痛呼又躺了下来。她声音颤抖道："小女子是这里的二等歌姬。就住在这楼上。"

"谁把你揍成这样？"

"哦，没什么！都是我自己的错，私事而已，不敢劳官爷操心。"

"那得我说了算。说！回答我的问题！"

姑娘怯生生地看着马荣，弱弱地回道："真的是小事一桩。今夜我与我们这花魁娘子秋月一同去侍宴，我笨手笨脚地把酒倒在客人身上。花魁娘子把我训斥一番后要我去重新梳洗，后来她就把我带到这里来了，给了我几个耳光，我躲开之时不小心抓伤了她胳膊。她脾气暴躁，瞬间暴怒，剥了我的衣服把我绑在了柱子上，用我自己的腰带抽了我一顿，让我好好反思，稍后会回来给我松绑。"那姑娘嘴唇开始发抖，几次三番说不下去，她又道，"但她没有回来。我胳膊腿都麻了，站也站不住。她应该是把我全忘了，我好害怕……"

那姑娘哭得梨花带雨。因为激动她声音都变了调，带着浓浓的地方口音。马荣用自己的袖口轻轻为她擦干眼泪，用浓重的方言道："银仙姑娘，不必害怕！同乡的我会照看你的！"马荣没有理会银仙眼中的惊讶之情，继续道："幸好我从此间经过听到了你的呻吟声，放心，秋月不会再来了，永远不会了！"

银仙双手支撑着勉强坐起来，衣服滑落后裸着身体也毫不在意，她紧张地问道：

"秋月怎么了？"

马荣一脸严肃道："死了。"

银仙双手掩面又开始哭了起来。马荣一脸困惑地摇了摇头。女人心，海底针啊，马荣心想自己怕是永远也弄不明白。

银仙姑娘抬起头来，声音凄凉地哭道："我们的花魁娘子去了！她还那么漂亮，那么聪明！虽然有时候她会打我们，但多数时间她还是善解人意的。她身子柔弱，是突然病了吗？"

"谁知道！我说说我自己，好吧？我是村北船夫家的老大，家父名叫马良。"

"不是吧！你是马伯家的儿子？我是屠夫吴家的二女儿。我记得父亲曾提起过你父亲，说他是那河里最好的船夫。你是怎么到这乐苑来的？"

"我是跟随我家狄大人今晚才到的此地。狄大人乃是临县濮阳县令，临时接管了这里。"

"我见过他。今晚我去侍宴时他也在场。你家大人看起来人很好，甚是文静。"

马荣点头称是,"我们大人确实人很好。至于文静,我跟你说,他有时可是很闹腾的!来,我扶你上楼,你的后背需要处理一下。"

银仙一脸惊恐地叫道:"不,今晚我不要待在这里!带我走吧,去哪里都行!"

"去哪里呀?我也是今晚刚到这里,一整天忙忙碌碌,现在我自己还没找着落脚之地呢!"

银仙紧咬双唇,一脸难过地问道:"为何生活这么艰难?"

"这种事要问我们家大人!我只是个粗人。"

银仙惨然一笑。

"好吧,你把我带到两条街开外的一家丝绸店。那店主姓王,是个寡妇,我们自己村的,她会收留你我二人的。你先扶我去洗洗吧!"

马荣将她扶起来,把白袍给她披上,又捡起其他衣物,搀扶着她到这房后洗漱的地方。

她关门之前忙叮嘱马荣道:"若有人寻我,就说我早已离去。"

马荣一直在走廊里等银仙穿好衣服出来。只见她步履艰难,马荣直接一把把她抱了起来。在银仙指引之下,他抱着她穿过房后小巷,又穿过条一窄路就到了一店家后门,放下她后,马荣便前去敲门。

一个体格结实的女人来开了门,银仙忙向马荣解释道这便是王寡妇,转头又向女人说道自己要和朋友在这里借宿一晚。女人没问一句,便带这二人去了阁楼,阁楼房间虽小倒也干净。马荣让她送壶热茶,拿条毛巾,再送盒跌打药油上来,便帮银仙把衣服脱了,让她趴在窄榻之上。那王寡妇回来时一见银仙后背,失声叫道:"这可怜孩子!这是怎么了?"

"婶子,我来处理!"马荣边说边把王寡妇推出门去。

他手法娴熟地把药油抹在银仙后背鞭痕处。鞭痕不多,马荣觉得几日后便会了无痕迹。但见银仙咬破的嘴角,他不由眉头紧皱,仔细用茶水给她嘴上的伤口冲了冲,又抹了点药。他坐在这阁楼里唯一一把椅子上,粗鲁地说道:"你嘴上那些伤口可不是腰带鞭打出来的!我在衙门里办公,什么都懂!你还不说实话吗?"

银仙把脸深深埋在自己双臂之中,抖着肩膀开始啜泣起来。马荣用外袍把她身子盖住,继续道:"你们小女子之间如何玩闹是你们自己的事。

但若是有外人硬闯糟践了你，便是衙门要管之事了。来，说说，是谁把你弄成这样？"

银仙满脸泪痕地望着马荣，痛苦不已，低声喃喃道："就怕污了你的耳朵！你要知道我们这种人也分等级，这三四等的姑娘，只要给钱就必须接客，一二等的姑娘倒是可以自己选择客人。我是第二等，我不想接待自己不喜欢的客人，但总有些人例外，就比如说古玩店的文老爷，吓死人的老头子，在这乐苑举足轻重的人物，他几次三番想要与我亲热，都被我躲了过去。今晚酒席之上，他定是知道秋月把我绑在了那柱子上，因为秋月走后不久那老东西就来了。他说若我愿意好好伺候他，他就给我松绑。我不答应，他就用墙上的竹笛打我。秋月给我那几鞭子根本不算什么，身上的痛哪比得上心里的羞辱。但老东西就是想要羞辱我，我声嘶力竭大声求饶，答应好好伺候他时他才停下离开了。他说稍后还会回来找我，所以我不敢在那里过夜。这事你不要告诉任何人，文老爷会让我死无葬身之地！"

马荣恨恨吼道："卑鄙小人！你不必忧心，我会抓到他，不会提及你半分。老东西在这乐苑做了些见不得光的事，三十年前就做过！早前就不是个好东西！"

王寡妇并未送来茶杯，因此马荣便直接用壶嘴给银仙喂了点水。银仙一番道谢后，若有所思道："真希望能助你一臂之力，他还糟践过其他姑娘。"

"你不会还知道三十年前的事吧！"

"我今年只有十九，但我确实认识一人可以给你讲讲这里以前的故事。凌娘子，是一个可怜的老女人，我跟她学唱歌。她双目失明，又患有肺痨，但是记性不错。她就住在乐苑西边河对岸的一处茅屋，正对着码头……"

"那岂不是离大蟹的南瓜地不远？"

"正是，你是如何得知的？"

马荣一脸嗫嚅道："我们衙门里的人什么不知道？"

"大蟹小虾他们都是好人，他们还帮我摆脱过文老爷一回，小虾还很能打。"

"你说的是大蟹吧？"

"不是大蟹,是小虾。据说六个壮汉一时都拿不下他。"

马荣耸耸肩,不以为然。与一个小女子争论这事毫无意义。银仙继续说道:"事实上正是大蟹介绍我跟凌娘子学唱的,他时不时就给她送点治疗咳喘的药。凌娘子脸上全是可怕的麻点,但她的嗓音真是婉转动听。好像三十年前凌娘子也是这乐苑一等一的名妓,爱慕者众多。你能想到这么一个人如今变得又老又丑?这总会让我想到自己将来有一天……"

银仙的声音越来越小,马荣为了让她打起精神来便讲起了他们村里的事情。原来马荣曾在集市肉铺里见过银仙父亲,银仙道后面她父亲欠了债,就把自己的两个女儿卖给了老鸨。

王寡妇带着新茶和一盘瓜子糖果又回来了,他们兴冲冲地谈起了村里那些熟人。王寡妇开始长篇大论要讲自己死去的丈夫时,马荣突然发现银仙已经睡着了。

"今天就到这里吧,婶子。"马荣对王寡妇道,"明日凌晨我便得离开了,你不必费心准备早饭,我在街边摊上买几个油糕填一下肚子就成。告诉银仙我中午时分尽量再来一趟。"

王寡妇下楼之后,马荣便解了腰带,脱了靴子,两腿一蹬便在床前的地板上枕着自己胳膊躺了下来。他在什么地方都能睡着,很快他便鼾声雷动,睡着了。

第七章　噩梦

话说狄公躺在红阁地板之上久久未能入眠。他习惯了厚实又有弹性的床垫,这红地毯实在不能与其媲美,很久之后狄公方才入梦。

他睡得并不安稳。关于红阁里的各种奇怪的想法,先前在他脑海里一闪而过,如今却不断在梦里重演。恍恍惚惚间,狄公梦见自己在一片密林里迷了路,发了疯般在荆棘丛里寻找出路。突然,自己脖子上落下一个凉飕飕滑腻腻的东西,正在蠕动,他一把抓过来骂骂咧咧地丢出去,却发现是只大蜈蚣。他一定是被蜈蚣咬了一口,一阵头晕目眩,世界陷入一片黑暗。他又发现自己躺在红阁的床上,呼吸困难。有个黑影靠过来,无情碾压着自己,四周臭气熏天。这怪物的一只黑色触手慢慢地摸上了自己喉咙，直到自己无处可逃。狄公快要喘不过气来，突然便惊醒了，发现自己出了一身冷汗。

意识到自己只是做了个噩梦，狄公不由松了口气。他刚要起身擦擦汗时，却蓦然停住。房间里确实有股令人作呕的味道，蜡烛也熄灭了。正当此时，借着远方那微弱的光，狄公眼角瞥见窗户处有一人影闪过。

在那一瞬间，狄公以为自己又在做梦。接着他又清醒地意识到自己并非是在梦中，他握紧了手中的宝剑。狄公就那么静静地躺着，眼角留意着窗户和窗边的黑影。他竖起耳朵仔细听着，正当此刻，床板上传来一阵鬼鬼祟祟的抓挠声，接着又是一阵拍打声，就在他头顶的天花板附近。与此同时，外面的阳台上，有人踩过地板吱吱作响。

狄公悄无声息地从地板上起身，蹲伏在那里，准备出击。四周寂静一片，狄公一个闪身就贴到了床对面的后墙上。他迅速扫了一眼房间，确认屋内无人。桌子依然如睡前布置的一样顶在门口，狄公离那窗口只有三步之遥。露台上已无其他声响，只有紫藤枝叶随风晃动的声音。

狄公仔细嗅了嗅，空气中仍有一股臭味，他想应是蜡烛被风吹灭的烟味吧。

狄公用打火石重新点燃了蜡烛，拿了一支走到床前检查。一切正常。他踢了踢床腿，好像又听到了细微的抓挠之声，应该是老鼠吧。狄公举着蜡烛又仔细查看了一下房梁，拍打之声有可能是原来挂在那里的蝙蝠发出的，如今从窗口飞出去了，只不过自己在窗口所见那黑影比蝙蝠要大很多。狄公一脸遗憾地摇着头，把桌子推开，穿过外厅进到花厅。

通往露台的门大开着，先前狄公特意敞开门来透透气。他步入露台，用脚踩了踩那些木板，铁栏窗前的一块木板有些松动，恰巧发出刚刚自己听见的那种吱吱声。

狄公站在栏杆处极目远眺，凉风习习，各色彩灯随风飘摇。此刻月亮早已西沉，乐苑酒楼里的热闹也停了，没了声响，只有二楼几扇窗户还开着。狄公暗自思忖，熄灭的蜡烛，令人作呕的臭味，黑影还有那些声音尚有理由解释，但窗外定是有人或是有东西从那里经过，那地板才会吱吱作响。

狄公把自己薄薄的内衣紧紧裹了裹，转身回到屋内，他就在花厅的榻上歇了下来。一阵疲倦席卷而来，狄公很快便睡着了，再无噩梦。

次日清晨，狄公醒来时旭日初升，晨光满阁。客栈里的小伙计正在桌边备茶，狄公让他把早饭摆在露台桌子上。昨夜凉意犹存，太阳一出来，这天一会儿便会炙热起来。

狄公找了一件干净内衣，便去客栈汤池洗漱。此时尚早，狄公一人泡在池子里许久，好不痛快。回到红阁，他便看到早饭已经送来，露台小桌上摆着一碗米饭，一碟咸菜。他刚拿起筷子，露台右侧紫藤花枝便被人分开，马荣探出头来，给狄公请安。

狄公惊问道："你是从何处进来的？"

"回大人，昨夜我四处看了看。大路边有条小径通往这红阁露台，左边这小径尽头便是那花魁秋月住所。所以，她昨晚说的是实话。确实从这露台回她自己的住处很近，这也是她为什么能不惊动这客栈任何人就能到这红阁里来。大人昨夜睡得可好？"

狄公口里嚼着咸菜，心想还是不要告诉马荣昨晚自己所听所见为好，他这忠心不贰的随从甚是怕这鬼魂幽灵一事。于是便答道："很好呀。你去了那码头可有什么发现？"

"可以说有，也可以说没有！我凌晨时便到那里去了，正赶上渔夫们要出门。冯老爷的船就泊在岸边，船夫们正待给那修好的部分喷漆上色呢，船长人很随和，带我参观了一番。船帆很大，船舱和这客栈一般舒适，甲板很是宽敞。我问起两船相撞之事，船长却脸红脖子粗地骂了一番。他们的船是午夜时分被撞的，完完全全是对方的过错，李翰林那船上的船夫们喝得烂醉如泥，但李翰林自己却是清醒冷静的。那冯小姐惊慌之中穿着睡衣就奔到了甲板上，她以为自家船要沉了呢。李翰林还亲自过来向冯小姐致歉，船长看见他们就站在冯小姐船舱外说话。

"那船夫们一晚上忙着修整两条船，破晓时分他们才安排好用李翰林那艘船拖着冯家的船靠了岸。岸边只有一个轿辇，冯小姐与婢女就先行一步了。过了许久才有轿子把李翰林一行人接至客栈。等轿子期间，五人在舱内醒酒。李翰林倒是兴致很高，沿着码头逛了一圈，但没人见过那文老爷。"

"或许这事是大蟹小虾瞎编一通，诋毁那文渊呢。"狄公无动于衷道。

"或许如此，但他们二人所说的南瓜地却是真的。今早有些薄雾，我仍然能够看见大蟹和小虾两人在对面地里晃荡。也不知道小虾在干什么，小小的人在地里蹦来蹦去，疯子一样。对了，我还看见了那个浑身生疮的人。他就站在那里，冲一个不肯渡他过河的船夫叫骂。实话实说，那老乞丐骂起人来文绉绉的，真该好好听听！最后他拿出一锭银元给那船夫，可船夫道自己宁愿穷死也不愿得病，老乞丐便气冲冲地走掉了。"

狄公道："那人是可怜，但至少不缺银子。昨晚我给他一些铜钱，他根本就没接。"

马荣搓着下巴，继续道："说到昨晚，大人，我恰巧遇见一个叫银仙的姑娘。她说在白鹤楼酒席上见过大人。"狄公点点头。马荣便把自己如何在训练室里解救银仙之事，还有秋月与文渊糟践银仙之事一一道来。狄公怒气冲冲道："秋月是给那恶人文渊提醒呢，我见她回来之时在文渊耳边低语几句，原来如此，定是说那银仙可以任由他摆布！那秋月真是歹毒！"狄公扯了扯自己胡子，又说："不管怎样，秋月胳膊上的抓痕有了解释，你把那姑娘安置好了吗？"

"是，大人。我带她去了她自己一寡妇朋友住处。"怕狄公继续问自己昨夜安歇之处，马荣紧接着道："银仙姑娘师从一凌娘子学唱，是大蟹介绍的当地多年前的名妓。那凌娘子如今又老又病，不过听说三十年前，她在这里也是风流一时。若大人要调查那陶潘德父亲自杀一事，那凌娘子或许知道点什么。"

"马荣，你这点做得不错。陶潘德父亲的自杀案，虽是三十年前，但也发生在这红阁。任何与此处相关的细枝末节都不得放过。你知道凌娘子现在身在何处吗？"

"据说她就住在大蟹家附近，我问问他。"

狄公点点头，让马荣帮自己换上官服，又让掌柜的备好轿子，一会儿要去那冯岱住处。

马荣哼着小调去了大堂。他离开之时银仙尚未醒来，即便是睡着了，银仙也是楚楚动人。马荣心想午间时还能见上她一面。他自己咕哝道："我竟喜欢那银仙，真是好笑。我们不过交谈几句，定是大家同乡的缘故！"

第八章 初审

话说狄公与马荣在主街北一雄伟的寺庙前落了轿。这二人出来便见到庙门前铺着奢华的大理石，门口有几根红柱子高高耸立。狄公昨日刚到乐苑之时便注意到此庙。

马荣问那轿夫道："这庙里供的是何方神圣？"

"回大人，这里供的财神爷啊！每个到乐苑来玩的人，去赌场之前都会到这里来上香求个吉利。"

冯岱的宅邸就在这财神庙对面。冯家宅子很大，四周高墙刚刚翻新过。冯岱出来前院迎接狄公，整个前院皆由白色大理石铺就。穿过前院，只见一栋双层大宅矗立眼前，雄伟的木质门楼雕花精致，屋顶红瓦在这清晨阳光下闪闪发光。

冯岱要把狄公带到自己书房少坐片刻，冯府管家则把马荣带去了冯岱办公的东厢房，确保庭审之前一切准备就绪。

冯岱引着狄公步入一间富丽堂皇的大房间，让他在一张黑檀雕花古董茶几旁落座。狄公饮着香茶，颇感兴趣地看着占了对面整个墙的书架。书架上书籍很多，有些书上还挂着标签。冯岱随着狄公望去，不以为然地笑道：

"大人，我自己并非多爱读书。这些书都是我年轻时候买的，主要是因为书房里应该有点书吧！通常这书房是用来招待客人的。陶潘德倒是常来看书，他对经史类书籍颇有兴趣。小女玉环也会来翻看。她喜欢读诗词歌赋，偶尔还会作几首诗。"

狄公笑道："她与贾玉波二人成亲岂不是人们常说的真正的'天作之合'？我听说贾公子在牌桌上输得挺惨，我猜他家境不错吧。"

"并非如此。事实上，他几乎一无所有。与小女定亲这事，他倒是苦尽甘来。那日贾玉波来找我借钱进京赶考，小女玉环碰巧见了，便一见倾心。我很高兴，小女已经十九，在此之前她一直看不上任何人。我便邀请了贾玉波几次到这府上来，安排了他们二人偶遇。陶潘德告诉我说贾玉波对小女印象颇佳，他便做了这大媒，这二人便定了亲。我家财万贯，钱财我不在乎，我只在乎小女的幸福。他成了我的女婿，银子管够。"

冯岱此时顿了一下，清了清喉咙，几番犹豫后问道，"大人对花魁秋月突然暴毙可有了见解？"

狄公毫不客气道："在弄清所有事实之前，我从不轻易下结论。现下，我们先听听仵作查验结果。我也想多了解一下因为秋月自杀的李琏李翰林，说说他那人如何？"

冯岱用力拽着自己的胡须，若有所思。他缓缓道来："我只见过他一次。那日是七月十九，他来与我商谈两船相撞的损失，包括我的船和他的船。他仪表堂堂但高傲骄矜，我觉得他颇为自负。因为我认识他的父亲，李文敬大人，所以我就没有与他计较。他父亲年轻时可是一正人君子！李文敬大人相貌出色，体壮如牛，言谈风趣，是个风流才子，每次往返京城，他在这乐苑停留之时，可谓是招蜂引蝶，引全城女子追捧。但他明白，监察一职，不容半点德行有亏。他离开这里之时，多少人为之心碎！大人或许听说过，二十五年前，他娶了高官之女，被任命为御史大夫。六年前他告老还乡，就在此地北部山庄里。我听说李家因收成不好，投入的钱也打了水漂，境况不太好，但我想只是收租也是一笔不小的入项了。"

狄公道："我从未见过李大人，但是我知道他为官能力非凡，可惜他因病告老还乡了。他到底得了什么病？"

"我也不知道，大人。但肯定是病得不轻，我听说他已经闭门不出将近一年了。昨晚我跟大人说了，李翰林的尸首是他叔父带回去安葬的。由此可知，李文敬大人应是病重。"

狄公又道："有人说李翰林不是那种会因女人自杀之人。"

冯岱会意一笑道："不是因为女人，是因为他自己！我刚和大人讲过，他是一个相当自负之人。花魁拒爱这种事会在整个州府传得沸沸扬扬，我觉得他应当是备感羞辱才自杀的吧。"

狄公点头道："你说的倒也有理。再者，李翰林叔父把他所有文书材料都带走了吗？"

冯岱拍额惊叫道："我想起来了！我忘了把死者书桌上的东西交还给他！"

他起身从自己书桌抽屉里拿出一油纸包东西来，狄公打开油纸包，迅速翻看了一下。稍后狄公便抬头说道："这李翰林做事真是有条不紊。他在这里的每一笔花费都记得清清楚楚，甚至包括那些与他过夜的姑娘的费用。我看到了一位玉花姑娘，一位石竹姑娘还有一位牡丹姑娘。"

冯岱解释道："这些都是二等姑娘。"

"我看他是二十五日给这些姑娘结的账。但是为什么这里没有秋月相关的账目呢？"

冯岱道："秋月几乎陪侍了那李翰林的每一场宴会，账目都是在酒楼里结算。至于他们俩私下……有什么联系，鉴于像秋月那样的一等姑娘，分别之时客人都会送些礼物，不那么像……买卖……关系。"冯岱看起来甚为苦恼，显然谈及自己生意中那难堪的话题让他自己都觉得有失体面。他忙找出狄公面前文书里的一张纸，道："这是李翰林的潦草涂鸦，显然他最后一刻还在想着花魁秋月。我把秋月召来，秋月透露说李翰林曾要赎她出门，她不愿意。"

狄公仔细看了看那张纸。显然那李翰林开始时想一笔画个圆。他画了一遍又一遍，然后在下面连写了三遍"秋月"。狄公把那纸放入袖袋，起身道："我们该去庭审的地方了。"

庭审之地占了整个东厢房。中庭那里有四个人正在奋笔疾书，冯岱引着狄公穿过中庭进到一间大堂，那大堂厅顶高悬，前门开阔，只有一排红柱子，门外正对一处精致花园。有六人已在那里候着。狄公认出了陶潘德、文渊还有贾玉波三人，另外三人从未谋面。

狄公还礼之后，便在案后高椅落座。狄公见这堂上摆设奢华，心中甚是不快。这案上铺着红色锦缎，金丝绣制，价值不菲；那文房四宝皆是古董，雕花砚台、翡翠镇纸、檀香朱砂盒、象牙杆毛笔，这些东西与其说是衙门公堂之物，不如说是个人私藏。这公堂地板彩砖铺就，后墙处被一高架屏风隔断，屏风上海浪云彩，蓝色与金色交相呼应，甚是华美。狄公以为公堂摆设应以简朴为妙，以示官府廉洁。在这乐苑，哪怕是官家也在炫耀这里的繁华富庶。

冯岱与马荣分别立在狄公左右。书记员已在前边一矮几前坐好。狄公不识得的三人中有两人在堂前一左一右站好。他们手持长杆，应该是冯岱手下的特别衙役。

狄公看了看案上已经备好的文书，一拍惊堂木道："本官，摄青华事务，升堂。先说李琏李翰林一案。本官手里已有罗大人写好的死者文书，道是李翰林于七月二十五日因单恋今年乐苑花魁娘子秋月，为情所困自杀身亡。尸检文书中提及李翰林是用自己匕首割右喉而亡，面部和小臂上都有细长抓痕。死者尸身完整,但脖子两侧皆有一处不明原因的肿胀。"

狄公抬起头来道:"宣仵作进来回话。我要知道那肿胀之处是怎么回事。"

一位年长蓄须之人步入公堂。他跪下回道:"小人乃乐苑药房掌柜,兼任仵作。至于李翰林尸身上的肿胀之处,小人提到他脖子两侧都有,都在耳下。肿胀之处有弹珠大小。皮肤未曾变色,也未曾发现外伤,肿胀必是内因生成。"

狄公道:"好。本官证实细节之后,方可以自杀结案。"他再拍惊堂木道,"再来,本官要审理昨夜红阁秋月暴毙一案,仵作把尸检结果道来。"

仵作再道:"小人昨日午夜对那秋月姑娘尸首做了检验。秋月原名元凤,尸检结果是秋月死于心悸,可能是酗酒所致。"

狄公挑了挑眉。他毫不客气地道:"细细讲来!"

"回大人,过去两个月,死者因心悸、眩晕曾两次到药店求诊,小人诊出她身体虚弱,给她抓了疏解药物,叮嘱她多加休息,不得饮酒。小人也把此事上报了妓馆行首冯老爷。但据我所知,死者未曾服药,依然我行我素。"

冯岱忙道:"大人,我劝过她遵守医嘱。我们始终要求这里的姑娘们都要遵守医嘱,如此对大家都好。可是她根本不听,而且她是这里花魁娘子……"

狄公点点头,命那仵作:"继续说!"

"除了死者喉部几处乌青瘀痕,胳膊上几处抓痕,死者尸身并无施暴痕迹。既然死者昨夜饮酒过量,小人断定死者是躺下睡觉之时,忽觉呼吸不畅。她从床上跳起来,双手扼住喉咙想要呼吸,结果摔倒在地,绝望之中拉扯了地毯,这也是为什么死者指甲里有些红色丝绒。以上依我所见,死者是心悸而亡。"

狄公叹了口气,听书记员把自己记下的仵作之言大声重复一遍。仵作确认之后按了指印,狄公便命他退下了。狄公问那冯岱:"你是怎么知道秋月身世的?"冯岱从袖袋中取出一沓文书道:"今日一早我要把与她相关的文书都从妓馆移送到这公堂之上,"他看了眼文书,继续道,"秋月原是京城一小官家小姐,那小官欠债后便把她卖到了酒楼里。她本就聪明,又受过教养,觉得自己在酒楼里卖身无法施展自己的才华,就开始闹别扭。酒楼东家就把她卖给了一龟奴,卖了两锭金子。他把她带到了这乐苑来,我们这牙婆见她又会唱又会舞,就花了三锭金子买了下来。这是大约两年前的事了,她立刻开始物色途经这里的文人骚客,很快就成了这里的头牌。四个月前,一年一度的花魁娘子选拔会,她不出所料地当选花魁。从来没有人抱怨过她,她也从来没有卷入任何是非之中。"

狄公道:"好吧,你通知她的亲属前来收尸安葬吧。现下,我得听听文渊老爷的证词。"

文渊一脸迷惑。待他跪在堂前,狄公命道:"昨夜白鹤楼酒席未散,你去了何处?"

"回大人,小人提早离席是要面见一紧要客商。事实上,他是要买一幅古画。我直接从白鹤楼回了古玩店。"

"客商姓甚名谁?你们在一起谈了多久?"

"回大人,要买古画的是一中间人,姓黄,就住在这条街上的第二家客栈。我空等了半天,适才我来此之前特意前去拜访,结果他坚称我们约定的是今夜而非昨夜。定是两日前我们商定时间之时我弄错了。"

"原来如此。"狄公道。他示意书记员把文渊所言大声读一遍,文渊确认无误之后也按了指印。狄公命他退下之后又令贾玉波上堂。

"贾玉波陈述一下昨夜提前离席之后所作所为。"

贾玉波便道:"回大人,小人提前离席是因为身体不适。我本欲去酒楼里汤池沐浴一番,却误闯了姑娘们的更衣间。我又找了店小二引我去了汤池,然后离开酒楼,步行在乐苑周围转到午夜时分,清醒之后才回到客栈。"

狄公道:"照实记下。"贾玉波确认自己所述之后也按了指印,狄公一拍惊堂木道:"秋月之死一案暂缓审结,稍后再议。"

堂审就此结束。狄公起身之前,他朝马荣低语道:"去拜访一下那姓黄的中间人,再去趟白鹤楼和贾玉波所住的客栈证实一下他适才所言,回到此处来汇报。"他又转过去对冯岱道:"我要和陶潘德私下聊聊,有没有清静点的地方?"

"当然有,大人。我带大人到后院花园凉亭处吧,那里临近后宅,外人不会去那里。"他犹豫一番,小心翼翼地问道,"容小人多嘴,小人不太明白这两起案子为何都不结案呢?一个是自杀而亡,一个是心悸而亡,我本以为……"

狄公含糊其词道:"啊,我是想多多了解这案情背景。就是想要圆满结案。"

第九章　密谈

话说冯岱提及的凉亭就坐落在冯府那大花园后。凉亭周边夹竹桃林环植,高大浓密,整个凉亭若隐若现,着实是个清静所在。狄公在一梅花屏风前扶椅坐下,示意陶潘德在小桌旁落座,那小桌上已摆好了管家送来的热茶甜点。

院落里这一角着实偏僻清静,只有蜜蜂在那白色花丛中飞来飞去,阵阵嗡嗡之声,别无他响。

陶潘德静待狄公开口。狄公轻啜几口热茶,和颜悦色道:"陶掌柜,我听你学问不错。怎么,这家宅之事还有那酒楼生意不够忙?你竟还有空暇研究学问?"

"大人,幸得手下人得力肯干,酒楼日常事务我都放手交给他们了。我又尚未婚配,家宅之事甚为轻松。"

"容我直言,请你务必三缄其口,本官怀疑李翰林与花魁秋月皆死于他杀。"

狄公一面说着一面便注意那陶潘德面上颜色变化,但陶潘德面上并无二色。他心平气和地问道:"那二人案发现场,外人皆无法入内。不知大人对此作何解释?"

"我也是百思不得其解!李翰林一连五夜都与其他姑娘厮混,突然之间便对那花魁秋月情根深种,求爱不成竟自杀身亡。还有秋月双手扼喉之事,也不见她脖子上有指甲刮痕,她指甲可是又长又尖,如此这些我都甚为不解。这两个案子尚有未解之处,对吧?"陶潘德缓缓点了点头称是。狄公又道:"现下我也只是猜测一番。但是,据我所知,令尊多年前也是在那红阁自杀,与李翰林之案颇为相似,或许其中细节可以为我解惑。我自然理解此事对你来说是心中苦痛,若你能……"狄公未再继续。

陶潘德半天无语,陷入沉思良久。最终似乎是下定决心,抬起头来,声音平静道:"大人,家父并非自杀身亡,而是他杀。此事乃我一生之痛,只有找到凶手并将他绳之以法,此恨乃消。杀父之仇不共戴天。"

他停了一下,眼睛直直地望去,陷入回忆之中:"当时我只有十岁。但所有细枝末节我都记得,这么多年来,那日的情形在我脑海之中一遍又一遍浮现,挥之不去。我是家中独子,家父对我颇为宠爱,亲自教我读书认字。那日午后,他还在教我史书。临近黄昏之时,有人传信来,他说自己得马上去趟永乐客栈的红阁。他走后,我拿起他刚才读的书发现他把扇子忘在家里了。因为父亲非常喜欢那把折扇,所以我便跑出门去给他送扇子。我从未去过永乐客栈,但那掌柜认识我,就让我直接去了红阁。

"我见红阁大门半掩,便走了进去,却看见家父瘫倒在卧房右边的床前椅中,我眼角还瞥见一身着红袍之人躲在左边角落里。我顾不得别人,盯着全身是血的父亲,吓得说不出话来。我跑上前去发现他已经没气了。一把匕首插进了他的左颈。我惊慌失措,又悲痛欲绝,转身问那角落之人到底发生了何事,结果发现那人已不在屋内了。我跑出门去寻人帮忙,结果却在走廊里绊倒,不知是头撞到了墙或是柱子,直接晕了过去。待我醒来之时,我发现自己正躺在避暑山庄的房间里,婢女道我大病一场,因那乐苑天花肆虐,我们一家人全部搬到了这山庄里来。她还说父亲因为生意奔波在外。我便以为自己只是做了个噩梦。但那些可怕的细节一直刻在我脑中,记忆犹新。"

此时陶潘德抓过茶杯,喝了一大口,又继续道:"后来,我慢慢长大,有人告诉我父亲是把自己锁在红阁之中自杀的。我当时立刻就明白了,我父亲是被人谋杀的,凶手就在案发现场,我见过他。当时我跑出门去,凶手把房门锁上后也溜之大吉,他定是把那钥匙从窗户扔了进去。我听说那钥匙正是在房间里地板上找到的。"

陶潘德长吁一声,捂着脸,疲惫不堪,继续道:"于是我便不动声色地开始调查,但什么也没查出来。首先,那官方文书竟丢了。当时的青华县令英明能干,他发现这乐苑天花肆虐是因妓馆传染蔓延的,便下令驱散所有妓女,焚毁了整个街区。那里正办公所在也着了火,所有文书灰飞烟灭。我确实查出来,当时我父亲爱上了刚刚当选的花魁娘子,名为翡翠。据说,那翡翠姑娘貌若天仙,可惜我父亲死后几天之内,她也染病去世了。官府道我父亲自杀是为情所困,因为翡翠姑娘。在翡翠生病之前,县令大人曾召她问话,据当时几位在场之人讲,就在我父亲身亡的前一天,翡翠对父亲道自己另有所爱,不肯接受父亲为她赎身。遗憾的是,当时县令大人并未追问那翡翠心中所爱之人,只是问及父亲为何会在红阁自杀,翡翠道许是因为那红阁是以往二人常常幽会之地吧。

"从杀人动机来看,凶手身份我稍微有点头绪。听说当时有两人对翡翠姑娘甚是追捧。冯岱,当时年方二十四,文渊,当时年方三十五。文渊当时已娶妻八年,并无子嗣。大家私下都知道,他房事无力,姑娘们也都知道,他喜欢折磨羞辱女人以满足自己私欲。所以他追求翡翠姑娘不过是为了自己体面。冯岱当时并未娶妻,风流英俊,深爱着翡翠姑娘。听说他当时打算把翡翠姑娘娶进门做那正房夫人。"

此时陶潘德停了下来,他盯着那夹竹桃林目光不明。狄公也漫不经心地转头看了看那树丛,突然听到树丛后一阵窸窣作响声,再竖起耳朵却又没了声音。狄公想那定是些干树叶子飘落之声吧。陶潘德满目哀伤,一双大眼睛看着狄公继续道:"隐约有些传言道是冯岱杀了家父。传言中冯岱正是那翡翠姑娘的心上人,他与家父在红阁相遇,激烈争吵之中杀了他。文渊一直隐晦暗示我此事为真,但我逼问他证据之时,他只是说那翡翠姑娘也是知情之人,不过是为了保护冯岱便道是父亲因她自杀而亡。文渊还道家父身亡那日他自己在红阁后亲眼见过冯岱,一切证据似乎都指向冯岱。

"大人,得此结论,我心中震惊之情,实在难以言表。冯岱与家父为至交好友,家父去世之后,他又帮助家母许多。家母过世之后,我一成人,他便扶持我继承家业,发扬生意。对我来说,他与父亲无异。真的是他杀了家父吗?他对我们一家的照拂难不成只是愧疚补偿?这些流言会不会是他的对头文渊故意诋毁?这些年,我一直在种种疑虑中苦苦煎熬。大人,我日日都会与冯岱打交道。当然,这些疑虑我并未透露分毫,但我确实时时都在观察,想找到些蛛丝马迹证明他就是那杀害家父的凶手。但我没有……"

那陶潘德变了音调,掩面痛哭起来。

狄公亦是无言。他好像又听到了那夹竹桃林后的窸窣作响声,似是裙裾摩挲,微不可闻。他又竖起耳朵来,一切归于平静。狄公一脸沉痛,对那陶潘德道："陶掌柜，你能告诉我这一切，本官甚是感激。你父亲之案确实与那李翰林之案极为相似，我会仔细想想其中的关节。现下我要确认几处细节。首先，既然你提到当时青华县令英明能干，为何你父亲之死会结为自杀？正如你后来所言，他肯定也发现红阁里尽管房门紧锁，钥匙很有可能是从窗户或是门缝扔进房间里的啊？"

陶潘德抬起头来，无精打采道：

"大人，当时乐苑天花肆虐，县令大人亦是分身乏术。据说当时死人很多，尸横遍野。家父与翡翠姑娘之事又尽人皆知，县令大人听那翡翠姑娘所言，把此案结为自杀也是觉得简单易行吧。"

狄公又道："适才你提及自己幼时那段可怕经历，你说自己进入红阁之时，看到床位于你右侧。但是如今，红阁之中，床靠墙位于左侧。你确定是右侧？"

"当然，大人！那日的情形一直在我眼前。或许后来客栈掌柜的把那家具位置都换了。"

"最后一处疑问。你当时瞥见了一身着红衣之人，是男是女至少看得出来吧？"

陶潘德一脸郁闷地摇了摇头。

"大人，我不知道。我只记得那人个子很高，身着红衣。我也去证实过当时是否有人在永乐客栈附近见过身着红衣之人，但徒劳无功。"

狄公若有所思道："男子甚少会着红衣，一般女子也只是大婚之日才着红嫁衣。因此，那屋内之人定是个青楼女子。"

"小人也正是如此猜想。因此，我尽我所能去查证翡翠姑娘是否有时会身着红衣，但是无人见过她身着红衣，因为她名为翡翠，她更偏爱青衣。"

陶潘德又陷入沉思之中，他扯了扯自己的短须，又道："很久之前，我便可以离开这乐苑，但我心知肚明，家父身亡之谜不解，我一生难以心安。又一想，在此地经营家父身后产业，至少也算是尽孝。但是大人，我在这里生活甚是艰难痛苦。冯岱一直对我照顾有加，还有他……"突然那陶潘德声调就变了。他迅速看了一眼狄公，继续道："大人应当理解小人为何不提学问之事了吧，那只是避世手段罢了。我在逃避那经常令我不知所措、胆战心惊的现实……"

他移开眼睛，显然在极力控制自己。狄公只好换个话题道："你知不知道有何人会嫉恨花魁秋月，谋杀于她？"

陶潘德摇头道："大人，我并不流连这里的风花雪月，只是在些正式场合见过那花魁秋月几回。她给我的印象就只是肤浅薄情，几乎所有青楼女子因为自身行当皆是如此。她很受欢迎，我听说她几乎是日日侍宴，夜夜笙歌，直至几个月前她被选为花魁娘子才得以自由选择恩客。自此之后，她便只选择些特殊客人，非富即贵，在她点头之前都要殷勤讨好于她。但我听说，她身边没有长久之人，也未曾听说有人愿意为她赎身，我猜是她的牙尖嘴利吓跑了客人，那李翰林应是第一个提出为她赎身之人。若是有人嫉恨于她，那定是过去的渊源，很可能是在她来这乐苑之前。"

"嗯。那么，我不再耽搁陶掌柜时间了。我在这多留一会儿，喝喝茶。你通知一下冯岱我稍后会去书房找他。"

陶潘德一走，狄公便迅速起身望向屏风之后。一个身材娇小的女子站在那里，见了他不由低呼一声，慌慌张张地瞥了一眼狄公，接着便转过身，要顺着台阶跑进那夹竹桃林之中。狄公一把抓住她的胳膊把她拽了过来，厉声问道："你是何人？为何在此偷听？"

她咬着双唇，怒气冲冲地望着狄公。这女子面容端正，聪慧灵动，一双大眼睛含情脉脉，两条细眉又弯又长。一头乌发梳成一条长辫垂在颈边。一身简单的黑缎长裙，却将她修长饱满的身材勾勒得一览无遗。她全身只戴了一副翡翠耳坠，肩上披着一件红纱。女子挣脱出自己的胳膊，跺着一双莲足叫道："陶潘德那个卑鄙小人！竟敢污蔑我父亲，讨厌！"

狄公不客气地道："冯小姐，休要气恼！坐下来喝杯茶。"

冯小姐怒气冲冲道："才不要！我只跟你说一次，家父与陶旺之死毫无干系。毫无关系，你听清楚了吗？不管那癞蛤蟆文渊怎么说。告诉陶潘德，我再也不想见到他，再也不见！我喜欢贾玉波，我很快就要嫁给他，不用他或是别人来做媒！就这样！"

狄公和颜悦色道："这要求过分了啊！我猜李翰林也被你这利嘴大骂了一顿！"

冯小姐已经转身要走，听到此言不由怔住了。她盯着狄公眼睛，厉声问道："此话怎讲？"

狄公宽慰她道："哎呀，那日两船相撞实乃对方过错，还耽搁了你一整晚，是吧？看你毫无女子羞涩之意，我猜你定是把那李翰林狠狠训斥了一番。"

冯小姐下巴一抬，轻蔑道："那你可是大错特错了！当时李翰林非常客气地道了歉，我也原谅了他。"

她随即便跑下台阶，消失在那片夹竹桃林之后。

第十章　访故

话说冯小姐离去之后，狄公便又坐了下来把茶喝完。他发现这几人关系甚是有趣，但这些都与案子无关。

他叹了口气，起身踱回冯岱书房。

冯岱和马荣一直在那等他。冯岱郑重地把狄公送上轿辇。

回客栈的路上，马荣对狄公道："适才公堂之上那文渊道自己酒席后直接回了自己古玩店，显然是在扯谎，这一点我们都清楚。但其他部分倒多多少少是真的，那黄姓中间人告诉我自己确实与那文渊今晚有约。既然文渊坚称是昨晚有约，黄姓中间人便道可能是自己记错时间了。至于贾玉波，事实与他的描述有些出入。负责白鹤楼更衣间的老婆婆道贾玉波根本不是误闯，首先他问的是秋月与银仙在不在更衣间内，老婆婆道那二人一起离开后贾玉波再无二话便转身匆匆而去。贾玉波所住的客栈离我们很近，掌柜的说昨天午夜前半个时辰左右，他在门前见贾玉波经过，他本欲让贾玉波进店，结果发现贾玉波直接走进了客栈左边的那条小巷里，那条小巷直接通往死者秋月住处，另外贾玉波大约午夜时分才回的客栈。"

狄公道："还真是奇怪！"他又告诉马荣关于陶潘德父亲之死还有陶潘德怀疑冯岱一事。马荣摇着他那大脑袋，一脸疑惑道："这些事我得好好捋一捋。"

狄公不置可否，兀自沉思了一路。

这二人刚在永乐客栈落轿，一进大堂，掌柜的便一脸迷惑地走上前来对马荣道："马官爷，有两个，有两个人想要和你谈谈。他们就在后厨那等着呢，说是要谈谈咸鱼之事。"

马荣盯着那掌柜，一时有些蒙。随后他便咧嘴笑起来，问狄公道："大人，我去听听他们怎么说的吧？"

"去吧。我正好有事要和掌柜的核实一下。你完事之后就到红阁来。"

狄公与掌柜交谈之时，马荣就随着店里伙计到了后厨。

两个光着健硕上身的厨子，正嫉妒地看着大蟹。大蟹此刻正站在那最大的炉子前，手持一炒锅。小虾和四个洗碗的小伙计则远远躲着。只见大蟹把锅中一条大鱼高高抛起，那鱼在空中翻了个面，然后被大蟹轻巧地用炒锅接住，鱼便落在炒锅正中央。

大蟹朝两个厨子一瞪，一脸严肃道："看清楚该怎么做了吧。用手腕一抖，快速翻过来。小虾，你试试。"

那小驼子，看起来很是恼怒，上前接过大蟹手中的炒锅。他把那鱼往空中一抛一接，结果鱼半边落在了锅外。

大蟹不满道："又歪了！不要用胳膊肘，要用手腕使力。"见着马荣，他头一偏示意他在厨房门口等。大蟹继续对小虾道："继续，再来！"便扯着马荣出了厨房。

待二人寻了这荒园一处无人注意的角落，大蟹声音嘶哑，低声道："我和小虾刚才在这附近有事，找一个在赌场出老千的家伙。马老弟，你想不想要见见那个古玩店的文渊？"

"一点也不！今儿一早我便见过他那丑恶嘴脸了，真是会恶心我好久！"

"那么，现在，咱只是闲话，你家大人可能会想要见见他，那就得赶紧点，因为我听说文渊今晚便会离开此地去京城。他说要去买些古董。我可不敢保证这是实话。就当这是闲话，我自己主动说的。"

"承让！我也不妨告诉你，我们跟那老色鬼还没完，绝对没完！"

大蟹冷冷道："我也这么想的。好了，我要回厨房了。小虾需要练习，多多练习。回见！"

马荣直接从此处拨开灌木丛和紫藤中去了红阁。狄公尚未回来，马荣便在露台大扶椅上坐下，把脚支在栏杆上，闭着眼睛，十分惬意。他在想着银仙姑娘的许多好处。

话说狄公正询问掌柜这红阁渊源呢。

那掌柜又惊又怕，挠了挠头，缓缓道："回大人，据我所知，这红阁在十五年前我置办这客栈之时就是这个样子。若大人要改变一下风格，小人可以……"

狄公不待他说完，便道："客栈里伙计可有此前的旧仆？三十年前？"

"只有那门房的老父亲了。他儿子十年前接了这个位置，因为……"

狄公随即道："带我去看看！"

掌柜的边忙不迭地嘟囔着抱歉之类的话，边引着狄公穿过嘈杂的下人住所到了一小院里来。一个看起来身体孱弱、胡须花白的老人正坐在那板凳上晒太阳。瞥见狄公一身官服，老人便要起身行礼，狄公忙道："老人家坐着回话就好。我本不该来打搅老人家，只是我对那老房子很感兴趣，想知道红阁的历史渊源。老人家可知红阁里的床架是何时挪了位置吗？"

老者拽了拽自己稀疏的胡子，摇了摇头道："那红阁里的床架未曾动过，大人。至少在我有生之年，那床架不曾动过。一直都是一进门便可看见其靠着南墙的左侧位置。那地方不错，一直都不错。过去十年我可不敢说，现在人呐，总是改来改去，或许现在位置变了，大家现在啊总是改来改去。"

狄公安抚他道："没改呢，还是老样子，我现在就住在那里。"

老人喃喃道："那地方不错，那是我们客栈最好的客房。紫藤花现在也开了吧，那紫藤可是我亲手种下的，大约二十五年前吧，过去我也种花种草。我从凉亭把紫藤挪过来，它们却把整个凉亭弄坏了。那小亭子的木工活很好的，他们又在那建了两层新式小楼，越高越好！又移栽了一些树，把露台的景致毁掉了。原来在露台上你可以欣赏落日，看看傍晚时道观里的塔尖。要我说，种了些树，红阁里也会很潮。"

"那紫藤前就是灌木丛，也是老人家你种的？"狄公问道。

"不是我，大人！紫藤前不该种那些灌木的。若不好好打理，蛇鼠毒虫都会藏在那里。定是园区的守林人种的，那些蠢货！我曾经在那捉到过两只蝎子，守林人应该要保证那里干净啊，应该如此。自从我得了这风湿病，我就喜欢宽敞明亮的地方。突然我就病了，我跟我儿子说……"

狄公忙打断那老者絮絮之言，道："我知道你这个年纪身体还是很硬朗的，听说你儿子也将你照顾得不错。好了，多谢！"

狄公便回了红阁。

当狄公步入露台，马荣忙跳了起来，向狄公汇报了大蟹所说的文渊要远行一事。

狄公冷冷道："文渊当然不可以离城！他做了伪证。查一查他住在哪里，下午我们去拜访一下。现在，你先去贾玉波住处，让他到这里来见我。然后便自行去用午饭吧。一个时辰左右就要回来。我们有很多事要忙。"

狄公在栏杆附近坐了下来。他慢慢捋着自己的长须，想着门房所说与陶潘德父亲一事的关系。

贾玉波的到来打断了狄公的千头万绪。贾玉波看似十分不安，竟在狄公面前连鞠了几躬。

狄公不悦道："坐吧，坐吧！"贾玉波在竹椅上坐下之后，狄公看他那一脸沮丧的样子不由心中生厌。过了好一会，他才突然道："你看起来不像常逛赌场之人啊。怎么会想到去赌场试试手气呢？听说你还输了个精光。"

贾才子看起来羞愧难当，十分困窘，几番犹豫后回道：

"大人，百无一用是书生。我除了会作几首诗词，别无所长。我很容易被情绪左右，也总是随性而为。那日我一进赌场，那种氛围就吸引了我。我，我停不下来，不由自主就……"

"你不是在准备参加科举考试从而入仕为官吗？"

"大人，我之所以报名科举是因为我有两个朋友要去参加考试，我被他俩的热情感染。我自己有自知之明，不配为官一方，我唯一的愿望便是可以住在一处乡野之地，醉心诗书，还有……"他顿了顿，低下头，不断搓着双手，怏怏不乐道，"大人，我真是愧对冯老爷一番美意，他对我恩重如山，期望颇高，甚至愿意把女儿许配给我……可我深觉此恩沉重，浮生所累！"

狄公想这贾玉波要么是真心实意说的是实话，要么便是演技精湛，连自己也辨不出真假。他心平气和问道："那你今日堂上为何扯谎？"

贾玉波面上一红，结结巴巴道："大人此言，此言何意？我……"

"本官是说你昨夜并非误闯更衣间，而是特意去寻那秋月姑娘。后来有人见你往通往秋月住处的那条小路上去了。说，你是不是对秋月有情？"

"我会对那种傲慢歹毒的女人生情？天啊，大人，绝对不会！我不明白为什么银仙姑娘对她那么推崇，那秋月常常苛待她和其他姑娘，动不动就鞭打她们，似乎以此为乐，可恶的东西！我只是想确认她不会因为银仙姑娘把酒洒在文老爷身上便苛责于她,才追了出去,大人。我到秋月住处时,她房内一片漆黑,并无人影,所以我便在这园区转了转,让自己冷静下来。"

"我知道了。看,下人送午饭来了,我去换件便衣。"

贾玉波忙起身告辞,喃喃着抱歉之语,表情比来之前更为沮丧低落。

狄公换了一身轻薄的灰袍,坐下来开始吃午饭。他的思绪早已飘远,不知饭菜滋味如何。饭后狄公喝了杯茶,便起身在露台上踱来踱去。突然,他眼前一亮,自己站在那里咕哝道:"正是如此!如此李翰林之死便完全是另一番光景了!"

此时马荣到了,狄公轻快说道:"来,坐下!我知道三十年前那陶潘德父亲之死是怎么回事了!"

马荣一屁股坐了下来,他非常疲累却又很开心。他适才去了王寡妇那里,发现银仙姑娘好了许多,王寡妇准备午饭之时,他与银仙在阁楼上不只聊了家乡轶事还亲热了一番。事实是他光顾着与银仙亲热,下楼来时只顾得上喝了碗面汤便跑回客栈来了。

狄公继续道:"陶潘德的父亲确实是被人谋杀身亡的,而且就死在这花厅。"

马荣慢慢想了想狄公刚才之言,不甚赞同道:"但那陶潘德说自己是在卧房里发现自己父亲的,大人!"

"陶潘德弄错了。因为他提及床是靠着北墙位于他右侧,我打听一番后才知道这红阁里的床位置不曾变过,同现在一样,一直都是靠南墙摆放于左侧。尽管这红阁里不曾变动过,但这红阁外却是完全变了。当时露台周边没这紫藤,也没有对面的园林酒楼。在这露台之上,一切一览无遗,还可以看日落。"

马荣道:"我想也能。"他心里还想着银仙姑娘的种种好处,真会侍候人呐。

"没明白吗?陶潘德那时还是个孩子,从来没有来过红阁,他只知道这里被称为红阁是因为卧房是红色布置。他进来之时,正值日落时分,这花厅红光一片,难怪他会把这里误以为是卧房!"

马荣转头看了看那花厅,所有檀香木家具都是自然光泽。他还是呆呆地点了点头。

狄公继续道："陶潘德父亲死在这花厅，当时陶潘德也是在这里看到父亲的尸体的，还瞥见了凶手，实际上凶手身着白色内衣，而非红色。孩子一跑出去，凶手便把尸体挪到了卧房，锁上了门，把钥匙从铁栅栏窗户那扔了进去，伪造成所谓的自杀场景。一个受了惊吓的孩子胡言乱语几句，凶手是想没人会在乎吧。"狄公顿了顿，又继续道，"既然那凶手是身着白色内衣，我想他当时定是在这红阁与翡翠姑娘幽会。那情敌陶旺，定是吓着了二人，于是他便用自己的匕首杀了陶旺。陶潘德说得对，他父亲确实是被人谋杀身亡，这也给李翰林之死带来些线索。李翰林之死也是伪装成自杀的谋杀案，与三十年前如出一辙。李翰林也是死在这花厅，任何人都可以轻易地从露台处进来，凶手又把他尸身搬到卧房，把文书之类的都准备好。凶手得逞过一次，所以又故技重施。这就成了揪出他身份的有利线索。"

马荣慢慢点了点头。

"大人，这凶手要么是冯岱要么就是文渊。尽管这两个案子有所不同。李翰林死时，钥匙是插在锁上的！谁也不能把钥匙扔进锁孔，大人，练个十年八年都不可能！"

狄公沉思道："若冯岱就是凶手，这点倒可以解释。不管怎样，我敢保证若我们能找出杀害那陶潘德父亲与李翰林的凶手，那花魁秋月之死也会水落石出吧？"狄公皱着眉头想了想又道，"我去见文渊之前，最好和银仙姑娘谈一谈。你知道去哪里能找到她吗？"

"回大人，她就住在白鹤楼后的艺舍。她说午后便回。"

"好，带我去一趟！"

第十一章 诈供

此时刚过晌午不久，时辰尚早，白鹤楼后街道一片繁忙。信差与小贩在艺舍前门进进出出，丝竹钟鼓之声不绝于耳，正是那姑娘们在习歌练舞。

马荣在一处艺舍前停下，门牌上标着二等四号。他与前门那脾气暴躁的老妇道他们因公事要找银仙姑娘。老妇听后便引着他们到了一处小厅等候,自己唤那银仙去了。

银仙进来便朝狄公施了礼,假装没看见狄公身后挤眉弄眼的马荣。狄公示意那老妇退下,对银仙和颜悦色道:"听说你是花魁秋月的徒儿。她教你唱歌跳舞?"银仙点头称是,狄公又道:"那你对她应是甚为了解,对吧?"

"是的,大人。奴家与师父几乎日日相见。"

"如此你便可为本官解一疑惑。我知道那秋月本是期望罗大人为她赎身,当她发觉自己误会之后甚是失望,但她立刻就开始物色下一位恩客。这便说明她急切着想要找个人赎她出去,对吧?"

"是的,大人,确实急切。师父常告诉我们当选花魁后是寻找那殷实靠山的金玉良机,如此往后便可安稳度日了。"

"正是如此。既然这样,为何她会拒绝有钱有势的李翰林呢?"

"不瞒大人,奴家对此也甚是不解。众姐妹也讨论过,我们都觉得师父是有什么隐情,我们也只是猜测。他们二人之间的关系也颇为蹊跷,我们也不知道他们二人在哪里……幽会。那李公子每次都会邀请她侍宴,但他们二人从未在酒楼房间里过夜。她也从未去过红阁。后来奴家听说那李翰林是因她自杀,简直……"那银仙俏脸一红,忙看了狄公一眼,道,"嗯,奴家是说,自己好奇这二人是如何凑到一起的,所以,奴家便问了问照顾师父的嬷嬷。但是她说李翰林只去过师父住处一次,就是他自杀那一晚,那次二人也只说了几句话。当然,花魁娘子可以在这乐苑任何地方接待自己的恩客。昨日午后奴家斗胆问及此事,结果被师父斥了几句,要奴家莫管闲事。这事确实奇怪,因她总是跟我们说她那些私密之事。我记得她有一次逗得我们捧腹大笑,说那胖胖的罗大人……"

狄公忙打断那银仙道:"好了!我听说你小曲唱得不错。听我随从说,你师从一位凌娘子,以前也是一头牌名角。"

银仙恼了马荣一眼道:"真不知大人这随从如此多嘴多舌!若其他姐妹听闻此事,皆去凌娘子处求教,很快大家都会唱奴家的小曲了!"

狄公笑道:"放心,我们与你守密!本官想与凌娘子谈一谈以前的事。我也不想这事为人所知,不便公开传唤,你能为此事安排个合适的地方吗?"

那银仙眉头紧皱道:"此事不易,大人。事实上,奴家刚去瞧过她。她不让人进门,我在门外又听她咳得厉害,这几日都不能教我唱曲了。"

狄公不耐烦道："总不至于病到没法说话吧。去跟她说说，一个时辰后我和你一起去她那里。"狄公站起身来又说："我稍后再来。"

银仙郑重地把狄公二人送至门外。狄公对马荣道："我与凌娘子问话之时，让陶潘德到场，他可以问些有用的。问问酒楼里伙计哪里能找着他。"

幸运的是，掌柜的告诉二人陶潘德恰巧正在白鹤楼，他正在酒楼后库房里检查一批新酒。他们见那陶潘德正弯着腰把那酒坛用黄土封好。他忙不迭地连声道歉，邀这二人上楼去品尝新酒。狄公道："我有急事在身，不便叨扰了。只是来告诉你稍后晚点，我会召三十年前一名妓问话，不知你是否愿意到场。"

陶潘德叫道："我当然愿意！大人是如何寻得此人？这么多年我一直在找这么一人！"

"看来知道她踪迹的人不多。我现在要去趟别处，办完事我来此处接你。"

陶潘德自是一番感激。

出了门，狄公道："看来陶潘德对自己的生意比今早所述要上心多了。"

马荣咧嘴笑道："又有几人不爱尝鲜呢！"

文渊的古玩店坐落在一繁忙的街角。店里大大小小的桌子上，摆满了花瓶、雕像、漆盒等各式古董，琳琅满目。店小二把狄公的大红拜帖送上二楼时，狄公悄声对马荣道："你跟我一起上楼，我就说你是一瓷器藏家。"马荣刚要反驳，狄公道："你就在那做个见证。"

文渊忙从楼上下来，给狄公行礼。他照例要寒暄客套一番，但他嘴唇抖了半天，也结结巴巴不成句子。狄公一脸真诚道："我一直听说文老爷这古玩店收藏不错，我实在好奇便来此看看。"

文渊再施一礼。他知道狄公此行目的无害，不由挺直了身子，不再害怕。他不以为然地笑道：

"大人，这楼下的东西不值一文。这些东西不过是糊弄偏远地方的无知顾客。请跟我上二楼！"

古玩店二楼大厅装修典雅，古色古香，墙边架子上摆着精心挑选的瓷器。文渊带狄公与马荣到了一间小书房，请狄公在茶几旁落座，马荣则站在狄公身后。窗户透进的光照在墙上几面精致轴画上，那些色彩随着岁月流逝变得柔美异常。这书房里甚是清凉，那文渊还是递给狄公一把精致团扇。文渊给狄公倒了杯茉莉花茶，狄公道："我本人对那些字画比较感兴趣。我这随从倒是对瓷器颇有研究。"

文渊忙道："那不正好！"他拿来一方形盒子，打开那层层包裹，取出一细长花瓶。他继续道："今日一早有人给我送来这花瓶，我看得不甚仔细，不知这位官爷对此有何见解？"

马荣一脸不快地盯着那花瓶，满脸怒容，文渊立刻把那花瓶收回盒子里，万分懊悔道："小人也怀疑这是个赝品，只是没想到这东西做得如此粗糙。官爷果然懂行。"

马荣退回狄公身边，长舒一口气，狄公又和颜悦色地问那文渊："坐吧，文老爷！我们闲聊几句。"文渊坐到狄公对面，狄公漫不经心地又道："我们不聊这古玩，聊聊今日一早你在公堂上扯谎一事。"

文渊凹陷的脸颊瞬间煞白，他结结巴巴道："小人不知大人所言……"

狄公冷冷地打断他道："你说自己昨晚直接从白鹤楼回了这古玩店。以为没人看见你昨晚在艺舍里虐待一弱女子，但是有人看见了，到我这举报了你。"

文渊面上不由得涨红。他舔了舔嘴唇道："我觉得没有必要提及此事，大人。那些不听话的姑娘就应该时不时地被教训一顿，而且……"

"该被教训的是你！藐视公堂，按律当罚五十大板！鉴于你年岁已高，减去十板，那四十板子也会要了你的老命！"

文渊听后立刻蹦起来跪在狄公面前，不断磕头求饶。

狄公道："起来吧！你不必受鞭笞，一个斩刑，直接人头落地，你竟敢谋杀人命！"

"谋杀人命？"那文渊尖叫道，"小人从未杀人啊，大人。不可能。什么谋杀？"

"李翰林之案。有人偷听到了十日前你与那李翰林的对话，就是他来这乐苑的第一天早上。"

文渊不可置信地瞪大了眼睛望着狄公。

"就在那码头附近，在那树底下！混蛋！"马荣冲他吼道。

文渊开始狡辩："但是没人……"他又一想继续道，"也就是说……"他突然停了下来，再也支撑不住，瘫在地上。

狄公喝道："还不如实招来！"

文渊恸哭道："但……若有人听到我们对话，大人一定知道我只是劝说那李翰林理智一些，在分析利弊啊！我跟他说不要妄想染指冯家小姐，那冯岱会疯狂报复的，他……"

狄公打断道："从头到尾仔细说说，怎么到了最后谋杀一步！"

"定是那冯岱诋毁于我！我与李翰林之死毫无干系，定是那冯岱，他自己杀了李翰林！"文渊深吸一口气道，"大人，我一五一十全都说说。那天天刚亮李翰林手下就到我店里来了，我那时刚起床，他说我前天晚上就在等的李公子因为两船相撞在水上耽搁了，现下正在码头等我呢。我认识他父亲，李文敬大人，我想和他做笔买卖，所以我想或许他……"

狄公命道："说事实！"

"但李公子并不想买古董，他让我帮忙安排悄悄见一下冯家小姐玉环。他们两船相撞时彼此见过一面，李公子邀玉环在他船上过夜，玉环没答应。那傻子面上过不去，便决意要把玉环弄到手。我跟他解释这样行不通，那是个正经姑娘，冯岱又有钱有势，不仅是在这里……"

"这我都知道。说说你对冯岱那嫉恨之心是如何让你改了主意！"

狄公见文渊面上抽搐了一下，他猜的没错，文渊擦了擦前额汗珠，垂头丧气道："大人，我抵不住这诱惑！我错了。但冯岱总是对我……他看不起我，不管是生意上还是……私事。我蠢！我想这对我来说是个机会，借他的女儿给他狠狠一击，好好羞辱他一番！若事情败露，这所有的过错也是那李翰林一人所为。所以我便告诉李翰林有一计可以让玉环来找他，让他可以抱得美人。若他午后到我家里来，我们再详谈。"

文渊快速瞟了一眼狄公，见他面无表情，又继续道："那日午后，李翰林便到了。我告诉他在这乐苑多年前有位显要之人因为单恋一妓女，求爱不成便自杀了。大家都知道冯岱当时就是那自杀之人的情敌，所以就有些风言风语道是冯岱杀了人。大人，这流言也有些事是真的！我发誓那人身亡当天晚上我看见冯岱在客栈后面鬼鬼祟祟！我相信就是冯岱杀了人，然后他又伪装成自杀场景。"文渊清了清喉咙，继续道，"我告诉李翰林，冯小姐多多少少听说过那些流言蜚语。若他给她传个信，说自己有她父亲杀人的确凿证据，她那么爱自己的父亲，定会来找他。到时候他就可以为所欲为，因为冯小姐根本不敢报官。这就是全部，大人，我发誓！我也不知道李翰林是不是给她传过信，也不知道玉环有没有见过他。我只知道李翰林死的那晚，我在红阁后的园林里见过冯岱，但我不知道到底发生了什么事。大人，小人句句属实，请您一定相信我！"

他又跪在地上一遍一遍地磕头。

狄公道："我会一一查证。愿你所言不虚！现在，你自己写个完整的口供，说明你在堂上做了伪证。秋月在你耳边告诉你银仙被脱光了绑在艺舍柱子上，随你处置之后，你便去了艺舍，那姑娘不愿满足你那恶心的要求，你就用竹笛狠狠地打了她一顿。起来，照我说的写！"

文渊慌忙站起来，颤抖着手从抽屉里拿出一张纸铺在桌子上。他润了润笔，却不知从何写起。

狄公怒气冲冲道："我说你写！我，签名在下，在此承认，七月二十八日晚……"

待文渊写完，狄公让他在供状上按上私章，指印。再递给马荣，马荣作为证人也在供状上按了指印。

狄公起身，把供状放进袖袋，言简意赅道："案子查明之前，你不得离开这里，现将你软禁在此，静待通知。"

随后他便与马荣下楼离开了这古玩店。

第十二章　往事

话说狄公与马荣从古玩店出来，走在街上，狄公道："你那朋友大蟹小虾的消息很可靠，我差点冤枉了他们。"

"嗯，这两人说的都对，但有很多时候，我也听不明白他们在说什么。尤其是大蟹！至于文渊，大人全然信了那老混蛋适才的一番话吗？"

"部分可信。我们刚刚出其不意，我想他说的关于李翰林想要强占冯家小姐以及他给李翰林出的毒计都是真的。这事符合李翰林高傲自负的态度，也符合文渊懦弱又卑鄙的性子。这也能够解释为什么冯岱要急着把女儿嫁给贾玉波，贾玉波身无分文，完全仰仗岳家，即便是婚后发现冯小姐不是完璧之身也决不敢把她休了。"

"所以大人是相信李翰林已经得手强占了冯家小姐？"

"当然。这就是冯岱杀人的原因。他把杀人现场伪造成了自杀场景,与三十年前他杀了陶旺依然逍遥法外一样。"

见马荣脸上一脸疑惑,狄公又道:"肯定是冯岱,马荣!他既有动机也有机会。如今,我觉得你大蟹小虾朋友说的没错,李翰林确实不是那种会因情所困而自杀之人。肯定是冯岱杀了他。除了机会和杀人动机,还有三十年前就奏效的方法。很遗憾,我想不到别人,冯岱给我印象不错,若他是凶手,我不得不审。"

"或许冯岱还能给我们提供点秋月之死的线索!"

"确实是!陶旺与李翰林的谋杀案虽有头绪,但秋月的案子毫无进展。我敢肯定这案子之间有些关节,只不过我还没想出来到底在什么地方。"

"大人,适才你说你相信那老色鬼说的关于李翰林与玉环的部分,另外那些呢?"

"文渊说起自己给李翰林出的毒计之后,我便注意到他开始镇定了下来。恐怕他已经意识到我在虚张声势。话已出口,覆水难收,他便留给我一种感觉,他和李翰林之间还有点事情不便透露。罢了,我们到时候会知道的,我跟他还没完呢!"

马荣点点头,二人一路无言。

陶潘德一直在酒楼前等着这二人。这三人一碰面,便一起去了银仙姑娘艺舍。

这回是银仙自己开的门。她低声道:"凌娘子不便在茅屋招待你们,她坚持拖着病躯到这里来了。我把她偷偷藏在了练习房内,此时无人。"

说罢忙带着这三人进了练习房间。在后窗柱子那,一抹瘦瘦的身影蜷在一张扶椅上。她身着一身褪色的布裙,灰白的头发凌乱地垂在肩上。布满青筋的两只手搁放在大腿上。听到有人进来,她抬起头来,朝他们所在的方向转过脸来,她的眼前是看不见的。

纸窗透进来的光照在她那张毁了容的脸上,凹陷的脸颊上全是深浅不一的麻点,透出一种病态的微红,那双浑浊的眼睛一动不动。

银仙忙走上前去,狄公一行也跟了上来。银仙俯身在她耳边道:"凌娘子,县令大人到了。"

凌娘子欲起身,但狄公忙按住她瘦削的肩膀柔声道:"坐着回话吧。

凌娘子实在不必劳动病躯奔波至此！"

失明的凌娘子道："小人静听大人吩咐。"

狄公不由吓得往后退了一步，他从未听过如此圆润温柔的悦耳之声。尤其是这声音来自一容颜尽毁的老妇，更让人觉得残忍。狄公不由咽了几下口水才继续道："凌娘子当年可有艺名？"

"回大人，小人当年艺名金玉。当年大家都喜欢我的歌喉与……美貌。十九岁那年我病了，就……"她声音渐渐淡了下去。

狄公又问："当年，有一位花魁娘子名为翡翠，你可认识她？"

"我认识，但她死了。死在了三十年前的那场瘟疫之中，我是第一批染病的。当我……当我治好病之后听说翡翠也染病去世了，就在我染病后几天，她也病了。她死了。"

"我猜翡翠的追求者甚多吧？"

"是啊，追求者很多。大多数人我都不认识。我只认识两个，都是这当地的。一个叫冯岱一个叫陶旺，我身体好起来的时候便听说陶旺死了，翡翠也死了。"

"古玩店的文渊没有追求她吗？"

"文渊？是，我也认识他。我们都躲着他，他喜欢折磨女人。我记得他送给翡翠很多贵重的礼物，但她看都不看他一眼。文渊还活着吗？活着的话，也六十多了。那都是好久之前的事了……"

窗外一群姑娘经过，兴奋地聊着天，一片欢声笑语。

狄公又问："传言道冯岱是翡翠姑娘的心头好，你觉得呢？"

"我记得冯岱确实是英俊潇洒，正直可靠之人。他与陶旺一样，陶旺也是风流倜傥，温厚老实一人。那陶旺对翡翠十分钟情。"

"流言道正是因翡翠钟情冯岱，陶旺才会自杀。凌娘子认识他，那陶旺会是自杀吗？"

凌娘子没有即刻回话。她仰起头听着二楼开始的琴声，那是有人在不断练习同一曲调。她道："这姑娘该把琴音调一调。是啊，陶旺对翡翠一往情深，或许真的是因此自杀？"听到陶潘德倒抽了一口气，那凌娘子问："大人身边还有他人？"

"本官的随从。"

凌娘子平静地说道："不对吧，他应该认识陶旺，他比我知道得多。"

突然间凌娘子就剧烈咳嗽起来，她从袖中摸出一方皱巴巴的手帕，捂着嘴擦了擦，手帕拿下来时赫然出现了血迹。

狄公知道这凌娘子时日不多了，等那凌娘子平复下来又忙问："也有传言道陶旺不是自杀，而是冯岱把他杀了。"

凌娘子慢慢摇了摇头。

"大人，这显然是诋毁诽谤。冯陶二人乃是好友，我听那二人谈起过翡翠，说无论翡翠选择这二人中哪一个，另一个自当成全，但她谁都没选。"

狄公一脸疑惑地看着陶潘德，陶潘德也是从不知晓此事的样子。如此便没有必要再问了，凌娘子又继续道："我想翡翠想找的不仅是一个外表英俊、忠贞不贰、腰缠万贯之人，她想要更多。她想找的那人不仅仅如此，那人可以为她上刀山、下火海，为她付出所有，财富、名声、地位等一切，为心爱之人可以毫不犹豫地抛却所有。"

凌娘子不再言语。狄公定定地盯着那窗户。楼上的琴声一遍又一遍，让人心烦意乱。狄公好不容易才稳住心神。

"劳动凌娘子跑这一遭，我叫轿辇送你回去。"

"大人体谅，多谢。"

凌娘子所言字字顺从，但语气犹如名妓委婉拒绝爱慕者般，令狄公心中一痛。他示意另外几人走了出去。

出了门，陶潘德喃喃道："当年的风流名妓，如今只剩一副嗓子了。当年的事……有些奇怪。容小人仔细想想。告辞。"

狄公点头允了，然后便对马荣道："马荣，给凌娘子叫个轿辇。让轿夫在后门等着，你帮银仙偷偷把人送走。我还要会一会别人，一个时辰左右后到红阁会面吧。"

第十三章　赎身

话说马荣听狄公昐咐，便从店里租了个四抬小轿，提前付了银子还多给了轿夫几个铜板。那四人欢欢喜喜地一路小跑跟在马荣身后到了这艺舍后门，银仙与凌娘子正在院里等着呢。

银仙把凌娘子扶上轿，目送轿子远去直至消失不见，见她面目凄凉、一脸难过，马荣笨拙地咧嘴一笑道："你笑一个呀！不必忧心，什么事我们大人都能解决，我有事就找他。"

银仙怒气冲冲道："你就会找他！"转身进了艺舍，把身后大门重重地摔上了。

马荣不明所以地挠挠头，或许她说的也对。他一路愁眉苦脸，不知不觉便走到了大街上。

他望着远处妓院院首的办公之地，停下了脚步。那里川流不息的人群进进出出，好不热闹，他看了好一会儿才继续往前走。他心中萌生出一重大决定，不由陷入沉思之中。突然他转过身去，费力挤进了那院首办公处。

柜台前挤着几个大汉，个个汗流浃背，他们正举着自己手里的红条声嘶力竭地嚷嚷着。这些人都是到酒楼茶肆打听消息或是跑腿的小二，红条上写着他们自家酒楼茶肆里客人点名要侍宴献艺的姑娘们的名字。柜台里的伙计把红条接过来会捺上指印。若客人点名的姑娘们有空，他便把时间地点填上，盖上印章让门口闲逛的孩子跑腿到艺舍通知姑娘们准备好，到时候去侍宴献艺就好。

马荣毫不客气地把柜台尽头的看门人推到一边，直接去了房间后面，那院首如同天子般坐在案桌后，肥头大耳，油光满面。他眼皮都懒得抬，一脸傲慢地瞥了一眼马荣。

马荣从靴子里取出自己的官凭牙牌，扔到桌子上。那胖子仔细查看了一番后，抬头便是一脸笑意，客客气气道："不知官爷有何吩咐？"

"助我敲定一笔简单买卖而已，我要把那二等姑娘银仙赎出来。"

胖子抿了抿嘴，上下打量了马荣一番，拉开抽屉取出一个厚重的账簿来。他翻了翻账簿很快就找到了银仙那一栏，慢慢翻看，一本正经地清了清喉咙道："我们当初是花了一锭半金子买下的银仙，姑娘曲儿唱得不错，很受欢迎。我们还给她买了美衣华服，账单都在这儿，总共是……"那胖子抓过算盘来开始算。

"休要瞎扯！你给她花的钱，她十倍百倍都给你赚回来了。我给你一锭半金子，现付！"

马荣把叔父给自己留的那两锭金子从怀里掏出来，打开包裹放在了桌子上。

胖子盯着这两锭金子，抚着自己的双下巴思索着。他遗憾地想到自己不能与这官家作对，冯老爷定是不喜。这家伙看起来很是急切，简直太可惜了。若是外人，毫无疑问要付双倍价钱，还得付些跑腿钱。今天这日子不顺，他肚里也不舒服。他打了个嗝，无奈叹了口气，把那盖了章的卖身契从账簿上撕下递给马荣，然后又找了二十锭银元的零头，恋恋不舍的样子。

马荣命道："把这些都好好包起来！"

胖子一脸幽怨地看着马荣，只得慢慢地把那银锭找了张红纸包了起来。马荣把银子和卖身契装进袖袋，便走了出去。

他自觉这主意甚好。总有一天自己要安定下来，哪有比和自己同村的姑娘更适合的女人呢？狄公给他的月钱足够养家糊口，总好过把钱都花在酒色上。唯一不好的便是乔泰和陶干会因此取笑他个没完。管他们呢，待他们见了银仙美貌，自会哑口无言。

经过永乐客栈的街角时，马荣见那里有处酒馆，大红的招牌甚是惹眼，便想去喝一杯。

一掀开门帘，只见那酒馆里人声鼎沸，人满为患，个个喝得兴高采烈。整个酒馆里只剩窗口那桌有一空位，有个年轻人正坐在那里盯着自己眼前的空酒壶，一脸忧郁。

马荣挤过去问道："贾公子？不介意我坐在这里吧？"

贾玉波面上一喜。

"真是幸会！"随即他那脸色又沉了下来，说道，"抱歉没法请你喝酒了。我刚刚把最后一个铜板也花完了，冯老爷那借的银子还没着落呢。"

他喝得有点多，说话时舌头都不利索。马荣暗忖这贾玉波最后一壶酒定是喝得心事重重。他扬声道："我请你喝！"他喊小二来，上了一大壶酒，自己付了银子，又把两人酒杯倒满。

"来，为好运干了！"马荣仰头把杯中酒一饮而尽，又急急添满一杯。贾玉波也仰头一饮，却愁眉苦脸道，"多谢，我确实需要好运啊！"

"你？天啊，你要做冯岱女婿啦！要娶这里冯老爷家独女，你赌桌上输那点钱立刻全都找回来了，还需要什么好运！"

"正是如此，我才需要好运！才能摆脱困扰。都是那可恶的文渊让我陷入如此境地！"

"我不明白你还有什么可苦恼的，但那文渊确实不是个好东西，你说得对！"

贾玉波泪水汪汪地看着马荣许久道："自从李翰林死后，这计划就取消了，告诉你也无妨。简单说来，就是我在赌场输光了钱那天，自命不凡的李翰林恰巧就坐在我对面。那假惺惺的混蛋说我太鲁莽冲动，后来就与我搭讪，问我想不想做点事把钱赢回来。我当然想！他就带我去了文渊店里，他们俩正想方设法地对付冯岱呢。文渊想办法让冯岱惹上官司，李翰林则动用京城人脉让这乐苑里正之位易主，文渊取而代之，当然李翰林也会得到丰厚的回报。这是翻身的机会！李翰林和文渊让我想办法取得冯岱信任，混进冯宅，在冯宅放盒东西就好。"

"那两个卑鄙小人！你这傻子答应他们了？"

"你不用再骂我了！你愿意在这乐苑身无分文过活吗？况且，我也不认识冯岱，还以为他也是那种混蛋呢。让我继续说，我这悲惨的故事还没完呢！你不是说要请我喝酒吗？"马荣又给他倒了杯酒，贾玉波贪心地喝了两口酒，又继续道，"好，李翰林要我去找冯岱借钱，道是借钱赶考，科举过后再还钱，好像冯岱经常帮助那些贫困潦倒的才子。

"一切都很顺利，但我见到冯岱后才发现他人很好，正直和善。他不但同意借钱给我，好像还很喜欢我，第二天便邀我去吃饭，第三天还请我去。我见到了他女儿，娇俏迷人，还有陶潘德，一表人才，对诗歌也有独到见解。他读过我的诗，说我的诗歌有些古体意境。"

贾玉波重新又倒了一杯酒，喝了一大口，继续道："在冯府用过两次饭后，我就去找文渊，告诉他自己不想帮他监视冯岱，因为冯岱为人不错，我作为正人君子不会帮他。我还说，正是因为我是君子，所以不介意回过头来去监视他和李翰林，还有他们那一伙小人。我还说了些其他的事。结果，文渊冲我叫道他不会给我一个铜板，还说李翰林重新考虑过取消了整个计划。这也很好。我以冯岱愿意借钱给我为由头从房东那借了块银锭，开始肆意享受这乐苑的花天酒地。后来我遇见了我生命里一直期待的姑娘，最美、最善良的姑娘。"

马荣一脸疑惑地问道："她也会作诗？"

"不，不会！她心地善良，天真单纯，善解人意！又很温柔，令人心静。你明白吧。天啊，我可不喜欢那些吟诗作对的姑娘！"他打了个酒嗝，又继续道，"那些姑娘都多愁善感，我自己本身就已经多愁善感了。家里有我一人吟诗作对就够了，就一个！"

马荣叫道："那你到底为何还闷闷不乐？天啊，多少人能有你这好运！你娶了那冯家破鞋做妻，再迎那温柔姑娘做妾？"

贾玉波直起身来努力看着马荣眼睛一脸高傲道："冯岱是个正人君子，冯小姐也不是破鞋，她教养良好，庄重自持，尽管她有点多愁善感。他们喜欢我，我也喜欢他们。你觉得我是那种混蛋，娶了冯家小姐，拿着冯家的钱，然后再给自己买个小妾寻欢作乐，如此回报别人恩德？"

马荣一脸向往道："我知道很多人都会抓住这难得的机会，包括我自己！"

贾玉波嗤之以鼻道："我可不是你！"

"这话送与你！"

"这话送与你？"贾玉波慢慢重复了一遍，眉头紧紧皱了起来。指了指自己和马荣，他突然叫道："你，你，你在侮辱我！"

"没有！"马荣轻松道，"你适才误会啦。"

贾玉波呆呆道："那我道歉，我太痛苦了。"

"那你打算如何？"

"我不知道！若我手里有银子，我立刻把那姑娘赎出来，远走高飞！也算是帮了陶潘德一忙，他喜欢冯小姐，只是未捅破那窗户纸而已。"贾玉波把头探到马荣身边，低声道："陶潘德顾虑颇多。"

马荣长叹一声，一脸厌恶地说道："年轻人！听我这过来人一言！你和陶潘德这种文人就是顾虑太多，把简简单单的事弄得错综复杂，对你们自己，对他人皆是如此。我告诉你该如何行事。你先娶了冯家小姐，第一个月尽你所能，直到她精疲力尽向你求饶，你就说让她稍微休息些时日，但自己不能受这煎熬，因此你就可以把那温柔的姑娘买来，大家皆大欢喜，你坐享齐人之福。她们二人要么和平相处，要么争风吃醋，你再给自己买房小妾，若是她们之间出现矛盾，你还可以提议四人打个牌周旋一下。我家狄大人就是这样，他可是博学多识又风度翩翩。提到我家大人，我现在得赶紧走啦！"

马荣拿起酒壶，直接把那壶中酒全喝了。"多谢你奉陪！"他说着便离开了，徒留那贾玉波一人在那酒桌旁愤愤不平，一时竟也无语。

第十四章 案情

话说狄公离开艺舍之后，直接去了冯府，他给冯府管家递上了自己的大红官帖之后就在门口候着。片刻之后，便见那冯岱急急忙忙跑了出来。见狄公突然到访，冯岱忙问是不是案子有了新的进展。

狄公心平气和道："确实如此，本官发现一些新的线索。先不谈公事，我想与冯老爷还有冯小姐私下聊一聊。"

冯岱迅速看了狄公一眼，缓缓道："大人的意思是密谈？"狄公点头称是，冯岱便道："那我们便去今日上午大人与陶潘德谈话的那凉亭吧。"

冯岱厉声吩咐了管家一番，引着狄公穿过那奢华的房舍与走廊，便到了冯宅后花园。

这二人在小桌旁坐下，管家倒好茶后便退了下去。须臾片刻，那冯玉环修长的身影就出现在花园小径间，她仍是昨日那一身扮。

冯岱向狄公介绍了玉环之后，冯家小姐便一脸羞怯地垂着眼站在自己父亲身后。

狄公身子往后一倚，轻抚着自己的长须，对那冯岱道："据说李翰林在两船相撞那晚，见到冯小姐，言语之间颇有些轻薄。听说后来他给冯小姐传了信，邀她到红阁一叙，不然便把冯老爷当年丑事证据公布于众。而且，李翰林身亡那晚有人在红阁后园林见过你。这些可都是事实？"

冯岱面色如土，抿着双唇，不知如何作答。此时玉环突然抬起头来，平心静气道："当然，大人所言皆是事实。父亲，无须抵赖，女儿一直知道这纸包不住火。"不待冯岱说什么，玉环便直视狄公眼睛，继续道："大人容小女缓缓道来。撞船那晚，李翰林坚持要来亲自致歉。他起先言谈有礼，待我贴身婢女前去取茶，他言语间便轻薄起来。先是恭维我一番，又道既然两船相撞在一起，我们二人夜里可以一起消磨这时间。他自诩风流倜傥，位高权重，未曾想过我会拒绝。毫无疑问，他对此勃然大怒，说无论如何都会逼我就范。我并不理会，直接回到自己船舱，用桌子把门顶住。回到家里，我并未向父亲透露此事，若父亲因此事与那李翰林争吵，惹上麻烦，便不值当了。那李翰林当时酒后无状罢了，可是，就在李翰林死之前的那天午后，那个讨厌鬼给我传信，信中正如大人适才所言。"

冯岱此时要说什么，可是玉环把手放在他肩膀上按了一按，继续道："为了父亲，我愿意尽我所能。以前确实有风言风语道我父亲过去做过一件错事，对他不利。那晚我偷偷从后门溜进红阁，没有引人耳目，李翰林正在桌子上写写画画。他说我到红阁来他太高兴了，让我坐下，说自己一直都知道上天注定我是他的人。我想让他说说父亲的事，他总是含糊其词，顾左右而言他。我说自己知道他扯了谎，便要回家告知父亲所有一切。李翰林便跳起来对我破口大骂，扯掉我的外袍，叫着当场便要逼我就范。我不敢喊人，毕竟是我偷偷溜进那红阁的。此事尽人皆知的话，我与父亲也会名声尽毁。我想着自己能阻止他，便尽全力反抗，在李翰林脸上胳膊上又抓又挠，他对我也甚是粗暴，证据在此。"

玉环无视自己父亲反对，平静地松开衣襟，褪下衣袍，把上身露了出来。只见玉环肩上，左胸还有上臂皆布满了或黄或青的瘀痕。她把衣服穿好，又继续道："我们撕扯之间，桌上的文书被推到一边，我发现文书下有把匕首，我假装放弃挣扎。他松开我的胳膊要解我腰带之时，我便夺过匕首威胁他，若他不收手，我会杀了他。他却还想抓住我，我拿着匕首一阵乱刺，突然有血从他脖子那喷涌而出，他一屁股坐回椅子上，嗓子里发出可怕的嘎嘎声，说不出话来。我吓坏了，从红阁后园林跑回家来告诉了父亲一切。接下来的事他会告诉你。"

那玉环匆匆施了个礼便冲出了凉亭。

狄公看着冯岱，一脸疑惑。冯岱扯了扯胡子，清了清喉咙，懊悔万分道："大人，当时我试着安慰玉环，让她冷静下来。我与她解释道，别人强迫她时，她奋力反抗是应该的。她并无过错。另外，这事若公布于众，我和她二人皆会尴尬难堪。她名声会因此受损，我也不想再有人提及关于我过去的风言风语。因此，我决定，决定另辟蹊径。"

冯岱顿了顿，喝了口茶。言语确凿，更为坚定道："我去了红阁，见那李翰林已经死在了花厅里，与玉环说的一模一样。桌子和地板上几乎没有血迹，他身上却全都是血，我要把他伪造成自杀的假象。我把尸体搬进了红阁卧房，把他放在地板上，又把匕首塞进他右手，然后又把他花厅桌上的文书放在了卧房书桌上，又锁上门从露台那里离开了。既然红阁卧房里唯一的铁栅栏窗户无人能进,那李翰林之死便是自杀。花魁秋月后来所述自己拒绝李翰林求爱更是成了有力证据。"

狄公道:"我猜,那门锁里的钥匙是你被叫去调查此案时,撞门之时你乘人不备插进去的吧?"

"是,大人。那钥匙一直在我身上,因为我知道,有人发现尸体后,会第一个来通知我。客栈掌柜的来找我时,我们顺便接了那罗大人一起去了红阁。门被撞开后,如我所料,罗大人和衙役们都直接去看那尸身,我趁机就把钥匙插在锁上了。"

狄公道:"有道理。"他捋着自己胡子又思索了一会儿,漫不经心道:"若要不露痕迹,你应该把李翰林涂鸦这张纸带走的。"

"大人,这又是为何?那色鬼显然也想要得到秋月!"

"不,他想的不是秋月,想的是玉环。这两个圈是代表玉环。他画完之后,发现自己画的又像秋夜满月,才写了三遍秋月吧?"

冯岱迅速看了狄公一眼,惊叫道:"天啊!是的!我竟没有想到这一点!"他又一脸窘迫道:"既然一切真相大白,这案子得重审吧?"

狄公轻啜了口热茶,盯着那繁花盛开的夹竹桃林。阳光下有两只蝴蝶在翩翩起舞。这花园似乎是这乐苑喧嚣之中的一处安静所在。他转过头,冷笑着对冯岱道:"冯老爷,令嫒着实勇敢又机智。她适才所述与你现在所言,看似解了这李翰林之死一案。让我终于知道李翰林胳膊上的抓痕从何而来了,我还一度以为红阁卧房里有什么邪祟,但他脖子上的青肿又是怎么回事?玉环可知道?"

"她不知道啊,大人,我也不知道。或许只是脓疮。大人打算如何处置我们父女,打算……"

狄公打断他道:"按律,暴徒强奸女子,女子反抗失手杀人无罪。但你混淆视听证据,罪不容恕,至于怎么定罪先不谈。我想知道玉环适才提及的关于你以前传言的细节,是不是关于三十年前你因争风吃醋杀了陶潘德父亲陶旺一事?"

冯岱坐直了身子,一脸沉重道:"是,大人。这是诽谤诋毁。我没有杀人,那陶旺是我挚友。我当时确实对那花魁翡翠情根深种,真心想要娶她。当时我二十五岁,刚成为这乐苑的里正,陶旺当年二十九,也钟情于她。他当时已有家室,并不开心,但翡翠之事并没有影响我们两人之间的友情。

我们俩达成共识，大家各凭本事去赢得翡翠的芳心，求而不得者不能心怀怨恨，但翡翠似乎一直犹豫不决，迟迟不肯抉择。"

冯岱犹豫了一下，慢慢抚着自己的下巴。显然他在斟酌如何继续说。最终他还是说道："我最好还是把这事原原本本告诉大人吧。事实上，三十年前我就该讲出来的。但我当时是个蠢蛋，待明白过来，一切都晚了。"冯岱深深叹了口气，道："当年除了我和陶旺，还有一人也在追求那翡翠，就是那古玩店的文渊。他追求翡翠不是因为爱她，只是因为那愚蠢的自尊脸面，他要证明他自己和我还有陶旺是一类人。他重金收买了翡翠身边的一个丫鬟，窥其动向，疑心我还是陶旺成了那翡翠的心上人。就在我和陶旺决定要翡翠在我们二人之间做个决断之时，文渊收买的那丫鬟告诉他翡翠竟然怀孕了。文渊立刻把这消息传给了陶旺，暗示他是我让翡翠有孕，我和翡翠二人联合起来耍弄了他。陶旺立即跑来我家，尽管他脾气暴躁，但头脑聪明，为人公平正义，因此我费时解释了一番，我并没有与翡翠亲近过，于是我们俩讨论了一番下一步该如何。我便打算和陶旺一同去见翡翠，告诉她我们知道她另有所爱，我们也不会再继续打扰，她最好开诚布公告诉我们那人是谁，我们依然是她的朋友，若有任何困难我俩都愿意伸手相助，但陶旺不同意。他怀疑翡翠是故意拖延我们二人不做抉择，只是为了捞钱。我跟陶旺说翡翠不会如此，但他根本不听，拂袖而去。陶旺走后，我回顾整件事，觉得自己有必要再和他谈谈，以免他多生事端。去陶家路上，我遇见了文渊，他告诉我自己已经见了陶旺，还告诉他翡翠此时正在红阁与人幽会。他还说陶旺已经去了红阁要看看那人到底是谁。一想到陶旺恐怕要陷入文渊所设的陷阱，我也抄园林近路跑去了红阁。我踏上露台之时，就见陶旺坐在那花厅椅子上，背对着我。我叫他他却不应，我走进去一看，他身上全是血，脖子上插着一把匕首，人已经死了。"

此刻冯岱不由双手掩面而泣，随后双目无神地盯着花园又看了一会。镇定下来后，他继续道："我就站在那里，满心惊骇地看着自己好友的尸体，突然我听到走廊里传来脚步声。当时我心中念头一闪而过，若有人发现我在案发现场，一定会以为我是因为争风吃醋杀了陶旺。我便跑了出去，一路跑到翡翠住处，但是她不在，我又回了家。

"我坐在书房，还在思索着各种理由解释之时，县令大人的一随从来召我这个里正前去红阁,说是有人自杀。我去红阁时就看到县令大人一行正在红阁卧房,店里的伙计透过铁栅栏窗户发现陶旺死在了卧房之中。卧房房门上了锁,钥匙也在房间里地板上,县令大人便认为那陶旺是自刎身亡,他手里还拿着一把匕首。

"当时我不知所措,显然我从红阁里跑出来后,凶手把陶旺尸首从花厅移到了卧房,伪造出他自杀的场景。那县令大人问及陶旺自杀缘由,那客栈老板道出了翡翠。县令大人召翡翠前来问话。翡翠承认那陶旺一直钟情于她。但令我没想到的是,翡翠竟又说陶旺此前曾要为她赎身,她拒绝了。她就站在县令大人跟前,说这荒谬可笑的瞎话,我拼命地盯着她的眼睛,但她把脸转了过去。县令大人当场判定这是一个普普通通为情所困的自杀案,便让翡翠回去了。我想要追过去,但县令大人命我留下。当时正值乐苑天花肆虐,这也是为什么县令大人会带着自己的人马在此。整整一晚,县令大人都在和我讨论如何阻止天花蔓延,他打算采取烧毁一些屋舍还有一些其他的紧急举措。因此我便没能找到机会去问翡翠到底怎么回事。

"后来,我再也没有见到她。次日一早她便和其他姑娘逃去了林间,衙役们把她们的艺舍全都烧了。她在外面染病后去世了,我只拿到了她的身契,还是另一个姑娘从要焚毁的尸身上取下来的,县令大人命令那染病之人都要集中火化。"

冯岱面上一片死灰,额间也渗出汗水来。他抓起自己的茶杯,慢慢喝了几口,声音疲惫道:"当然,我当时就应该告诉县令大人那陶旺的自杀场景是伪造的。我应该将杀害我朋友的凶手绳之以法。我不知道翡翠在其中牵涉多少,但她人已经死了。那文渊又见当时我去红阁,若我当时开口,文渊会说是我杀了陶旺。我是个胆小鬼、懦夫,当时就没开口。

"三个月过后,疫情有所控制,这乐苑一切又恢复如常。文渊跑来找我说他知道是我杀了陶旺,是我伪造了他自杀的场景。若我不让出这里正之位,他就要去衙门告发我。我让他去告,我很高兴一切可以真相大白,因为我的懦弱这事日日都在折磨我。但文渊就是一卑鄙狡诈的小人,他自知毫无证据,只是来吓唬我,所以他也就没有去衙门告我,只是暗地里四处散播我杀了陶旺的流言。

"四年之后，我终于忘了翡翠，娶了妻室，生下了玉环。她长大之后遇见了陶旺的儿子陶潘德，二人似是彼此喜欢。若这二人将来成亲，我倒是乐见其成。我觉得孩子们可以延续我与陶旺间的感情，我一直未能替我老友报仇，但是陶潘德定是听说了恶毒的传言。我发现他对我的态度变了。"冯岱突然停了下来，一脸伤心地看着狄公，"玉环也发现那陶潘德变了，她有很长一段时间郁郁寡欢。我想另外给她觅婿，给她介绍过很多青年才俊，她都不喜欢。大人，她是一个相当独立却任性的姑娘。当她对贾玉波感兴趣时我别提多高兴，当然我更愿意选一个我比较了解的当地人，但只要我女儿高兴就好。陶潘德主动要求做媒，也说明他根本不喜欢玉环。"

冯岱深吸一口气，最后道："如今，大人都该明白了。包括我怎么会想到把李翰林之死伪造成自杀假象。"

狄公慢慢点了点头。

冯岱未做任何辩驳，平静地说道："我向祖宗发誓，关于陶旺之死，我决无半句虚言。"

狄公一脸严肃道："神灵在天啊，冯老爷！慎言！"

狄公轻啜几口茶后，继续道："若你所言属实，此地定有一残暴无情的凶手。三十年前，因为被人发现他是翡翠的心上人，他在红阁杀了陶旺，昨晚他有可能也来过，又杀了秋月。"

"大人，那仵作不是说秋月死于心悸吗？！"

狄公摇了摇头。

"对此我不是很确定。冯老爷，两个案子如此相近，我不信这只是巧合。那人三十年前与一花魁有牵扯，三十年后极有可能与另一位花魁有关系。"他看着冯岱，眼神锐利，又说道，"提到秋月，总感觉冯老爷似乎有事瞒着我呢！"

冯岱看着狄公，似乎是真的吃了一惊。

他叫道："我所知道的都告诉你了，大人！唯一不便透露给大人的便是她与罗大人有过一段露水情缘，但是大人你自己一早便发现了呀！"

"确实如此。罢了，冯老爷，我会慎重考虑下一步措施。今日言尽于此。"

狄公起身告辞，让冯岱送自己出去。

第十五章　遇伏

话说狄公回到红阁之时，马荣正在露台那候着。

"马荣，我听说了件有趣的事，或许可以为我们解惑，就是三十年前那陶旺一案。我们必须现在去见见凌娘子，她可能会有杀害陶旺的凶手的线索。然后我们就能知道秋月之死是怎么回事了。我得……"狄公闻了闻道，"这儿有股臭味！"

"我也闻见了，或许那灌木丛里有死猫死狗吧。"

"那我们进去吧，我也得换身衣服。"

二人便进了花厅。马荣把双重大门都关上了，他边帮狄公换上一件干净外袍，边说道："大人，来此之前，我与贾玉波一起喝了点酒。大蟹小虾说得对，那古玩店的文渊果然与李翰林在密谋取代冯岱的里正之位。"

"坐下来说！我想知道那贾玉波是如何说的。"

待马荣说完，狄公心满意足道："原来这就是那文渊未说明之事！我说过我总感觉文渊有事瞒着我们。或许文李二人打算让贾玉波把一盒反动的文书带进冯府，然后便告发冯岱正是主谋。既然计划取消了，倒也不妨事。适才，与冯岱父女聊了许久，那李翰林显然不是自杀，他是被人杀了。"

"被人杀了？大人？"

"是。听我说说那二人所言。"

狄公向马荣大致讲了冯家父女所言，马荣不吝赞赏道："好一位刚烈女子！贾玉波用了个词，躁烈。现在我知道贾玉波为何不愿娶她了。娶了她就是麻烦，麻烦不断！好，李翰林之案算是结了。"

狄公慢慢摇了摇头。

"并非如此，马荣。你也算是身经百战。你说说，你觉得玉环有可能用右手持匕首割断那恶徒的右颈大脉吗？"

马荣抿了抿嘴道："可能不行，但也不是绝非可能，大人。两人扭打之中，那匕首不知会飞到哪里去，有时就这么奇怪！"

"好，我只是确认一下。"狄公想了一会儿，又道，"我觉得我最好在这里想清楚怎么与凌娘子问话。你让大蟹带你先去凌娘子茅屋看看，不必上门搅扰，让大蟹指出位置即可。然后你再回来接我一起去那儿。"

"大人，我们自己也可以轻易找到那凌娘子啊，那茅屋就在码头对面河岸某处。"

"不，我不想在那里四处打听那凌娘子。这乐苑定是有个凶手，或许凌娘子是唯一知情之人，我不想让她陷入险境。你无须着急，我在这里等你。我现在心中思虑万千，得好好想想。"

于是，狄公又把外衣脱了下来，帽子也摘下来放在桌子上，自己则躺在了软榻上。马荣把茶几往前推了推，方便狄公饮茶，自己便退下了。

马荣直接去了这乐苑里最大的赌场。他想既然已是午后，大蟹小虾二人应是起身来上工了，果然在二楼找着了他们，二人正一脸严肃地盯着赌桌呢。

马荣说明来意，又道："你们二人谁能陪我走一趟？"

大蟹道："我们一起啊，你也知道，我们总是一起的。"

小虾道："我们刚从那儿来，但多走两步对身体好，是吧，大蟹？我儿子或许也回来了。我去和管事的交代一下换人值守。"

小虾便下楼去了，大蟹带着马荣走到了阳台上。他们喝了几杯茶的时间，小虾就回来说已经找到人替他们值守一个时辰左右。

这三人便穿过热闹的大街，一直向西走去。不一会儿他们又穿过几条贩夫走卒所住的街区小巷。当他们踏上一片荆棘丛生的荒地之时，马荣满心疑惑道："你们怎么选了这么一荒凉的地方住！"

大蟹指着对面的密林道："除了那些，这地方相当惬意。凌娘子的小茅屋就在一棵大紫杉树下。我们家还远着呢，在河边的柳树那。这处荒地虽不美观，但隔绝了喧嚣。"

小虾道："家里还是安静的好。"

正在前面带路的大蟹，走到树林里一处窄路。突然一阵树枝瑟瑟乱响，有两人从草丛里蹿了出来，一人钳住了大蟹胳膊，一人给大蟹胸口猛击了一棒。眼见他又要朝大蟹头上打下去，马荣此刻飞身一跃，直接一拳打在那人下巴上。那人带着痛苦呻吟的大蟹一下倒在地上，马荣又转身对付第二个土匪，可那土匪抽出了长剑，马荣急忙抽身才堪堪避开了那胸前一剑。与此同时，又出来四个土匪，三人手持长剑，一人高举短枪喊道："围起来，一个也别放过！"

马荣一见这情势不妙。他最好是能夺过那高个土匪的短枪，但他先得让小虾去搬救兵,他自己也不敢确定,即便夺过那柄短枪,他一人对付四个持剑之人能坚持多久。他狠狠踢了一脚对着他的那柄短枪,但那人竟未松手。马荣转过头对小虾喊道:"你快走!搬救兵!"

小虾却嗤了一声道:"你让开!"只见小虾嗖的一下掠过马荣身边直接冲到了手持短枪之人跟前,那人笑得恶毒,拿那短枪直指小虾。马荣欲上前拽回小虾,奈何自己被那几个持剑之人围起来,留小虾一人对付那头领。马荣刚躲过迎头而来的一剑,就见小虾出手了。小虾双手上挂着两条铁链,铁链尽头有两个鸡蛋大小的铁球。两条铁链如银龙飞舞,打得持短枪之人慌忙后退,疯狂地用自己手里的短枪去挡那来势汹汹的铁球。围击马荣之人都转身去帮那头领。但小虾好似耳听六路、眼观八方,他一抢那铁链,离他最近那人便被铁球砸得倒了下去。他一转身,另一铁球就直接击碎了头领的肩膀。其余几个人想要刺小虾一剑,但根本没有机会。小虾将那手中铁链铁球舞得快如闪电,双脚几乎没沾地,一头灰发随风飘扬。他周边形成一道危险致命又坚不可摧的屏障。

马荣后退一步,屏息观望。这便是人们以往悄声讨论的铁锁功啊。铁链用皮带绑在小虾的小臂上,他双手控制着那铁链的长度。他左手一收,链子缩短,击碎了第二个剑客胳膊,右手一挥,链子伸长,整条链子飞出去直接毫不留情地砸烂了第三个人的脸。

现在还有两个人。其中一人想要用剑控制小虾的球,但无济于事,另一人则打算脚底抹油,溜之大吉。马荣欲把那逃跑之人拦下,还未出手,就见小虾一个猛击就砸在了他后背上,直接给他摔了个狗吃屎。与此同时,小虾左手链条就如同蛇一般紧紧缠住了最后一人的剑,他把那链条一收,那人便被扯了过去,另一手上的铁球直接就砸在了他的太阳穴上。打斗结束,一切归于平静。

小虾一手抓过一球,把链条往胳膊上一缠,袖子一放,杳无痕迹。马荣急忙上前,就听背后一深沉声音道:"又歪了!"

是大蟹。他已经从那持棍之人的尸体下爬了出来,倚在树上。他不满地又重复了一遍:"歪了两次!"

小虾转过去,激烈地反驳道:"没有!"

"有!我见你肘部用力了,看得很清楚。最后那一短击就歪了。"大蟹揉着自己的前胸,那一重棒下去很多人会因此殒命,但大蟹似乎没受重伤。他爬起来,朝地上啐了一口,继续道:"不要扭,要快翻,手腕用力!"

小虾不服道:"一扭把你扭沟里啦!"

大蟹也不在意道:"必须得是翻动。"他俯身看看那持棒之人,嘟囔道:"我把他喉咙捏碎了,太可惜了。"他又去看那头领,那头领是现场唯一尚存之人,他躺在那里,双手按着自己汩汩冒血的胸口,喘着粗气。大蟹问:"何人派你们来的?"

"我们……姓李的说……"

此时,他口里涌出一口鲜血,身体一阵痉挛,然后便没了声息,人死了。

马荣挨个检查了其他人,不由一脸钦佩,不吝赞美之词道:"小虾,你这功夫俊俏!你从哪里学的?"

大蟹心平气和道:"我教的。十年了,日日不断。好了,快到家了,进去喝口水吧。这里稍后处理吧。"

这三人便继续前行,小虾落在最后,闷闷不乐。马荣一脸渴望地问那大蟹:"大蟹,这功夫你也教教我呗?"

"你不行。我们这种大汉都不行。我们总是想用力控球,这不行。这功夫只须让球动起来,然后引着那球就行。简单说就是你在那两球中间立住平衡就好,人球合一。只有个小体轻之人方能擅长此道。况且,你看这功夫须得在开阔之地才能腾挪伸展。你看,我主内小虾主外,我们俩是一对。"此时,他指着远处一棵紫杉树下的破茅屋道,"那就是凌娘子住处。"

又走了几步,他们就到了河岸边的柳树林,见到了白墙小茅屋。进了篱笆院里,大蟹便带着马荣绕过房子到了自家精心打理的菜园,菜园里长满了南瓜。大蟹让马荣在那屋檐下长凳落座,这里可以看到柳树林后宽阔的河面。

马荣把这宁静的周边四处打量了一番,发现院子里有一高高的竹架,那竹架上摆放着六个南瓜,个个高低不同。

他好奇地问大蟹道:"此物何用?"

大蟹转身看了看刚刚才进门仍是一脸沮丧的小虾,突然叫道:"三号!"

只见小虾右手闪电般出手了,听到一阵锁链声,竹架上第三个南瓜就被小虾的铁球砸了个粉碎。

大蟹挪起身来，把半瓣南瓜捡起来，在自己的大手掌里看了看。小虾一脸急切地走上前去。这二人静静地查看着那南瓜，大蟹摇了摇头把那南瓜扔掉，一脸责备地对小虾道："正如我所料，又歪了！"

小虾不由一脸通红。他生气地问道："离那中心就差半寸也算歪？"

大蟹不情不愿道："倒是不算太歪，但你还是手肘用力了。一定要用手腕翻动，手腕！"

小虾嗤了一声。他漫不经心地看了看河面，道："我儿子一时半会儿还回不来，我们喝一杯吧。"

小虾进了屋，大蟹与马荣则走回前院。马荣坐下之后突然叫道："你们种那南瓜是为了练习啊！"

"要不然你觉得我们为何种南瓜？每天我都要给他摆放南瓜，大小不一，方位各异。"他转身看了看，确定小虾听不见，附在马荣耳边粗声道："他身手不错，相当不错。但我要这么说，他就会敷衍了事。尤其是他那短程击打。我得对他负责，你知道的，我们是朋友。"

马荣点了点头。过了一会儿，他问道："那他儿子是做什么的？"

大蟹缓缓回道："没什么，据我所知，人已经死了。那小伙子人很好，高大魁梧，小虾颇以他为傲。四年前，那孩子和小虾娘子一起出去打鱼，半路上被战船击沉了，那两人都死了。后来有人一提他儿子他就开始哭闹。你没法和这种人相处啊，我烦得慌，就说：'小虾，你儿子没死呢。不过现在你常见不着他，不就是因为他常在外打鱼吗？'小虾见我没提他娘子也不吭声，跟你说，小虾很少有不反驳我的时候。因为他那娘子着实刻薄了点。"大蟹叹了口气，挠了挠自己脑袋，继续道："然后我就跟小虾说，我们换成晚班吧，这样一来你儿子午后回来时我们还能见着。小虾也同意了。"大蟹耸耸肩道："他儿子当然永远不会回来了，但至少小虾有点想头。我时不时地还可以和他说说他儿子，他也不哭了。"

此刻小虾抱了一大坛酒出来，还有三个陶杯。他把桌子擦得干干净净，然后才把东西放下，坐了下来。这三人为刚才那一战干了一杯，马荣咂咂嘴，又让大蟹把自己酒杯倒满，不由问道："你们认识那些恶棍吗？"

"认识其中两个。那些人都是河对岸的一伙土匪。半个月前，他们要截冯老爷派出的一个信差。我和另一个伙计负责护送那信差，当时杀了三个，还跑了两个。今天这两个就在其中。"

"那首领死之前说的那姓李的又是何人?"马荣又问。

大蟹问小虾:"咱这乐苑有多少李姓之人?"

"一二百人吧。"

大蟹一双牛眼瞪着马荣道:"听见了吧,一二百人。"

马荣道:"这样很难查出来。"

大蟹冷冷说道:"他们也难。"他对小虾道:"傍晚时分这河边景色看起来不错,可惜晚上我们时常不在。"

小虾心满意足道:"宁静平和!"

马荣起身道:"也不总是这么风平浪静啊。外面的事就烦请两位处理了,我得回去和大人汇报一下凌娘子的住处。"

大蟹道:"能找着人就好。我们今早从那经过时,见屋里点着蜡烛呢。"

"她眼睛看不见,有烛光便意味着有别人在。"小虾补充道。

天色将晚,马荣辞谢二人后便踏上了归程。他在那凌娘子茅屋前停下来看了看,屋内并无烛光,似乎没人。他拉开门往里瞥了一眼,屋内昏暗不明,榻上空空如也,果然没人。

第十六章　探秘

话说马荣回到红阁之时,见狄公正站在露台栏杆处看守林人把那林间的灯笼点上。他向狄公汇报一番适才路上的惊险,最后说道:"最终,我倒是知道那凌娘子的住处了。但她不在,我们也不必去了,至少现在不必。或许有人带她去了别处。"

"可她病重着呢!我不太相信她有客人,我以为除了大蟹小虾还有银仙姑娘,没人知道她的住处呢。"

狄公扯着自己的胡子,一脸焦虑:"你确定那伙土匪是冲着大蟹小虾去的吗?不是冲你来的?"

"大人,当然是因为他俩啊!那些混蛋又怎么会知道我会在那里?他们是在那里伏击大蟹,半月前大蟹杀了他们三个同伙。他们都不知道还有小虾。"

"若真是如此,那些土匪应当知道那大蟹小虾的作息规律,知道他们两个拂晓前才会回家。若不是你临时要他们陪你去那凌娘子处，那伙土匪要在那里等上一天一夜！"

马荣耸耸肩，不以为然道："或许他们就是那么打算的！"

此刻那园林对面已是灯红酒绿，热闹非凡。狄公盯着那热闹之处思索半天。他转过身，叹了口气道："我着实言之过早了，昨日我说罗大人这事不过耽搁我一天！罢了！马荣，今晚你可自行安排，吃完饭去找找乐子，我这里用不着你。明日早饭后再来这里找我。"

马荣离开之后，狄公便背着手在露台上踱来踱去。他心中甚是烦躁，不想独自一人在房间里吃饭。于是他进去换了一身纯蓝色棉袍，戴上一顶黑色小帽便从大门离开了永乐客栈。

经过贾玉波住的客栈前门，狄公停了下来——或许可以请贾玉波一起吃个饭，顺便多了解一些那文渊打算陷害冯岱的阴谋。这贾玉波为何突然撒手了呢？或许是发现娶冯小姐这个方法更行之有效，那文渊还占不着半点便宜？

狄公进去一问，客栈掌柜的道贾玉波从午饭后出门至今未回。掌柜的一脸伤心道："那日，他还借了我一锭银子呢！"

狄公未曾理会那掌柜，直接进了第一家饭馆，简单吃了点饭便在楼上阳台处喝茶。他坐在栏杆近处，漫无目的地看着楼下街上来来往往的人群。街边角落，一群年轻人正在祭台边上供。狄公掐指算了算，明日便是七月三十，这鬼节最后一天。那些供桌祭台上的黄纸等东西都会被烧掉。今晚，阴曹地府的鬼门关依然大开。

狄公靠在椅背上，咬着嘴唇甚是苦恼。以往自己也遇到些莫名其妙的云迷雾锁，但至少线索颇多可以推断出些条理，找出些疑犯。现下自己可真是一头雾水。毫无疑问，杀害陶旺与秋月的应是同一人，难道是他劫走了凌娘子？狄公不由眉头紧皱，忧心忡忡。他总感觉这事与马荣一行遭伏有些许联系。唯一可知的是这凶犯五十岁左右，乐苑当地人，或是熟知乐苑之人。再者，李翰林之案也不甚明了。那玉环所言看似直截了当，但他与秋月之间仍是谜团。无人知道这二人幽会之事也甚是奇怪，这二人之间关系绝不止风花雪月这么简单。若他本欲为那秋月赎身，那他又觊觎玉环岂不是证明他为那秋月赎身不是激情所致，而是有不可告人的目的？难不成是那秋月威胁勒索他？狄公满心惆怅地摇了摇头。

如今这两人都已故去，这其中弯弯绕绕亦无人能解了。

突然狄公开始嘀嘀咕咕地臭骂自己。他犯了个大错！邻桌的客人见这高个大胡子独自一人冲自己发火，颇感好奇。狄公全然不顾，起身付了银子就奔下楼来。

经过贾玉波住的客栈后，狄公顺着客栈左侧篱笆找到一处小门。那门半掩着，门框上挂着一"私家宅院"的牌子。

狄公推开门，顺着精心打理的蜿蜒小径在树林中穿行。密林之中根本听不到街上的喧嚣之声，走出密林便是一处池塘，水面寂静无波，一座红漆木质九曲小桥横跨过去。狄公步上小桥，那木板随之吱吱作响，吓得青蛙一个个跳进水中荡起阵阵涟漪。

桥这边是一处陛梯，梯子尽头便是一座雅致小阁楼，矗立半空之中，离地五尺多，全由粗壮的木柱支撑。这小阁楼只有一层，阁楼屋顶则是红瓦铺就，那红瓦应是岁月已久，生出些青色苔藓来。

狄公走上阳台。他瞥了一眼结实的前门，绕到这阁楼身后。这是个八角阁楼，站在这楼后栏杆处，借着园林里微弱的灯光，狄公可以俯瞰到贾玉波客栈的后花园，以及远处永乐客栈的侧花园，隐隐约约还可以看到那条通往红阁露台的小径。他转过身查看了一下这阁楼后门，门上铜锁上还贴着盖有冯岱里正印章的封条。这门看起来不似前门那般结实，狄公用肩一撞，那门便开了。

狄公进到黑漆漆的大厅之中，从边桌小几上摸索到一根蜡烛，又从边上找到打火石，把那蜡烛点着。

他举着蜡烛，环顾了一番这奢华前厅，又迅速查看了一下右手边的小花厅。左手边是一间侧室，只有一张竹榻和一张摇摇晃晃的竹桌，后面就是一间洗漱间和一间小厨房，显然这是婢女所住之处。

狄公走出前厅便进了对面的大卧房。靠墙处是一个巨大的黑檀木雕花大床，华丽的丝质床帘上刺绣繁复。床前是一张以珠母装饰，雕花精美的花梨木圆桌，既可以用作茶几也可用作两人餐桌。整个房间里香气浓郁。

狄公走到房间角落处那大大的梳妆台前。

他扫了一眼梳妆台上那面抛光银镜，还有那一排排秋月用来梳妆的瓶瓶罐罐，又查看了一番那三个带锁的抽屉，那抽屉应是秋月存放凭条信件的地方。

最上层抽屉并未上锁。狄公拉开之后发现里面堆着些手帕与一些油腻的发卡,气味难闻。他忙把这抽屉关上,又去拉第二个,这个抽屉上的锁也只是挂在边上,轻轻一拉便开了,抽屉里是些秋月个人的梳妆之物,狄公又把这个推上了。这第三个抽屉倒是锁着,狄公猛地一拽,那锁边薄薄的木头便裂开了,狄公对此很是满意。抽屉里塞满了各种信件、拜帖、或新或旧的信封、收据,还有空白纸张等,有些皱皱巴巴的,有些上面还有指印和胭脂,显然这花魁娘子并不是一位爱好整洁之人。狄公把抽屉拉出来,走到那圆桌旁,把抽屉里的东西全部都倒了出来,又扯过一把椅子,开始整理查看。

他的直觉可能大错特错,自己必须要查证一番。当晚在白鹤楼晚宴上,秋月曾提及那李翰林送给自己一件分别礼物,是裹在信封里的一瓶香水。她曾问过那香水,但李翰林回答:"务必送到地方。"秋月一心想着那香水,或许没有注意到那李翰林都说了什么,只记住了最后一句,便以为他说的就是这香水,也是幽默风趣。但李翰林那话应是别有他意,并非是回答秋月所问,应是他放在信封里的香水旁边的东西,或许是他想给别人传个纸条或一封信件。

狄公把拆开的信件和拜帖扔在地上,他在找那封未拆封的信。终于找到了,狄公俯身向前,举着信封凑近蜡烛。这信封很沉,没有地址,但上面写着一首小诗,字体优美,笔锋强劲有力。这是一首绝句:

徒留此香与神女,犹如芬芳入梦里。

最后一梦终难忘,芬芳长绕唇齿里。

狄公把帽子往后一推,从衣襟处取出一别针,小心翼翼地把信封启开。信封里掉出来一扁平的翡翠玉瓶,象牙为塞。他迫不及待地又晃了晃,一封信掉了出来。那信以蜜蜡封好,信封上留有地址,是李翰林的笔迹:

"前御史大夫,进士……李文敬大人亲启"

狄公打开后发现信里只有一张纸。内容简短,文笔优美简略:

"父亲大人:不孝子愚昧无知,微不足道,自知无法如父亲般意志坚定,勇气非凡。未知之路孩儿愧不敢行。既已登峰,便可离去。文渊已知无法为继,自会处理得当。

孩儿不敢受教于父亲大人身前,委托秋月转交此信。秋月花容月貌足慰暮日。

不孝子李琏跪拜三叩首

七月二十五日，鬼节。"

狄公身形未动，眉头紧锁。这信中文笔精练，其中深意一时之间甚是难解。

这信中第一段说明已经告老还乡的李文敬大人与自己儿子李琏还有古玩店文渊三人一起密谋了某件要事，但李翰林最终却是勇气欠佳，意志松软未能继续，辜负父亲所托，自杀谢罪。但这意味着这阴谋不仅仅是要诬告陷害冯岱来谋夺那里正之位。谁知道这是什么阴谋，竟然生死攸关，或许会影响朝局！狄公觉得自己必须再去审问那文渊一番，再去拜访一下那李大人。自己必须……

房间里闷热异常，烛烟亦是呛鼻难闻。狄公拭了拭额前汗水，镇定下来。自己不可鲁莽行事，须得梳理好事情始末后方可行动。李翰林做此决定之后才把信交给了秋月，他不是自杀，因为他还没有自杀，便被玉环给杀了。想到此处，狄公一拳砸在桌子上。这简直是无稽之谈！一个想要自杀之人如何会去强奸他人！绝无可能！

不过这信的真实性确凿无疑。贾玉波也与马荣提及这李翰林确实收手一事。秋月未能把信传达到位也确实是她无情的风格。无论她与李翰林曾经关系如何，李翰林一死，她便立刻物色他人，转投那罗大人怀抱。此事早已被她抛却脑后，这信封尚未拆封便被扔进抽屉，不见天日。直到晚宴那日，罗大人未能赴约，秋月又想起这李翰林来。有些事与自己推测相符，有些则不然。狄公双臂抱于胸前，盯着那张秋月多年来与恩客寻欢作乐的大床，眉头紧皱。

狄公将红阁卧房里发生的三起案件的相关人等又想了一遍。他想了想冯岱父女二人所言，又想了想文渊部分供述，还有马荣所提的消息。除了李翰林在自杀前不可能强奸玉环之外，一切皆有解释。玉环失手误杀李翰林后，冯岱伪造了现场。李翰林脸上和胳膊上的抓痕皆是玉环所为，只剩颈部紫胀之处无从解释。至于秋月之死，她胳膊上的抓痕是那银仙躲避秋月掌嘴之时所为，她脖子处的青紫瘀痕也无从解释。只要弄明白这两处未解之谜之间的联系，那红阁之谜便会解开。

突然，狄公想到另外一种可能。他一跃而起，开始在房间内踱来踱去。许久之后,他站在那大床前一动不动。对,就是这样!如此一切便合情合理了。玉环所谓的强奸,还有马荣遇到的那些土匪都有迹可寻了。这红阁之谜果然令人发指,难以言喻,真相比当日发现秋月尸身后的梦魇更为可怕。狄公不由打了一个冷战。

狄公离开秋月住处之后便径直回了永乐客栈。经过柜台之时,他把自己的大红拜帖交给掌柜,让他去冯家传信,让冯家父女即刻前来。

狄公回到红阁露台,俯身栏杆处仔细查看着那露台之下的灌木丛。

随后他便退回花厅,把双重大门关上。狄公把门闩闩好,又把窗棂放下。待自己坐在桌前,狄公才发觉如此一番,这房间内定会闷热异常,但他不敢冒险,他知道自己面对的是一个无所顾忌的杀人凶犯,心狠手辣,残酷无情。

第十七章 反转

话说马荣在面馆里大吃一顿后,又喝了两坛烈酒。现下,他正哼着小调往银仙那艺舍里去,心中欢喜。

那二等四号艺舍的老妇看见他,一脸不愿道:"你又有何贵干?"

"找银仙姑娘。"

老妇引着马荣步上楼梯时,忧心忡忡道:"她没惹事上身吧?今日午后院里告诉我有人要赎她出去。结果我告诉她时,她似是惊慌失措,一点都不开心!"

"待会我们走时你再瞧瞧!不必麻烦你送我上楼了,我能找着她的房间。"

马荣爬上楼找着银仙房间敲了敲门。

就听里面人喊道:"我不舒服,不见客!"

马荣在门外喊道:"连我也不见?"

门一开,银仙就把马荣拽了进去。

那银仙脸上带笑却眼中含泪,急切道:"马荣,你能来太好了!出事了,你帮帮我们!"

马荣心中愕然:"我们?"然后便见到贾玉波正跷着腿坐在床边。

他如往常一样垂头丧气,一脸低落。银仙给目瞪口呆的马荣推过来一方小凳,自己则回到贾玉波身边坐下,一脸焦急。"贾玉波想要娶我结果赌输了所有银子,可恶的冯老爷竟要他娶那冯家小姐!这可怜人,总是这么倒霉!"她看着贾玉波,满眼深情,"最糟糕的是今晚有个混蛋要赎我出去!我们俩本来还想着找条出路,结果无路可走了!你不是衙门里办公的吗?就不能和县令大人说说,帮帮我们吗?"

马荣把帽子往后推了推,挠了挠头。他一脸疑惑地看着贾玉波问道:"你说娶她是怎么一回事?你不是要赴京赶考,做大官吗?"

"不,那只是当初一时心血来潮。我只愿在那乡野之地,有一小屋,与适合我的姑娘厮守,写写诗词,安稳度日。你觉得我会是一个好官吗?"

马荣言之凿凿道:"不会!"

"你家大人也是这么想的!如今你也这么说。若我有钱,我会为银仙赎身,带她去某个地方安顿下来。每日粗茶淡饭,偶尔来点小酒便会心满意足,我可以办个私塾。"

"办个私塾!"马荣叫道,身子一晃。

银仙颇为自豪道:"他是一个好先生!他为我解读过一首晦涩难懂的诗词,耐心十足!"

马荣看着这两人,心中思绪万千。

他缓缓说道:"好吧,若我能为你们俩安排一条出路,那贾公子会带银仙回她老家,然后正式娶她过门?"

"当然!但你这话何意?今日午后,你还劝我娶了那冯小姐,然后……"

马荣急急喊道:"我只是看你心意罢了,告诉你,我们衙门里办公的可都是心机深沉!我们知道的事情多了!当然我也知道你和银仙之事,我也探过她的心意,谈过。然后我在赌场手气不错,赢了点钱。银仙是我们自己村的,既然她喜欢你,今日午后便为她赎了身。"马荣从袖袋中取出那银仙的卖身契递给了银仙。然后又从怀中掏出那包银子扔给了贾玉波。"这里是些盘缠,你办私塾也用得着。别拒绝,你这傻子!我还有呢,祝你们二人好运!"

马荣说完便起身迅速离开了。

他刚到楼下大厅,银仙便追了出来。

"马荣！"她气喘吁吁道，"你真好，你做我大哥吧？"

马荣高兴道："我永远都是你大哥！"他皱着眉头道："顺便说一下，我家大人可能会找贾玉波，但不是什么大事。明日午时之前你们不要离开乐苑。若我没有传信，你们便可以启程了！"

马荣正要开门时那银仙上前道："你知道我和贾玉波之事太好了。大哥你刚才进来之时我还有点担心。因为你在王寡妇那里……探过我心意。我当时真的想过你可能是爱上我了。"

马荣狂笑一声。

"别胡思乱想，小妹！事实是我这人做事，喜欢认真去做，要做就做全。"

银仙噘嘴骂道："你可真是讨厌！"

马荣拍了拍她便走开了。

漫步走在大街上，马荣心中五味杂陈，不知自己是喜是悲。摸摸衣袖，只剩几个铜板而已。这乐苑里任何消遣都与他无关了。他想去那园林里散散步，但自己头昏脑涨，还是早些睡吧。他一抬头便见一鸡毛旅店，把自己身上铜板扒拉出来在此能对付一晚。

他脱下靴子，解开腰带，仰面躺在那硬板床上。左右两边的懒汉正睡得香呢，鼾声雷动。马荣睡不着，头枕双臂，盯着那蛛网密布的破天花板。

他突然发现自己在这乐苑的每天晚上都过得稀奇古怪。先是睡在阁楼地板上，又睡在了这五个铜板一晚的平板床上。他喃喃自语道："我定是过奈何桥时忘了喝孟婆汤了！"他果断闭上眼睛，毅然决然道："大哥……睡吧！"

第十八章　真相

话说狄公喝了几杯热茶后，昨日那老仆便来告知冯家轿辇已到前院。狄公起身便迎了出去。

他开门见山道："深夜搅扰，深感抱歉！本官又察觉些新线索，深觉邀你二人前来探讨方可解我疑惑。"

狄公引这二人步入红阁花厅，要那冯家小姐玉环在小桌旁落座，冯岱面色如常，一脸高深莫测，但玉环则是满眼的不安忧虑。狄公亲自为二人倒了茶，便问冯岱道："你可听说今日午后你手下二人遭遇伏击？"

"是，大人，小人已经听说了。河对岸的一伙土匪，上次劫路不成失了三个同伙性命，竟来复仇。大人随从官爷亦陷于险境，小人深感抱歉。"

"无妨，他习惯于此，甚至爱好其中呢。"狄公转过身对冯家小姐道，"冯小姐可愿回顾，那夜是如何进得这红阁？"

玉环迅速瞥了一眼那紧闭的房门，起身道："小女给大人演示一遍。"

狄公却按下她胳膊道："不必麻烦！既然你是从园林处来，那定是通过露台中间的宽阶上到了此处，对吧？"

"是！"她应道，结果发现自己父亲面色如土，不由咬住了双唇。

狄公厉声道："果然如我所料！休要胡闹，这露台只有左右两侧方有台阶，你从未到过这红阁。今日午后，我开始质疑你父亲之时，你便谎称那李翰林欲强迫于你，你父亲是他死后才赶到现场。你很聪明，编造出李翰林于此处强迫于你，你又失手杀人的故事，只是为你父亲摆脱杀人嫌疑。"狄公见她满脸羞愧，泫然欲泣的样子，不由柔声道："当然，你所言之事也有部分真实。那李翰林确实曾对你欲行不轨之事，但不是三日前，也不是在此地，而是十日前，在船上。你身上那青紫瘀痕颜色早已淡去，便不是最近几日造成的。你描述与那恶徒之间的打斗亦是漏洞百出。若一壮汉见自己强迫之女子手中持刀，他定会先夺刀，而不会与之继续纠缠。你也未曾想到那李翰林是右颈大脉割断而亡，此伤与其说是谋杀倒更像自杀。但撇去这许多细节，你这故事编得还真不错。"

玉环突然便哭了起来。冯岱一脸担忧地看着自己的女儿，声音无力道："大人，这都是小人之过。她不过是为了帮我。见大人对玉环所言似是深信不疑，小人实在不敢吐露真情。我确实没有杀那李翰林，但见大人似乎确定他是被人谋杀，那晚我又确实来过这红阁，我……"

狄公打断他道："你不必忧心，本官有证据证明李翰林确为自尽身亡。你移动尸身也不过是更确定了他自杀的事实。我猜那晚你来这红阁是质问他与文渊设计密谋害你之事吧？"

"确实如此，大人。我手下人报告说那文渊欲将一箱钱财偷偷置于我冯府之中。李翰林便会向州府诬告我贪墨税银之罪。我若抵赖，那箱钱财便会从我府内搜出来。所以，我想……"

狄公毫不客气问道："为何此事不立刻上报与我？"

冯岱一脸窘迫，几番犹豫后才道："大人，大家同在乐苑，休戚与共。若有纷争，也都是自己私下解决，我们觉得……要他人插手我们内部纷争有失体面。或许此举不妥，但我们……"

狄公一脸怒气，打断他道："此举当然不妥！继续说！"

"大人，当我手下人来报文渊二人正在密谋害我后，我决意去找那李翰林对质。我想开诚布公地问问李文敬大人之子李翰林，他为何要陷我于不义，我还要问问他为何在船上对我女儿欲行不轨之事。但我在那红阁后园林遇见了文渊。不知为何，很奇怪，我又想起了三十年前那天晚上，我去找陶旺时也是在那里遇见的文渊。我告诉他，他们二人之间的阴谋已被我识破，我现在就要去找那李翰林对质。文渊忙不迭地道歉，说自己一时意志薄弱，才会与那李翰林密谋欲夺得我里正之位。李翰林显然是左支右绌，急需钱财，他起初便应了。后来不知为何那李翰林更弦易张，告诉文渊取消计谋。文渊让我去与那李翰林谈谈，他自己不再参与其中。

"我一到红阁，便知自己适才那莫名其妙的预感竟一念成真。李翰林就瘫坐在椅子上，死了。文渊是否对此知情？他要我来这现场是打算诬告我杀了李翰林吗？三十年前，我便怀疑是那文渊设下圈套打算告我谋杀了陶旺。也是急中生智，我突然记起三十年前那伪造的自杀场景，便决意如法炮制摆脱嫌疑。余下之事今日下午都与大人言明了，罗大人判定那李翰林是因对秋月求爱不成愤而自尽，我便把事情始末告诉玉环了。正因如此她才会一时冲动想为我遮掩挪动尸身之事。"冯岱清了清喉咙，一脸痛苦地继续道，"大人，小人心中歉意，难以言表。小人一生之中从未如此自惭形秽。我误导了大人判断那李翰林的绝笔涂鸦，实在是……"

狄公冷冷道："无妨，本官也习惯了一直有人欺骗蒙蔽于我。不过，亡羊补牢，为时不晚，我总能发现真相。实际李翰林最终涂鸦所画确实指的是秋月，但他不是因秋月自尽。"狄公靠回椅背上，捋着自己的长须，继续缓缓道："李翰林虽然才华出众，但为人冷漠无情，精于算计。他少年得志，便忘乎所以。他自己如今已是进士之身，还想在那官场上快速再进一步，但此事需要钱财铺路，李家收入微薄又投机失策，他囊中羞涩，便与你老对头文渊合谋，要谋夺这乐苑的泼天财富。十日前，他便来此地与那文渊计谋此事，满怀信心，目空一切。那晚他在船上得见令嫒，因遭遇拒绝，他自觉面上难堪，便想要强迫于她。当文渊去码头与他会面之时，他仍对此事耿耿于怀，便要那文渊想方设法帮他得到玉环，还提醒他不久之后你便会因贪墨税银被押送进京。那混蛋文渊便出了一个能逼迫玉环就范的毒计，他自己也可以借此机会将你扳倒。"

狄公轻啜一口茶，继续道："但，自从来这乐苑之后，那李翰林日日与石竹、牡丹还有其他姑娘厮混，早就将玉环抛之脑后，但他仍未忘对付你之事。那日他在赌场遇见了贾玉波，他便想利用此人把钱财藏至冯府。

"接着，就在二十五日那天，李翰林发现些许异象，或是他自觉如此，行为思绪大变。他结清那与他寻欢作乐的姑娘们费用，又把那些狐朋狗友遣回京中。那时他已决意要自杀。傍晚时分，他又去了那花魁娘子秋月住处，与她道别。

"因为这二人已死，他们之间关系便成了未解之谜。据我所知，那李翰林邀秋月赴宴也只是充当脸面，那二人未曾亲密过。这也是为何那李翰林最后见了秋月，他是打算放弃这生命中最后一点光亮。他委托秋月转交自己写给父亲的家书，但秋月却将此事置之脑后。秋月未曾倾心于他，她或许是发现二人同样自私自利、冷血无情罢了，李翰林也从未提起要为她赎身之事。"

"从未想过为她赎身？大人，这简直是荒谬，那秋月自己说得很清楚！"

"她确实说过此事，不过扯谎而已。她听说李翰林自杀后还留下一张画图与自己有关，便深觉这是自己在这风月场里扬名立万的好机会。她坚称自己拒绝了那大名鼎鼎的才子求爱。"

冯岱怒道："她坏了那不成文的规矩！应该从花魁名单里除名！"

"她本就是如此之人！"狄公冷冷道，"是你这风月行当让她变得变本加厉。她人已惨死，不必苛责了。"

狄公瞥了一眼那关着的门，搓了搓脸，看着冯家父女二人，眼神锐利，继续道："冯岱你，混淆自杀现场证据。玉环你，在本官面前扯谎。不过，你二人之言并非呈于公堂之上，也未曾有过实证笔录，但本官不曾忘记，冯岱你曾对天起誓，说三十年前那案子，你自己所言句句属实。罢了，律法本就是为了伸张正义，纠错惩恶。强奸未遂本是重罪，本官可以不追究你父女二人的欺瞒之罪，将李翰林之案结为自杀，自杀缘由便是那为情所困。那花魁娘子亦是惨死，便不必污其身后之名，也不必除去她花魁名头。

"至于文渊，他蓄意谋害，罪不可恕。但他所有计划都尚未成行便化为乌有。他或许从未真正地以身试法，他卑鄙无耻但又胆小懦弱，图谋不轨却不敢付诸实践。本官会对文渊加以约束，让他永远不得再诬陷于你，也不得再糟践那些姑娘。

"这红阁之中两件大案已结。既然你们父女二人，包括文渊都不曾参与其中，本官结案文书上也不会提及半句，言尽于此。"

冯岱随即起身跪于狄公面前，玉环紧随其后。这二人不断叩谢狄公的宽大处理。狄公打断二人之礼，一脸不耐道："本官对这乐苑的一切甚为不喜。但我知道这种地方确实有必要存在。身为里正，你至少要确保这里平安无虞，退下吧。"

冯岱欲退下之时，几番踌躇问道："冒昧问一句，大人适才所提的那两件大案是哪两件啊？"

狄公想了半天，回道："这不算冒昧。毕竟你是这乐苑里正，有权知道真相。提前知道也对。但我心中疑虑尚未证实。一旦拿到实证，我便告知于你。"

冯岱父女便施礼退下了。

第十九章　冤家

话说马荣一早便来红阁报到，狄公此刻尚在露台之上用着早饭。园林之中薄雾缭绕，彩线织就的花环也湿漉漉地垂在树上。

狄公简单把昨夜与冯家父女所言之事告知了马荣，最后说道："现下我们去找找那凌娘子吧。让掌柜的给我们备两匹马。若那凌娘子未回她住处，我们便要长途跋涉去趟这乐苑北郊。"

马荣回来之时，狄公已经用完早饭。他起身进屋，让马荣帮他找出那身褐色行装。马荣边帮狄公更衣，边问道："大人，贾玉波与这些事都无牵连了吧？"

"无关。你为何有此一问？"

"我偶然听说昨晚他打算与自己心爱女子离开乐苑。我想，他与那冯家小姐之事多多少少也是被迫的。"

"让他们走吧。我用不着他。我们今日也便能离开了。马荣，这几日空暇，你可玩够了？"

"确实如此！只是这乐苑也太耗金银了。"

狄公一边系着黑腰带，一边道："这一点毋庸置疑。不过你那两个银锭子也够花了。"

"大人，实不相瞒，我倒是玩得开心，银子都花完了！"

"罢了，值得就好！你还有京里你叔父留下的两个金锭子呢。"

马荣道："大人，那金子也花完了。"

"什么？那金锭子不是你为晚年生计打算存着的吗？岂有此理！"

马荣点点头，一脸难过。

"大人，乐苑这儿太多漂亮姑娘了，又武费银子！"

"真是丢人现眼，你把两锭金子都花在酒色之上！"狄公吼道。他怒气冲冲地扯了一下自己帽子，然后长叹一声，无可奈何地耸肩道："马荣啊，不经一事，不长一智啊！"

二人走到前院打马上路，一路无言。

马荣骑着马，引着狄公经过那些后街又穿过那片荒地，就在那树林入口之处，他停下来道此处便是他与大蟹小虾遭伏之地。马荣问："大人，冯岱可知此次袭击我们的幕后之人？"

"他自觉已找到答案，但我知道，那幕后之人针对的是你我二人。"

马荣正欲再问，狄公却已经策马向前。见到远处那株紫杉树，马荣便指了指树下茅屋，狄公点了点头，他把马交给马荣后道：

"你在这等我便好。"

狄公独自一人穿过湿漉漉的草地。清晨的阳光尚未穿透那茅屋头顶浓密的树冠。阴凉之下，茅屋湿冷难闻，散发出一股枝叶腐臭之味。茅屋唯一的窗户上油纸脏兮兮的，却透出一丝微弱灯光。

狄公凑近那摇摇欲坠的前门处细听屋内动静。只听有人在低声吟唱一旧时曲调，嗓音柔美异常，狄公记得自己很小的时候这曲调广为流传。他拉开门便走了进去，狄公站在门口，身后那门吱吱呀呀的一下子便关上了。

一盏廉价的陶制油灯,火苗明明灭灭,把整个屋内照得明明暗暗。凌娘子正叠腿坐在竹床上,抚着怀里一麻风乞丐令人恶心的头顶。乞丐仰躺在床上,瘦骨嶙峋,衣衫褴褛,四肢上脓疮可见。昏暗灯光下他那一只独眼阴沉沉地望着狄公。

凌娘子抬起头来,转向狄公,因眼睛看不见,一脸茫然道:"你是何人?"她声音圆润温暖。

"是我,县令大人。"

麻风乞丐青色双唇一撇,露出讥笑之意。

狄公定定地看着他那独眼,说道:"阁下是李文敬大人,李翰林之父吧。这位便是三十年前据说已经故去的翡翠姑娘吧。"

那眼睛目盲之人得意洋洋道:"我们是一对!"

狄公继续对麻风乞丐道:"阁下来这乐苑定是听说那秋月害死了令公子,你要报仇雪恨。你错了,令公子乃是自杀,他发现自己颈部有几处肿胀,心想自己与你一样患了恶疾。是真是假我并不知,我也不能开棺验尸。他自知不如你这般有勇气,无法面对这悲惨的麻风病发。秋月对此一无所知,为了让自己声名大噪,便谎称令公子是因她自尽。你偷听了我们当日的谈话,当时你就躲在红阁后灌木丛中听她亲口所说。"狄公此时顿了顿,只听那麻风老乞丐呼吸急促。"令公子信任秋月,托她转交一封信给你解释自己自杀缘由,但那秋月将此事忘得一干二净,甚至看都没看。你把她杀了之后,我找到了那封信。"狄公从袖袋里取出那封信,大声读了起来。

凌娘子声音柔和,体贴道:"心肝,我也为你怀过一个儿子。我得病之后便小产了。若那孩子还在,定会像你一样一表人才,一身是胆!"

狄公把那信直接扔到了床上。

"阁下到这乐苑之后,一直暗中观察着秋月。那天深夜,你见她去了红阁,便尾随而至。站在露台之上,你从铁栅栏窗户那见她脱光了躺在床上。你叫了她的名字,自己后背贴墙躲在窗后。待她走近窗户,或许当她从窗户那往外瞧之时,你突然现身上前,从那栏杆处伸手掐住了她的脖子,要扼死她。奈何你双手变形没能抓住她。她往门口跑去呼救之时,突发心悸摔倒在地。是你杀了她,李大人。"

麻风乞丐那红肿的眼皮动了动。凌娘子俯身在那张丑陋不堪的脸边低声道:"心肝,别听他胡言乱语!放轻松,你身子不好。"狄公不由转过脸去,盯着那四处都是泥巴的地上,继续道:"李大人,令公子信上提及你勇气非凡,不屈不挠,的确如此。你病体残躯,钱财散尽。但你还有儿子,你要尽快为他打算。这乐苑,遍地黄金,唾手可得。起初你派人去打劫冯岱的金路,但其守卫严谨,你未能得逞。后来你便生出更好的主意来。你告诉令公子文渊欲取代冯岱里正之位的龌龊心思。你让令公子与文渊联手,合谋一毒计让那冯岱名誉扫地,彻底出局。令公子帮文渊谋得那里正之位,自然便可染指这乐苑财富,结果令公子之死使这一切化为乌有。

"李大人,你我二人素未谋面。但我们都听说过彼此,你担心被我发现真相,杀了秋月之后又回到红阁,你就站在露台那铁栅栏窗外监视着我。你的存在只是让我做了个噩梦,因为我离窗户太远,而且还锁了门,你什么都做不了。"

狄公抬起头来,那麻风乞丐眼神瞟了过来,令人毛骨悚然。屋内腐臭的味道越来越浓,狄公只得用自己领巾覆住口鼻,道:"你之后想要离开乐苑,但船工不愿渡你。我猜你是在这岸边树林里找寻一处藏身之地,结果却遇见了你三十年前的旧爱翡翠。是通过声音辨别出来的吧。她告诉你我正在查当年陶旺之事。李大人,为何你要过这样痛苦的生活?为了保住你的名誉,不惜任何代价?或者是为了那个你爱过以为已经死了的女人?或者只是为了出人头地?或是这恶疾会让一个人变成这样?"无人回答,狄公便又继续道:"昨日午后,你又监视我。这气味,我本该想到的。你听到我与随从对话了。知道我们要来这里,便召集人手在那树林里伏杀我们。你不可能知道,我进屋换衣服之时便改变了主意。你的人在那里遇见了我手下和里正的两个手下。一番打斗后,你的人全军覆没,其中一人死之前便提到了你。

"我读过令公子信后才明白这些事情始末。李大人,我了解你过去为人。冯岱提及三十年前的你风度翩翩,翡翠提起她心目中的爱人是那种满腔热情、不顾一切之人,为所爱之人可以抛却财富、地位等一切身外之物。"

凌娘子又温柔道:"那就是你,我的心肝,那就是你,我英俊勇武的冤家！"

她不断亲吻着那乞丐的脸。

狄公把脸转向一边，声音尽显疲惫："李大人，身患绝症之人依律可免受刑罚。本官只是陈述事实，是你杀了秋月，也是你三十年前杀了陶旺。"

凌娘子又开口了："三十年了！最后咱俩又在一起了！过去三十年如梦魇一场，了无痕迹。我俩昨日才在红阁初见，红色，就如同我俩之间的情意，热烈奔放，不顾一切。没人知道我们俩在那里幽会，没人知道风流倜傥、年轻有为的你爱着艳冠群芳、才艺出众的我，乐苑的花魁娘子。冯岱、陶旺还有那么多人都追求我，我虚情假意，装作难以抉择的样子，只是为了守住我们之间的秘密，我们之间的情意。

"那最后一晚……到底是什么时候？昨晚？我们正在床上快活之时，有人进了花厅。你从床上跳起来，光着身子就跑了出去。我紧跟你出去，就看你站在那夕阳晚霞中，全身火红。陶旺见到我们光着身子站在一起，肆无忌惮，他气得脸色发白，拔出匕首骂我婊子。我喊着：'杀了他！'你冲上前去，夺过匕首就捅进了他脖子里。那血喷了你一身，红色的血喷在你的胸口。那一刻，我是多么爱你……"

凌娘子兴奋地说着，一脸着迷。狄公低下头来，听那凌娘子继续道："我说我们俩穿好衣服赶紧跑！我们回到卧房，又听到有人进了花厅。你一看是个孩子，他立刻又跑了出去。你说那孩子可能会认出你来，我们便把那尸身挪到了卧房，把匕首放在陶旺手里，又把卧房门锁上，把钥匙从门下塞了进去……后来就听说陶旺自杀了。

"我俩在走廊里分开，园林小亭的彩灯刚刚点着。你说自己会离开月余，直到这自杀案结案再回来找我。"

凌娘子开始咳嗽，越咳越重，整个身子都摇晃起来。她嘴里开始冒出血水泡沫。她毫不在意地擦了擦，声音突然变得沙哑虚弱，又继续说道："大人们问我陶旺是不是钟情于我。是的，他钟情于我，这是真的。他们又问陶旺是不是因为我拒绝他自杀的，他的确因我而死，这也是真的。但后来瘟疫肆虐，我染病了，我的脸，我的手，我的眼睛都毁了。我会死，我想死，我不想让你再看到我，看到我的鬼样子……我们艺舍着火了，几个得病的人把我拽进了这林子里。

"我没死,该死的我活下来了。我冒用了凌娘子的身份,她本来艺名称作金玉。她死了,死在水沟里,就死在我身边。我又回来了,你却以为我死了,我也希望你这么想。后来我听说你鼎鼎大名,赫赫威势,我多开心!这是我活着的唯一乐趣。现在你又回到我身边,躺在我怀里了。"

突然,她声音停住了。狄公抬头一看,她骨瘦如柴的手指迅速拂过自己腿上的脑袋。那乞丐一只独眼已经闭上,胸前的破衫也再无起伏。

凌娘子把那乞丐丑陋无比的头按在自己胸前,哭喊道:"谢天谢地,你回来了!你要死也要死在我的怀里……我们死在一起。"

她抱着那尸身,呢喃细语着情话。

狄公转身走了出来,那门又吱吱呀呀地自己关上了。

第二十章　辞别

狄公出来找到马荣,那马荣急切问道:"大人在里面待了半日。她可有说什么?"

狄公擦了擦额头的汗水,翻身上马,嘟囔着:"里面没人。"他深吸一口这清晨新鲜的空气,又道:"我四处查看了一番,什么也没发现。我原来有个想法,看来是错了。我们回客栈吧。"

狄公二人穿过那荒地之时,马荣用马鞭指着前面叫道:"大人,看那些烟!人们开始烧祭品了,鬼节过完啦!"

狄公望着那屋顶翻腾而起的浓浓黑烟。

"是啊,阴曹地府的鬼门关已经关上了。"狄公暗忖,过去三十年那红阁之谜如鬼影随形,活着的人心头都蒙上了阴影。如今,三十年后,所有魑魅魍魉都逃去了那阴冷潮湿、臭气熏天的茅屋,那屋子里有一个已死之人,还有一个将死之人。很快,这些全都会随风而去,再也不会重回人间。

这二人回到永乐客栈,狄公找掌柜的结账。他让马夫照看好马,自己与马荣回到红阁。

马荣收拾行李之时,狄公坐下来,将自己昨晚起草的李翰林自杀一案的结案文书重读了一遍,又把秋月之死也写在结尾之处。他写下判定文书道秋月是过量饮酒后心悸而亡。

狄公又给冯岱写了一封短信，说自己找到了杀害陶旺与秋月的同一凶手，但那凶犯已死，便不再多言了。结尾处狄公写道："本官听闻李文敬大人因麻风病重精神失常，在此地游荡多日，现死于凌娘子茅草屋内。凌娘子已是病入膏肓，若凌娘子已经故去，本官命你将那二人与那茅草屋舍一并烧毁，避免病疫蔓延。将此事告知李家，那凌娘子并无亲人。"信尾签名。狄公重读一遍后又拿起笔来添加几笔："本官又闻贾玉波已携自己心爱之人离开乐苑。谨愿令嫒得其旧爱深情，特此转达本官祝愿。"

狄公又取出一张新纸，给陶潘德写了封信。信中交代了他父亲之案的始末，但凶手因苦痛病症折磨多年业已去世。狄公又道："苍天有眼，已为你报仇雪恨，陶冯两家旧情仍在，再结秦晋之好已无阻碍。"

狄公把这两封信装好，盖上私印。他又把公文、报告文书等卷好置于袖内。他起身对马荣道："我们取道青华再回濮阳，我得把这报告交给罗大人。"

这二人又一起走到前厅，马荣整理行李，狄公结账时顺便让掌柜的把给冯岱与陶潘德的两封信即刻送到。

正当二人走出前院，打算上马之时，街上传来一阵锣鼓喧天，有人在喊："闲人避让，闲人避让！"

一顶十二抬大轿抬了进来。轿子后面跟了一队衙役，高举着罗大人全副仪仗。那捕头恭恭敬敬地掀开轿帘，那罗大人便走下轿来，他身着官服，头戴纱帽，不停用一把小折扇给自己扇着风。

罗大人见狄公正欲上马离去，他一路小跑过来，激动地叫道："狄兄！糟了！这乐苑花魁不知何故莫名惨死！整个州府都在议论此事！我一得到消息，不顾暑热，忙赶了回来。当然不敢再劳您大驾帮忙了！"

狄公淡淡说道："她突然殒命你确实难以置信。"

罗大人见微知著，看了狄公一眼，轻松道："狄兄，佳人仙子，一直是我心头所好啊，一直都是！我最近作了两句诗'风尘路边玫瑰开，可爱颜色慰旅人'。这诗如何？最后一句我还在斟酌。罢了，秋月到底出了何事？"

狄公把那卷文书递了过去。

"都在此处了。我本打算去趟青华把文书送给你，既然你来，此时此处转交给你也就罢了。我急着赶回濮阳。"

"当然可以！"那罗大人把扇子一收，插在自己后领处。他迅速展开文书，把第一份报告扫了一眼便点头称道："看你与我的判决也一致，李翰林确为自杀身亡。正如我所言，简单。"

他又看了看花魁娘子秋月的报告，发现报告中并未提及自己与她的关系，不由赞赏地点了点头，把那些文书又卷起来，心满意足地笑道：

"狄兄果然能耐，文笔也不错。我会将此报告原样转呈州府，几乎不怎么改。若要我说，你这风格有点沉重。我会四处改改，读起来简便些。你知道，如今京中流行新式风格。别人说这报告里还可以添点幽默表达，自是一笔带过。当然，还得提一下狄公的大力扶助。"罗大人把文书收起来后，干脆利落问道："是何人杀了秋月？你把他抓起来了？"

狄公心平气和道："若你把那报告看完便会知道那花魁娘子秋月是心悸而亡。"

"但人人都说你不信那件作之言！他们说是红阁之谜。天啊，狄兄，难不成我还要继续调查这个？"

"确实有些奥秘。不过本官判决证据充分。放心，上级官员会把这案子结了。"

罗大人毫不伪装地叹了口气。

狄公又继续道："还有一事。这些文书中有一份是古玩店文渊的供状。他公然在堂上作伪证，而且虐打了一位姑娘。他理应受几十大鞭，但他年岁已大，恐怕熬不过去。我建议你让他戴枷示众一天，公告缓刑，倘若再犯，两罪并罚。"

"乐意之至！那恶棍手里瓷器不错，价钱吓人。他会便宜卖给我的。狄兄，小弟不胜感激。很遗憾你就要离开，我会在这里多待几日……处理后续。你见过昨日刚来的舞娘了吗？还没见过？人人都说她舞技非凡，嗓音也很迷人，还有那身材……"那罗大人翘着小指头，摸着胡子，一脸沉醉的样子。突然他疑惑地看了狄公一眼，他扬了扬眉头，又一脸高傲道："很遗憾，狄兄未能解开那红阁之谜。天啊，你可是我们州府最睿智聪慧之人！我总以为你笑谈之间谜案便解。"

狄公惨然一笑道："声名在外，并非事实。我这便回濮阳去了，若有机会，濮阳再见！告辞！"

后记

狄仁杰是唐朝（630—700年）历史上一个真实人物，因断案神明闻名于世。他也是治国之才，后半生在朝野内外地位举足轻重。此书中虽然包含许多源于中国的故事因素，但所有故事纯属虚构。

林语堂的《武则天传》一书中，第37—41章中描述了狄公的晚年生活。此书于1957年由海尼曼出版社出版，书中狄公名字为狄仁杰。

书中插画是我按照16世纪中国木版画风格绘制，因此它们所展示的不是唐朝而是明朝时期的装扮习俗。读者要知道，狄仁杰所在的唐朝，中国人不留辫子，这种习俗是在1644年后才有的。唐朝人会束髻，室内室外皆戴帽。唐朝人也不抽烟，烟草和鸦片是在好几个世纪之后才传入中国的。

高罗佩